AF301783

Dianne Freeman

Der Tod kommt
zum Tee

Deutsche Erstausgabe September 2021

© 2021 dp Verlag, ein Imprint der dp DIGITAL PUBLISHERS
GmbH

Made in Stuttgart with ♥
Alle Rechte vorbehalten

Der Tod kommt zum Tee

ISBN 978-3-96817-730-4
E-Book-ISBN 978-3-96817-729-8

Copyright © 2019 by Dianne Freeman
Titel des englischen Originals: A Lady's Guide to Gossip and Murder

Published by Arrangement with KENSINGTON PUBLISHING
CORP., NEW YORK, NY 10018 USA

Dieses Werk wurde vermittelt durch die Literarische Agentur
Thomas Schlück GmbH, 30161 Hannover.

Übersetzt von: Anja Samstag
Covergestaltung: Anne Gebhardt
Umschlaggestaltung: ARTC.ore Design
Unter Verwendung von Abbildungen von
shutterstock.com: © Kiev.Victor, © DashaDasha, © Patty Chan,
© Patchareeloveson
periodimages.com: © Maria Chronis, VJ Dunraven Productions,
PeriodImages.com
Korrektorat: Katrin Ulbrich

Satz: dp DIGITAL PUBLISHERS GmbH
Druck und Bindung: Books on Demand GmbH, Norderstedt

Das Werk darf – auch teilweise – nur mit
Genehmigung des Verlages wiedergegeben werden.

Sämtliche Personen und Ereignisse dieses Werks sind frei
erfunden. Etwaige Ähnlichkeiten mit real existierenden Personen,
ob lebend oder tot, wären rein zufällig.

*Dieses Buch ist meinem Ehemann Dan gewidmet –
was ein Glück, dass ich dich habe.*

KAPITEL 1

August 1899

Im Spätsommer sollte man London am besten meiden. Gesellschaftliche Veranstaltungen waren rar und die großen Ereignisse wie Ascot und das Derby schienen eine Ewigkeit her zu sein, sodass die wenigen, die wie wir in der Stadt geblieben waren, sich vergeblich nach etwas Unterhaltung sehnten. Wenn man gezwungen war, den Sommer in London zu verbringen, gab es keinen angenehmeren Ort für eine nachmittägliche Soiree als Park Lane. Dort lag zur einen Seite der Hyde Park und zur anderen Londons imposanteste Villen. Man fühlte sich fast wie auf dem Land. Zumindest wenn man eine lebhafte Fantasie besaß.

Der Garten war für Londoner Verhältnisse recht groß und etwa vierzig Gäste standen zwischen dem Wintergarten und den kleinen Tischen auf dem Rasen verteilt. Mit so vielen Menschen war es etwas eng und wäre geradezu unangenehm geworden, hätte die Sonne nicht ihr übliches Versteckspiel hinter den Wolken gespielt.

Dies war mein erster Sommer in der Stadt und offen gestanden gefiel er mir nicht sonderlich. Bisher hatte ich den Sommer – genau genommen fast jeden Sommer, seitdem ich vor neun Jahren nach England gezogen war, in Surrey auf dem Land verbracht. Dort hatte mein verstorbener Ehemann, der Earl of Harleigh, mich kurz nach unseren Flitterwochen abgesetzt und zurückgelassen.

Er war nach London zu seiner Schar von Geliebten zurückgekehrt.

Auf dem Land zu leben hatte mir nichts ausgemacht, im Gegensatz zu seinen Affären. Ich habe unsere Tochter Rose in Surrey aufgezogen. Und bis auf die jährlichen Ausflüge in die Stadt zur Ballsaison blieb ich auf dem Land die pflichtbewusste Ehefrau, zu der meine Mutter mich erzogen hatte. Ich sollte erwähnen, dass ich Frances Price hieß und eine amerikanische Erbin war, bevor ich Frances Wynn, Countess of Harleigh, wurde. In keiner der beiden Rollen hatte ich mich besonders wohlgefühlt, also verließ ich ein Jahr nach dem Tod meines Ehemannes mit unserer Tochter das Familienanwesen. Wir zogen in ein eigenes kleines Haus in der Chester Street im Londoner Stadtteil Belgravia. Endlich trug ich selbst die Verantwortung für mein Leben und genoss es ungemein, trotzdem wünschte ich, das Geld würde für Ausflüge aufs Land im Sommer reichen.

Ich ging die Stufen des Wintergartens hinunter und gesellte mich zu dem Grüppchen, das mit Champagnerflöten in der Hand um den ersten Tisch stand. Lady Argyle hatte eine Soiree im großen Stil organisiert. Bei ihr gab es keinen mit Wasser verdünnten Punsch. Auf einmal erhaschte ich einen Blick auf einen marineblauen Hut auf kastanienbraunen Locken. Fiona war eingetroffen! Als sie sich durch die Menge auf mich zu schlängelte, betrachtete ich ihr blaues Ensemble, das weiß und pfirsichfarben verziert war.

Leider trug ich wieder einmal Trauer. Wir trauerten um meine Schwägerin Delia. Sie war vor drei Monaten unter Umständen gestorben, die ich am liebsten vergessen würde. Zurückgeblieben waren ihre zwei Söhne und der jetzige Earl of Harleigh, der jüngere Bruder meines verstorbenen Gatten.

Eigentlich hätte ich die Feier gar nicht besuchen sollen, aber mein Schwager hatte überraschend entschieden, seinen Söhnen zuliebe die Regeln der Trauer etwas zu lockern, sodass es ihnen erspart bleiben würde, Trauerarmbinden zu tragen, die Uhren stummzuschalten und ein Jahr lang alle Aufmerksamkeit auf die Trauer zu richten. Freude sei für die Kindheit wichtig, entschied er und verfügte, dass die Familie Halbtrauer einzuhalten hatte, allerdings nur ein halbes Jahr lang. Zum Teufel mit den gesellschaftlichen Normen.

Das war kein Scherz. Graham, der stocksteife Earl of Harleigh, lehnte sich gegen eine gesellschaftlich etablierte Gepflogenheit auf.

Vielleicht war doch noch nicht alle Hoffnung verloren.

Für mich bedeutete Grahams Anordnung, dass ich mich in der Gesellschaft zeigen durfte und nicht gezwungen war, den ganzen Sommer über Schwarz zu tragen. Ich war zwar trotzdem auf Grau und Flieder beschränkt, doch Schwarz war zweifelsohne schlimmer. Zum heutigen Anlass hatte ich ein modisches fliederfarbenes Kleid an, das der Saison entsprechend aus leichtem Stoff war. Dazu trug ich einen kecken breitkrempigen Hut, der - wie auch sonst - ebenfalls fliederfarben war. Stand diese Farbe denn überhaupt irgendwem?

„Darling!"

Fiona hatte mich erblickt und winkte. An ihrem Handgelenk baumelte ein farblich auf ihr Kleid abgestimmter Sonnenschirm. Sie lief Sir Hugo Ridley über den Weg, der mir zuwinkte, als er sah, wohin sie wollte, und sich ihr anschloss. Fiona begrüßte mich mit zwei Küsschen auf die Wange und trat dann einen Schritt zurück, um unseren Bekannten zu begrüßen. „Guten Tag, Ridley. Wir haben uns seit Ewigkeiten nicht mehr gesehen."

Ich kannte Ridley bereits einige Jahre. Er war mit meinem verstorbenen Ehemann befreundet gewesen und einer der wenigen Freunde, die ich nicht mied. Genau wie Reggie verbrachte er zu viel Zeit damit, zu trinken, um Geld zu spielen und sein Leben förmlich zu verschwenden. Die Folgen seiner Gewohnheiten zeigten sich an seinem blassen Teint, dem deutlichen Bauchansatz und den dunklen Ringen unter seinen Augen. Im Gegensatz zu Reggie verehrte er seine Ehefrau jedoch und wenn er sich Mühe gab, war er recht unterhaltsam.

Er nickte uns zu. „Lady Harleigh. Lady Fiona. Ich bin überrascht, Sie beide so spät im Sommer noch in der Stadt anzutreffen. Bedeutet das etwa, Sie werden unsere kleine Soiree zu Ehren des Jagdbeginns am Glorious Twelfth beiwohnen?"

Der Glorios Twelfth bezeichnete den offiziellen Beginn der Jagdsaison am zwölften August. Der Großteil der feinen Gesellschaft vertrieb sich die Zeit auf dem Land damit, möglichst viele Arten von Federvieh zu jagen. Die Ridleys jedoch waren eingefleischte Londoner und verließen die Stadt nie. Stattdessen veranstalteten sie jedes Jahr am Zwölften eine Soiree für die Städter.

„Ich habe Lady Ridley bereits geschrieben, dass meine Familie und ich gerne kommen."

Ridley lächelte und sah zu Fiona.

„Ich werde heute noch aufs Land fahren. Nash muss natürlich auf die Jagd", sagte sie, wobei sie sich auf ihren Gatten bezog. „Zugegeben, ich hatte gehofft, Lady Harleigh würde mich begleiten." Sie zog einen Schmollmund, wodurch sie wie ein kleines Kind aussah. „Bist du dir sicher, dass du nicht mitkommen willst, Frances? Nash und ich würden uns sehr freuen."

Ich drückte ihre Hand. „Ich danke dir, Fi, aber leider missfällt die Idee meinen Hausgästen." Ich war betrübt, ihre Einladung auszuschlagen, doch ich konnte sie schlecht annehmen und dann mit drei Gästen, meiner Tochter und ihrem Kindermädchen anreisen. „Außerdem ist meine Schwester entschlossen, in der Stadt zu bleiben, um bei Mr. Kendrick zu sein."

„Frisch Verliebte", sagte Ridley. „Werden sie die Verlobung bald bekanntgeben?"

Ein Diener in schwarzer Livree trat mit einem Tablett Getränken zu uns. Dem armen Mann stand der Schweiß auf der Stirn. Ridley reichte uns zwei Champagnerflöten und scheuchte den Diener fort. Anschließend schlenderten wir über den Rasen.

„Sie haben noch kein Hochzeitsdatum festgelegt", antwortete ich schließlich. „Ich glaube, sie werden bis zum Herbst warten, um mit der Planung zu beginnen." Meine jüngere Schwester Lily war vor drei Monaten mit der Absicht, einen Lord kennenzulernen und zu heiraten, nach London gekommen. Doch stattdessen hatte sie Leo Kendrick, den Sohn eines reichen Geschäftsmanns, getroffen und seitdem waren sie ein Paar. Leo hatte um ihre Hand angehalten und sie hatte seinen Antrag angenommen. Sie wollten ihre Verlobung gern bekanntgeben, doch ich hielt sie dazu an, zu warten. Sie war erst achtzehn. Genau wie ich, als ich überstürzt geheiratet hatte.

An Leo gab es nichts auszusetzen, aber ich hatte damals keine Vorbehalte gehabt, was meinen nichtsnutzigen, untreuen Ehemann anging, als ich ihn heiratete. Die Bedenken kamen später und nahmen erst ein Ende, als er im Bett seiner Geliebten starb. Ich wollte mich daher gar nicht gegen ihre Heirat versperren, ich wünschte mir bloß, dass sie einander vor der Ehe gut kennenlernten.

Fiona schnalzte ungeduldig mit der Zunge. „Sie wird den Mann irgendwann heiraten, Frances. Es hinauszuzögern macht da keinen Unterschied. Es wäre besser, du würdest dich um deinen kleinen Schützling kümmern. Sie sehnt sich bestimmt nach Unterhaltung."

„Wenn sich jemand in London nach Unterhaltung sehnt, Lady Fiona, dann ist dieser Jemand wahrlich unersättlich." Sir Hugo hob sein Glas, um seine Worte zu unterstreichen. „Ich habe die liebenswürdige Miss Deaver kennengelernt, als Sie letzte Woche zusammen im Theater waren. Sie scheint sich gut zu amüsieren."

Charlotte Deaver, mein ‚kleiner Schützling‘ wie Fiona sie nannte, war eine von Lilys Freundinnen aus New York. „Lottie ist von allem in London fasziniert", sagte ich und nickte Ridley zustimmend zu. „Und sie ist gut darin, sich selbst zu beschäftigen. Sie ist über einen Ausflug in die Bibliothek oder ein Museum genauso erfreut, wie davon, sich unter die Leute zu mischen. Ich glaube, ersteres ist ihr sogar lieber." Ich senkte die Stimme und lehnte mich etwas zu meinen Freunden. „Sie ist bei gesellschaftlichen Ereignissen ein wenig ungeschickt."

Fiona zog die Augenbrauen hoch. „Liebes, du untertreibst. Es wurden mehr Herren bei dem Versuch mit ihr zu tanzen verwundet, als im ersten Burenkrieg."

Ich tat empört. „Das ist ungerecht, Fiona. Sie mag nicht die Anmutigste sein, aber sie hat keinen ihrer Tanzpartner verletzt."

Mit einem Räuspern überspielte Ridley sein Lachen. „Anmutig hin oder her, ich finde, sie ist charmant, und ich bezweifle, dass mir auch nur ein Herr in London widersprechen würde. Evingdon stimmt mir gewiss zu." Er neigte den Kopf zur Seite in Richtung des Hauses, wo Lottie auf den drei Stufen, die vom Wintergarten zum Rasen hinunterführten, ins Stolpern geriet. Charles Evingdon, der die Stufen herunterging, griff rechtzeitig nach ihrem Arm, sodass sie nicht mit dem Gesicht voran in die Rosen stürzte. Nur ihr Hut mit den pinken Schleifen und weißen Federn landete im Gestrüpp.

„Oh, ich hatte nicht erwartet, Evingdon heute anzutreffen."

„Ich habe nichts dagegen, ihm zu begegnen", sagte Ridley. „Mich mit ihm zu unterhalten, strapaziert jedoch meine Nerven."

Ich warf dem Mann einen strengen Blick zu. „Darf ich daran erinnern, Ridley, dass Charles Evingdon Teil meiner Familie ist?"

Seine Augen blitzten frech. „Ein Cousin Ihres verstorbenen Gatten, wenn ich nicht irre. Daher werde ich es Ihnen nicht übelnehmen, teure Lady Harleigh. Doch nun entschuldigen Sie mich bitte."

Er grinste verschmitzt und schlenderte davon, während ich ihm finster nachstarrte. „Jedes Mal, wenn ich denke, der Mann hätte ein neues Kapitel aufgeschlagen, erinnert er mich von ganz allein daran, was für ein Halunke er doch ist."

„Seit seiner Heirat ist er nicht gerade umgänglicher geworden", sagte Fiona. „Doch ich fürchte, er war bloß ehrlich."

„Charles ist anders, das gebe ich zu." Er war in so mancher Hinsicht anders als meine restliche angeheiratete Verwandtschaft. Am auffälligsten war, dass seine Seite der Familie dazu der Lage war, das Vermögen beisammenzuhalten. Außerdem hegte er keinen Groll gegen mich, weil ich Amerikanerin war. Und verglichen mit der unterkühlten Art meines Schwagers, war er so herzlich wie ein Golden Retriever.

Ich guckte wieder zum Haus hinüber und lächelte, als Charles mir zuwinkte. Er versicherte sich, dass Lottie fest auf beiden Beinen stand, dann platzierte er ihren Hut auf der zerzausten Frisur und kam auf uns zu.

„Ich wage zu behaupten, dass er mir gleich dafür danken wird, dass ich ihm Mary Archer vorgestellt habe." Stolz sah ich Fiona an. „Er scheint ganz entzückt von ihr. Ich glaube, ich kann die Partie als Erfolg verbuchen."

„Das würde ich nicht zu laut sagen", flüsterte sie mir zu. „Du willst doch nicht, dass die Leute glauben, du wärst als Ehestifterin tätig. Oder dass du sonst einer Tätigkeit nachgehst."

„Natürlich nicht." Ich sah mich schnell um, um sicherzugehen, dass uns niemand hören konnte. „Ich habe nur diskret ein paar Personen einander vorgestellt. Kann ich etwas dafür, wenn eine der Personen ihren Dank in Form eines Geschenks ausdrückt?"

„Aber ich frage mich, ob Mrs. Archer dankbar ist. Glaubst du wirklich, dass sie Evingdon genauso zugetan ist wie er ihr?" Sie rümpfte die Nase. „Er ist recht einfältig, findest du nicht?"

„Du bist genauso schlimm wie Ridley. Es ist fürchterlich lieblos, so etwas zu sagen. Mal abgesehen davon, dass er mein Verwandter ist, ist er ein sehr angenehmer und freundlicher Mann. Er ist außerdem ein guter Freund deines Bruders und George erträgt keine Dummköpfe."

Sie presste die Lippen zu einem schmalen Strich zusammen. Ich hatte Recht und das wusste sie. Es war Georges hohe Meinung von Charles, wegen derer ich glauben wollte, dass Charles doch zumindest einen Funken Verstand besaß. Leider ließ sein Handeln anderes vermuten.

Er kam mit dem heiteren Grinsen im Gesicht auf uns zu, das seine Lippen so oft umspielte und ihn jünger als sechsunddreißig wirken ließ, genau wie seine große, schlanke Statur und das dichte strohblonde Haar. Er trug es etwas länger als modern war, doch es stand ihm gut.

„Ladys", begrüßte er uns und lüftete seinen Strohhut. „Ich hatte gehofft, Sie hier zu treffen. Nun, also eigentlich hatte ich nur auf dich gehofft, Cousine Frances."

Er zögerte, aber als ich ansetzen wollte, sprach er weiter. „Nicht, dass ich Sie nicht treffen wollte, Lady Fiona, ich hatte Sie nur nicht direkt gesucht, verstehen Sie? Es ist trotzdem schön, Sie zu wiederzusehen. Etwa so, wie wenn man ein Buch sucht, das man verlegt hat, und dabei über ein anderes stolpert, das genauso unterhaltend ist."

Er beendete seinen Monolog und als er mich anlächelte, traten seine Grübchen hervor.

„Es ist schön, dich wiederzusehen, Cousin Charles."

Ich warf Fiona einen Blick zu. Zwischen ihren Augenbrauen hatte sich eine Falte gebildet. Sie öffnete den Mund, um etwas zu entgegnen, überlegte es sich aber anders.

Ich stupste gegen ihren Arm. „Ich bin sicher, Lady Nash ist ebenso erfreut."

„Aber natürlich", sagte sie. „Wenn ihr mich entschuldigt, ich habe unsere Gastgeberin noch nicht begrüßt."

Damit machte sie sich davon, so wie ein Tier, das gerade einer Falle entkommen war. Ich holte tief Luft und wendete mich wieder Charles zu. „Begleitet Mrs. Archer dich heute nicht?"

„Ah ja. Mrs. Archer. Nun, genau deshalb wollte ich mich mit dir unterhalten."

„Wie entwickeln sich die Dinge zwischen euch?"

Er fuhr sich über die Ärmel, so als ob sie staubig wären, dann rückte er sich nervös die Krawatte zurecht. Er sah dabei in jede Richtung, bloß nicht zu mir. „Nun, also ..." Schließlich sah er mir in die Augen. „Ehrlich gesagt, nicht gut. Gar nicht gut." Er guckte argwöhnisch zu zwei jungen Damen, die die Köpfe zusammengesteckt hatten und kicherten. Er bot mir seinen Arm an.

„Sollen wir ein paar Schritte gehen, Cousine Frances?"

Ich hakte mich bei ihm ein und wir liefen in gemächlichem Tempo eine Runde durch den Garten. „Gibt es etwas, wovon du mir erzählen möchtest?"

„Nein", sagte er. „Nun, doch. Es scheint, dass wir, Mrs. Archer und ich, doch nicht zueinander passen. Ich dachte, das würden wir. Sie ist eine großartige Frau." Er fuhr sich mit der Hand über den Nacken und seufzte. „Liebreizend, angenehm, intelligent. Ich hatte, um ehrlich zu sein, wirklich Gefallen an ihr gefunden. Aber wie sich herausgestellt hat, tun wir es nicht. Also, zueinander passen, meine ich."

„Es tut mir sehr leid, das zu hören." Schrecklich leid. Mary Archer war eine der geduldigsten und freundlichen Frauen meiner Bekanntschaft. Ich würde Mühe haben, eine andere geeignete Dame zu finden, wenn sie ihm nicht recht war. Doch das konnte ich ihm kaum sagen.

„Es klingt, als hättest du Mrs. Archer wirklich lieb gewonnen. Bist du sicher, dass ihr nicht zueinander passt? Was dir jetzt schwierig erscheinen mag, könnte mit der Zeit vergehen."

Er presste die Kiefer zusammen und schüttelte den Kopf. „Nein, ich weiß nicht, wie das möglich sein soll. Vielleicht gibt es eine andere Bekannte, der du mich vorstellen würdest?", fügte er hinzu und auf seinem Gesicht spielten sich Hoffnung und Sorge ab.

„Aber sicher, Charles. Aber um einen weiteren Fehler zu vermeiden, fürchte ich, müsstest du mir sagen, warum ihr nicht zueinander passt."

„Das wäre, fürchte ich, nicht sehr gentlemanlike von mir, es zu erwähnen. Ich hatte nichts an Mrs. Archer auszusetzen und ich möchte auch gern heiraten, doch wir …"

„Ihr habt nicht zusammengepasst?" Ich zog fragend die Augenbrauen hoch.

„Ganz richtig!" Wieder traten seine Grübchen hervor. „Ich wusste, du würdest es verstehen."

Ich verstand es nicht. Und mich weiter mit ihm zu unterhalten, würde mich nicht weiterbringen. Hoffentlich konnte George mir weiterhelfen. Oder Mary selbst.

Ja, Mary konnte mir das Zerwürfnis sicherlich erklären. Ich besuchte sie besser gleich morgen. „Gib mir ein paar Tage und ich melde mich bei dir, Charles."

Die Gartenparty ging noch einige Stunden, bis sich Gewitterwolken über unseren Köpfen zusammenbrauten. Ich verabschiedete mich von Fiona, wobei ich die standhafte Britin zwang, meine Umarmung über sich ergehen zu lassen, denn ich würde sie vermutlich erst im Frühjahr wiedersehen. Es sei denn, ich gab nach und gewährte Lily ihren Wunsch, eine Winterhochzeit zu feiern. Zu dem Ereignis würde Fiona natürlich kommen. Ich zweifelte daran, dass ich sie und Leo noch länger vertrösten konnte. Gemessen an der Art und Weise, wie sie sich verabschiedeten, sollte man meinen, sie würden einander bis zum Frühjahr nicht mehr sehen. Dabei handelte es sich meist bloß um einen einzigen Tag.

Als sich alle voneinander verabschiedet hatten, stiegen wir vier – Lily, Lottie, Tante Hetty und ich – in George Hazeltons Kutsche. Mr. Hazelton war mein Nachbar, Fionas älterer Bruder und ein wunderbarer Freund, der unsere kleine Gruppe oft zu gesellschaftlichen Veranstaltungen begleitete oder uns seine Kutsche lieh, wenn er selbst keine Zeit hatte. Obwohl ich über genug Geld verfügte, um meinen eigenen Haushalt zu führen, reichte es nicht, um eine Kutsche und Pferde zu besitzen. Lily war mit Tante Hetty als Begleitdame nach England gereist. Hetty war die Schwester meines Vaters und genau wie er war sie ein Finanzgenie, doch ich wusste nicht, wie lange sie mir erhalten bleiben würde, und fürchtete mich davor, ohne ihren Rat über meine Verhältnisse zu leben.

Die beiden jungen Damen nahmen rücklings Platz, sodass Hetty und ich in Fahrtrichtung sitzen konnten. Sie stieg vor mir ein und zog die Zeitung heraus, die sie zuvor zwischen die Sitze gesteckt hatte. Ich schnalzte missbilligend mit der Zunge, als ich mich neben sie setzte. „Bei so spärlichem Licht zu lesen, ist nicht gut für deine Augen, Hetty."

Etwas murmelnd faltete sie die Zeitung, damit sie handlicher war. „Mach dir keine Sorgen um meine Augen. Das geht schon."

Mit gerunzelter Stirn betrachtete ich die Zeitung, hinter der sie ihr Gesicht versteckte. „Kannst du die nicht weglegen? Ich stehe vor einem Dilemma und hatte gehofft, deine Meinung dazu zu hören."

„Wir haben auch Meinungen dazu." Lily deutete auf Lottie und sich.

„Selbstverständlich, aber ich wüsste auch gern, was Hetty dazu sagt." Ich stieß sie mit dem Ellenbogen an.

„Nur zu, ich höre", sagte sie.

„Ich habe gerade mit Cousin Charles gesprochen." Ich seufzte. „Er sagt, dass er keine Heirat mit Mary Archer mehr anstrebt." Ich sah zu meinen Verwandten auf und hoffte auf ihre Anteilnahme.

„Und du dachtest, dass sie ein schönes Paar abgeben", sagte Lily. „Hat er einen Grund genannt?"

„Nein, er sagte nur, dass sie nicht zueinander passen und dass er dafür offen wäre, dass ich ihm noch eine Dame vorstelle, wenn ich jemand Passendes kenne."

„Er ist der freundliche Cousin, mit dem Hazelton befreundet ist, nicht wahr?" Tante Hetty strich eine Haarsträhne zurück unter den Hut, die sich aus ihrer Frisur gelöst hatte. Sie war fast fünfzig und obwohl sich ihr Alter langsam auf ihrem Gesicht abzeichnete, war ihr Haar noch schwarz. Sie rümpfte die Nase. „Er ist etwas einfältig, findest du nicht?"

„Er ist Mr. Hazeltons Freund, aber sicher nicht einfältig. Zumindest finde ich das ziemlich harsch. Er ist gutherzig und stets eine angenehme Gesellschaft. Bloß manchmal etwas verwirrend. Oder vielleicht verwirrt."

„Er sieht dafür gut aus", warf Lily ein.

„Und er ist der Erbe seines Bruders", sagte ich, „also wird er irgendwann Viscount Evingdon."

„Dann ist er also gutherzig, gutaussehend und wird einmal einen Titel tragen. Ich nehme an, er ist nicht obendrein noch reich?" Hetty sah von ihrer Zeitung auf und zog eine Augenbraue hoch.

„Sein Teil der Familie ist recht wohlhabend."

„Warum braucht er dann deine Hilfe, eine Ehefrau zu finden? Ich würde erwarten, dass einem solchen Mann die Damen reihenweise Anträge machen." Sie starrte mich mit einem verwirrten Blick an, den ich nur zu gut verstand. Sie war neu in der Londoner Gesellschaft, die anders war als in New York, trotzdem erkannte sie einen guten Fang, wenn er ihr zu Ohren kam.

„Augenscheinlich hat er alle Mühe damit, sich die Damen vom Leib zu halten, doch er hofft, eine Dame zu finden, die sich zu *ihm* hingezogen fühlt und nicht seinem Titel oder Vermögen."

„Und seinem hübschen Gesicht", fügte Lily hinzu. „Vergiss das nicht."

Ich sah zu meiner Schwester hinüber. Sie war erst achtzehn und glich mit ihrem blonden Haar und den blauen Augen einer entzückenden Porzellanpuppe. Sie war das Ebenbild meiner Mutter, während ich nach unseren beiden Eltern kam: dunkelbraunes Haar, blaue Augen und ein heller Teint. Und genau wie meine Tante Hetty überragte ich meine zierliche Schwester. Mit siebenundzwanzig Jahren war ich außerdem beinahe zehn Jahre älter als sie. Es überraschte mich, dass sie einen Mann attraktiv fand, der fast zwanzig Jahre älter war als sie.

„Lass Leo nicht hören, dass du an älteren Männern
Gefallen findest", sagte ich und lächelte, als sie rot
wurde.

„Ich habe Augen im Kopf, Frances. Nur weil mir auf-
fällt, dass er gutaussehend ist, finde ich noch lange keinen Gefallen an ihm. Du weißt, dass ich Leo verehre."

Das wusste ich in der Tat. Das hier war eine von Lilys
vielen Erinnerungen daran, dass ich ihre Hochzeit hin-
auszögerte, und das ihrer Meinung nach ohne einen
triftigen Grund. Wir waren diese Woche bei Leos Familie zum Abendessen eingeladen und ich rechnete damit, dass sie mir Druck machen würden, einer baldigen
Hochzeit zuzustimmen. Und so oder so würde Lily vor
dem neuen Jahr eine verheiratete Frau sein. Ich hoffte,
dass sie dafür bereit war.

Lily lehnte sich vor und berührte meinen Arm,
wodurch sie mich aus dem Tagtraum riss. „Was ist mit
Lottie? Würde sie zu Mr. Evingdon passen?"

Ich sah zu Lottie hinüber, die einen hochroten Kopf
bekommen hatte. Damit hätte ich rechnen sollen. Lily
hatte sie eingeladen, sie zur nächsten Ballsaison zu besuchen und mich sie in die Londoner Gesellschaft ein-
führen zu lassen. Lotties Mutter hieß die Idee gut, zeit-
lich passte es ihr nur nicht. Sie hatte ihre Tochter vor
drei Wochen wie ein einundzwanzig Jahre altes Findel-
kind vor unserer Tür abgesetzt und hatte sich nach Paris davongemacht, um sich dort eine neue Garderobe
schneidern zu lassen.

Zumindest hatte sie das behauptet.

Da ihre Nachsendeadresse die eines gewissen Comte
De Beaulieu war, kam mir ihre Verschleierungsge-
schichte nicht sonderlich glaubwürdig vor. Der Comte
war genau die Sorte notorischer Frauenheld, für die
britische Ehemänner alle Franzosen hielten. Und obendrein war er mittellos. Wenn er irgendwelche Absichten hatte, so hatte er es auf Mrs. Deavers Nadelgeld

abgesehen. Und wenn man bedachte, wie großzügig der Scheck gewesen war, den sie für die Ausgaben ihrer Tochter und die meinen ausgestellt hatte, vermutete ich, dass ihr Nadelgeld erheblich war. Hinzu kam, dass Mr. Deaver weder seine Frau noch das Geld vermissen würde. Wenn der Klatsch aus den Briefen meiner Mutter stimmte, dann hatte Mrs. Deaver die Damen der New Yorker Gesellschaft so erbost, dass keine von ihnen ihre Söhne in Lotties Nähe ließen.

Angesichts Mrs. Deavers Ruf jenseits des Großen Teichs war es das Beste, dass sie fortging, bevor sie sich hier einen Namen machte. Doch so sehr ich die zusätzlichen Mittel schätzte, musste ich nun mit dem Problem umgehen, was ich mit Lottie anstellen sollte. Die arme junge Dame suchte ausgerechnet jetzt einen adligen Ehemann, wo der Adel sich auf das Land zurückzog, um alles für die Moorschneehuhnjagd vorzubereiten, da der Jagdbeginn, der Glorious Twelfth, bevorstand.

So spät im Sommer gab es nur wenige gesellschaftliche Veranstaltungen, was bedeutete, dass wir Lottie die ersten Wochen, die sie bei uns war, ganz für uns gehabt hatten. Sie war ein hübsches Mädchen, durchschnittlich groß und so schlank, wie die Mode es diktierte. Ihr ovales Gesicht wurde von rostbraunem Haar umspielt. Sie schien an allem äußerst interessiert. Wie ich Sir Hugo erzählt hatte, war sie ein angenehmer Gast. Sie war darüber hinaus entschlossen, sich nützlich zu machen. Ich hatte allerdings schnell gelernt, dass ihre Hilfe anzunehmen sich als gefährlich entpuppen konnte.

Als ich sie Blumen hatte arrangieren lassen, zerbrach sie die Vase und verschüttete das Wasser. Einmal bat ich sie darum, in einem nahegelegenen Geschäft ein Buch zu kaufen. Sie dachte nicht daran, ein Dienstmädchen mitzunehmen, und schlenderte so gedankenverloren durch die Nachbarschaft, dass wir sie zu dritt suchen mussten. Die Suche kostete mich Stunden und zweifelsfrei einige Lebensjahre, da ich mir vorstellte, wie man sie entführte und versklavte. Wie hätte ich das nur je ihrer Familie erklären sollen?

Sie schien stets einen Fleck auf dem Kleid zu haben, Tinte an den Fingern und hinterließ einen Pfad der Verwüstung, wohin sie auch ging, doch sie tat eindeutig alles mit den besten Absichten. Zugegebenermaßen war sie reizend und ich hatte sie gern, ich wünschte nur, ich könnte sie dazu bringen, nichts anzurühren.

Doch Charles' Ehefrau? Ich war nicht sicher, wer für Lottie einen geeigneten Partner darstellte, aber an ihn hätte ich niemals gedacht. Zunächst einmal gab es in seinem Haus zu viele Antiquitäten, die zu Bruch gehen konnten. Obgleich ich Hetty widersprochen hatte, war er - um es einmal so zu sagen - ein Schwachkopf. Lottie brauchte jemanden, der ihr half, die Eigenheiten der Gesellschaft zu meistern. Und das war gewiss nicht Charles.

Einen meiner Einwände konnte ich jedoch aussprechen. „Es wäre wohl gut zu erfahren, warum Mr. Evingdon von der Heirat mit Mrs. Archer absieht, bevor ich ihm andere Damen vorstelle."

„Wieso dachtest du denn, sie würde zu Mr. Evingdon passen?", fragte Lily.

Hmm. Das war eine gute Frage. „Einerseits, weil sie eine Witwe ist und die Familie ihres verstorbenen Ehemanns in der Gesellschaft recht bekannt ist. Sie empfingen häufig Gäste und Mary ist allseits beliebt. Wenn Cousin Charles erbt, wird er seinen Platz in der Gesellschaft einnehmen müssen und auch im britischen Oberhaus, wobei Mary ihm eine gute Gefährtin wäre."

„Das wäre sicherlich vorteilhaft." Lily klang so gelangweilt, als sprächen wir über altes Brot – es war essbar, sorgte aber nicht für Begeisterungsstürme. Ich schmunzelte, als sie die Nase krauszog.

„Das ist natürlich nur ein Aspekt. Sie hatten viele gemeinsame Interessen und Mr. Evingdon erzählte mir, dass er eine Frau von gewisser Reife und Klugheit sucht. Beides traf auf Mary zu. Sie ist fast dreißig und intelligent. Ihr Verstand ist messerscharf, aber sie ist eine freundliche und fürsorgliche Dame. Schade, dass Charles und sie nicht zueinandergefunden haben. Sie zeigt sich derzeit wenig in der Gesellschaft und ich war besorgt, dass sie nach dem Tod ihres Ehemanns in Not geraten war. Sie konnte das Haus am Rande von Mayfair halten, also unterstützt die Familie ihres verstorbenen Gatten sie vielleicht. Sie hat nur noch eine Schwester, die in der Nähe von Oxford lebt. Mary war also ziemlich einsam.“

Lily runzelte die Stirn. „Nun, jetzt wünschte ich auch, sie hätten zueinandergefunden.“

„Ich schätze, ich könnte es noch einmal versuchen. In zwei Monaten ist die Trauerzeit um und ich kann mich wieder mehr in der Gesellschaft bewegen. Vielleicht finde ich eine andere passende Dame. Laut Mr. Evingdon ist eine Verbindung zwischen ihnen ausgeschlossen.“

„Was sagtest du, wie sie heißt?“

Ich guckte zu Hetty, die mich über die Zeitung ansah. „Mary Archer. Wieso?“

Hettys verzog das Gesicht. „Es scheint, dass Mr. Evingdon in dieser Hinsicht recht behält. Was immer sie voneinander getrennt hat, er wird keine Gelegenheit haben, sich mit ihr zu versöhnen.“

Verwirrt sah ich meine Tante an. „Was willst du damit sagen?“

„Es tut mir leid, Frances. Ich habe es gerade in der Zeitung gelesen. Es scheint, deine Freundin wurde ermordet.“

KAPITEL 2

Ermordet? Ich riss Hetty die Zeitung aus der Hand und schlug die Seite auf. „Zeig mir, wo du das gelesen hast."

Hetty lehnte sich zu mir und fuhr mit dem Finger über eine der Spalten, bis sie Marys Namen fand. Es war ein kurzer Absatz. „Tot im Haus gefunden", las ich. Dann folgten Marys Name, Alter und Angaben zu ihrer Familie. „Die Polizei hat keine Angaben gemacht, aber Fremdeinwirkung wird vermutet."

„Wenn der Reporter keine Details kennt, warum vermutet er dann Fremdeinwirkung?", fragte Lily.

„Ich glaube, es bedeutet, dass die Polizei angedeutet hat, dass sie es vermuten." Ich knüllte die Zeitung zusammen und sah die drei an. „Warum sollte jemand Mary umbringen?"

Lottie rückte auf ihrem Platz vor und drückte meinen Arm. „Das tut mir ja so leid, Lady Harleigh. Waren Sie mit Mrs. Archer eng befreundet?"

Genau das war ja so merkwürdig daran. Ich kannte Mary seit Jahren und hätte gesagt, dass wir nicht sonderlich vertraut waren. Trotzdem schmerzte der Verlust und ich bereute, dass wir uns nicht näher gestanden hatten. „Sie war wohl eher eine gute Bekannte, aber ich mochte sie gern und habe sie sehr geachtet."

Ich hatte nicht bemerkt, dass wir in der Chester Street angekommen waren und vor meinem Haus hielten, bis der Kutscher die Tür öffnete. Ich stieg zuerst aus und wartete auf dem Gehweg. Während er den anderen heraushalf, sah ich zum Haus. Wieder einmal erfüllte es mich mit Stolz, dass dies mein Haus war. Es mochte das kleinste Wohnhaus der Reihe sein, aber es war meins.

Mary musste genauso über ihr Zuhause gedacht haben, denn sie war nach dem Tod ihres Ehemanns nicht zu ihrer Familie zurückgekehrt. Bei der Vorstellung, dass ein Krimineller eingebrochen war und sie umgebracht hatte, bekam ich eine Gänsehaut. Sie hatte allein gelebt, rief ich mir ins Gedächtnis. Ich hingegen hatte meine Familie und Bedienstete um mich.

Der Kutscher bog am Ende der Straße zu den Stallungen ab und wir vier gingen ins Haus hinauf. Mrs. Thompson, meine Hausdame, wartete im Foyer schon auf uns. Dank ihrer kerzengeraden Haltung und dem schlichten schwarzen Kleid, das bis zum Hals zugeknöpft war, wirkte sie wie eine Wache.

„Inspektor Delaney ist hier und wünscht Sie zu sprechen, Mylady", sagte sie und schüttelte den Kopf, dass ihr graumeliertes Haar wippte.

Ich trat einen Schritt zurück. „Delaney? Warum das?"

„Das wollte er nicht sagen, Ma'am. Er bestand darauf, hier auf Sie zu warten. Er ist schon seit einer knappen Viertelstunde im Salon." Ihre Hand zitterte, als sie den Hut und meine Handtasche entgegennahm.

„Ich bin sicher, es gibt keinen Grund zur Sorge, Mrs. Thompson."

Die Hausdame kniff die Lippen zusammen, sprach ihre Zweifel jedoch nicht aus. Sie glaubte mir kein Wort. Delaney kam nie ohne Grund. Unser letztes Treffen lag einige Monate zurück. Ich hatte ihn seit dem grauenvollen Mord in meinem Garten nicht mehr gesehen. Sein jetziger Besuch löste ein flaues Kribbeln in meinem Bauch aus.

Hetty legte mir eine Hand auf den Arm. „Vielleicht ist er wegen Mrs. Archer hier."

„Ich wüsste nicht, warum er in dieser Angelegenheit zu mir kommen sollte."

Ich ging in Richtung Salon und hielt inne, als meine drei Begleiterinnen sich hinter mich scharten. „Inspektor Delaney hat darum gebeten, mich zu sprechen, und ich bin durchaus dazu in der Lage, selbst mit ihm zu sprechen." Ich wandte das Wort an Mrs. Thompson. „Bitte schicken Sie Jenny mit dem Tee."

Hetty schien schon etwas entgegnen zu wollen, blieb aber still, als ich die Augenbrauen hochzog. „Also gut. Wir warten solange in der Bibliothek."

Ich öffnete die Salontür und trat hinein. Ich brannte ebenso wenig wie Mrs. Thompson darauf, mit dem Inspektor zu reden. Genau wie Hetty fragte ich mich, ob sein Besuch etwas mit Marys Tod zu tun hatte.

Er saß auf einem der Ohrensessel am Fenster und stand auf, als ich auf ihn zu ging und ihm die Hand zur Begrüßung entgegenstreckte. Meine Güte, da überkam mich doch glatt eine Woge der Zuneigung. Zu sagen, dass er bei unseren vorherigen Treffen freundlich gewesen sei, wäre eine grobe Übertreibung. Er war ruppig und herrisch gewesen, aber er hatte mir auf eine Weise eine fast väterliche Sicherheit geboten, obwohl er bloß etwas mehr als zehn Jahre älter war als ich.

Mir fiel auf, dass er einen neuen, unförmigen Anzug trug. Dieser war in einem dunkleren Grauton. Delaney war ein großer Mann und der Anzug ließ ihn noch schlaksiger wirken. Sein Gesicht war gebräunter als ich es erinnerte, so als wäre er im Urlaub gewesen, und seine braun-graumelierten Haare und Augenbrauen führten mal wieder ein Eigenleben.

Er begrüßte mich mit einem freundlichen Lächeln, das darauf schließen ließ, dass er mich auch ins Herz geschlossen hatte.

„Inspektor Delaney", sagte ich und führte ihn zur Sitzgruppe um den Teetisch. „Kann ich Ihnen etwas zu trinken anbieten?"

„Über eine Tasse Tee würde ich mich freuen, Mylady." Er wartete, dass ich mir einen Platz aussuchte, und setzte sich dann gegenüber hin.

„Hervorragend. Der Tee sollte gleich kommen. Warum erzählen Sie mir nicht solange, wie es Ihnen geht? Ist der jüngste Delaney schon eingetroffen?“

Ein Lächeln breitete sich auf seinem Gesicht aus und Lachfältchen traten um seine Augen hervor. „*Sie* ist vor einem Monat eingetroffen“, antwortete er. „Nach zwei Jungen hat meine Frau auf ein Mädchen gehofft und ich habe sie noch nie glücklicher gesehen.“

Ganz offensichtlich ging es nicht nur seiner Ehefrau so. „Ich gratuliere, Inspektor. Meine eigene Tochter hat mir solche Freude geschenkt. Ich hoffe, es geht Ihnen genauso.“

Mit einem Klopfen signalisierte Jenny, mein Hausmädchen, mir, dass sie nun den Tee bringen würde. Ich hatte Jenny bestochen, mit mir zusammen vom Landsitz meines Schwagers nach Belgravia zu ziehen. Sie war ein molliges, gutmütiges Mädchen vom Land, doch sie war schlauer und neugieriger als ich ihr anfangs zugetraut hatte. Nachdem sie das Tablett auf den Tisch gestellt hatte, griff sie nach der Teekanne, als wolle sie uns den Tee einschenken. Ich erkannte, dass sie hoffte, so etwas Klatsch aufzuschnappen.

„Vielen Dank, Jenny“, sagte ich bestimmt. „Ich übernehme das.“

Sie nickte und huschte aus dem Salon, während ich Delaney eine Tasse einschenkte und darauf wartete, dass er mir den Grund für seinen Besuch verriet.

Es dauerte nicht lange. „Sind Sie mit Mrs. Mary Archer bekannt, Ma'am?“, fragte Delaney und stellte seine Teetasse auf dem Tisch ab.

Meine Tasse zitterte auf der Untertasse, sodass ein wenig Tee über den Rand schwappte. Ich stellte den Tee schnell ab. „Dann sind Sie also wirklich wegen Mary hier. Ja, ich bin mit ihr bekannt und ich muss gestehen, dass wir eben gerade von ihrem Tod erfahren haben. Ist es wahr, dass sie ermordet wurde?“

„Ja, das wurde sie leider, Ma'am." Delaney warf mir einen warnenden Blick zu. Ich war nicht sicher, ob ich die Details erfahren wollte. Delaney zeigte deutlich, dass ich ihm keine weiteren Fragen dazu zu stellen hatte. Ich wartete, in der Annahme, dass er gleich zur Sache kommen würde.

„Wie gut kannten Sie sie?"

„Wir waren befreundet, doch nur in gesellschaftlicher Hinsicht", sagte ich und war überrascht, wie intensiv er mich musterte. „Wir besuchten dieselben Veranstaltungen. Gelegentlich traf man sich bei gemeinsamen Freunden, wenn diese zum Nachmittagstee einluden."

„Verzeihen Sie mir, Lady Harleigh, aber Sie sind ganz offensichtlich von der Nachricht mitgenommen. Sind Sie sicher, dass Sie Mrs. Archer nicht mehr als bloß flüchtig kannten?"

„Himmel, natürlich bin ich davon mitgenommen, Inspektor. Ich habe ja gerade erst von ihrem Tod erfahren und habe es wohl noch nicht ganz verstanden. Der Mord an einer Freundin, ob eng oder nicht, ist für mich erschreckend. Ja, wir waren bloß flüchtige Bekannte, doch über die sieben Jahre unserer Bekanntschaft habe ich eine sehr hohe Meinung von ihr entwickelt, auch wenn ich uns nicht als gute Freundinnen bezeichnen würde."

Er lehnte sich vor und rückte auf seinem Sessel nach vorn. „Wenn Sie sich also jemandem anvertrauen würden, um über Ihre Sorgen zu reden, dann würden Sie sich nicht an Mrs. Archer wenden?"

Ich blinzelte irritiert. „Nein, so nahe standen wir uns nicht."

Delaney griff in seine Tasche und zog das kleine Notizbuch heraus, das er immer bei sich zu tragen schien. Aus dem Notizbuch zog er ein zusammengefaltetes Blatt Papier. Er reichte es mir herüber. „Können Sie sich vorstellen, wie sie an diese Information gelangt sein könnte?"

Ich nahm das Blatt Papier. Zuerst fiel mir die hübsche Handschrift auf, doch dann las ich den Inhalt. Wie aus eigenen Stücken fuhr meine Hand zum Mund, als wolle sie die Flüche, die mir auf der Zunge lagen, zurückhalten. Ich ließ den Brief auf meinen Schoß sinken. Auf dem Blatt stand eine vollständige Zusammenfassung dessen, was ich den Streit um mein Bankkonto nannte. Es war ein erbitterter Streit mit meinem Schwager Graham, dem Earl of Harleigh, gewesen. Wir hatten uns letztlich auf eine Art Waffenstillstand geeinigt und Graham hatte seine Klage zurückgezogen. Doch die Angelegenheit war eine so persönliche, dass nur die engste Familie und zwei gute Freunde davon wussten, und Inspektor Delaney. Ich blickte von dem Blatt auf und sah, dass er mich genau musterte. „Dies war in Marys Besitz? Wie kann sie davon erfahren haben?"

„Sie haben ihr nicht von dem Streit erzählt?"

„Selbstverständlich nicht."

„Wäre es möglich, dass der Earl oder vielleicht seine verstorbene Frau es getan haben könnten?"

Ich hätte die Idee abgetan, hätte Delaney mich nicht so durchdringend angestarrt, dass ich ernsthaft darüber nachdachte. „Natürlich kann ich es nicht mit Gewissheit sagen, aber ich kann mir nicht vorstellen, dass einer von ihnen solch eine Angelegenheit mit ihr oder irgendjemandem sonst beredet hat. Es wirft ein schlechtes Licht auf sie. Ich würde meinen, dass sie sogar noch vorsichtiger als ich waren, sicherzugehen, dass niemand davon erfuhr."

„Das dachte ich mir auch." Er atmete seufzend aus. „Könnte der Earl vorsichtig genug gewesen sein, um Mrs. Archer für ihr Stillschweigen zu bezahlen?"

Ich lehnte mich zurück, als könnte ich mich so von solch einer geschmacklosen Anschuldigung distanzieren. „Wollen Sie eine Erpressung andeuten? Ich kann nicht glauben, dass Mary so etwas getan hat." Von Zweifeln geplagt sah ich wieder auf das Blatt Papier in meinen Händen. Wie war sie an diese Informationen gekommen? Warum sollte sie sie niederschreiben? Vielleicht lag der Inspektor mit seinen Mutmaßungen richtig.

Delaney trommelte mit seinem Stift leicht auf das Notizbuch und wartete auf eine Antwort. Hatte Mary jemanden erpresst und war aufgrund ihres Erpressungsversuchs umgebracht worden? Himmel! Er war nicht hier, um mir von dem Mord zu berichten, er ermittelte. Ich zog die Luft scharf ein und atmete zitternd aus. „Sie hat mir nie gedroht, diese Details zu enthüllen. Graham ist ein trauernder Witwer." Ich hob hilflos die Hände. „Niemand mit Anstand würde jemanden in diesem Zustand bedrohen."

Delaney streckte die Hand nach dem Papier aus. So gern ich es anzünden wollte, reichte ich es ihm zurück. Vermutlich war es ein Beweismittel. „Ich bin geneigt, Ihnen zuzustimmen", sagte er. „Aber ich werde mit dem Earl sprechen müssen, bevor ich ihn als Verdächtigen ausschließen kann."

„Als Verdächtiger Mary ermordet zu haben? Das kann nicht Ihr Ernst sein."

Die zusammengekniffenen Augenbrauen des Inspektors sagten mir, dass es sein voller Ernst war. Ein Schauer lief mir über den Rücken, als ich einen Moment lang zweifelte. Graham und ich hatten uns das letzte Jahr in einem Rechtsstreit gegenübergestanden. Er war nicht leicht abzufertigen, wenn man seine Pläne durchkreuzte. Aber Mord? Das konnte ich mir nicht vorstellen. Angefangen damit, dass es ihm zu viel abverlangen würde.

Ich presste einen Finger an die Schläfe, während ich ihm zusah, wie er das Blatt mit all meinen Geheimnissen zusammenfaltete und wieder in sein Buch legte. „Nun, ich muss sagen, ich hatte genug Aufregung für einen Tag. Ich habe gerade erfahren, dass eine Freundin ermordet wurde. Sie eröffnen mir, dass sie möglicherweise eine Erpresserin war. Und obendrein erfahre ich, dass mein Schwager ein Verdächtiger sein könnte. Ich sollte mich wohl glücklich schätzen, dass Sie mich nicht verdächtigen."

Er lächelte gequält. „Ich kann mir wirklich nicht vorstellen, wie Sie diese Straftat begehen sollten, daher nein. Sie sollten sich nicht zu sehr darum sorgen, dass der Earl ein Verdächtiger ist. Er ist bloß einer von etwa hundert Verdächtigen."

Es dauerte einen Moment, bis ich seine Worte verstand. „Hundert Verdächtige?" Ich schüttelte den Kopf, als könne ich so meine Gedanken sortieren. „Sie wollen sagen, Sie haben noch hundert weitere solcher Erpressungsschreiben gefunden?"

Er stand zum Gehen auf und warf mir einen eisigen Blick zu. „Ich habe nichts dergleichen gesagt und auch wenn ich daran zweifle, dass ich Sie davon abhalten kann, diese Informationen nicht ihrem Schwager zukommen zu lassen, würde ich es sehr begrüßen, wenn Sie diese Unterhaltung ansonsten für sich behalten würden." Sein Seufzen zeugte von mentaler Erschöpfung. „Es mag einige Wochen dauern, alle Verdächtigen zu befragen, und ich hätte es lieber, wenn sie keiner vorwarnt."

Gütiger Himmel, es gab also weitere Schreiben. „Wie kann ich ihren Charakter nur so falsch eingeschätzt haben? Wenn ich nur daran denke, dass ich sie mit meinem Cousin zusammenbringen wollte." Meine Schultern sackten herunter. „Nun, kein Wunder, dass sie nicht zueinander passen."

Delaney, der im Begriff zu gehen gewesen war, blieb stehen, drehte sich um und sah mich lange an. Oh, je. Damit hatte ich ihm zum hundertundersten Verdächtigen verholfen. Er schleppte sich zu dem Sessel, von dem er aufgestanden war, zurück und setzte sich. „Lady Harleigh, als ich Sie fragte, wie gut Sie Mrs. Archer kennen, wäre das die Art von Detail gewesen, das Sie mir hätten erzählen sollen."

Ich biss mir auf die Unterlippe und wägte ab, wie wütend er war. Der Inspektor war sehr geduldig und ich neigte dazu, seine Geduld gelegentlich auf die Probe zu stellen. Aber Cousin Charles schien ein noch viel unwahrscheinlicherer Verdächtiger als Graham. „Ich vermute, damit haben Sie recht, Inspektor, aber ich habe nicht absichtlich Hinweise unterschlagen. Sie haben zuvor von Erpressung gesprochen und das hatte nichts mit Mr. Evingdon zu tun." Ich kniff die Augen zusammen. „Außer natürlich, Sie haben auch über ihn eine solche Notiz gefunden."

„Ich habe sie noch nicht alle gelesen, daher wäre es möglich, dass wir eine haben, aber lassen wir von der Erpressung einmal ab. Vielleicht wäre es am besten, Sie erzählen mir alles, was Sie über diesen Mr. Evingdon und seine Beziehung zu Mrs. Archer wissen, damit ich selbst entscheiden kann, ob ich ihn als Verdächtigen in Erwägung ziehen sollte." Er legte den Kopf schief. „Ich nehme an, dass er eine Beziehung zu Mrs. Archer hatte?"

Es war wohl besser so, doch ich wollte ihm am liebsten nichts erzählen. Ich atmete mit einem verärgerten Schnauben aus, um meiner Empörung Ausdruck zu verleihen, doch Delaney zog nur eine Augenbraue hoch. Also gut. „Charles Evingdon ist ein Cousin meines verstorbenen Ehemanns und selbstverständlich des derzeitigen Earls. Er ist außerdem ein Freund von

Mr. Hazelton." Delaney kannte und achtete George, sodass ich hoffte, dass das für Charles sprach.

„Seit kurzem gedenkt er zu heiraten und bat mich, ihm eine geeignete Dame vorzustellen. Angesichts seines Charakters, seiner Persönlichkeit und seinen Bedürfnissen, schien Mary gut zu ihm zu passen. Ich stellte sie einander vor einigen Wochen vor und soweit ich weiß, lernten sie einander gerade erst kennen. Ich hörte, dass er sie zu einigen Veranstaltungen begleitet hat, aber ob er ihr tatsächlich den Hof gemacht hat, weiß ich nicht."

Delaney zog wieder sein Notizbuch heraus und schrieb etwas auf. Wundervoll. Charles war ein Verdächtiger.

„Ich kann Ihnen außerdem sagen, dass ich ihn heute gesprochen habe. Er erzählte mir, dass er sich von ihr distanzieren wolle."

„Hat er das? Lieferte er einen Grund für seinen Sinneswandel?"

Wie sollte ich das nur erklären? „Auf seine nervös brabbelnde Art teilte er mir mit, dass es nicht gentlemanlike wäre, zu erklären, inwiefern sie nicht zueinander passen. Er sagte nur, dass sie nicht zueinander passen."

Delaney musste gar nichts sagen. Sein Gesichtsausdruck glich dem eines Bergarbeiters, der auf einen Klumpen Gold gestoßen war. In seinen Augen war Charles ein idealer Verdächtiger in Marys Mordfall. Ich hob eine Hand, um ihn in seinen Schlussfolgerungen zu bremsen. „Sie können nicht glauben, dass er sie einfach umgebracht hat, weil sie nicht zueinander passen, Inspektor."

„Hätten Sie sich vorstellen können, dass Mrs. Archer Leute erpresst, Mylady?"

„Nein, ich fürchte nicht", gab ich zu. „Ich nehme an, Sie haben vor, ihn zu verhören?"

„Außer Sie haben Mrs. Archer einen noch wahrscheinlicheren Verdächtigen vorgestellt. Andernfalls rutscht er an die erste Stelle meiner Liste." Delaney tippte mit dem stummeligen Stift auf das Notizbuch und steckte beides zurück in die Tasche.

„Das habe ich befürchtet."

Nachdem ich Delaney zur Tür begleitet hatte, ging ich zurück in den leeren Salon und zum Kartentisch am vorderen Fenster. Ich sah auf das Marketeriemuster auf der Tischplatte hinunter und wünschte, meine Gedanken wären genauso geordnet. Oder besser noch, sie wären es gewesen, bevor ich mit Delaney gesprochen hatte.

„Ist er fort?"

Ich fuhr herum und sah Hetty, Lily und Lottie hereintreten. Sie blickten sich um, als verstecke Delaney sich hinter einem Sofa.

„Gerade gegangen", antwortete ich. Wir bewegten uns alle zum Teetisch und setzten uns auf die mit Chintz bezogenen Sessel. Hetty lehnte sich interessiert vor.

„Also?", fragte sie. „War er wegen des Mordfalls hier?"

„Ja. Und leider habe ich Cousin Charles darin verwickelt."

Lottie keuchte. „Mr. Evingdon?"

„Himmel, Frances! Er ist dein Cousin", rief Lily.

Die zwei Mädchen glotzten mich an, als hätte ich eine von ihnen des Verbrechens beschuldigt.

„Das war nicht meine Absicht, das versichere ich dir. Ich habe einfach nur seine Fragen beantwortet."

Hetty, die praktisch veranlagt war, tätschelte mir das Knie und stand auf. „Du brauchst einen Drink, Liebes. Und dann musst du uns mehr von dieser Unterhaltung erzählen."

Während sie zum Barschrank an der Wand hinüber ging, beäugten Lily und Lottie mich argwöhnisch, als warteten sie auf eine Erklärung. Lieber Gott, von welchem Teil hatte Delaney gewollt, dass ich ihn für mich behielt? Die Erpressung, nicht wahr? Ja, das und die Notizen.

„Es gibt nicht wirklich viel zu erzählen", sagte ich. Hetty reichte mir ein Gläschen mit Brandy. Mir entging nicht, dass sie sich auch eines eingeschenkt hatte. Ich nahm einen kleinen Schluck und während die Flüssigkeit mich wärmte, gab ich meine Unterhaltung mit Delaney wieder, zumindest das, was Charles betraf.

„Du hast nichts falsch gemacht, Liebes", sagte Hetty, als ich alles erzählt hatte. „Inspektor Delaney hätte von ihrer Beziehung früher oder später erfahren."

Ich holte tief Luft. „Glaubst du das wirklich? Er schien ziemlich begeistert von der Idee, Charles als Verdächtigen aufzulisten. Ich hatte den Eindruck, dass er vorhatte, ihn sogleich zu verhören."

Lily lehnte sich über den Tisch und legte eine Hand auf meinen Arm. „Ich bin sicher, Tante Hetty hat recht, Franny. Inspektor Delaney wird Mr. Evingdon verhören und ihn für unschuldig erklären. Je schneller er das tut, desto eher kann er den echten Mörder suchen."

Ich stellte mir vor, wie Charles sich durch Delaneys Fragen stammelte, und war nicht so zuversichtlich wie Lily. „Ich hoffe, dass du richtigliegst."

Hetty wandte sich zu mir um und fixierte mich. „Du glaubst doch nicht, dass er es getan haben könnte?"

Ich stimmte in den Chor der Mädchen ein und lehnte die Idee klar ab, fragte mich jedoch insgeheim, wie gut ich Cousin Charles tatsächlich kannte. Er war Teil der Familie Wynn mütterlicherseits. Aber während die Wynns ein Haufen nutzloser Snobs waren, die nicht mit Geld umgehen konnten, und dann gab es unter ihnen einige Schürzenjäger, konnte ich mir nicht vorstellen, dass die Familie einen Mörder hervorzubringen vermochte.

Hetty bemerkte meinen unschlüssigen Gesichtsausdruck. „Frances?"

Ich zog die Unterlippe zwischen die Zähne. „Ich kann es mir nicht vorstellen." Aber konnte ich mir Mary als Erpresserin vorstellen? „Es scheint unmöglich." Wie gut kannte ich ihn? „Er ist immer so freundlich." Aber war er jähzornig?

„Solange du dir sicher bist, Liebes."

Die drei beobachteten mich gebannt. Dann hellte sich Hettys Miene auf. „Vielleicht solltest du dich mit Hazelton beratschlagen."

Aber natürlich! Ich sollte dringend mit George reden. „Tante Hetty, das ist eine hervorragende Idee."

„Mr. Hazelton?" Lottie kniff verwirrt die Brauen zusammen. „Übt er den Anwaltsberuf aus?"

„Das tut er", antwortete ich. Das war nicht genau, wie ich George Hazeltons Arbeit bezeichnen würde, aber das musste reichen. George „kümmerte" sich um Angelegenheiten für die Krone und andere hochrangige Mitglieder der Regierung, doch manche seiner Taten konnte man kaum als legal bezeichnen. Trotzdem pflegte er eine gute Beziehung zur Polizei und der Regierung, und wichtiger noch, kannte er das Gesetz und würde wissen, was Charles bevorstehen mochte.

Vielleicht konnte George mir helfen, meine wirren Gedanken zu sortieren. Und wenn sonst nichts, konnte er meinem Cousin juristischen Rat geben. Schließlich waren sie Freunde. Ja, ich sollte unbedingt mit ihm sprechen.

KAPITEL 3

Froh, eine Entscheidung getroffen zu haben, wollte ich nun schnell etwas unternehmen. Ich ließ die Damen im Salon zurück und schlich durch die Bibliothek in den Garten hinaus. Dann durch das Gartentor und zurück durch das nächste Tor in Georges Garten. Auf diese Weise vermied ich seine Haustür und das Risiko, dass ein Nachbar sehen könnte, dass ich einen alleinstehenden Gentleman besuchte.

Ich erspähte George durch das Fenster seiner Bibliothek. Er saß zurückgelehnt am Schreibtisch und hatte einen Knöchel auf dem anderen Knie abgelegt, sodass er nicht in seiner Arbeit vertieft schien. Ich blieb stehen und ließ den Anblick auf mich wirken. George war in den letzten Monaten zu einem wichtigen Bestandteil meines Lebens geworden. Eigentlich schon davor. Er kam mir in jener Nacht, als mein Ehemann starb, zur Hilfe, was schon über ein Jahr her war. Und seine Ritterlichkeit hatte mehr als einen Ruf gerettet.

Seit ich neben ihm eingezogen war, war er mir halb Schutzengel und halb Freund gewesen. Ich war nicht sicher, wie ich in emotionaler Hinsicht zu ihm stand, doch es bestand kein Zweifel, dass ich mich zu ihm hingezogen fühlte. Ihn so beobachtend, sehnte ich mich danach, durch sein dunkles, welliges Haar zu fahren und mit den Fingern seine markanten Gesichtszüge nachzufahren. Ich atmete seufzend aus und schob die Locken, die sich aus meiner Frisur gelöst hatten, aus dem Nacken. Meine Güte, ich sollte dringend meine Fantasie zügeln. Insbesondere da ich nicht wusste, was er von mir hielt.

George war ein ehrenwerter Mann und hatte vor nicht allzu langer Zeit um meine Hand angehalten.

Zumindest glaube ich es, doch das tut nichts zur Sache, denn sein Antrag, wenn es denn einer war, rührte nur von seinem männlichen Pflichtgefühl her. Mein verstorbener Ehemann hatte mich geheiratet, da es seine Pflicht gewesen war, mit meiner Mitgift die leeren Kassen der Familie wieder zu füllen. Diesen Fehler wollte ich nicht noch einmal begehen. Abgesehen davon, hatte ich erst meine Unabhängigkeit erlangt und der Ledigenstand war mir vorerst ganz recht. Ich legte eine Hand an das Fensterglas. George war viel zu sehr ein Gentleman, um an einer Tändelei Interesse zu haben.

Nicht, dass ich es hatte. Himmel! Natürlich nicht. Meine Wangen glühten rot und ich verfluchte meine Fantasie.

Ich sah, wie seine Haltung sich kurz versteifte, bevor er den Blick zum Fenster wandte. Ich lächelte ihm freudig zu und winkte. Im Gegenzug sah er mich geduldig an. Er deutete mit dem Kopf nach links, wo ich ihn an der Tür, die in seinen Salon führte, treffen sollte.

„Guten Tag, Frances", sagte er und hielt mir die Glastür auf.

„Guten Tag, George. Ich hoffe, es geht dir gut." Ich ging an ihm vorbei in den maskulin eingerichteten Raum, der aussah, als gehöre er eher in einen Gentlemen's Club als ein Wohnhaus.

„Was verschafft mir die Ehre dieses heimlichen Besuchs?"

„Nun, ich bringe leider schlechte Neuigkeiten." Ich ging in seine Bibliothek voraus.

„Ach ja?" Mit einer Geste bot er mir einen Platz auf einem der Ohrensessel am Fenster, dann wartete er, dass ich mich setzte, ehe er den anderen Platz einnahm.

„Es geht um Mr. Evingdon und Mrs. Archer."

Aus seinem neugierigen Gesichtsausdruck wurde ein finsterer Blick, als er die Augenbrauen zusammenkniff.

„Evingdon und Mrs. Archer? Was verbindet diese beiden Namen?"

Ich holte tief Luft und sprach weiter. „Ich nehme an, du hast bereits gehört, dass Mary Archer ermordet wurde?"

„Das habe ich, ja. Eine Tragödie." Er legte den Kopf schief. „Ich wusste nicht, dass du sie kanntest."

„So gut wie man mit allerhand Leuten gesellschaftlich bekannt ist. Zumindest dachte ich das, bis mir der Inspektor heute einen Besuch abstattete."

Er runzelte die Stirn. „Frances, sag nicht, dass sie irgendwelchen Klatsch über dich hatte?"

„Keinen Klatsch. Sie hatte Fakten ... bezüglich des Streits, den Graham und ich um mein Bankkonto hatten." Ich verstummte abrupt, als ich begriff, was George gesagt hatte. „Woher wusstest du vom Grund seines Besuchs?"

George war seine Verwunderung anzusehen. „Woher wusste sie von deinem Bankkonto?"

„Lenk nicht vom Thema ab. Wer hat dir gesagt, dass sie Informationen über Leute sammelte?"

„Dazu kommen wir gleich. Erzähl mir erst, wie das Evingdon betrifft."

„Ich habe ihn Mrs. Archer vorgestellt und sie lernten einander gerade besser kennen und waren in den letzten Wochen miteinander ausgegangen. Heute habe ich mich mit ihm bei der Gartenparty der Argyles unterhalten und er erzählte mir, dass er die Beziehung zu ihr nicht weiter wünschte."

George lehnte sich zurück und fuhr sich mit der Hand über das Gesicht. „Und von dieser Unterhaltung hast du Delaney erzählt?"

Ich machte eine hilflose Geste. „Wie konnte ich das nicht tun? Er fragte, wie gut ich Mary kannte, und da konnte ich kaum auslassen, dass ich versucht hatte, sie und meinen Cousin zu verkuppeln." Ich sah auf meine

Hände hinab, die einfach nicht stillhalten wollten. „Ich fürchte, er hält Charles für einen Verdächtigen. Ich glaube, er hofft sogar, dass er der Mörder ist, damit er nicht all die Akten mit den Informationen durchgehen muss, die Mary gesammelt hat."

„Das verstehe ich, aber was Delaney nicht weiß, ist, dass ich die Aktenmappen durchsehen werde."

„Du?" Georges Mund verzog sich zu einer gequälten Grimasse, als sei die Vorstellung, all diese pikanten Geschichten zu lesen, ihm eine Tortur. Ich hingegen scharrte vor Ungeduld mit den Füßen, die Notizen in die Finger zu bekommen. Ich seufzte. Die Welt war voller Ungerechtigkeit. „Wie ist es dazu gekommen?"

„Ein Freund in den höheren Etagen hat einen Gefallen eingefordert."

Ich lehnte mich zurück und verschränkte die Arme. „Ich hasse es, wenn du solche Andeutungen machst, mir aber nicht ganze Geschichte erzählst. Welcher Freund?"

„Das kann ich dir leider nicht sagen."

Unerschrocken bohrte ich weiter. „Wie hoch?"

Er grinste durchtrieben, wohlwissend, dass er mich so ablenken würde. Er lehnte sich über die Seiten unserer Ohrensessel herüber, bis ich den dunkleren Kreis um seine heller grüne Iris sehen konnte. Komisch, dass mir das nie aufgefallen war.

„Das ist ein Geheimnis", flüsterte er so nah, dass ich seinen Atem auf den Lippen spürte, „das ich nur meiner Ehefrau verraten kann."

Ich lehnte mich zurück und warf ihm einen bösen Blick zu, während ich alle Gedanken an seine hübschen Augen aus meinem Kopf verbannte. „Ich habe dich gewarnt, damit vorsichtig zu sein, George. Eines Tages stelle ich das vielleicht auf die Probe."

Mit einem zufriedenen Grinsen setzte er sich wieder aufrecht hin. „Dann hoffe ich darauf."

„Du versuchst doch nur, mich abzulenken. Erzähl mir zumindest, warum du anstelle der Polizei diese Aufgabe aufgetragen bekommen hast."

„Anscheinend sind einige der Informationen, die Mrs. Archer besaß, streng vertraulich und potenziell rufschädigend für mehr als nur eine wichtige Familie oder Karriere. Mein Freund glaubte nicht daran, dass die Polizei die Informationen vertraulich behandelt. Er hat seinen Einfluss dazu benutzt, die Unterlagen von jemandem, der mit der Polizei zusammenarbeitet, prüfen zu lassen." Er zuckte mit den Schultern. „Und dieser Jemand bin ich."

„Wenn man bedenkt, wie viel sie über mich wusste, bin ich erleichtert, dass du dich darum kümmerst." Ich musterte ihn und fragte mich, wie viel er mir verraten würde. „Durch meine Unterhaltung mit Delaney weiß ich von der Theorie, dass sie viele Leute erpresst hat und einer von ihnen sich entschieden hat, dem Ganzen ein Ende zu setzen, und sie umgebracht hat. Gehst du ihre Notizen durch und untersuchst, wer der wahrscheinlichste Verdächtige ist?"

„Sozusagen."

Ich runzelte die Stirn. Es fiel mir immer noch schwer, zu glauben, dass Mary sich zu Erpressungsversuchen herabgelassen hatte. „Gibt es Beweise, dass sie wirklich jemanden erpresst hat? Quollen die Banknoten aus den Schubladen? Wurden große Summen auf ihr Bankkonto eingezahlt? Hat überhaupt jemand eine solche Anschuldigung gemacht?"

George lächelte. „Das sind gute Fragen, Frances. Ich werde sie alle stellen. Die Polizei wurde gestern gerufen und ich habe diesen Auftrag heute bekommen. Ich habe den Bericht noch nicht gelesen und das Bankkonto kann die Polizei erst morgen überprüfen. Mit etwas Glück hat ein Trottel ihr einen Scheck ausgestellt, anstatt ihr Bargeld zu geben. Wie dem auch sei, ich vermute, dass der Polizei einige größere Einzahlungen auffallen würden.“

„Dann sind die Erpressungsversuche bisher nur eine Theorie.“

„Vorerst, ja.“ Er zog eine Augenbraue hoch und musterte mich. „Es klingt, als würdest du dieser Theorie nicht zustimmen.“

„Ich finde die Theorie gelinde gesagt bei den Haaren herbeigezogen. Delaney hat heute Nachmittag meine Welt aus den Angeln gehoben und das wirft ein schlechtes Licht auf zwei sehr anständige Personen.“

„Zwei?“ Er nahm meine Hand, die auf der Armlehne ruhte. „Sag nicht, du glaubst Delaneys Verdacht gegen Charles.“

„Ist sein Verdacht denn unglaublicher als Mary der Erpressung zu beschuldigen? Woher sollte sie denn so etwas anzustellen wissen?“

„Man beginnt damit, Informationen zu sammeln, und so wie ich das sehe, hat sie das definitiv getan.“ Er lehnte sich vor. „Was weißt du wirklich über Mrs. Archer? Sie könnte nach dem Tod ihres Mannes in finanziellen Schwierigkeiten gesteckt haben. Vielleicht brauchte sie dringend Geld und wusste keinen anderen Ausweg.“

„Ich könnte genauso gegen Charles argumentieren. Vielleicht hat er sich in Mary verliebt und sie hat ihn betrogen. Starke Gefühle können so manchen Menschen gewalttätig werden lassen.“

George wies meine Anschuldigungen mit einem Winken ab, wobei unsere Finger noch immer verschränkt waren. „Er und ich sind fast mein ganzes Leben lang schon Freunde. Er ist weder jähzornig noch gewalttätig. Männer seiner Statur brauchen keine Gewalt anzuwenden. Ein wütender Blick ist einschüchternd genug.“

„Vielleicht war Mary nicht eingeschüchtert.“

„Wozu die Einwände? Glaubst du wirklich, dass er ein Mörder ist? Um Himmels willen, er ist dein Cousin."

„Er ist Reggies und Grahams Cousin und beide sind nicht gerade für ihr übermäßig integres Verhalten bekannt."

„Aber auch nicht für mörderische Neigungen. Hat Delaney dir gesagt, wie sie ermordet wurde?"

„Nein."

Er lehnte sich dichter zu mir. „Sie wurde erwürgt, und zwar mit bloßer Hand. Kannst du dir vorstellen, dass Evingdon so wütend oder brutal wird, dass er jemandem den Hals umdreht?"

Ich zuckte zusammen und drehte mich weg. Himmelherrgott, nein. Doch nicht Charles. Ich konnte mir nicht vorstellen, wie er jemanden so verletzte. Ich richtete meine Aufmerksamkeit wieder auf George und schüttelte den Kopf. Auf seinem Gesicht zeichnete sich die Erleichterung ab. Vielleicht sollte ich die Diskussion besser fallenlassen. Zumindest vorerst.

„Dann sind wir also wieder bei Mary als Erpresserin. Wann wirst du dich in die anrüchigen Memoranden vertiefen?"

„Ich hole sie morgen ab, vorausgesetzt, Inspektor Delaney hat Evingdon bis dahin nicht verhaftet." George ließ meine Hand los und stand auf. „Ich sollte ihn besuchen und sichergehen, dass er die Befragung gut überstanden hat. Ist Delaney gleich zu ihm hinübermarschiert?"

„Davon gehe ich aus." Ich stand auf und strich meinen Rock glatt. „Lass mich dich begleiten."

Er zog eine Augenbraue hoch. „Warum willst du mitkommen?"

„Mitleid? Er könnte Gefühle für Mary gehabt haben. Er könnte vor Kummer vergehen."

„Er hat dir doch erst gesagt, dass er keine Beziehung mehr zu ihr wünscht."

Ich schob das Kinn trotzig vor. „Also gut. Dann komme ich wegen meiner Schuldgefühle mit. Ich habe ihm diesen Ärger eingebrockt. Ich habe ihm nicht nur Mary vorgestellt, ich habe ihm auch noch Delaney auf den Hals gejagt."

KAPITEL 4

Da Viscount Evingdon das Landleben bevorzugte, lebte Charles im Stadthaus seines Bruders auf der Albemarle Street in Piccadilly. Die Gegend war das Zuhause der meisten altehrwürdigen Adelstitel und nur eine kurze Kutschfahrt entfernt von meinem Haus in Belgravia auf der anderen Seite des Green Park und des Buckingham Palace. Die Fahrt bot mir die Gelegenheit, George über seine Freundschaft mit Charles auszufragen.

„Wie seid ihr beide so gute Freunde geworden?"

George zuckte mit den Schultern. „Wir lernten uns in der Schule kennen."

„Aber er ist einige Jahre älter als du. Ist das nicht un-üblich?"

„Ältere Schüler nehmen uns jüngere öfter unter ihre Fittiche. Im Alter von zwölf Jahren war ich noch nicht der bullige Wüstling, den du nun vor dir hast. Dank Charles als meinem Mentor blieb mir eine Menge Schikane erspart."

Das Bild, das er mir da beschrieb, konnte ich mir nur schwer vorstellen. Zunächst einmal war er kaum ein bulliger Wüstling. Er war groß, aber eher modisch schlank. Und was Charles als Mentor anbelangte, konnte ich mir eher vorstellen, wie er ihn versehentlich erdrückte, statt ihn zu beschützen. Die Freundschaft seit Schulzeiten musste als Erklärung genügen.

„Er wirkt bloß so anders als du. Er ist ein zweitgeborener Sohn, geht jedoch keiner Arbeit nach. Er hat nie geheiratet und lebt im Haus seines Bruders. Hat er keine Ambitionen?"

„Er ist der Erbe."

Ich machte eine wegwerfende Handbewegung. „Ja, er sagte, deshalb wolle er sich eine Frau suchen. Aber das wurde erst kürzlich festgestellt, als der Viscount und seine Frau erfuhren, dass sie keinen Sohn erwarten. Wie waren seine Aussichten davor?" Ich nagte an meiner Unterlippe und wartete auf Georges Reaktion darauf. Vielleicht ging ich mit Cousin Charles zu hart ins Gericht. „Ich will nicht sagen, dass er sein Leben verschwendet, gar nicht, und es geht mich auch nichts an, wenn er das tut. Ich will nur sagen, dass du ständig mit deinen Ermittlungen und deiner Arbeit beschäftigt scheinst und er wie das Gegenteil von dir wirkt."

George hob die Hände mit einer Geste, die *c'est la vie* sagte. „In mancher Hinsicht sind wir das wohl, doch das macht kaum eine Freundschaft zunichte."

Da wir bei Evingdon angekommen waren, würde ich keine weiteren Antworten erhalten.

Nachdem wir dem Butler unsere Karten überreicht hatten, führte man uns in eine helle Wohnstube. Das Zimmer war im Stil von vor etwa zehn Jahren mit den typisch vielen Quasten ausgestattet und mit so viel Krimskrams dekoriert, dass man es nur Unordnung nennen konnte. Das Haus war eines der älteren in der Gegend und eindeutig seit geraumer Zeit nicht mehr neu eingerichtet worden. Da die derzeitige Lady Evingdon nur selten in der Stadt war, war es an Charles, sich um das Haus zu kümmern. Auf jedem Tisch standen dutzende kleine gerahmte Fotografien. Überall lagen Bücher herum, manche davon aufgeschlagen, und Kleinkram und Tand zierten jede Oberfläche.

„Wo soll man sich da hinsetzen?", flüsterte ich George zu, als unser Gastgeber ins Zimmer kam, um uns zu begrüßen.

„Hazelton", sagte er und schüttelte seinem Freund die Hand. „Wie schön, dass du mich besuchst." Er sah zu mir. „Und meine Cousine Frances auch. Schön, dich zu sehen. Blakely hätte euch in den Salon bringen sollen." Er sah sich in der Wohnstube um. „Etwas unordentlich, nicht wahr?" Er setzte ein charmantes Lächeln auf. „Aber da wir schon hier sind, machen wir doch das Beste daraus."

Er schob sich an mir vorbei, sammelte einige Bücher vom Diwan und deutete uns, uns zu setzen. Er setzte sich auf einen Sessel gegenüber von uns und stapelte, sichtlich nervös, die Bücher auf dem Tisch zwischen uns. Sein Blick wanderte von George zu mir und zurück. „Kann ich euch etwas zu trinken anbieten?", fragte er schließlich.

„Nicht nötig", antwortete George. „Wir sind vorbeigekommen, weil wir vermuten, dass die Polizei dich vielleicht besuchen wird oder schon besucht hat."

„Ah ja, der Kerl von der Metropolitan Police. Ich muss schon sagen, kannst du hellsehen?" Er sah George eindringlich an. „Er ist gerade gegangen. Woher wusstest du, dass er herkommt?"

„Ich fürchte, ich bin diejenige, die ihn hergeschickt hat, Cousin Charles", sagte ich. „Nun, jedenfalls indirekt. Es ist so, dass er mich nach Mary Archer fragte, und ich erzählte ihm, dass ich euch einander vorgestellt habe." Ich hob hilflos die Hände. „Seiner Ansicht nach macht dich das offenbar zu einem Verdächtigen."

„Nun, das erklärt es. Ich habe mich schon gefragt, woher er wusste, dass ich sie kannte."

„Ich nehme an, er hat dir von ihrem ... Hinscheiden berichtet?"

„In der Tat, das hat er. Sehr detailliert. Was für ein elendes Ende für eine so freundliche Dame. Ich fürchte, ich habe sie vielleicht verkannt. Ich will sagen, vielleicht war ich zu voreilig." Er atmete seufzend aus, als müsse er sich sammeln. „Verflucht, ich komme mir wie der Teufel in dieser ganzen Geschichte vor." Er errötete. „Oh, verdammt! Bitte entschuldige, liebe Cousine." Er fuchtelte aufgebracht mit den Händen herum. „Ich meine, verzeih meine Wortwahl. Das war furchtbar unangebracht. Verdammt!" Er verzog das Gesicht bei dem Fluch und sprang auf. „Ich muss mich entschuldigen. Ich glaube, ich sollte Getränke bringen lassen."

Doch anstatt nach einem Diener zu klingeln, lief er zur Tür, riss sie auf und steckte den Kopf raus. „Blakely!", schrie er. „Whiskey!"

„Ich glaube nicht, dass Lady Harleigh nach Whiskey ist", sagte George, während ich nur beobachtete, was sich vor meinen Augen abspielte.

Als er die Tür schließen wollte, lehnte er sich noch einmal durch den Türrahmen. „Und Tee!", rief er hinterher. „Bringen Sie auch Tee!"

George fuhr sich mit der Hand durchs Haar, als mein Cousin wieder seinen Platz einnahm. „Geht es dir gut, Charles?"

„Ganz und gar nicht, danke der Nachfrage."

Er stützte die Ellenbogen auf die Oberschenkel und ließ den Kopf in die Hände sinken. „Dieser Kerl, der Inspektor, glaubt, dass ich es getan habe. Dass ich Mrs. Archer ermordet habe. Wahrscheinlich sucht er schon das Seil aus, an dem er mich aufhängen lässt."

„Er hat einen Verdacht. Und ein Verdacht und eine Verhaftung sind zwei sehr verschiedene Dinge. Und ich hoffe, dich schon bald von seiner Verdächtigenliste zu nehmen. Dazu müsstest du uns natürlich von deinem Gespräch mit Delaney erzählen."

Charles warf mir einen kurzen Blick zu und dann sah er George in die Augen, der nickte. Ich konnte nachvollziehen, dass er meine Vertrauenswürdigkeit in Frage stellte.

„Ich habe die Polizei nicht mit Absicht auf dich gebracht und als ich erfuhr, dass Delaney dich aufsuchen würde, habe ich sogleich Mr. Hazelton kontaktiert, in der Hoffnung, dass er dir rechtliche Unterstützung bieten kann, sollte es nötig sein."

George sah mich fragend an und ich warf ihm einen stechenden Blick zu. Gut, das entsprach nicht ganz der Wahrheit, doch das war jetzt kaum wichtig.

Bevor er etwas entgegnen konnte, klopfte es an der Tür und Blakely trat mit dem Teegeschirr und einer Karaffe, vermutlich dem Whiskey, herein. Während der Butler den Tisch deckte, griff Charles die Karaffe und stellte sie zur Seite.

Ich nahm die Teekanne und warf ihm einen fragenden Blick zu.

Er lächelte. „Ja, Cousine Frances, ich glaube, Tee ist wohl doch die bessere Wahl."

„Zurück zum eigentlichen Thema", sagte George und nahm die Tasse Tee entgegen, die ich ihm reichte. „Sollen wir über deine Unterhaltung mit Inspektor Delaney sprechen? Offensichtlich hat er dich nicht verhaftet, doch ich bin auf seinen Ermittlungsansatz gespannt. Hat er dich wirklich wie einen Verdächtigen in Mrs. Archers Mordfall behandelt?"

„Er hat die Worte nicht ausgesprochen, aber ich habe mich ganz klar wie ein Verdächtiger gefühlt." Charles nahm die Teetasse, die ich ihm anbot, und stellte sie auf seiner Seite auf den Tisch. „Er hat mir eine ganze Reihe von Fragen gestellt. Wie lange kannte ich sie? War ich je in ihrem Haus? Wie nahe hatten wir einander gestanden und warum habe ich die Beziehung beendet?"

Er sah mich an. „Ich habe erst heute Nachmittag in der *Times* von ihrem Tod erfahren. Als ich mit dir gesprochen habe, wusste ich nicht, dass sie tot ist." Er senkte den Blick. „Und das Detail über die Fremdeinwirkung kam überraschend. Ich war gefasst, als der Inspektor eintraf, doch er schien mich deshalb für noch verdächtiger zu halten, was ich für nicht gerechtfertigt halte."

„Es tut mir leid, was du durchlebt hast, Evingdon", sagte George. „Dieser Fall könnte sich für Delaney als sehr schwierig entpuppen. Es ist möglich, dass Mrs. Archers Handeln für eine Menge unbekannte Verdächtige gesorgt hat. Als Frances dich erwähnte, stürzte Delaney sich auf die Aussicht, zumindest einen der Verdächtigen zu kennen. Hat er dir weitere Details über ihren Mord verraten?"

„Mehr als mir lieb ist." Er seufzte. „Danach hat er mir Fragen gestellt und ich habe diese beantwortet."

„Es wäre hilfreich zu wissen, wie deine Antworten lauteten", sagte George.

Charles lächelte betrübt. „Ich habe sie vor drei Wochen durch Lady Harleigh kennengelernt. Ich begleitete sie und einige Freunde vor zwei Wochen ins Theater und zum Abendessen. Wir waren letzte Woche im *British Museum* und haben noch einen Ausflug ins Theater gemacht." Er sah mich wieder an. „Ich gehe gern ins Theater. Da das meine ganze Bekanntschaft mit Mrs. Archer umfasst, ist es wohl klar, dass es keine enge Beziehung war, sondern wir einander erst kennenlernten. Und ja, ich war zwei Mal bei ihr, um sie für unsere Theaterbesuche abzuholen. Wir haben uns am Museum getroffen."

„Ich verstehe. Hast du das so klar dargestellt, als du mit Delaney geredet hast?"

„Nicht einmal ansatzweise." Er vergrub das Gesicht wieder in den Händen.

George senkte den Kopf zu mir. „Evingdon neigt dazu etwas zu schwafeln, wenn er unter Druck steht", erklärte er.

Ich zog eine Augenbraue hoch.

Er sah mich grimmig an und wandte sich wieder an seinen Freund. „Ist das alles?"

„Nein. Ich musste ihm sagen, wo ich den Dienstag verbracht habe, und einen Teil war ich in Begleitung und den Rest des Tages hier zu Hause. Ich musste wieder erklären, warum ich mich entschieden habe, Mrs. Archer nicht mehr zu sehen." Er warf mir einen Seitenblick zu, wohlwissentlich, dass er die Frage schon bei mir vermieden hatte.

George ließ sich nicht abwimmeln. „Und?"

„Sie verkehrte mit einem anderen Gentleman."

Das erregte Georges Aufmerksamkeit. Er lehnte sich voller Neugier vor. „Mit wem?"

Charles senkte den Blick. „Das weiß ich leider nicht. Wir hatten eine Verabredung für Dienstagabend, aber Mary schickte mir einen Brief, um abzusagen. Da ich nichts mit mir anzufangen wusste, entschied ich mich, einen Freund zu besuchen, der in ihrer Nachbarschaft wohnt. Nach dem Abendessen fuhr ich auf dem Rückweg an ihrem Haus vorbei."

Er musterte unsere Gesichter und blickte finster drein. „Ich war auf dem Heimweg." Er setzte sich gerade auf und legte die Hände auf die Knie. „Die Sache ist die, ich fuhr die Straße entlang und sah einen Mann aus ihrem Haus und in eine Kutsche eilen."

Er zuckte mit den Schultern. „Wenn ich so darüber nachdenke, könnte die Situation komplett harmlos gewesen sein, aber es wirkte nicht so. Seine Kutsche war die einzige auf der Straße, also hatte sie keine weiteren Gäste. Es ist natürlich ihr gutes Recht, zu treffen, wen immer sie will, doch die zwei waren allein in ihrem Haus und ich schätze, ich dachte, dass sie mich für einen anderen Mann vertröstet hat."

„An welchem Abend sagtest du war das?", fragte George mit angespannter Stimme.

„Dienstag."

„Oh je. Der Zeitung nach wurde ihre Leiche am Mittwoch gefunden." Ich blickte rasch zu George. „Könnte sie am Dienstag ermordet worden sein?"

George hob die Hände in einer hilflosen Geste. „Möglich wäre es. Ein Nachbar hat sie früh am Mittwochmorgen gefunden. Er war auf dem Weg zur Arbeit und sah ihre offene Tür. Also klopfte an ihrer Tür, doch da sie nicht antwortete, ging er hinein. Ich habe noch nicht von einem genauen Todeszeitpunkt gehört."

Charles sah mich skeptisch an. „Warum solltest du das? Hast du ein Interesse in der Angelegenheit? Ich meine, abgesehen von deiner Sorge um mich, die ich natürlich sehr schätze."

George nahm einen Schluck und stellte seine Tasse dann vorsichtig vor sich auf den Tisch, offensichtlich wägte er ab, wie viel er preisgeben konnte. „Es gibt einen sehr heiklen Aspekt in diesem Fall und ich wurde darum gebeten, zu helfen, aber sei dir versichert, dass, wenn ich mich entscheiden muss, an diesem Fall zu arbeiten oder dich zu vertreten, ich mich auf jeden Fall für dich entscheiden würde."

„Kannst du nicht beides tun?" Charles' Verwirrung zeichnete sich auf seinem Gesicht ab.

„Nicht öffentlich, nein." George lächelte ihm zuversichtlich zu. „Hinter den Kulissen kann ich vielleicht mit mehr davonkommen. Ich würde es jedoch bevorzugen, jeden Verdacht gegen dich auszuräumen, also kommen wir noch einmal zu dem Mann, den du aus ihrem Haus hast kommen sehen. Hast du Delaney von ihm erzählt? Konntest du ihn beschreiben?"

„Das habe ich, aber ich konnte ihm nicht mehr sagen, als ich euch erzählt habe. Es hat an dem Abend genieselt. Ich konnte nur erkennen, dass er groß war, aber weder besonders schlank oder stämmig. Er war dunkel gekleidet. Die Kutsche war unauffällig, vermutlich gemietet. Da war nichts, woran man ihn identifizieren könnte." Frustriert zog er die Stirn kraus. „Meine Erinnerung ist generell unzuverlässig, aber ich kann mich an nichts weiter erinnern, das ich aus der Entfernung hätte sehen können."

„Was ist mit deinem Kutscher?", fragte ich. „Könnte Delaney ihn nicht beim Wort nehmen, dass du bloß vorbeigefahren bist?"

„Ich hatte die einspännige Kutsche mit dem Halbverdeck genommen und war selbst gefahren." Charles schüttelte den Kopf. „Nur ich und das Pferd und das will nicht aussagen."

„Nun, Delaney muss deiner Geschichte Glauben geschenkt haben, denn er hat dich nicht verhaftet", sagte ich und hoffte, so seine Sorgen zu mindern.

„Sie stehen noch am Anfang der Ermittlungen", ergänzte George. „Die Polizei wird die Nachbarschaft durchkämmen und mit etwas Glück hat jemand den Mann gesehen. Wenn nicht, könnte Evingdon, je nachdem, was der Bericht des Coroners ergibt, sich genau zum falschen Zeitpunkt an dem Ort und ohne Zeugen, die ihm ein Alibi geben, aufgehalten haben." Er hob den Blick und sah zu Charles. „Es gab keine weiteren Zeugen, oder? Du hast niemanden sonst gesehen?"

„Nein. Vielleicht hat ein Nachbar etwas vom Fenster aus gesehen, aber mir ist bewusst, dass ich nicht fein raus bin, selbst wenn Nachbarn die Anwesenheit eines weiteren Herren bestätigen. Ich kann nur hoffen, dass du mich verteidigen wirst, sollte ich verhaftet werden."

„Ich hoffe, dass es nicht so weit kommt", antwortete George. „Doch du solltest dich auf die Möglichkeit gefasst machen. Und selbstverständlich werde ich dich verteidigen."

Ich musterte sein Gesicht und suchte nach Anzeichen falschen Wagemuts, doch trotz des finsteren Blicks hatte er den Kiefer entschlossen vorgeschoben. Ich hatte noch immer Mühe, mir Charles als einen Mörder vorzustellen, doch so zuversichtlich wie George war ich nicht.

„Zunächst muss ich erfahren, wie die Polizei mit der Ermittlung vorangekommen ist, um herauszufinden, ob sie Hinweise übersehen haben, die ich inspizieren kann. Und da ich damit überaus beschäftigt sein werde, muss ich meine Aufgabe eventuell Lady Harleigh übergeben."

Überrascht keuchte ich auf. „Das heißt …" Himmel. Würde er mich Marys Notizen lesen lassen?

George sah mich mit amüsiert funkelnden Augen an. „Wenn dir die Aufgabe nicht zu mühselig ist?"

„Ich glaube, ich bin dem gewachsen", entgegnete ich und verkniff mir, aufzuspringen und einen Freudentanz aufzuführen. Der Gedanke, dass George mir eine solche Verantwortung anvertraute, löste in mir freudige Erregung aus.

„Geht es bei dieser Aufgabe um die unbekannten Verdächtigen, die du erwähnt hast?" Charles' sonst so offene Miene verzog sich. „Wenn es hilft, das Monster, das Mrs. Archer umgebracht hat, aufzuspüren, muss ich auch daran teilhaben."

Ich blickte flüchtig zu George. Er fuhr sich mit der Hand über das Kinn und starrte in die Ferne. Ich konnte Charles' Wunsch nachvollziehen, doch die Entscheidung lag nicht bei mir. „Wir reden hier über etwas, das möglicherweise Beweismittel sein könnten. Wenn ich dein Anwalt wäre, könnte man mir Zugang dazu gewähren."

„Sollte ich angeklagt werden, bist du derjenige, den ich bitten werde, mich zu verteidigen." Seine Miene war hoffnungsvoll.

Georges Blick glitt wieder in die Ferne. „Im rechtlichen Sinne ist es wohl grenzwertig, doch ich bin bereit es zu versuchen." Er drehte sich zu mir. „Ich habe mir sagen lassen, dass es eine geraume Menge an Material zu prüfen gibt. Du könntest Unterstützung brauchen."

Nachdem wir detektiert hatten, dass Charles nicht in direkter Gefahr war, verhaftet zu werden, entschieden wir drei, uns am nächsten Morgen in meinem Haus zu treffen und uns an Marys Aufzeichnungen zu machen. George und ich verabschiedeten uns und stiegen wieder in die Kutsche nach Hause.

Ich beäugte Georges Gesicht im Profil, während er aus dem Fenster sah und die vorbeiziehenden Menschen auf der Straße und die Geschäfte beobachtete. Vermutlich wägte er ab, wie er seinem Freund am besten helfen konnte. Ich dachte derweil über Charles' Geschichte nach. An Marys Haus vorbeizufahren, nachdem sie ihre Verabredung abgesagt hatte, schien mir ihre Privatsphäre zu stören. Sie hatte jedes Recht abzusagen und er hatte kein Recht ihr nachzuspionieren.

Ihr Haus war in der Baker Street, die man jedoch entlangfuhr, wenn man von Marylebone zum Grosvenor Square und von dort nach Piccadilly und zu Charles' Haus fuhr. Wenn der Freund, den er besucht hatte, in Marylebone wohnte, war das eine logische Route. Vorausgesetzt, sein Freund wohnte dort. Warum hatte ich ihn nicht danach gefragt?

Noch eigenartiger war, dass er genau zu dem Zeitpunkt, als der andere Mann das Haus verließ, dort vorbeikam. Die vage Beschreibung des Mannes traf genauso gut auf Charles selbst zu. Wenn er sich die Geschichte ausgedacht hätte, würde er dann nicht einen kleinen, dicken oder dünnen Mann beschreiben? Ich rief mir in Erinnerung, dass er nicht den schärfsten Verstand besaß, aber aus dem Grund wollte ich ihm Glauben schenken. Deshalb und weil George ihm vertraute. Ich wollte, dass George Recht behielt.

„Was ist der nächste Schritt?"

Er drehte sich wieder zu mir und kniff die Lippen zu einer schmalen Linie zusammen. „Das habe ich mich auch gefragt", sagte er. „Ich sollte die neusten Entwicklungen von", er machte eine mysteriöse Pause, „meiner Kontaktperson bekommen und herausfinden, was die Polizei in der Nachbarschaft und vom Coroner erfahren hat. Sie könnten nützliche Beweismittel in ihrem Haus gefunden oder die Familie befragt haben."

Aufregung stieg in mir hoch. „Ich könnte mit ihrer Familie sprechen. Als Marys Freundin muss ich ihre Schwester besuchen, wenn sie nach London kommt, und es wäre sicherlich angemessen, wenn ich der Familie ihres verstorbenen Ehemanns auch einen Besuch abstatte und meine Anteilnahme zum Ausdruck bringe. Wenn du weißt, was die Polizei erfahren hat, kannst du mir sagen, ob es noch etwas gibt, das du noch herausfinden musst. Als eine gesellschaftlich Ebenbürtige kann ich vielleicht mehr private Details herauskitzeln, die der Polizei vorenthalten wurden."

„Ich bin nicht sicher, ob sie dich für ebenbürtig halten, Countess", sagte er grinsend.

„Sie sind neureich, das mag sein, aber unsere gesellschaftlichen Leben kreuzen sich häufig." Ich zuckte leichtfertig mit den Schultern. „Und wenn sie mich als ihnen überlegen betrachten, macht es das nur einfacher für mich, Antworten auf unverfrorene Fragen zu erhalten."

Er presste die Lippen wieder aufeinander und biss die Kiefer zusammen.

„Was denn?"

„Ich will nicht, dass du dich in Gefahr bringst. Bisher wissen wir nur, dass Mrs. Archer ermordet wurde, doch wir wissen nicht, wieso. Nur weil die Polizei eine Theorie hat, muss diese noch lange nicht stimmen. Was, wenn jemand aus der Familie sie umgebracht hat? Ich will nicht, dass du einem Mörder suggestive Fragen stellst."

„Ich finde, du spannst den Ochsen hinter den Pflug. Warum warten wir nicht ab, was du morgen erfährst und dann noch herausfinden musst? Ich verspreche, dass ich keine möglichen Verdächtigen befrage, ohne es vorher mit dir zu besprechen. Fühlst du dich damit wohler?"

Er lächelte misstrauisch. „Das würde ich, wenn dein Versprechen nicht so ambitioniert für dich wäre. Vergiss nicht, dass jemand bei deiner letzten Ermittlung versucht hat, dich umzubringen." Er zog eine Braue hoch. „Wirst du mich vorher zu Rate ziehen, bevor du irgendetwas unternimmst?"

Ich riss die Augen weit auf und setzte einen unschuldigen Blick auf. „Das hier ist deine Ermittlung. Die bloße Tatsache, dass du mich daran teilhaben lässt, genügt, dass ich mich von meiner besten Seite zeigen werde. Ich verspreche, dass ich all deine Regeln einhalte und gut auf meine Sicherheit aufpasse."

Ich sah einen Anflug von Selbstzufriedenheit über sein Gesicht huschen. Was hatte er nur vor? „Ich will einem geschenkten Gaul nicht ins Maul gucken, George, aber ich wüsste gern, warum du bereit bist, mir etwas von deiner Verantwortung zu übertragen."

Er nahm meine Hand und drehte sie so, dass er mein Handgelenk gerade oberhalb der Spitze meines Handschuhs küsste. „Es gefällt mir, mit dir zusammenzuarbeiten, Frances. Ich glaube, dass du eine perfekte Partnerin abgibst. Und in dieser Angelegenheit brauche ich wirklich deine Hilfe."

Seine Worte und Taten verwirrten mich über alle Maße. Meinte er mit *Partnerin* die Ermittlung oder etwa mehr?

„Wirst du Charles helfen können?", fragte ich.

Er nickte. „Der Fall wird kompliziert. Das Einzige, das schlimmer ist, als kein Verdächtiger, sind zu viele Verdächtige. Es wäre ein Leichtes, Anklage gegen Charles zu erheben und die ganze Geschichte um die eventuellen Erpressungsversuche gänzlich zu vergessen."

„Außer ich finde einen wahrscheinlicheren Verdächtigen durch Marys Notizen."

„Das ist meine Hoffnung."

Wir waren also Partner in der Ermittlung. Wie albern von mir, an etwas anderes zu denken. Wenn es jedoch bloß Einbildung war, warum hielt er meine Hand noch?

KAPITEL 5

Als ich am nächsten Vormittag in die Bibliothek kam, wo ich gehofft hatte, in Ruhe meine Kontobücher zu prüfen, traf ich dort jeden Bewohner des Hauses an, einschließlich meiner siebenjährigen Tochter Rose und ihres Kindermädchens.

Ich gab Rose einen Kuss auf den Kopf. Ihr welliges, dunkles Haar war meist mit einer Schleife zusammengenommen, doch heute trug sie zwei fest geflochtene Zöpfe. „Ich habe dich beim Frühstück vermisst, Liebling." Nachdem sie mich umarmt hatte, sah ich mich im Zimmer um. „Ich hatte mich schon gefragt, warum ich das Esszimmer heute Morgen für mich allein hatte. Warum versteckt ihr euch an so einem schönen Tag hier drinnen?"

Ich drehte mich zu Lily und Lottie um, die das Bücherregal hinter dem Schreibtisch durchstöberten. „Hattet ihr beiden heute nicht einen Ausflug geplant?" Ich musste selbst zugeben, dass mein Tonfall etwas gereizt war, aber dies war schließlich meine Bibliothek und ich hatte auf ein wenig Privatsphäre gehofft.

Lilys blonde Locken sprangen ihr ums Gesicht, als sie sich umdrehte. „Das haben wir. Leo hat Fahrräder besorgt und wir planen, damit durch den Hyde Park zu fahren."

Fahrräder? Hoffentlich war Lottie auf Rädern geschickter als auf den eigenen Beinen. „Seid nur vorsichtig."

„Ich warte auf Onkel Graham." Rose hing an meiner Hand und wippte ungeduldig auf die Zehenspitzen. „Er kommt her, um mit Tante Hetty zu arbeiten, und Nanny und ich nehmen seine Kutsche zurück zu seinem Haus, damit ich mit den Jungs spielen kann."

Die Jungs waren ihre Cousins, Grahams Söhne. Sie waren einige Jahre älter, aber da Grahams Familie zu uns auf das Anwesen gezogen war, während ich um meinen Ehemann trauerte, hatten sich die Kinder angefreundet. Rose wurde bald acht und war somit zwei Jahre jünger als Grahams jüngster Sohn. Am liebsten lief sie ihnen nach und ich wagte zu behaupten, dass sie Spaß daran hatten, sich vor ihr aufzuspielen.

Ich für meinen Teil war begeistert, dass sie Spielkameraden hatte. Die meisten Familien zogen ihre Kinder auf dem Land groß. Sogar ihre Katze, das Geschenk von Lilys Verlobtem, bevorzugte das Landleben. Sie tauchte unter, als Rose und ich vor einigen Monaten von Harleigh Manor nach London zurückkehrten, und wir mussten ohne sie abreisen. Allen Berichten zufolge wuchs sie zu einer richtigen Mäusefängerin im Stall heran. So schön das auch für sie war, vermisste Rose ihre kleine Freundin. Vielleicht sollte ich es in Erwägung ziehen, Rose ein neues Haustier zu schen-ken.

Ich sah zu Hetty, die an meinem Schreibtisch saß. „Ich hatte vergessen, dass du heute hier mit Graham arbeitest." Graham war nicht so verschwenderisch wie mein verstorbener Ehemann, aber er verstand mehr von Landwirtschaft als von Finanzen. Das war jedoch Hettys Fachgebiet. Als er sie das letzte Mal um einen Kredit gebeten hatte, bot sie an, ihm dabei zu helfen, seine Finanzen in den Griff zu bekommen. Es war ein strategischer Schritt gewesen.

„Ich nehme an, dass ihr hier arbeiten werdet?" Wunderbar. Jetzt hatte ich den Zutritt zu meiner eigenen Bibliothek verloren.

Hetty sank in ihrem Stuhl zusammen. „Entschuldige, Frances. Ich wollte dir keine Unannehmlichkeiten bereiten, doch ich habe keinen anderen Platz zum Arbeiten. In Zukunft werde ich dich vorher fragen, bevor ich einen Termin mit ihm ausmache."

Ich schluckte meine Enttäuschung herunter. „Lass dich nicht stören. Ich finde einen anderen Ort." Ich setzte mich ihr gegenüber an den Schreibtisch, als Nanny Rose an die Hand nahm und die beiden durch die Flügeltüren in den Garten schlüpften.

„Du arbeitest schon seit einer Woche mit Graham. Wie kompliziert sind seine Anlagen denn?"

„Ich weiß es erst sicher, wenn ich seine Unterlagen sortiert habe", sagte sie und schnalzte missbilligend mit der Zunge, „und die sind ein fürchterliches Durcheinander. Graham wollte seinen Verwalter nicht damit heimsuchen, weil der Mann schon mit dem Anwesen alle Hände voll zu tun hat, aber er wollte sich auch nicht in Unkosten stürzen und einen Sekretär einstellen." Sie verzog das Gesicht zu einer Grimasse. „Also hat er seine Anlagen und die Unterlagen selbst verwaltet."

„Ich schließe daraus, dass Buchführung nicht seine Stärke ist?"

„Ganz und gar nicht. All die Unterlagen durchzugehen, war mühselige Arbeit. Allmählich wird es frustrierend."

„Ich könnte dich als deine Sekretärin unterstützen."

Wir drehten uns beide um und sahen Lottie neben mir stehen, die mit großen Augen eifrig nickte, als würde sie ihrem eigenen Vorschlag zustimmen. „Ich bin sehr gut darin, Unterlagen zu sortieren", sagte sie. „Als ich ehrenamtlich im Metropolitan Museum of Art gearbeitet habe, habe ich die meiste Zeit Mr. Cesnolas Unterlagen sortiert."

Hettys Miene erhellte sich. „Nun, das könnte genau das Richtige sein, meine Liebe. Ich könnte jemanden mit Organisationstalent gebrauchen."

Ich starrte Hetty an, während sich in meinen Gedanken das Bild von Lottie, die Tinte über Grahams Unterlagen auskippte, zusammensetzte. „Du bist hier, um dich zu amüsieren, Liebes. Wir können dich doch nicht an die Arbeit schicken.“

„Ich würde es nicht als Arbeit erachten. Ich habe wirklich Spaß daran, Dinge zu organisieren.“

„Nun, ich werde dich nicht deine Verabredungen absagen lassen, aber wenn du mir in deiner freien Zeit zur Hand gehen würdest, wäre ich dir für die Hilfe sehr dankbar.“ Hetty sah mir in die Augen und kniff herausfordernd die Augenbrauen zusammen.

Ich zuckte mit den Schultern. „Wenn ihr zwei euch einig seid, werde ich euch nicht im Weg stehen.“ Hetty lächelte mich triumphierend an und Lottie strahlte. Schon merkwürdig, wie sich manche Leute amü-sierten.

„Wunderbar“, sagte Hetty. „Ich gehe die Unterlagen später mit dir durch, wenn du von eurem Nachmittagsausflug zurück bist.“ Sie sah zu mir. „Da wir gerade über den Nachmittag reden: Wo bist du gestern hin verschwunden? Du gingst, um Hazelton zu sprechen, und ich habe dich nicht wiedergesehen, bis wir einander auf dem Flur getroffen haben, weil ich für den Abend ausgegangen bin. Ihr habt doch wohl nicht die ganze Zeit über den Mord an Mrs. Archer geredet?“ Sie zog vielsagend eine Augenbraue hoch.

„Da muss ich dich leider enttäuschen. Das haben wir tatsächlich.“ Ich lehnte mich über den Schreibtisch und berichtete im Flüsterton, was ich verraten durfte.

Je mehr ich erzählte, desto besorgter wurde ihre Miene. „Ich habe immer vermutet, dass Hazelton mehr als nur ein nichtstuender Gentleman ist, daher frage ich nicht weiter, wie er dazu gekommen ist, an diesem Fall zu arbeiten. Und ich kann nachvollziehen, warum er seinem Freund zur Hilfe kommt, aber warum um alles auf der Welt tritt er diese Aufgabe, wie du sagst, an dich ab?“

„Die Aufgabe besteht nur darin, die Unterlagen zu analysieren, die sich vielleicht als Beweismittel entpuppen könnten.“ Ich zuckte mit den Achseln. „Er glaubt, dass ich dabei helfen kann.“

„Vielleicht wäre es besser, wenn Lottie dir hilft und nicht mir.“

„Cousin Charles hat angeboten, zu helfen.“

Hettys Gesichtsausdruck verdüsterte sich. „Ist das klug? Ich verstehe ja, dass er dein Cousin ist, Liebes, aber eine Frau wurde ermordet und Delaney verdächtigt Mr. Evingdon.“

Ich schüttelte den Kopf. „Ich bin mir sicher, dass er unschuldig ist, und es ist meine Schuld, dass er in dieser Lage ist. Ich habe die beiden einander nicht nur vorgestellt, meinetwegen verdächtigt Delaney ihn, Mary ermordet zu haben.“

Hetty warf mir einen warnenden Blick zu und legte ihre Hand auf meine. „Ich bin guter Dinge, dass Hazelton sein Bestes geben wird, um dich zu beschützen, aber sei trotzdem vorsichtig.“

Wie gerufen klopfte Mrs. Thompson an der Tür und kündigte George und Charles an. Lily und Lottie drehten sich um und warfen dem letzteren Gentleman interessiert Blicke zu, als die beiden das Zimmer betraten. In meinen Augen rückte Charles in den Hintergrund, wenn er neben George stand, doch so hatte wohl jeder seine Vorlieben.

Charles machte seine sehr deutlich. Nachdem er uns begrüßt hatte, ging er unmittelbar zu Lottie. „Miss Deaver“, sagte er und verbeugte sich. „Es freut mich, zu sehen, dass es Ihnen so gut geht, obwohl ich natürlich nicht weiß, ob es Ihnen gut geht. Ich will sagen, Sie scheinen vollkommen unverletzt.“ Er schenkte ihr ein verschmitztes Lächeln. „Nach Ihrem gestrigen Fehltritt.“

Sie errötete. „Es geht mir tatsächlich gut und ich bin unverletzt, dank Ihrer Hilfe.“

Ich überließ sie ihrer Unterhaltung und drehte mich zu George um. „Es scheint, dass Tante Hetty und Graham heute planen hier zu arbeiten. Könnten wir unsere Arbeit in deine Bibliothek verlegen?“

„Aber natürlich“, antwortete er. „Das hatte ich sowieso vorschlagen wollen, denn die Unterlagen, die ich erhalten habe, sind umfangreicher als erwartet. Wenn du bereit bist, können wir jetzt gehen.“

„Aber wenn du davoneilst, verpasst du Leo“, sagte Lily.

„Wir müssen leider, Liebes.“ In erster Linie, weil ich darauf brannte, mich an Marys Notizen zu machen, und Sorge hatte, dass George jeden Augenblick seine Meinung ändern könnte, doch ich hatte außerdem keinerlei Absicht, auf Leo zu warten. „Bitte entschuldige uns.“

Lily zog eine Schnute. „Dann versuch zumindest daran zu denken, dass wir morgen mit den Kendricks zu Abend essen.“

Oh, natürlich. Abendessen mit den Kendricks. Ich freute mich wirklich darauf, Lilys zukünftige Schwiegereltern besser kennenzulernen, doch wegen der neuen Arbeit hatte ich den Gedanken verdrängt. Das musste Lily aber nicht wissen. „Selbstverständlich denke ich daran, Liebes. Samstagabend.“

Damit gingen George, Charles und ich in den Garten hinaus, wo ich Rose umarmte und wir den Geheimweg in Georges Garten und von dort in seine Bibliothek nahmen.

„Ziemlich praktisch, so ein privater Weg“, sagte Charles. Er unterdrückte ein Glucksen, als George sich umdrehte und ihn böse anstarrte. „Ich wollte nichts damit andeuten“, fügte Charles hinzu.

George knurrte etwas, das ich nicht recht verstand, und zog eine Ledertasche hinter seinem Schreibtisch hervor und stellte sie mit einem dumpfen Aufschlag darauf.

„Ich hoffe, die Tasche ist so schwer und nicht der Inhalt", murmelte ich.

Meine Hoffnung wurde enttäuscht, als er die Riemen löste und etliche Aktenmappen, die in dickes Papier geschlagen und verschnürt waren, herauszog. Er warf mir ein schiefes Lächeln zu. „Es tut mir leid, aber ich fürchte, es ist der Inhalt."

Charles beäugte den Stapel Akten und stieß einen Pfiff aus. „Was ist das alles?"

Ich zog die Augenbrauen hoch und sah zu George. „Du hast es ihm noch nicht gesagt?"

„Mir was gesagt?"

„Die Polizei vermutet, dass Mrs. Archer mit Erpressungsversuchen zu tun hatte", antwortete George und beobachtete Charles' Reaktion.

Er riss den Kopf hoch, als hätte ihn jemand geohrfeigt. „Zum Teufel! Sie wurde erpresst? Aber warum das?"

„Nein, Charles." Ich legte ihm eine Hand auf den Arm. „Die Polizei glaubt, dass sie jemanden erpresst haben könnte. Vielleicht mehrere Leute."

Er sackte auf seinem Sessel zusammen. „Nicht doch. Das ist nicht möglich. Sie war eine freundliche, liebevolle Frau."

George sah ihn mitfühlend an. „Diese Unterlagen beinhalten Informationen privater Art über fast jedes bekannte Mitglied der feinen Gesellschaft. Es braucht weitere Ermittlungen, um herauszufinden, ob sie jemanden erpresst hat, aber die Tatsache, dass sie diese merkwürdige Sammlung von Informationen über so viele Leute besaß, deutet darauf hin, dass sie vielleicht deshalb ermordet wurde." Er zuckte die Achseln.

„Insbesondere, weil sich keine weiteren Motive ergeben haben."

Er tippte mit dem Zeigefinger auf die oberste Mappe. „Wenn jemand herausgefunden hat, dass sie rufschädigende Informationen über ihn besitzt, könnte er sie zum Schweigen gebracht haben. Ich wage zu behaupten, dass der Name des Mörders hier drin steht."

Es klang wie eine logische Schlussfolgerung, aber etwas fehlte. „Wenn die Polizei diese Unterlagen in ihrem Haus gefunden hat, warum hat der Mörder sie dann nicht mitgekommen, als er verschwunden ist? Oder zumindest die ihn betreffende Notiz?"

„Er könnte danach gesucht haben, aber er war nicht so sorgfältig wie Delaney. Der ganze Stapel wurde unter einer lockeren Diele in einem Ankleidezimmer unter dem Teppich gefunden."

„Warum hat die Polizei sie dir überlassen?", fragte Charles.

„Sagen wir einfach, ein Freund hat um einen Gefallen gebeten. Die Notizen sollen ziemlich skandalös sein und ihm wäre es lieber, wenn ich sie sichte und nicht die Polizei." Er sah Charles fest an, und dann mich. „Daher erwarte ich von euch beiden absolute Verschwiegenheit. Nichts davon darf an die Öffentlichkeit geraten."

Charles winkte ab. „Ja, ja. Ich verliere kein Wort und so weiter. Schließlich ist es unwahrscheinlich, dass ich mit jemandem darüber rede. Klatsch mag ich nicht sonderlich."

„Auch wenn ich euch beiden vertraue, diskret zu sein, ist es eine große Menge an Informationen. Seid vorsichtig, dass euch nichts herausrutscht."

George wartete, bis wir es beide versprachen. „Also gut, machen wir uns an die Arbeit."

Er reichte uns beiden eine prall gefüllte Mappe.

Ich setzte mich auf den Gästesessel neben Charles. „Was genau hoffen wir, darin zu finden?"

George setzte sich an den Schreibtisch. „Alles, was nach Erpressungsmaterial aussieht. Je vernichtender, desto wahrscheinlicher. Wir sollten wohl mit den bekanntesten Namen, die ihr findet, anfangen."

„Bleibst du und hilfst uns? Ich dachte, du warst der Ansicht, heute mehr über die Polizeiermittlungen zu erfahren."

„Das war mein Plan, aber die Polizisten durchkämmen heute Vormittag wieder Mrs. Archers Nachbarschaft. Ich werde warten müssen, bis sie gehen, damit ich dort herumschnüffeln kann, ohne Argwohn zu verursachen. Nur Delaney weiß, dass ich darin involviert bin, und offiziell sind die Notizen meine Aufgabe und nicht, einen Verdächtigen von der Liste zu streichen."

Er blickte zur Uhr auf dem Regal hinter dem Schreibtisch. „Sie sollten jetzt fertig sein. Ich bleibe nur solange, bis ihr zwei mit der Suche begonnen habt."

Ich fragte mich, ob seine Vorsicht wegen der Polizisten bedeutete, dass er vorhatte, sich in Marys Haus zu schleichen. George hatte mir die Kunst, heimlich ein Haus zu durchsuchen, vor einigen Monaten beigebracht. Da ich nicht wusste, ob Charles von den geheimen Tätigkeiten seines Freunds wusste, entschied ich, dass die Frage warten musste. Georges Anwei-sungen folgend, schnürte ich die Mappe auf und zog das erste Blatt heraus.

Es ergab absolut keinen Sinn. Das Papier war übersät mit Buchstaben, Bindestrichen, Initialen und Wortfetzen. „Was um alles auf der Welt soll das bedeuten?" Ich drehte das Blatt um und zeigte es George, der verwirrt dreinblickte, als er den Text studierte.

„Offenbar hat sie eine Art Abkürzung oder Kurzschrift benutzt."

„Kurzschrift?" Ich drehte das Blatt wieder um und musterte die Schrift.

A.S.W. und E.C.? oder E, PoW? Dinner? Sav. Nicht im Gästesaal des H.

Ich starrte über den Schreibtisch zu George. „Wie soll ich jemals herausfinden, was das bedeutet?"

Er lehnte sich auf seinem Stuhl zurück und strich sich über das Kinn, während er mich beobachtete. „Die Notiz über dich, die Delaney dir gezeigt hat. War sie auch so geschrieben?"

„Nein." Ich starrte über seinen Kopf hinweg zum Bücherregal und versuchte, mir die Notiz in Erinnerung zu rufen. „Nun, manche Wörter waren abgekürzt, aber Grahams und mein Name waren ausgeschrieben."

„So?" Charles reichte mir ein Blatt aus seiner Mappe. Ich las laut vor.

„Lady Elinor Finch hat letzte Weihnachten im *Royal Opera House* eine rauschende Gala ausgerichtet, alle waren entzückt – bis auf die Inhaber, die sich fragen, ob Sie sie je bezahlen wird."

Ich gab ein prustendes Lachen von mir, ehe ich mich fasste. „Gütiger Himmel, wie hat Mary davon erfahren?" Ich reichte George das Blatt. „Und ja, genauso war die Notiz über mich geschrieben."

George legte die verschlüsselte Notiz auf seinen Schreibtisch und winkte Charles und mich zu sich. „Lasst uns versuchen, diesen Text zu enträtseln. Der Inhalt könnte erklären, warum sie sich entschloss, die Notiz so festzuhalten."

„Die Buchstaben mit den Punkten sind vermutlich Initialen, meint ihr nicht auch?" Charles wartete auf Zustimmung.

„A.W.S.", las ich vor. „Alicia Stoke-Whitney?"

„Möglich", murmelte George. „Mir fällt eine Reihe von E.C.s ein."

„Du meine Güte." Meine Hand fuhr unweigerlich zur Brust, als ich meine Begleiter ansah. „Es kann nur eine Interpretation der nächsten Initialen geben."

„Edward, Prince of Wales." Charles machte eine abwerfende Handbewegung. „Ihn zu erpressen wäre sinnlos. Der Mann ist stets ohne Mittel."

„Dann ist E.C. höchstwahrscheinlich Ernest Cassel." Georges Blick wanderte nach Bestätigung suchend zwischen uns hin und her.

„Gut möglich", stimmte Charles zu. „Die beiden sind gute Freunde."

„Und sehen einander sehr ähnlich." Jetzt, wo wir die Hauptpersonen entschlüsselt hatten, oder zumindest eine Vermutung hatten, ergab die Notiz gleich mehr Sinn. „Seht nur, sie fragt, ob es der Prinz oder Cassel war, den Alicia getroffen hat. Da sie ein Dinner erwähnt, ist Sav vermutlich das Savoy."

„Auf Dinner folgt ein Fragezeichen und außerdem hat sie angemerkt, dass das Paar nicht im Gästesaal des Hotels gesehen wurde. Folglich stellt sich die Frage, wohin sie verschwunden sind, als sie erstmal drinnen waren."

„Himmel, wird Alicia denn niemals die Finger von den Ehemännern anderer Damen lassen?" Keiner der beiden antwortete auf die Frage. Vermutlich war allgemein bekannt, dass Alicia und mein verstorbener Mann viel Zeit miteinander verbracht hatten.

Ich dachte über die Notiz nach, während ich über den Schreibtisch hinweg George ansah.

„Alicias Ehemann muss mit der Scheidung drohen", sagte ich. „Zumindest hat sie mir das vor einigen Monaten erzählt. Diese kleine Geschichte würde ihm gewiss einen Grund liefern."

George presste die Lippen aufeinander. „Die Frage ist, will Alicia ihren Ehemann und ihren Ruf um den Preis behalten, dass sie einer Erpresserin das Geld zahlt, um die Geschichte geheim zu halten?"

„Oder will das der Gentleman?", fragte ich.

Er zog die Augenbrauen hoch. „Ich würde sagen, das hier ist ein Kandidat."

„Ich stimme dir zu. Die Notiz über Lady Finch mag peinlich sein, aber kaum der Erpressung wert. Vielleicht hat sie sich deshalb nicht die Mühe gemacht, sie zu verschlüsseln. Sind alle deine Notizen so geschrieben, Charles?"

Er hielt einige Seiten hoch. „Alles, was ich bisher gelesen habe, ist glasklar und völlig langweilig."

Ich blätterte meine Mappe durch. Weitere Abkürzungen und scheinbar zufällige Buchstaben. „Nun, wenn Charles nicht mit mir die Mappen tauschen möchte, weiß ich nicht, wie ich hiermit ohne eine Debrett's-Ausgabe zurechtkommen soll."

George hielt einen Finger hoch und stand auf. „Ich könnte eine hier haben."

Auch wenn ich es eigentlich sarkastisch gemeint hatte, war ein Verzeichnis des britischen Adels keine so üble Idee. George fand das Buch und ließ es mit einem dumpfen Aufschlag auf den Schreibtisch neben den ersten verdächtigen Zettel fallen.

„Wenn du weitere vermutliche Verdächtige findest", sagte er und tippte auf den ersten Zettel, „staple sie hier und wir überlegen uns, was wir damit anstellen, wenn ich zurückkomme. Wenn es euch recht ist, würde ich in der Zwischenzeit weitermachen und herausfinden, wie die Polizeiermittlungen voranschreiten."

Charles klatschte die nächste Notiz umgedreht auf den Tisch. „Ich habe bisher nichts als gemeinen Klatsch gefunden, aber die Aufgabe habe ich verstanden."

George zögerte kurz, bevor er aufbrach. Charles' Worte waren so unterkühlt, dass ich mich fragte, ob er etwa auf seinen Freund sauer war. Ich lächelte George zu und deutete mit dem Kopf zur Tür. Wenn mein

Cousin etwas auf dem Herzen hatte, würde er es mir vielleicht erzählen.

Kaum dass die Tür zufiel, sah er zu mir auf und verzog das Gesicht. „Bevor du etwas sagst, ich weiß, dass ich unhöflich war. Hazelton versucht, meinen wertlosen Hals zu retten, und ich habe ihn angeschnauzt."

„Ich würde dich niemals wertlos nennen, aber ansonsten muss ich dir zustimmen. Warum warst du so unfreundlich?"

Er ließ den Zettelstapel auf den Schoß sinken. „Er geht für mich ein Risiko ein, während ich hier festsitze und Klatsch lese."

„Er kann dich unmöglich mitnehmen, solange Delaney dich verdächtigt. Du solltest es ihm nicht übelnehmen."

„Das tue ich nicht. Hazelton gehört der kleinen Gruppe von Menschen an, die mich nicht für einen Trottel halten. Er ist ein guter Freund und ich bin ihm sehr dankbar für die Hilfe. Ich hasse es bloß, in einer Position zu sein, in der ich diese benötige."

„Er hilft dir, weil er weiß, dass du Mary nicht ermordet hast."

„Nur weil er glaubt, dass ich nicht den nötigen Grips besitze."

Meine Wangen glühten. Das entsprach wohl eher meiner Meinung. Ich legte ihm eine Hand auf den Arm. „Du hast selbst gesagt, dass er dich nicht für einen Trottel hält. Er weiß bloß, dass du so etwas nicht tun würdest. Und was deine derzeitige Situation anbelangt", sagte ich achselzuckend, „musst du mir die Schuld geben. Ich hätte mich aus deinen Angelegenheiten raushalten sollen und dich selbst eine Dame kennenlernen lassen sollen."

„Unfug. Ich habe dich um Hilfe geben, Cousine Frances." Er schenkte mir ein schiefes Lächeln. „Und ich mochte Mrs. Archer. Sie war bezaubernd, ja, entzückend. Ich kann diese Frau einfach nicht mit jemandem, der andere erpresst, in Einklang bringen.“

Er fuhr sich mit der Hand über die Wange. „Wo wir beim Thema sind, macht dein Stapel Fortschritte? Etwas einer Erpressung Würdiges dabei?“

„Wie du weißt, bin ich nicht vorangekommen.“

Er blätterte seinen Stapel durch. „Ich scheine nichts außer Klatsch zu haben. Einiges ist allgemein bekannt, sogar mir.“

Er hielt ein Blatt hoch. „Miss Leticia Stuart hat einen recht unüblichen Weg gewählt, einen Verehrer abzuweisen. Während eines vertraulichen Gesprächs mit Mr. Frederick Thornton im Garten ihrer Familie stieß sie ihn in einen Springbrunnen. Hat das kalte Bad seinen Feuereifer erkalten lassen oder wird der Gentleman zurückkehren und um die Hand der frechen Dame anhalten?“

Ich zog die Augenbrauen hoch. „Frederick Thornton. Den hätte ich auch ins Wasser gejagt. Amüsant, gewiss, aber ich bezweifle, dass jemand Geld dafür zahlen würde, um die Geschichte zu vertuschen. Was hast du sonst noch?“

„Noch eine feuchtfröhliche Geschichte.“ Er ging die Notizen durch, bis er die Richtige fand. „In einem Anflug von Ritterlichkeit sprang Clifford Worthington aus seiner Kutsche, um den Hut einer Dame vor dem sicheren Ruin zu retten, als dieser den Pfad zur Serpentine entlang flog. Er konnte den Hut retten, doch nicht sich selbst. Der glücklose Gentleman stolperte über einen Stein und landete selbst im Wasser.“

„Du meine Güte, davon habe ich gehört.“ Ich runzelte die Stirn und versuchte, mich an die Details zu erinnern. „Ach ja. Es war furchtbar peinlich. Mr. Worthington ist der Vater meiner verstorbenen Schwägerin. Ich weiß nicht, wie er darauf kam, eine so alberne Heldentat zu vollbringen. Der Mann geht auf die sechzig zu und ist wohlbeleibt. Ich war nicht die Einzige, die bei der Vorstellung, wie er einem vom Wind davongetragenen Hut nacheilt, lachen musste."

Bei der Erinnerung konnte ich das Grinsen nicht unterdrücken. „Mrs. Worthington war wutentbrannt. Die Geschichte war vor einigen Monaten in aller Munde. Wenn Mary hoffte, den Mann mit diesem kleinen Gerücht zu erpressen, hat sie zu lange gewartet."

Er machte eine abwinkende Handbewegung. „Bisher ist alles, was ich gelesen habe, von dieser Sorte. Etwas anzüglich oder peinlich, aber allgemein bekannt."

„Merkwürdig." Ich durchstöberte meinen Stapel weiter und zog eine Notiz heraus, die ich leicht entschlüsseln konnte. „Hier ist etwas, das seine Gnaden, der Duke of Manchester, sicherlich gern geheim halten möchte. Eine Verbindung mit einer M.A., und wer auch immer sie ist, er möchte sicher nicht, dass Miss Zimmerman davon erfährt. Ich für meinen Teil jedoch finde, dass jemand ihr sagen sollte, was für ein Schuft er ist. Er ist nur hinter ihrem Geld her."

Charles lehnte den Kopf gegen die Sessellehne und starrte zur Decke hinauf. „Ja, er ist ausschließlich an Damen mit Vermögen interessiert. Die andere Dame ist vermutlich nur ein Flirt."

„Ich bezweifle, dass das für Miss Zimmerman einen Unterschied macht, wenn sie davon erfährt. Es wäre trotzdem eine Kränkung."

„Warum sollte er das dann tun? Glaubst du, dass die Geschichte wahr ist?"

Ich zuckte mit einer Schulter. „Es ist glaubwürdig, würde ich behaupten. Er kann es wohl einfach nicht lassen. Er muss reich heiraten, aber er kann der Aufmerksamkeit der Frauen nicht standhalten." Ich sah wieder auf die Mappe mit den Notizen, doch Charles war noch nicht mit dem Thema des jungen Duke fertig.

„Woher weißt du, dass er reich heiraten muss?" Er lehnte sich vor und griff nach der Obstschale auf dem Schreibtisch. Ich winkte ab, als er mir die Schale hinhielt, und sah zu, wie er sich einen Apfel nahm.

„Ich nehme an, weil er die Tatsache, dass er wenig bis gar kein eigenes Vermögen besitzt, nicht vertuscht." In meinem Kopf schrillte eine kleine Alarmglocke. Etwas stimmte hier nicht. Nachdenklich blickte ich zu Charles, der mich mit großen Augen unschuldig ansah. „Er hat kein Geld", sagte ich. „Er ist vermutlich sogar hoch verschuldet. Wie sollte er eine Erpresserin bezahlen?"

„Nun, ich fürchte, das könnte er nicht. Um das Erpressungsgeld zu zahlen, braucht man Geld. Oder etwas anderes. Man kann für nichts zahlen, wenn man kein Geld hat. Das wäre eine schreckliche Situation."

Ich hob die Hand, um ihn zum Schweigen zu bringen, sodass ich nachdenken konnte. „Manchester konnte es sich nicht leisten, das Erpressungsgeld zu zahlen, warum sollte Mary ihn also erpressen?"

„Kann sie davon gewusst haben?" Er biss krachend in den Apfel.

„Davon gehe ich aus. Es ist allgemein bekannt." Ich überflog die Notiz noch einmal. „Sie hätte ihre Zeit damit verschwendet, ihn zu erpressen."

„Vielleicht hat sie es nicht. Zeit zu verschwenden war nicht ihre Art."

„Warum sollte sie die Notiz dann behalten? Warum hat sie es überhaupt notiert?" Ich deutete zu seiner Mappe. „Wozu hat sie all den nutzlosen Klatsch gesammelt?"

Charles hatte den Mund voll Apfel und hielt einen Finger hoch, dass ich warten solle. Da ich nicht glaubte, dass er darauf eine Antwort hatte, stellte ich eine zweite rhetorische Frage. „Woher hatte sie all diese Details?"

Dieses Mal zog er nur die Schultern hoch. „Keine Idee“, sagte er kauend.

„Nun, im Augenblick halte ich den Duke nicht für einen vermutlichen Verdächtigen, aber ich schätze, ich sollte ihn auf den Stapel der möglichen Verdächtigen legen.“

„Hast du bereits einen vermutlichen Verdächtigen gefunden?“

Ich warf ihm einen finsteren Blick zu. „Du warst die ganze Zeit an meiner Seite, Charles. Du weißt, dass ich erst zwei Notizen gelesen habe. Die erste Geschichte, ja. Die Zweite, fraglich. Warum?“

Er rappelte sich auf, ging zum Kamin hinüber und warf das Kerngehäuse des Apfels hinein. Es war unwahrscheinlich, dass der Kamin in diesem Zimmer in den nächsten Monaten genutzt werden würde, sodass es nicht der beste Ort für Essensreste war, doch ich hielt meine Zunge im Zaum.

Er drehte sich zu mir um. „Ich frage mich immer wieder, ob Mrs. Archer wirklich jemanden erpresst hat.“ Er deutete zu der Mappe, die er auf dem Sessel hatte liegenlassen. „Ich habe darin nichts als Klatsch gelesen und das meiste davon ist bekannt. Sogar ich habe davon gehört.“ Er deutete zu mir. „Du hast eine Möglichkeit gefunden und die zweite Geschichte ist ausgeschlossen. Ein Erpresser hält sich nicht mit einem verarmten Adligen auf.“

„Welchen anderen Grund könnte sie gehabt haben, all diese Notizen zu sammeln? Und du hast auch gerade erst angefangen, deine Notizen zu lesen. Genau wie ich. Wir könnten noch wahrscheinlichere Verdächtige ausmachen.“

Er schob die Hände in die Taschen und starrte auf den Teppich, dessen Muster er mit der Schuhspitze nachfuhr. „Ich fürchte, ich kannte sie nicht gut genug, um darüber zu urteilen, was sie tun oder nicht tun würde, aber Mary Archer – eine Erpresserin? Das kann ich mir nicht vorstellen." Er sah zu mir auf. „Wie hätte sie das denn anstellen sollen?"

Das war eine gute Frage. „Ich nehme an, sie hat ihre Opfer per Post kontaktiert."

„Ihre Opfer!" Er riss die Hände hoch und starrte zur Decke. „Ihre Opfer. Wie albern das klingt."

Obgleich ich Mitleid mit ihm hatte, ging mir allmählich die Geduld aus. „Verzeih, Charles. Mir ist klar, dass diese Leute nicht alle unschuldig sind, aber ich weiß nicht, wie ich sie sonst nennen soll."

Er winkte ab. „Entschuldige, Frances. Ich verstehe, wie eigenartig es ist, dass sie all diese Details gesammelt hat, aber wir haben alle unsere Eigenarten. Ich kann keine zwei Gedanken gleichzeitig im Kopf behalten. Du, so scheint es, versuchst, Verbrechen aufzuklären. Die Tatsache, dass sie Klatsch und skandalöse Details gesammelt hat, macht sie noch nicht zur Erpresserin."

„Möglicherweise finden wir eine andere Erklärung, wenn wir die Notizen durchgehen. Aber vergiss nicht, dass, wenn sie niemanden damit erpresst hat, dich das in den Augen der Polizei noch verdächtiger macht."

Er verzog das Gesicht zu einem traurigen Lächeln. „Begriffen. Ich wünschte nur, dass es einen anderen Weg gäbe, meine Unschuld zu beweisen, als den Ruf einer toten Frau zu ruinieren."

Er ging zu seinem Platz zurück und wir lasen beide weiter. Einige Stunden und etliche Tassen Tee später hatte ich einen kleinen Stapel mit möglichen Erpressungsopfern, während Charles weiterhin nichts Auffälliges fand. Während wir schweigend zusammensaßen, dachte ich über seine Fragen nach. Woher hatte die Frau die Dreistigkeit genommen, so vielen bekannten Leuten zu drohen, dass sie sie entlarvte, wenn sie sie für ihr Stillschweigen nicht bezahlten? All das war so anders als die Frau, die ich dachte gekannt zu haben.

Wie war sie an die Details gekommen? Mary zeigte sich kaum in der Gesellschaft, zumindest nicht in letzter Zeit. Seit ihr Ehemann verstorben war, lebte sie zurückgezogen in einem ruhigen Stadtteil. Ich ging davon aus, dass ihre Familie ihr ein geringes Einkommen bot. Genug, sodass sie allein leben konnte, doch kaum ausreichend, um gesellschaftliche Veranstaltungen zu besuchen.

Ich kaute auf meiner Unterlippe herum und dachte darüber nach, wie Charles Mary verteidigt hatte. Er hatte seinen Fall gut dargelegt und Zweifel gestreut. Und das war es, was mich beunruhigte. Er hatte gut argumentiert und das ohne ein Wort des unverständlichen Gebrabbels, das ich von ihm kannte. Vielleicht war er nicht so töricht, wie ich gedacht hatte.

KAPITEL 6

Einige Stunden später überließ ich Charles Georges Bibliothek, da ich mich nicht mehr auf die Worte vor mir konzentrieren konnte. Zu Hause fand ich Hetty sich im Salon mit einem bernsteinfarbenen Getränk auf dem Sofa entspannend vor.

Als Tante Hetty in London ankam, überraschte mich ihre Vorliebe für Spirituosen. Inzwischen hatte ich gelernt, dass diese eine stärkende Wirkung haben konnten, und gelegentlich schloss ich mich ihr an. Ich beäugte ihr Glas. Whiskey oder Brandy? Beides war mir im gegenwärtigen Augenblick recht.

„Ist Graham schon fort?" Ich ging direkt zum Barschrank.

Hetty zog eine Augenbraue hoch. „Er ist vor einer Stunde gegangen. Etwa als die Mädchen zurückkehrten. Du bist den Großteil des Tages fort gewesen, Liebes."

Mein Blick huschte zum Kaminsims. Himmel, es war fast Zeit für das Abendessen und wir hatten kaum etwas erreicht. Ich entschied mich für den Sherry und goss mir ein kleines Glas ein.

„Du siehst erschöpft aus", sagte Hetty. „Setz dich zu mir und erzähl, was du den ganzen Tag getrieben hast."

„Überraschend wenig, gemessen daran, wie müde ich bin." Ich trank einen Schluck und setzte mich neben meine Tante.

„Du erwähntest heute Morgen, dass du einige Unterlagen durchsehen würdest." Sie stellte ihr Glas auf dem Teetisch ab und sah mich prüfend an. „Was für Unterlagen könnten Beweismittel für einen Mord darstellen? Und warum hat Hazelton sie?"

„Ich kann dir leider nicht sagen, um welche Art von Unterlagen es sich handelt, aber du weißt, dass Mr. Hazelton gelegentlich für die Behörden arbeitet, wenn Diskretion gefragt ist. Das ist in diesem Fall definitiv so, daher hat er die Aufgabe, die Unterlagen zu sichten, übernommen." Ich lächelte hilflos. „Entschuldige, ich weiß nicht, wie ich sie sonst nennen soll, aber die Details sind sehr vertraulich und könnten uns zu einem anderen Verdächtigen führen."

Hetty ließ die Hände in den Schoß sinken. „Glaubt die Polizei noch immer, dass Mr. Evingdon sie ermordet hat?"

„Ich weiß nicht, ob sie es wirklich glauben, aber er ist ein Tatverdächtiger und zurzeit ist er ein ziemlich günstiger Verdächtiger." Ich nahm einen Schluck Sherry. „Leider war er am Tatabend in der Nähe ihres Hauses. Er sah außerdem einen Mann aus Mrs. Archers Haus kommen und die Polizei überprüft das nun. Aber bis sie den anderen Mann finden oder wir etwas in den Unterlagen entdecken, das die Ermittlungen in eine andere Richtung lenkt, steht Mr. Evingdon weiterhin unter Verdacht."

„Dann müsst ihr etwas finden."

Ich sah mich um und erblickte Lottie, die im Türrahmen stand. Herrje, wie lange hatte sie dort gestanden?

„Warum hat die Polizei Mr. Evingdon noch nicht entlastet?", fragte sie und trat in den Salon. Ich zuckte zusammen, als sie sich das Knie am Teetisch stieß, doch sie schien es kaum zu bemerken.

„So einfach ist das nicht, Liebes. Ich fürchte, dass solche Polizeiermittlungen geraume Zeit dauern können."

„Kann ich irgendwie helfen?", fragte sie. „Mr. Evingdon könnte niemals etwas so Schreckliches tun."

Die Entschiedenheit in ihrer Stimme und ihr entschlossener Gesichtsausdruck überraschten mich. Bevor ich etwas erwidern konnte, brachte Mrs.

Thompson George in den Salon und ich richtete meine Aufmerksamkeit auf ihn. Sein müder Gang und die besorgte Miene verrieten mir, dass die schwere Tasche in seiner Hand nicht die einzige Last war, die er trug.

„Oh, sind Sie hier, um mit uns zu Abend zu essen, Hazelton?", fragte Hetty.

„Zu Abend essen?" Lottie starrte uns entgeistert an. „Das Leben eines Mannes könnte in der Schwebe sein."

George sah verdutzt drein. Dann blinzelte er und sah fragend zu Hetty. „Unter anderen Umständen, würde ich mich sehr freuen, doch tatsächlich begehre ich nur einen Augenblick von Lady Harleighs Zeit."

Hetty stand auf und schlang ihren Arm durch Lotties. „Das Abendessen ist noch mindestens eine Viertelstunde hin. Wir ziehen uns einfach in die Bibliothek zurück und überlassen euch den Salon."

Lottie öffnete den Mund, um etwas zu sagen, doch Hetty gab ihr einen leichten Ruck, sodass sie sich aus dem Zimmer bugsieren ließ. Ich bat George mit einer Geste, sich neben mich zu setzen, und nickte zur Tasche. „Hat sich etwas ergeben?"

Er sackte neben mir in sich zusammen. „Nicht so viel, wie erhofft. Ich habe heute Morgen den Coroner aufgesucht, um mehr über den Mord an Mrs. Archer zu erfahren. Seitdem war ich damit beschäftigt, den Mann ausfindig zu machen, den Evingdon aus ihrem Haus kommen sah." Er presste die Lippen zu einer schmalen Linie zusammen. „Wenn sie einen anderen Gentleman traf, waren sie beide sehr um Geheimhaltung bemüht. Niemand hat etwas von einem anderen Herrn gehört, mit dem sie in Verbindung stand."

„Dann war der Mann, den er gesehen hat, kein anderer Verehrer?"

„Es scheint nicht so. Ich muss ihre Nachbarn weiter befragen und für den Fall, dass einer unser Unbekannter ist, würde ich Evingdon gern mitnehmen. Er könnte ihn wiedererkennen. Wirst du die Suche nach Verdächtigen fortführen?“ Er deutete auf die Tasche.

„Ich hatte mich schon gefragt, warum du die mitgebracht hast. Ja, natürlich werde ich weitermachen. Aber da du den Herrn erwähnst, grenzt das nicht den Rahmen der Verdächtigen ein?“ Ich dachte über meine eigene Frage nach. „Soll ich die Notizen, die nur eine Frau belasten, ausschließen?“

„Daran gemessen, was ich vom Coroner erfahren habe, ist das eine sichere Annahme. Eine Frau könnte sie möglicherweise mit einem Schal oder einem Seil erdrosselt haben, aber der Coroner urteilte, dass die Blutergüsse am Hals durch große Hände entstanden sind, vermutlich die eines Mannes.“

Ich schauderte bei dem Gedanken und George legte mir beruhigend eine Hand auf den Arm. „Bist du sicher, dass du dem gewachsen bist?“

Ich wies seine Sorgen ab. „Aber ja. Es ist bloß ein grauenvolles Bild, das ich im Geiste sehe, aber das macht mich nur entschlossener, zu helfen. Wenn die Notizen zu durchsuchen, uns zum Mörder führt, tue ich das.“

„Bitte sag, dass du einige passende Verdächtige gefunden hast.“

Ich runzelte die Stirn. „Leider habe ich kaum etwas gefunden, wofür jemand zahlen würde, um es zu vertuschen. Das meiste ist peinlich, aber kaum skandalös. Und die meisten Notizen, die Charles aus seiner Mappe vorlas, waren Allgemeinwissen.“

„Ich würde gern sehen, was du gefunden hast.“

Ich ließ ihn die Tasche auf den Tisch heben und zog die Mappe heraus, die ich überprüft hatte. „Nun, jetzt, da ich die Damen aussortieren kann, glaube ich, gibt es nur drei. Ich bin natürlich noch nicht mit der ganzen Mappe fertig, aber wir haben heute Abend keine Pläne, daher kann ich mit der Suche fortfahren.“

Ich blätterte die Mappe durch und reichte ihm die Zettel mit den drei wahrscheinlichsten Verdächtigen. „Ich frage mich, ob die Mappen schon so zusammengeschnürt waren, als Delaney sie gefunden hat."

George las die Notizen, doch er sah kurz auf. „Du vermutest eine Bedeutung dahinter?"

„Nur, weil nichts Bemerkenswertes in Charles' Mappe war. Alles, was wir gefunden haben, stammt aus dieser Mappe. Vielleicht hatte Mary sie bereits sortiert und meine Mappe beinhaltet alle pikanten Details."

„Wozu dann all die anderen Geschichten?", fragte er. „Und darf ich dich daran erinnern, dass es noch zwei weitere Mappen zu überprüfen gibt?"

„Ja, ich fürchte, ich kann kein Urteil fällen, bis ich alles gesehen habe, aber ich frage mich, ob es einen weiteren Grund gibt, weshalb sie diese Sammlung besaß. Offen gesagt war Mary, wenn sie eine Erpresserin war, keine besonders scharfsinnige. Sie hatte Notizen über Leute, die sie unmöglich bezahlen könnten."

„Vielleicht hätten sie ihr jedoch Gefallen tun können." Er blickte wieder von den Zetteln auf und sah mir in die Augen. „Das erinnert mich daran, dass ich einen Weg finden muss, ihr Konto zu überprüfen. Und herausfinden, ob sie in letzter Zeit Einzahlungen vorgenommen hat."

„Macht das nicht Delaney?"

„Sicherlich tut er das, aber da meine offizielle Aufgabe lautet, die Unterlagen zu prüfen, kann ich mich nicht darauf verlassen, dass Delaney seine Erkenntnisse mit mir teilt."

„Ihre finanzielle Situation würde mich sehr interessieren. Mir ist klar, dass die Ermittlungen gerade erst begonnen haben, aber ich werde das Gefühl nicht los, dass wir es ganz falsch angehen. Woher wissen wir überhaupt, dass sie diese Details zum Erpressen benutzt hat?" Ich warf ihm einen scharfen Blick zu. „Hast du eigentlich vor, dich irgendwann in Marys Haus zu schleichen?"

„Gibt es etwas Bestimmtes, nach dem du mich suchen lassen würdest?"

„Geld." Ich zuckte mit den Schultern. „Vielleicht hat sie es im Haus versteckt, statt es einzuzahlen."

Er lächelte leicht. „Du wirst immer versierter in diesen Ermittlungen. Da ist etwas dran. Ich werde es heute Abend versuchen, aber dieses Mal kannst du mich nicht begleiten, da du eine Menge Arbeit vor dir hast."

Mir entfuhr ein Stöhnen. „Ich lerne viel mehr über meinen Bekanntenkreis als ich je erfahren wollte. Wie hättest du gern, dass ich weiter vorgehe, wenn ich die vermutlichen Verdächtigen aufgespürt habe?"

„Ich denke, du solltest eine Liste anlegen und ich werde versuchen, herauszufinden, ob die betreffenden Personen Kontakt zu Mrs. Archer hatten und wo sie waren, als sie ermordet wurde."

„Oh, in anderen Worten, ob sie ein Alibi haben? Eine hervorragende Idee. Du hast die Hände voll zu tun, George. Ich bin in der Lage, einige dieser Verdächtigen selbst zu besuchen."

Er riss die Augenbrauen hoch. „Weißt du, was du da gerade gesagt hast? Ich lasse nicht zu, dass du dich selbst in eine so gefährliche Situation bringst. Ich regle das."

Ich schnaubte entrüstet. „Die Dame ist kürzlich verstorben. Niemand würde argwöhnisch werden, wenn ich, ganz beiläufig, frage, wie gut sie miteinander bekannt waren. Mir ist klar, dass niemand den Mord gestehen wird, aber während du damit beschäftigt bist, Charles' mysteriösen Herrn ausfindig zu machen, Marys Haus auf weitere Beweise zu durchsuchen und ihre Bankgeschäfte zu prüfen, kann ich die Liste für dich eingrenzen."

Er lehnte sich gegen das Sofa und schenkte mir ein Lächeln. „Ich schätze, das würde helfen, aber ich will nicht, dass du mit jemandem allein sprichst."

„Wenn doch nur Fiona hier wäre. Sie wäre für diese Aufgabe perfekt. Niemand kann Informationen so aus den Leuten herauskitzeln wie sie."

„Leider ist meine Schwester nicht abkömmlich. Wobei das vielleicht nicht schlecht ist. Fiona ist auch gut darin, Informationen zu streuen, und da der Mörder jemand gesellschaftlich Bekanntes sein könnte, müssen wir vorsichtig sein und uns nicht in die Karten schauen lassen."

„Apropos in die Karten schauen lassen: Ich habe drei Gäste im Haus, die neugierig sind, was wir hier tun. Sie wissen bereits, dass die Polizei Charles für einen Verdächtigen hält. Ich habe ihnen gesagt, dass du daran arbeitest, seine Unschuld zu beweisen, und ich dich unterstütze. Ich bin sicher, dass sie darüber Schweigen bewahren werden, und vielleicht könnte ich Hetty darum bitten, mich zu begleiten. Sie ist die Diskretion in Person."

George kniff die Augen zusammen, während er über meinen Vorschlag nachdachte. „Hast du deiner Tante Hetty gesagt, was ich mache?"

Ich lehnte mich zurück und sah ihn an. „Himmel, George. Nicht einmal ich weiß, was du tust – jedenfalls nicht genau. Denk daran, es war Bridget, die mir erzählte, dass du zuvor für den Innenminister gearbeitet hast. Du hast nur gesagt", ich stieß ihm mit dem Finger gegen den Arm, „dass du noch lose mit dem Amt in Verbindung stehst. Ungeachtet dessen, wie wenig ich weiß, habe ich Hetty gegenüber nichts erwähnt. Aber seitdem du uns im letzten Frühjahr bei dem Mord geholfen hast, hat sie einen Verdacht. Ich nehme an, den hat Lily auch." Ich zuckte mit den Schultern. „Sie würden niemals wagen, dich danach zu fragen."

Er lächelte. „Ich glaube, sie sind der Aufgabe gewachsen, und ich bin sicher, dass ich ihrer Diskretion trauen kann, aber urteile vorsichtig. Bring dich nicht selbst in Gefahr.“

Sein Vertrauen in mich wärmte mir das Herz. „Ich verspreche, vorsichtig zu sein. Aber nun schätze ich, hast du zu tun.“ Mein Blick wanderte zur Tasche auf dem Tisch. „Und ich auch. Sorge dich nicht um mich. Ich verspreche, vorsichtig zu sein.“

Wie es geschah, hatte Hetty am nächsten Tag keine Zeit für mich übrig, da sie mit Graham wieder vertrauliche Besprechungen in der Bibliothek führte. Genauso wenig war Lily frei, mir bei den Ermittlungen zu helfen. Dem Ausschlussverfahren nach blieb nur Lottie übrig, was nichts Gutes verheißen konnte.

Ich hatte am Vorabend mehrere Stunden über die Notizen nachgegrübelt, bis meine Augen gerötet und trocken waren. Das Ergebnis waren neun Notizen, in denen die betroffenen Gentlemen eventuell gewillt waren, Mary zu bezahlen, damit sie ihre Geheimnisse hütete. Vier von ihnen verbrachten den Sommer auf dem Land, sodass ich keine Möglichkeit hatte, Kontakt zu ihnen aufzunehmen. Ich konnte mir jedoch keine Ausrede ausdenken, um zwei der übrigen fünf aufzusuchen, und würde sie George überlassen müssen.

Die letzten drei waren schwierig, aber nicht unmöglich. Ich konnte George nicht die gesamte Ermittlung überlassen, also heckte ich einen Plan aus, wie ich sie rein zufällig treffen würde. Einer von ihnen war weit draußen, sodass ich mir Georges Kutsche leihen musste, da es zu lange dauern würde, auf den Zug zu warten. Mit Lottie an meiner Seite würde ich es fertigbringen können. Sie war schließlich als Besucherin in London. Es war angemessen, dass ich mit ihr in die Stadt fuhr. Und genauso angemessen, dass sie äußerst wissbegierig war. Der zeitliche Ablauf würde essentiell sein, da wir drei unterschiedliche Halte machen würden.

Ich riss mich von den Notizen los, als Lottie in den Salon kam, und ich deutete ihr, zum Kartentisch zu kommen, den ich für meine Arbeit beansprucht hatte. Auf der Tischfläche lagen nun Seiten aus Marys Mappen verstreut, aber da Hetty und Graham sich in meiner Bibliothek niedergelassen hatten, waren meine Optionen auf den Kartentisch oder das Esszimmer beschränkt.

Sie setzte sich auf den Stuhl neben mich und ich erklärte ihr, wie unsere heutigen Unternehmungen aussehen würden. Ihre strahlenden Augen verrieten, wie gern sie loslegen wollte. Armes Ding. Entweder war sie völlig in meinen Cousin verschossen oder so gelangweilt, dass sie meine Pläne für aufregend hielt. Seit ihrer Ankunft in London waren die Tage recht öde gewesen. Zumindest würde sie heute etwas von der Stadt sehen und neue Bekanntschaften machen, wobei einer von ihnen ein Mörder sein konnte. Ich verdrängte den Gedanken. Wir würden in bester Sicherheit sein.

Als ich unsere Route erklärt hatte, kam Mrs. Thompson herein, um anzukündigen, dass Mr. Hazeltons Kutsche eingetroffen war. Wir sammelten unsere Habseligkeiten zusammen und machten uns auf den Weg. Ich musste zugeben, dass ich genauso aufgeregt war, loszulegen, wie meine junge Begleiterin.

Unser erstes Ziel lag in Knightsbridge, nur eine kurze Kutschfahrt entfernt. Nachdem ich die Verdächtigen auf drei eingegrenzt hatte, hatte ich eine Strategie entwickeln müssen, wie ich sie treffen konnte. Daniel Grayson war unkompliziert. Leo hatte vor ein paar Tagen erwähnt, dass der junge Mann ein Pferd verkaufen wollte und heute zu Tattersall fahren würde, um den Verkauf zu beaufsichtigen. Es war schon zehn Uhr, als wir aus der Kutsche stiegen. Ich hatte gehofft, früher anzukommen.

„Wen treffen wir hier?", fragte Lottie, als wir den überdachten Hof betraten.

„Daniel Grayson. Wenn er noch hier ist", antwortete ich und ließ die Szene, die sich uns bot, auf mich wirken. Stallburschen führten die Pferde in allen Gangarten auf dem offenen Platz, der einem Turnierplatz ähnelte, vor und die Besucher schlenderten drumherum. In erster Linie waren Herren hier, die entweder Pferdefleisch kauften oder verkauften.

„Du glaubst, dass er Mrs. Archer ermordet haben könnte, nicht wahr?"

Obwohl sie damit genau richtiglag, erschreckten ihre Worte mich. Ich hielt uns zwar keineswegs für in Gefahr, aber es war definitiv mehr als unschicklich eine junge Dame in meiner Obhut mit einem möglichen Mörder sprechen zu lassen. Was hatte ich mir nur dabei gedacht?

„Lottie, vielleicht wäre es besser, wenn du in der Kutsche wartest."

Sie drehte sich mit ungläubigem Gesicht um und vergaß ganz, dass sie mich eigentlich duzte. „Sie können mich nicht fortschicken, Lady Harleigh. Geben Sie mir eine Chance, Mr. Evingdons Unschuld zu beweisen."

Ich wollte gerade darauf bestehen, doch in dem Augenblick fiel mein Blick auf Grayson. Und er stand uns beinahe gegenüber. Er lächelte, als er meinen Blick auffing und wir einander zunickten.

Lottie beobachtete uns und stupste mich an. „Gehen wir hinüber?"

Ich seufzte. „Ich fürchte, nun ist es zu spät, um dich zurückzuschicken, aber lassen wir ihn zu uns kommen." Ich musterte meine junge Freundin in ihrem stark taillierten Tageskleid mit der eleganten Drapierung an der Hüfte, eindeutig die neuste Mode aus Paris.

Das Kleid, insbesondere der zarte Puderton, setzte nicht nur ihre Kurven und ihren hellen Teint in Szene, sondern auch ihr Vermögen. Grayson war der zweitgeborene Sohn und wenig vermögend. Ich lächelte ihr zu. „Wenn er dich an meiner Seite sieht, wird er sicherlich gleich herüberkommen."

„Er ist sehr gut aussehend."

Ja, in der Tat. Groß, schlank, strohblond und in einem makellos geschneiderten Cutaway, gab er das Bild eines modischen Londoner Gentleman ab. „Lass dir nicht den Kopf verdrehen, Liebes. Er würde keinen guten Ehemann abgeben." Als er um Lilys Hand geworben hatte, hatte er sogar mit einer verheirateten Frau angebandelt.

„Folge einfach meinem Beispiel", flüsterte ich, als Grayson neben mir auftauchte.

„Schön, Sie hier zu treffen, Lady Harleigh."

Ich drehte mich zu ihm und schenkte ihm ein strahlendes Lächeln. „Mr. Grayson. Es ist eine Weile her, dass wir uns zuletzt gesehen haben."

„Das ist wahr. Sagen Sie nicht, Sie überlegen einen Kauf zu tätigen? Und das ohne jemanden, der Sie berät?"

Nun, das war eine überraschende Wendung. Hatte er vor, mir sein eigenes Pferd aufzuschwatzen? Ich deutete zu meiner Begleiterin. „Nun, ich habe tatsächlich eine Beraterin. Haben Sie Miss Deaver schon kennengelernt? Sie ist eine Freundin meiner Schwester und aus New York zu Besuch."

Ich machte Grayson mit Lottie bekannt. Er ergriff ihre ausgestreckte Hand mit einem Grinsen auf den Lippen. „Sind Sie eine Expertin, was Pferdefleisch anbelangt, Miss Deaver?"

Sie schenkte ihm ein zuversichtliches Lächeln. „Das sollte ich sein, denn mein Vater züchtet auf unserer Ranch Rennpferde."

Grayson legte den Kopf schief und kniff die Augenbrauen zusammen. „Ist New York nicht eine Stadt? Ist es dort für eine richtige Ranch nicht zu überfüllt? Ich nehme an, dass man für einen solchen Betrieb eine Menge Platz benötigt."

Lottie lachte hell. „Aber selbstverständlich. Unsere Ranch liegt im benachbarten Brooklyn."

Grayson sah zu mir, als ich verzweifelt versuchte, mein Gelächter mit einem Husten zu überspielen. „Wie faszinierend, Miss Deaver. Hat er bekannte Champions gezüchtet?"

„Ich bin überrascht, dass Sie beiden sich noch nicht kennengelernt haben." Es war besser, die Unterhaltung in eine andere Richtung zu lenken, bevor Lottie Geschichten über das Kentucky Derby erfand. „Waren Sie nicht bei Lady Fionas Zusammenkunft am Dienstagabend? Ich bin sicher, Lily erzählte mir, Sie dort gesehen zu haben."

Grayson sprang auf den Themenwechsel an und wandte sich zu mir. „Ihre Schwester muss sich getäuscht haben. Meine Mutter war kurzzeitig in der Stadt und ich habe sie zum Kartenspiel im Haus meiner Tante begleitet."

Ich lächelte. Sein Alibi würde sich leicht überprüfen lassen. Wir sprachen noch einen Augenblick länger über Pferde, bis ich es für besser hielt, aufzubrechen. „Es war schön, Sie wiederzusehen, Mr. Grayson, doch wir müssen leider fahren." Ich hakte mich bei Lottie ein.

„Aber sind Sie nicht gerade erst eingetroffen?"

„Aber nein. Wir waren schon seit einiger Zeit hier", antwortete Lottie. „Ich habe nichts gesehen, das ich Lady Harleigh empfehlen würde, aber vielleicht haben wir nächste Woche mehr Glück."

Ich lehnte mich zu ihr, als wir hinausgingen. „Gut gemacht, Liebes. Aber eine Ranch in Brooklyn? Was hast du dir dabei gedacht?"

Sie lachte fröhlich auf. „Dass er sich niemals die Mühe machen wird, die Wahrheit herauszufinden."

So, so. „Ich nehme an, Grayson konnte dich nicht um den Finger wickeln."

„Ich glaube, dass Mr. Grayson sich selbst immer höher halten wird als jene, die er sich entschließt zu umwerben." Sie warf mir einen Seitenblick zu. „Ich bin nicht so naiv, wie du glaubst. Und genauso wenig lasse ich mich von einem hübschen Gesicht täuschen. Ich nehme an, du wolltest herausfinden, ob er für den Todeszeitpunkt ein Alibi hat?"

Vielleicht war sie gar nicht so weltfremd, wie ich angenommen hatte. „Wir müssen noch herausfinden, ob er die Wahrheit sagt."

„Darf ich als deine Assistentin weitermachen, oder hast du vor, mich in der Kutsche warten zu lassen?"

Ich lächelte betrübt. Sie hatte sich gut gemacht. „Verrat es nur nicht deiner Mutter."

Ihr Lachen erschallte, als wir auf die Straße zur Kutsche gingen. Ich würde den Tag mit ihr genießen.

Lottie und ich genossen unseren gemeinsamen Tag sehr. Tatsächlich tratschten und lachten wir die ganze Fahrt nach Twickenham. Der Ruderverein hatte dort um halb eins ein Treffen im Lesesaal der Literaturgesellschaft von Twickenham geplant. Wir kamen gerade rechtzeitig, um meinen Verdächtigen an der Tür in Begleitung von sieben weiteren gutgebauten jungen Herren anzutreffen.

„Du meine Güte, sind Sie Gentlemen alle hier, um Mr. Henry James' neustes Werk zu besprechen?"

Meine Frage brachte mir acht verwirrte Blicke ein. Ich versuchte es noch einmal. „Gehören Sie nicht zur

Literaturgesellschaft? Wir besprechen heute die neue Novelle *The Turn of the Screw*." Ich hielt das schmale Buch hoch.

„Wir sind hier, um unser nächstes Rennen zu besprechen, Ma'am."

„Mylady, wenn ich bitten darf."

Digby Fairchild, mein Verdächtiger, trat vor und nickte mir zu. „Ich fürchte, Sie müssen sich in der Uhrzeit oder dem Tag geirrt haben, Lady Harleigh. Hier findet jetzt das Treffen unseres Rudervereins statt."

Mit etwas vorgetäuschter Verlegenheit, Erstaunen und Schmeichelei, waren Lottie und ich in der Lage aus ihm ein hervorragendes Alibi herauszukitzeln. Der Verein traf sich jeden Dienstagabend, wenn sie am darauffolgenden Mittwochmorgen ein Rennen hatten, und sie hatten sich am letzten Dienstag getroffen.

Als ihr Treffen anfing, saßen wir wieder in der Kutsche und fuhren nach London in die Regent Street, zu unserem nächsten und letzten Verdächtigen für heute. Gegen zwei Uhr kamen wir an und waren beide ziemlich hungrig.

„Ich fürchte, wir müssen mit dem Mittag warten, bis wir nach Hause kommen", sagte ich. „Aber viel länger sollten wir nicht brauchen."

Sie grinste mich keck an. „Das macht mir nichts. Wer ist unsere letzte Zielperson?"

„Du klingst wie eine Spionin." Ich lächelte zurück. „Oder wie jemand, der sich viel zu gut amüsiert." Sie war wirklich eine entzückende Begleitung. Ich weiß nicht, weshalb ich das nicht früher bemerkt hatte. „Wir warten auf Mr. Oscar Goulding."

Sie ernüchterte und schien mich zu mustern. „Und wie hat er es geschafft, zu einem Verdächtigen zu werden, Lady Harleigh? Warum verdächtigen Sie die drei Gentlemen, die wir heute gesprochen haben?"

Die einfache Antwort darauf war, dass Mary eine Notiz über Mr. Gouldings Tochter besaß. Scheinbar hatte man sie in einer kompromittierenden Situation mit einem verheirateten Gentleman erwischt und Mary hatte irgendwie davon erfahren. Und der Vater einer jungen Dame würde alles geben, um ihren Ruf zu retten.

„Um ehrlich zu sein, finde ich es schwer vorstellbar, dass einer von ihnen sie umgebracht haben könnte, aber ihre Namen stehen auf der Liste. Der einzige Weg, sie von der Liste zu streichen, ist herauszufinden, ob sie ein Alibi haben.“

„Warum glauben Sie, Mr. Goulding hier anzutreffen?“

„Ich habe bei der Gartenparty mit ihm gesprochen. Er erwähnte, dass er heute ein Geschenk für seine Ehefrau abholen würde und dass es erst um zwei Uhr zur Abholung fertig ist, was ihm ungelegen kam, da er dafür seinen Tagesplan umorganisieren musste.“

„Warum ließ er es sich nicht liefern?“

„Es soll eine Überraschung sein und er wollte nicht, dass Mrs. Goulding davon erfährt, bis er es ihr überreicht.“

„Wie süß.“ Sie zog die Mundwinkel missmutig runter. „Ist es falsch, zu hoffen, dass er unschuldig ist?“

Ich war nicht sicher, ob man ihn unschuldig nennen konnte. In Marys Notiz stand etwas davon, dass der Apfel nicht weit vom Stamm fällt. Doch ob sich das auf Mr. oder Mrs. Goulding bezog, wusste ich nicht.

„Ganz und gar nicht. Ich möchte es selbst nicht glauben.“ Auf der Straße bewegte sich jemand und zog meine Aufmerksamkeit auf sich. „Ach, da ist er ja.“

Der Kutscher half uns aus der Kutsche heraus und wir gingen über die Straße zum Juwelier, dessen Eingangstür wir gleichzeitig mit Mr. Goulding erreichten.

„Nanu, Lady Harleigh.“ Er strahlte über das ganze Gesicht. „Welch eine glückliche Fügung, Sie hier zu treffen." Er hielt uns die Tür auf. „Ich hole nur das kleine Schmuckstück ab, das ich letztens erwähnte. Wenn Sie die Zeit haben, würde ich gerne Ihre Meinung dazu hören."

Lottie hatte recht. Die Vorstellung, dass dieser freundliche Mann vor wenigen Tagen einen Mord begangen haben sollte, war schlichtweg unmöglich. Er wirkte für seine fünfzig Jahre junggeblieben, denn er hatte eines dieser vom Wind gezeichneten Gesichter der Frischluftfanatiker. Wenn ich mich recht entsann, stammte seine Familie aus Cornwall, sodass die Seefahrt nicht abwegig war. Er war der nüchterne Typ Mensch, daher überraschte mich der Anflug von Unsicherheit, den ich ihm anmerkte.

„Wir würden gern unsere Meinungen äußern, doch wenn Sie das Schmuckstück ausgewählt haben, wird Mrs. Goulding sicherlich begeistert sein."

Während der Geschäftsinhaber hinter dem Vorhang verschwand, um Mr. Gouldings Ware zu holen, stellte ich Lottie vor und begann mit meinen Fragen. „Als wir uns zuletzt unterhielten, vergaß ich, zu fragen, ob Sie die Vorstellung am Dienstagabend im *Prince of Wales Theatre* gesehen haben. Ich dachte, kurz einen Blick auf Sie in der Lobby erhascht zu haben, aber als ich mir einen Weg durch die Menge gebahnt hatte, waren Sie fort."

„Wäre ich in der Lobby gewesen, so hätte ich selbstredend auf Sie gewartet, doch tatsächlich war ich am Dienstagabend in meinem Club, daher war es nicht ich, den Sie gesehen haben." Er kniff die Augenbrauen zusammen. „Sie spielen noch immer *A Tale of Two Cities*, nicht? Wir haben es vor einer Weile gesehen. Wie hat Ihnen die Vorstellung gefallen?"

Da ich an jenem Abend keineswegs im Theater war, konnte ich kaum mit einer angemessenen Antwort reagieren. Zum Glück kam der Juwelier genau in diesem

Moment mit einer kleinen Samtschatulle zurück. Er legte ein schwarzes Samttuch auf den gläsernen Tresen und platzierte ein hübsches Armband, das mit Diamanten und Perlen verziert war, darauf.

„Meine Güte!" Lottie lehnte sich vor, um mehr zu sehen, und wandte sich dann voll Staunen zu Goulding um. „Ihre Frau wird entzückt sein, Sir."

Goulding und der Juwelier strahlten über ihr Lob. „Dem kann ich mich nur anschließen", sagte ich. „Ist das Geschenk zu Ehren eines besonderen Anlasses?"

Goulding signalisierte dem Mann das Armband einzupacken, offensichtlich mit unseren Reaktionen zufrieden. „Unser Hochzeitsjubiläum." Sein Ausdruck wurde nachdenklich. „Es war kein leichtes Jahr für meine Frau. Ich hoffe, dies bringt ihr bessere Erinnerungen an das Jahr."

Ich biss mir auf die Unterlippe. George würde sein Alibi überprüfen müssen, aber von den drei Verdächtigen, die wir heute getroffen hatten, hoffte ich wirklich, dass dieser in der Angelegenheit unschuldig war.

Als wir nach Hause kamen, waren wir entmutigt. Es hatte fast den ganzen Tag gekostet, die drei Verdächtigen ausfindig zu machen, nur um sie alle auszuschließen – wobei die Bestätigung ihrer Alibis noch ausstand. Wenn ich daran dachte, dass ich kaum die Hälfte meiner Mappe durchgesehen hatte und es noch drei weitere zu sichten gab, wurde die Ermittlung zu einer einschüchternden Aufgabe.

Mrs. Thompson wartete im Foyer auf uns. „Mr. Hazelton ist im Salon, Mylady", sagte sie und nahm mir Hut und Handschuhe ab.

„Wunderbar. Ich bin gespannt, welche Neuigkeiten er bringt."

George blätterte durch die Notizen, die ich auf dem Kartentisch zurückgelassen hatte, und stand auf, als wir hereintraten. Ein flüchtiger Blick genügte, um zu verstehen, dass sein grimmiges Gesicht keine guten Neuigkeiten bedeutete.

„Oh je, ich wage kaum zu fragen, wie dein Tag war."

„Nicht gut."

Lottie und ich nahmen auf dem Sofa Platz. „Was ist passiert?"

Er setzte sich auf den Sessel gegenüber. „Evingdon und ich haben wie geplant die Nachbarschaft durchkämmt. Wir haben keine zielführenden Informationen von den Nachbarn erhalten. Er hat unter den Nachbarn auch nicht den Mann wiedererkannt, der aus Marys Haus kam. Leider hat einer von ihnen Evingdon aber erkannt. Eine Frau, die gegenüber von Mrs. Archer wohnt, hat der Polizei gesagt, dass sie einen Mann an jenem Abend aus Marys Haus hat kommen sehen."

„Ich verstehe nicht recht. Sind das nicht gute Neuigkeiten?"

Er stieß mit der Faust gegen die Armlehne des Sessels. „Gar nicht. Ihre Beschreibung von Mrs. Archers unbekanntem Besucher trifft auch auf Evingdon zu. Da er bereits zugegeben hat, in der Nähe gewesen zu sein, kann ich Delaneys Verdacht nachvollziehen. Zwei Polizisten haben den ganzen Nachmittag im Evingdon House auf ihn gewartet. Da er nicht nach Hause kam, entschied Delaney stattdessen, mich aufzusuchen. Er traf ein, als wir gerade von unserer Runde zurückkamen."

Ein ungutes Gefühl machte sich in mir breit. „Was willst du damit sagen, George?"

Er sah mir in die Augen. „Evingdon ist jetzt in Polizeigewahrsam."

KAPITEL 7

„Verhaftet!"

Lottie sprang auf und traf fast meinen Kopf, als sie die Hände hochriss.

„In Untersuchungshaft", korrigierte George sie und hob die Hände, als könne er so ihre Panik in Zaum halten. „Das ist ein gewaltiger Unterschied. Delaney hat das Gefühl, dass Evingdon nicht besonders entgegenkommend war, als er ihn befragt hat. Es ist also eine Art Einschüchterungstaktik mit der man einen Verdächtigen dazu bringt, mehr Informationen zu liefern oder zu gestehen."

„Glaubst du, dass er Delaney gegenüber nicht entgegenkommend war?"

Er verzog das Gesicht zu einer gequälten Grimasse. „Vermutlich waren seine Antworten zusammenlanglos."

„Würde eine solche Taktik das nicht nur verschlimmern?"

„Das befürchte ich, aber ich habe ihn angewiesen, keine Fragen zu beantworten, bis ich bei ihm bin. Ich blieb nur so lange zu Hause, bis ich den Viscount, Mr. Evingdons Bruder", fügte er zu Lotties Gunsten hinzu, „benachrichtigt hatte und kehrte dann hier ein, um zu hören, ob ihr etwas erfahren habt, wovon ich Delaney berichten kann. Andernfalls überlasse ich es dem Viscount, einzuschreiten und dem Ganzen ein Ende zu machen."

Ich hob hilflos die Hände. „Wir müssen die Alibis noch überprüfen, aber alle, mit denen wir gesprochen haben, haben tatsächlich eins."

„Dann werde ich jetzt zu Evingdon fahren." Er blickte von meinem entsetzten Gesicht zu Lotties. „Noch ist nicht alles verloren, meine Damen.   Zeugenbe-schreibungen   sind   bekanntermaßen   unzu-verlässig und das ist Delaney wohlbewusst. Es braucht eine ganze Menge weiterer Beweise, um ihn davon zu überzeugen, dass Charles Evingdon der Täter ist. Ganz egal, was passiert, sie können ihn nur eine Zeit lang festhalten. Selbst wenn sie sich entscheiden, ihn anzu-klagen, sollte der Viscount in der Lage sein, seine Frei-lassung zu erwirken. Dann haben wir noch etwa eine Woche bis zur Sitzung des Gerichts, um den wahren Mörder zu finden oder Delaney zumindest einen wahr-scheinlicheren Täter zu liefern."

Ich ließ den Blick über die Unterlagen, die auf dem Kartentisch auf mich warteten, schweifen. Nur eine Woche Zeit, um einen Hinweis in dem Berg von Noti-zen zu finden.

Ich begleitete George zur Tür und fragte, ob er eine Gelegenheit gefunden hatte, Marys Haus zu durch-su-chen oder ihr Bankkonto zu überprüfen.

Er fuhr sich mit der Hand durchs Haar. „Nein, ich wollte Evingdon nicht in eine solche Suche verwickeln und er war den ganzen Tag an meiner Seite."

„Ich weiß, dass du seine Verteidigung vorzubereiten hast, aber versprich mir, dass du die beiden Angelegen-heiten schnellstmöglich prüfst. In der Zwischenzeit bräuchte ich Unterstützung, wenn ich nun die doppelte Menge Notizen zu überprüfen habe."

Er nickte. „Im Augenblick muss ich mich um deinen Cousin kümmern. Wir können das später besprechen."

Nachdem er gegangen war, hatte ich kaum Zeit, mich auf das Abendessen mit den Kedricks vorzubereiten. Durch Charles' Probleme hatte ich die Verabredung fast verdrängt. Doch natürlich erinnerte Lily mich da-ran.

Mit der Hilfe von meiner Zofe Bridget schaffte ich es gerade noch. Mich gedanklich auf die bevorstehende

Geduldsprobe einzustellen, würde um einiges länger dauern. Nicht, dass ich ein Problem mit den Kendricks hatte. Sie waren nette Leute und ich wollte sie gern besser kennenlernen. Wir würden heute Abend jedoch Lilys und Leos Verlobung besprechen. Allein die Tatsache, dass Lily so jung heiratete und die Sicherheit meines Hauses hinter sich ließ, machte mich nervös.

Nun, ich fürchte, nachdem vor wenigen Monaten ein Mann in meinem Garten ermordet wurde, war es fragwürdig, wie sicher mein Haus war, doch darum ging es hier nicht. Lily würde sich in die Obhut eines Ehemanns begeben, dabei kannte sie den Mann erst seit einigen Monaten. Wie konnte ich ihre Situation da nicht mit meiner vergleichen? Oder eher gesagt der Situation, in der ich mich befunden hatte.

Ich hatte Reggie, meinen verstorbenen Gatten, nur kurz gekannt, bevor er und meine Mutter sich auf unsere Heirat geeinigt hatten. Sie wollte seinen Adelstitel und er mein Geld. Ab dem Moment, da er es in die Finger bekam, verschwand ich für ihn. Ich wurde zum Teil des Mobiliars. Es war keine glückliche Ehe. Ich stellte mir später die Frage, ob ich Reggie geheiratet hätte, wenn ich mehr Zeit gehabt hätte, um ihn besser kennenzulernen.

Ich wusste, dass unsere Situationen unterschiedlich waren. Zunächst einmal heiratete Leo Lily nicht für ihr Vermögen. Ja, sie hatte eine beachtliche Mitgift, aber Leos Familie war wohlhabend, daher war ihr Vermögen kaum von Bedeutung. Sie hatten eindeutig Gefühle füreinander, Lily war alt genug, um zu wissen, was sie wollte, und beide Familien hatten der Partie zugestimmt. Trotzdem verspürte ich das Bedürfnis, auf einer langen Verlobungszeit zu bestehen. Ich war sicher, ich würde als Einzige dieser Ansicht sein.

Ich hatte Leo die letzten Monate sehr genau im Auge behalten und versucht, so viel wie möglich über ihn herauszufinden. Ich stellte fest, dass er ein anständiger junger Mann war. Nun musste ich herausfinden, ob seine Familie Lily akzeptieren und ins Herz schließen würde. Da dies beinahe schon ein Fait accompli war, gab es nichts, über das ich mir den Kopf zermartern musste. Leo war nicht Reggie. Lily hatte eine gute Wahl getroffen.

In dem Bemühen, mich abzulenken, fragte ich Bridget, was sie an ihrem freien Nachmittag am nächsten Tag vorhatte, während sie meiner Frisur den letzten Schliff verlieh.

„Sehr aufregende Pläne, Mylady. Eine gute Freundin von mir arbeitet für Miss Zimmerman, eine Dame aus Amerika, die im Savoy wohnt. Nun, meine Freundin hat auch den Nachmittag frei und hat dafür gesorgt, dass wir uns dort zum Nachmittagstee treffen." Sie strahlte. „Also werde ich mein feinstes Kleid anziehen und sie dort treffen."

Bridgets Augen blitzten vor Begeisterung. Wie wunderbar für sie. Es erstaunte mich, wie Bridget es schaffte, angesichts der wenigen freien Zeit, so ein prächtiges Sozialleben zu führen. Ich musterte ihre Züge im Spiegel, während sie meine Haare in eine komplizierte Frisur mit Locken und eingedrehten Strähnen zurechtsteckte. Sie hatte einen zarten, rosigen Teint und dickes blondes Haar unter ihrer Haube. „Wärst du zu chic gekleidet, wenn ich dir mein rosa Kleid aus Seidenpopeline geben würde? Du bist kleiner als ich, aber ich weiß, wie geschickt du mit der Nadel umgehst. Du könntest es sicherlich rechtzeitig abändern."

Bridget wurde tiefrot. „Man könnte mich für eine vornehme Dame halten, Ma'am. Aber ich muss gestehen, dass ich nichts dagegen hätte. Vielen Dank, Mylady. Ich hatte schon überlegt, was ich an einem so noblen Ort wie dem Savoy tragen soll."

„Ich bin sicher, es wird dir hervorragend stehen, Bridget." Erst jetzt drangen ihre Worte in mein Bewusstsein. „Sagtest du, deine Freundin arbeitet für Miss Zimmerman? Helena Zimmerman aus Cincinnati?"

„Seit kurzem. Sie arbeitet eigentlich im Hotel, aber Miss Zimmermans Zofe wurde krank, daher baten sie Sadie, so heißt meine Freundin, einzuspringen."

Mein Hirn arbeitete so wild daran, einen Plan auszuhecken, dass ich überrascht war, dass mir der Rauch nicht aus den Ohren aufstieg. Vielleicht war es Bridget, die ich durch den Spiegel nervös auf ihrer Unterlippe kauen sah, die mich darauf brachte. „Wenn ich euren Nachmittagstee zahlen würde, könntest du vielleicht die Unterhaltung zum Duke of Manchester lenken?"

Bridget runzelte die Stirn. „Was wollen Sie wissen?"

Was ich wissen musste, war, ob der Duke jemanden umbringen würde, um zu verhindern, dass Miss Zimmerman von seinen Kavaliersdelikten erfuhr, doch das konnte ich kaum laut aussprechen. Ich improvisierte rasch.

„Nur ob der Dame seine Heldentaten mit einer anderen Erbin in der Stadt bekannt sind."

Bridget kniff die Lippen zusammen und überlegte.

„Das sollte nicht zu kompliziert sein. Miss Zimmerman könnte mit Sadie schon über den Duke geredet haben und nach Details und so weiter gefragt haben." Sie lächelte mich strahlend an. „So gut wie erledigt, Mylady."

„Hervorragend. Ich schreibe dir eine Mitteilung für den Maître d'hôtel mit, dass er die Rechnung mir schicken soll."

Ich fuhr mit viel besseren Aussichten zum Abendessen.

Die Kendricks hatten ein reizendes Haus auf der Green Street, in unmittelbarer Nähe der Park Lane. Es war eine etwas kleinere Stadtvilla als die der Argyles, wo die Gartenparty stattgefunden hatte. Da George seine Kutsche zur Polizei genommen hatte, um Charles zu retten, hatten die Kendricks freundlicherweise ihre Kutsche geschickt. Hetty, Lily, Lottie und ich kamen also stilgerecht an. Lily war übermütig und ihre Begeisterung war ansteckend. Wir lachten alle, als ein Diener in Livree uns aus der Kutsche half. Als hinter mir ein Quietschen ertönte, drehte ich mich um und sah Lottie von der Kutschstufe stolpern und beinahe mit Hetty zusammenstoßen. Offenbar hatte sie die Hand des Dieners, der ihr hatte helfen wollen, beim Aussteigen übersehen und ihr Absatz hatte sich im Saum ihres Kleids verheddert.

Ich hakte sie bei mir ein. „Keine Sorge, Liebes. Ich bin sicher, Mrs. Kendricks Hausmädchen kann sich im Handumdrehen um deinen Saum kümmern.“

Das Gaslicht des riesigen Kronleuchters tauchte die Eingangshalle in ein warmes Licht. Die Kendricks warteten dort darauf, uns zu begrüßen, und als Mrs. Kendrick einen Arm um Lilys Schulter legte, trug die Geste dazu bei, meine Sorgen zu beschwichtigen. Ich kannte Patricia Kendrick über den allgemeinen gesellschaftlichen Wirbel hinaus und mochte sie gern. Sie war die zweite Tochter eines zweiten Sohnes eines Barons und ihr altehrwürdiger Familienzweig reichte bis zur Tudor-Herrschaft zurück. Ihre Heirat mit Henry Kendrick war für die Gesellschaft ein wahrer Schock gewesen. Mr. Kendrick war von weniger angesehener Herkunft. Sein Vater hatte sein Vermögen in der Bergbauindustrie gemacht, was ihm ermöglichte, seinen Söhnen eine gute Erziehung in den Reihen der Söhne der Adligen zuteilwerden zu lassen.

In den Staaten hätte man die Kendricks als eine achtbare Familie angesehen, doch hier nahm man sie als neureiche gesellschaftliche Emporkömmlinge wahr.

Ziemlich genau wie man mich betrachtet hatte, als meine Mutter und ich nach London kamen. Die Heirat der Kendricks ereignete sich etwa fünfzehn Jahre, bevor ich nach England kam. Die ausgelöste Entrüstung darüber, dass er es fertigbrachte, ihnen die Tochter eines Aristokraten vor der Nase wegzuschnappen, musste schlimmer gewesen sein, als was ich bei meiner Ankunft erlebt hatte.

Dank Patricias Ansehen, hatte die Familie gesellschaftlich einen Fuß in der Tür, und Henry Kendrick erhoffte sich, diesen durch eindrucksvolle Partien für seine Kinder zu festigen. In dieser Hinsicht hatte er viel mit meiner Mutter gemein. Doch ich versuchte, nicht vorschnell zu urteilen.

„Vielen Dank für die Einladung, Patricia", sagte ich und ergriff ihre ausgestreckte Hand. Von ihr ging ein rosig-goldener Schein aus, der sie viel zu jung wirken ließ, um einen fünfundzwanzigjährigen Sohn zu haben. Sie trug das hellbraune Haar zu einem Gibson-Knoten hochgesteckt und einige Strähnen umspielten Hals und Schultern. Sie trug ein bernsteinfarbenes Kleid mit goldenem Netzstoff abgesetzt.

„Haben Sie schon Lilys Freundin, Miss Charlotte Deaver aus New York kennengelernt?"

Patricia lächelte. „Aber ja, wir haben uns letzte Woche kennengelernt. Oh je", sagte sie, als Lottie vortrat. „Ist Ihrem Saum etwas zugestoßen?"

„Äh, ich muss ihn aufgerissen haben." Sie machte einen Schritt zurück und trat dabei auf den Stoff, sodass sie beinahe wieder gestolpert wäre, hätte ich sie nicht schnell genug am Arm festgehalten.

Patricia streckte die Hand nach dem Mädchen aus. „Kommen Sie, kümmern wir uns schnell darum, einverstanden? Henry, begleite du unsere Gäste in den Salon." Damit entschwand sie mit der jungen Dame zum Ausbessern des Kleids in ihr Ankleidezimmer, wodurch sie es Leo überließ, die restliche Familie, seinen Vater, Henry Kendrick, und seine zwei Schwestern, Anne und Clara, vorzustellen. Leo und seine Schwestern stellten eine interessante Mischung der Züge ihrer Eltern dar. Sie ähnelten einander kaum, wenn man von den warmen, braunen Augen absah, die sie von ihrem Vater hatten.

„Unsere älteste Tochter Eliza und ihr Mann bedauern es sehr, dass sie heute nicht hier sein können, aber ich habe Arthur in den Norden geschickt, um sich für mich um das Geschäft zu kümmern. Natürlich wollte er, dass seine Frau ihn begleitet. Ich habe großes Glück mit meinem Schwiegersohn, Lady Harleigh", fügte er hinzu und deutete mir den Flur hinunter vorauszugehen. „Der Bursche ist für mich wie ein zweiter Sohn."

Ich drehte mich um, als er redete, und erhaschte einen Blick auf Anne, die das Gesagte wortgenau unhörbar mit den Lippen formte. Offensichtlich hatte er diese Aussage schon öfter gemacht.

Wir gingen auf ein Glas Wein vor dem Abendessen in einen geschmackvoll eingerichteten Salon. An den Wänden hingen faszinierende Landschaften und man konnte sich leicht durch den Raum bewegen, ohne sich die Knie an einem überflüssigen Tisch mit Zierdecken und Klimperkram zu stoßen. Ich konnte daher den älteren Mr. Kendrick dabei beobachten, wie er für Erfrischungen sorgte. Ich hatte viel über seinen Geschäftssinn gehört, doch ich war mehr an seiner Persönlichkeit interessiert. Er trat neben mich, als wir alle unsere Getränke in den Händen hielten.

„Ich kann Ihnen gar nicht sagen, wie entzückt wir von Ihrer Schwester sind, Lady Harleigh. Leo hat freilich eine gute Wahl getroffen." Er lächelte mir freundlich zu und ich hatte das Gefühl, dass er sich kaum davon zügeln konnte, mir nicht anerkennend auf die Schulter zu klopfen.

Ich lächelte höflich. „Wir sind gleichermaßen zufrieden mit Leo. Und Sie sollten auf meinen Titel verzichten. Da wir eine Familie werden, würde ich es begrüßen, wenn Sie mich bei einem solchen Familientreffen Frances nennen."

Entgegen meiner Erwartung verdüsterte seine Miene sich kurz. Ach ja, ich erinnerte mich daran, dass der Mann für seine Kinder Adelstitel begehrte. Doch man konnte für seine Familie keine Countess sein. Wenn es ihm wichtig war, würde er mich seinen Freunden als Lady Harleigh vorstellen können und mich in Unterhaltungen mit ihnen so nennen. Hier im Kreise der Familie bestand ich auf meinen Vornamen, und wenn ich ihn dazu mit finsteren Blicken zum Nachgeben zwingen musste.

Es funktionierte. „Ja, ja, natürlich. Wir werden schließlich verwandt sein. Ich heiße Henry, wie Sie wissen."

Ich nickte. Ich wusste außerdem, dass ihm gerade klar wurde, dass er nun ein weiteres Mitglied des Hochadels neben seiner Ehefrau beim Vornamen nannte. Warum das manchen Leuten so wichtig war, würde ich nie verstehen. Ich entschied, Hetty in die Unterhaltung einzubinden. „Wusstest du, dass die Kendricks auch im Norden Bergbau betreiben?"

Als Hetty dies hörte, zog sie die Augenbrauen hoch, brachte sich voller Enthusiasmus in die Unterhaltung ein und stellte gleich passende Fragen über das Geschäft. Da Henry nun beschäftigt war, wanderte ich zu Leos Schwestern hinüber, um sie kennenzulernen. Die Jüngere, Clara, unterhielt sich mit Lily, doch Anne wandte sich zu mir um, als ich auf sie zukam.

„Wie verbringen Sie den Sommer?", fragte ich. „Zu dieser Jahreszeit ist die Gesellschaft in der Stadt recht dürftig."

Sie warf mir einen so angesäuerten Blick zu, dass er jede Milch hätte gerinnen lassen können. Und die Art und Weise, wie sie die Nase rümpfte, ließ vermuten, sie könne diese auch riechen.

„Anne hält nicht viel von gesellschaftlichen Ereignissen", erklärte Clara mit sarkastischem Ton. „Sie ist nur an ihrer Bildung interessiert." Clara war vielleicht siebzehn oder achtzehn. Sie war ein hübsches, aufgewecktes Mädchen mit einem Funkeln in den Augen, das sicherlich die jungen Herren anzog, wohin sie auch ging. Und aus genau diesem Funkeln in ihrem Blick las ich auch, dass sie ihre Schwester nicht das erste Mal so aufzog. Und da sie gewartet hatte, bis Leo und Lily außer Hörweite waren, ging ich außerdem davon aus, dass sie dafür in der Vergangenheit zurechtgewiesen wurde.

Ich lächelte Clara freundlich zu. „Es klingt, als würden Sie das für kein würdiges Bestreben halten."

„Ich hielte es für angemessener, sie würde zu heiraten gedenken." Sie schob trotzig die Unterlippe vor. „Männer mögen keine Damen, die versuchen, sich männisch zu verhalten, und ihr Verhalten fällt auf mich zurück."

„Meine Güte, Sie äußern Ihre Meinung entschlossen. Ich glaube, ich habe Gentlemen diesen Wesenszug bei jungen Damen auch schon beklagen gehört."

Sie riss die Augen auf und keuchte. „Das haben Sie gehört?" Auf mein Nicken hin schlenderte sie davon, um über diesen neuen Einblick in die Denke der Gentlemen nachzusinnen. Ich wandte mich zu Anne, die sich bemühte, nicht zu lächeln.

„Sie brauchen mich nicht verteidigen", sagte sie schließlich.

„Eigentlich habe ich weniger Sie verteidigt und eher Frauen allgemein."

Sie sah mich mit scharfem Blick an. „Wirklich?"

„Männer finden immer etwas, über das sie sich beschweren, wenn es um Frauen geht." Ich zuckte mit den Achseln. „Und ich schätze, den Frauen geht es genauso. Aber ich kann es nicht ausstehen, wenn die Gesellschaft versucht, die Frauen ungebildet zu halten, damit die Herren sich überlegen fühlen können."

Auf ihrem Gesicht zeichnete sich Verblüffung ab. „Können Sie nicht?"

„Keineswegs. Frauen haben Verstand, und den sollen wir nutzen. Wie denkt Ihre restliche Familie darüber? Ist sie auf Claras oder Ihrer Seite?"

Sie dachte kurz darüber nach. „Ich bin nicht sicher, ob sie klar auf einer Seite stehen, jetzt da Sie fragen. Vater unterstützt meine Studien, doch er würde mich niemals ins Geschäft einbeziehen." Sie zuckte mit den Schultern. „Leo respektiert die Klugheit der Frauen, wenn Sie sich um Ihre Schwester sorgen."

„Ich würde mich sehr sorgen, wenn Lily sich dumm stellen müsste, um ihren Ehemann glücklich zu machen, aber sie ist keine gute Schauspielerin, daher bin ich sicher, dass Leo weiß, dass sie clever ist."

Patricia Kendrick und Lottie gesellten sich zu uns, als der Butler hereintrat und den Blick seiner Herrin suchte. Das Abendessen war also bereit. Als Henry mir seinen Arm bat, um mich in das Esszimmer zu begleiten, sah ich seine Frau die Augen verdrehen und seufzen. Himmel, hoffentlich bestand Mr. Kendrick nicht nur meinetwegen auf solchen Förmlichkeiten. Da ich keine Wahl hatte, nahm ich seinen Arm. Patricia und Leo folgten uns, dann kam Hetty und nach ihr die Mädchen. Ich saß zwischen Henry und Hetty. Das Tafelsilber funkelte und unter dem sanften Licht des Kronleuchters glitzerten die Kristallgläser. Bei all der Förmlichkeit war ich dankbar, dass Leo so vernünftig schien.

Als die Suppe serviert war, schienen sich alle zu entspannen und es fühlte sich mehr nach einem Abendessen im Kreise der Familie an. Hetty griff wieder ihre

Unterhaltung mit Mr. Kendrick auf, die sie im Salon geführt hatten. „Henry, Sie sagten, Sie sind nicht mit der Unternehmensgruppe ‚South Sea Equity Consortium‘ vertraut? Lord Harleigh erzählte mir, dass sein Bankier sie ihm wärmstens empfohlen hat.“ Sie runzelte die Stirn. „Ich wünschte, ich könnte mich an seinen Namen erinnern, aber Lord Harleighs Anlagen sind zwischen verschiedenen Bankinstituten verstreut.“

„Investitionen zu streuen ist keine schlechte Idee“, antwortete Henry. „Ich wüsste gern, wer die Geldanlagen verwaltet. Klingt so, als wäre es ein lukratives Geschäft.“

Hetty murmelte zustimmend. „Das hätte ich auch gedacht und anfangs war es das auch, aber vor kurzem haben sie Verluste erlitten und ich habe nicht herausfinden können, ob noch etwas zu retten ist. Wie ich es verstanden habe, sind die Stürme schuld.“

„Henry, bitte lass doch die Gespräche über das Geschäft. Du bist gerade nicht bei der Arbeit.“ Mrs. Kendrick kleidete ihren Tadel in ein gutmütiges Lächeln.

„Hat jemand etwas von der armen Dame, die letzte Woche ermordet wurde, gehört?“

Entsetzt warf Mrs. Kendrick Anne einen stechenden Blick zu, dass sie ein solches Thema am Esstisch ansprach. Sie schien Anne schon rügen zu wollen, als Lottie darauf einging.

„Mrs. Archer war eine Freundin von Lady Harleigh.“ Alle braunen Kendrick-Augen richteten auf mich.

„Mein herzliches Beileid“, murmelte Patricia.

„Archer, sagten Sie.“ Henry kniff die Augenbrauen zusammen, während er mich musterte. „Eine Verwandte von Gordon Archer von der ‚Bates Merchant Bank‘?“

„Gordon Archer ist der Bruder ihres verstorbenen Gatten“, antwortete ich. „Ich meine, er ist der Partner in der Bank. Sind Sie mit ihm bekannt?“

„Ja, in erster Linie geschäftlicher Hinsicht, aber wir treffen uns gelegentlich gesellschaftlich." Er starrte nachdenklich in seine Suppe, tauchte den Löffel hinein und sah wieder zu mir. „Ich habe ihn gestern getroffen. Wie merkwürdig, dass er nichts von einem Todesfall in der Familie erwähnte."

Die Unterhaltung um uns herum war wieder aufgenommen, doch Henrys Bemerkung erregte meine Aufmerksamkeit. War es merkwürdig? „Ist es denn üblich für Gentlemen, Familienangelegenheiten beim Geschäft zu bereden?", fragte ich.

Er riss sich aus seinen Gedanken los und lächelte mir zu. „Gewiss nicht, nein. Aber ich bin mit seiner Familie bekannt, habe ihr Haus besucht und die Kinder kennengelernt. Es scheint mir, da hätte ich doch irgendwann einmal die Schwägerin treffen sollen, meinen Sie nicht? Oder zumindest mitbekommen sollen, dass es überhaupt eine gab."

Ich dachte darüber nach, während er seine Suppe schlürfte. War Mary mit ihrer Familie zerstritten gewesen? „Ich schätze, es hängt davon ab, wie lange Sie mit Mr. Archer bekannt sind. Mary trauerte schließlich um ihren Ehemann", ich hielt inne und rechnete nach, „der vor über einem Jahr verstarb. Sie hat seitdem nicht wirklich am Gesellschaftsleben teilgenommen."

„Ach, das erklärt es. So lange kenne ich Archer etwa." Er lehnte sich zurück und ließ den Diener seine Suppenschale abräumen. „Wie dem auch sei, ich sollte zur Beerdigung gehen."

„Henry." Patricia klang überzogen geduldig. „Erst die Arbeit, nun Beerdigungen. Sicherlich wirst du ein angemesseneres Gesprächsthema finden."

„Aber natürlich, meine Liebe. Wir sollten über die Pläne zur Verlobungsfeier sprechen, nicht?"

Lily errötete und sah über den Tisch zu Leo. Ich hatte Mühe, nicht laut zu seufzen. Nun, ich wusste ja, dass es dazu kommen würde.

Mrs. Kendrick wandte sich mit einem herzlichen Lächeln an mich. „Hätten Sie etwas dagegen, die Feier nächste Woche zu veranstalten? Vielleicht heute in einer Woche?"

Ich erbleichte. Ich hatte nicht damit gerechnet, dass es so bald sein würde. Ich blickte flüchtig zu Lily, die sich plötzlich außerordentlich für ihre Serviette zu interessieren schien.

„Gibt es Grund zur Eile? Es sind um diese Jahreszeit kaum Leute in der Stadt. Wäre es nicht besser, bis zum Herbst zu warten?"

Mrs. und Mr. Kendrick sahen mich überrascht an. Patricia fing sich zuerst. „Ich glaube, wir könnten genug Gesellschaft versammeln, um einen Ballsaal zu füllen."

„Aber hat Margaret Henderson an dem Abend nicht eingeladen?"

Henry blickte mich ernst an. „Man könnte beinahe glauben, Sie hätten etwas gegen die Partie einzuwenden, Lady Harleigh, so erpicht wie Sie wirken, die Verkündung hinauszuzögern."

Ich machte den Mund auf, um etwas zu entgegnen, doch Patricia kam mir zuvor. „Unsinn, Henry. Frances hat recht. Margaret Henderson hat ihre Einladungen für nächsten Samstag schon verschickt. Abgesehen davon, ist es fürchterlich kurzfristig. Vielleicht würde es in zwei Wochen besser in Ihre Planung passen, Frances?"

Sie hatten mich in die Enge getrieben, und ich verfluchte Lily dafür, dass sie mich nicht vorgewarnt hatte. Mir gegenüber schob Hetty ihren Mundwinkel mit dem kleinen Finger hoch, wodurch sie schräg lächelte und mich daran erinnerte, dass dies ein fröhlicher Anlass war. Da alle mich anstarrten, bemerkte keiner außer mir Hettys Geste. Ich zwang mich, zu lächeln.

„Ich bestehe darauf, ich habe keinerlei Vorbehalte. Meine einzige Sorge, wenn man es so nennen möchte, ist, dass Lily und Leo einander erst seit so kurzem kennen. Die Verlobung bekannt zu geben, würde die Erwartungen an eine Hochzeit in wenigen Monaten erhöhen."

Wieder starrten alle Anwesenden mich an. „Ich meine, Lily und Leo haben ihren Wunsch, vor den Weihnachtsfeiertagen zu heiraten, zum Ausdruck gebracht." Patricia sprach zögerlich, vermutlich wurde ihr gerade bewusst, dass ich das erste Mal von den Wünschen des jungen Paars hörte.

„Haben sie das?" Dieses Mal starrte ich Lily an, bis sie gezwungen war, mir in die Augen zu sehen. Sie lächelte nervös.

„Wir sind uns unserer Zuneigung füreinander sicher, Frances, und wir hoffen, du siehst uns unsere Eile nach."

Was konnte ich da schon sagen? Ich hatte rein gar keine Einwände gegen die Partie. Sogar meine Eltern hatten sie gutgeheißen. Mein Vater hatte bereits den Ehevertrag ausgearbeitet. Nur weil die Eile ein Fehler bei meiner Heirat gewesen war, wie konnte ich annehmen, dass Lily nicht wusste, was sie wollte? Sie wusste jedenfalls genau, wie sie ihren Willen durchsetzte. „Dann will ich euch nicht im Weg stehen. Wenn ihr vor Weihnachten zu heiraten wünscht, können wir das sicherlich arrangieren."

Die Dankbarkeit, die ich in Lilys Blick erkannte, sagte mir, dass sie sich ihrer Entscheidung sicher war. Mehr konnte ich nicht verlangen. „Nun, wenn wir in zwei Wochen eine Verlobungsfeier veranstalten, sollten mit der Gästeliste beginnen."

KAPITEL 8

Am Sonntagmorgen jonglierte ich gleich mehrere Aufgaben. Zusätzlich zu der Aufgabe, ein Erpressungsopfer und möglicherweise einen Mörder zu finden, hatte man mir aufgetragen, eine Gästeliste für die Verlobungsfeier zusammenzustellen, da die Einladungen noch an diesem Tag verschickt werden mussten. Bridget würde am Nachmittag für mich etwas herumspionieren und herausfinden, wie viel Miss Zimmermann über die Liebschaften des Duke wusste. Leider würde ich erst morgen erfahren, ob sie etwas herausfinden konnte. George hatte den Diener eine Nachricht bringen lassen, dass er mich am Mittag besuchen würde, um sowohl mir Neues zu berichten als auch von unseren Fortschritten zu erfahren. Ein arbeitsreicher Tag stand bevor.

Nach dem Frühstück mit Rose machte ich mich an die Arbeit. Da Hetty, Graham und Lottie meine Bibliothek nutzten, nahmen Lily und ich mit dem Salon vorlieb. Ich hatte ihr die Gästeliste gegeben, bei der ich Fiona für eine Soirée vor zwei Monaten geholfen hatte. Viele auf der Liste würden auf dem Land sein, aber es war ein Anfang. Lily saß am Kartentisch und schrieb Einladungen an diejenigen, von denen sie wusste, dass sie in der Stadt waren. Wann immer sie unschlüssig war, rief sie mir die Namen zu, so als wisse ich über den Verbleib der gesamten Gesellschaft Bescheid.

Ich saß derweil mit einer Schreibplatte auf dem Schoß als Ersatz für einen Schreibtisch auf dem Sofa und las Marys Notizen weiter. Ich hatte mich für eine Mappe unverschlüsselter Notizen entschieden, da sie leichter zu lesen waren, und überflog sie auf der Suche nach Charles' Namen. Ich schämte mich dafür. Es war ihm gegenüber wohl nicht loyal, aber ich konnte nicht anders, als mich zu fragen, ob Mary etwas über ihn herausgefunden und ihn zur Rede gestellt hatte. Schlussendlich fand ich nichts mit seinem Namen, was mich sehr erleichterte, doch dafür brummte mir der Schädel.

„Frances, sind die Fontaines in der Stadt?“

„Nein, aber sie sind nur in Oxford. Ich würde ihnen trotzdem eine Einladung schicken, denn sie sind nahe genug, um zu kommen. Und wir werden sie natürlich zur Hochzeit einladen.“

Zurück zu den Notizen. Hm, war diese über Lord Herford? Ich las weiter. Gütiger Himmel, wollte sie damit etwa sagen, dass er einem Rennpferd illegale Mittel verabreicht hatte? Ich legte das Blatt auf den Stapel der möglichen Erpressungsopfer. Er würde alles tun, um zu verhindern, dass das herauskam. Als Nächstes folgte eine Klage wegen eines gebrochenen Eheversprechens von Harriet Farmer gegen einen Mr. Richardson. Ich kannte Mr. Richardson nicht, aber ich war mit Miss Farmer bekannt und offen gesagt hatte der Gentleman Glück, mit bloß einer Klage davongekommen zu sein.

„Was ist mit Sir Robert und Lady Nash? Sie sind auf dem Land, richtig?“

„Ja und leider zu weit entfernt, um die Feier zu besuchen, aber du musst Fiona eine Einladung schicken und ihr von eurer Verlobung berichten, da ich gerade keine Zeit habe, um ihr zu schreiben. Deute an, dass du nicht mit ihrer Anwesenheit rechnest und ihr nur die frohen Neuigkeiten zu berichten wünschst.“

Zurück zu den Notizen. Die Nächste war über den Duke of Manchester. Schon wieder? Miss Zimmermann war vermutlich die Einzige, die sich um seine Heldentaten scherte, und Bridget überprüfte dies schon. Wieder unterbrach Lilys Stimme meine Gedanken.

„Willst du, dass ich ihr schreibe, dass du keine Zeit hast, ihr zu schreiben?“

„Wem?“

„Lady Fiona.“

„Himmel, bloß nicht.“ Ich riss den Kopf hoch und starrte sie fassungslos an. „Du kannst Fiona nicht verraten, dass ich keine Zeit für sie habe. Deute nur an, dass du ihr die Neuigkeiten nicht vorenthalten wolltest. Ich werde ihr später schreiben.“

„Soll ich ihr dann schreiben, dass du ihr später schreibst?“

Bei all den Fragen wollte ich am liebsten mit der Mappe auf die Sofakissen schlagen, doch stattdessen atmete ich tief und ruhig ein. „Nein. Du solltest mich ganz raus lassen.“

Wieder zurück zu den Notizen. Ich überflog das nächste Blatt mit müden Augen. So aufregend die Details zu Beginn auch gewesen waren, konnte ich sie nun kaum noch ertragen. Ich hatte überhaupt kein Interesse daran, wer was mit wem tat oder wem antat. Ich legte das Blatt auf den Stapel mit harmlosem Klatsch.

Als ich nach dem nächsten Blatt griff, schlüpfte Lottie herein. Ich sah fasziniert zu, wie ihr Ärmel an der Türklinke hängenblieb und sie daran zerrte, bis die bestickte Bordüre sich mehrfach um die Klinke wickelte. Lily kam ihr zur Hilfe und drehte den Stoff geschickt von der Klinke weg und voilà war Lottie befreit. Mit der herunterbaumelnden Bordüre und einer Zeitung in der Hand kam sie auf meinen Arbeitsplatz zu, blieb jedoch stehen, als sie meinen mitgenom-menen Gesichtsausdruck sah.

„Sie bereden etwas sehr Vertrauliches“, sagte sie und nickte in Richtung Foyer. „Ich dachte, ich ziehe mich da besser zurück. Ist es in Ordnung, wenn ich hier warte?“ Sie machte einen weiteren Schritt auf das Sofa zu.

„Natürlich", antwortete ich. „Aber nicht …"

Sie setzte sich auf die andere Seite des Sofas, wobei sie einige Kissen zur Seite stieß, sodass meine Papierstapel zu Boden segelten.

„… dort."

„Es tut mir leid, Frances. Lass mich dir helfen." Ich versuchte gar nicht erst, sie davon abzuhalten. Ich wusste, dass sie die sorgfältig sortierten Seiten einfach zusammensammeln würde, aber wenn ich eingriff, würden wir vermutlich mit den Köpfen zusammenstoßen oder die Zettel zerreißen.

Meine Nerven waren allmählich überreizt und ich sehnte mich danach, meine Bibliothek zurückzubekommen.

Wie zu erwarten, reichte Lottie mir alle Blätter in einem Stapel. Ich lächelte, als sie sich wieder setzte und die Zeitung mit einem Ruck aufschlug, um die Falten zu glätten. Ich machte mich wieder daran, die Notizen auf zwei Stapel zu sortieren.

„Was ist mit Mr. Hazeltons Bruder?", fragte Lily.

„Wenn du den Earl meinst, glaube ich, Mr. Hazelton erwähnte, dass er in der Stadt ist. Du solltest ihm eine Einladung schicken."

„Nanu, es gibt heute keine Klatschspalte", sagte Lottie in einem wehmütigen Tonfall. „Die lese ich so gern und das ist schon der dritte Tag ohne."

Da ich genug Klatsch auf dem Schoß liegen hatte, entschied ich mich, nicht darauf einzugehen.

„Haben sie eine Erklärung gedruckt?", fragte Lily.

„Nein, und ich vermisse den Klatsch wirklich sehr. Ich habe die Spalte jeden Tag gelesen, seitdem ich hier bin, und die letzte Ausgabe deutete an, dass es zwischen einer Miss Farmer und einem Mr. Richardson eine Klage wegen eines gebrochenen Eheversprechens gab. Ich war gespannt, was daraus geworden ist."

Ich war kurz davor, die beiden dafür zu erwürgen, dass sie meine Konzentration störten, als Lotties Worte bei mir ankamen. Ich blickte erschrocken auf. „Darüber habt ihr in der Klatschspalte gelesen?"

Sie zuckte zusammen, als hätte sie nicht damit gerechnet, dass ich etwas dazu sagte, und zerriss dabei das Zeitungspapier. „Es tut mir leid, Frances." Sie biss sich auf die Unterlippe und sah mich aus dem Augenwinkel an. „Hast du die Zeitung schon gelesen?"

Ich winkte ab. „Das ist ganz gleich, Liebes. Erzähl mir von dieser Klatschspalte."

Ihre Miene erhellte sich. „Die ist so spannend. Meist werden die Menschen nur bei ihren Initialen genannt, aber Jenny und Mrs. Thomas haben mir geholfen, zu entschlüsseln, über wen sie schreibt. Die Kolumnistin hat für eine Menge Aufregung gesorgt, denn sie liegt scheinbar immer genau richtig."

„Sie?" Das war eine interessante Wendung. „Eine Frau schreibt die Kolumne?"

Lottie nickte. „Sie nennt sich ‚Miss Information'. Ist das nicht clever?"

Ein eher lächerlicher Name, meines Erachtens, doch darum ging es nicht. Mein Verstand sagte mir, dass dies wichtig war und ich mehr über diese Kolumne erfahren musste. „Und du sagtest, dass es seit drei Tagen keine Kolumne mehr gab? Wann hast du von dem gebrochenen Eheversprechen gelesen?"

„Irgendwann letzte Woche. Wenn es wichtig ist, kann ich die Kolumne holen. Ich habe die Zeitungsausschnitte gesammelt."

„Hast du das? Ja, bitte hole sie. Ich glaube, dass ich diese Kolumne lesen muss."

Sie faltete die Zeitung zusammen und verschwand pfeilschnell, sodass ich mich fragte, worum es sich bei diesen Notizen wirklich handelte. Waren sie zur Erpressung gedacht oder bloß Klatsch? Ich brauchte mehr Informationen. Wie hingen Marys Mappen und die Klatschspalte zusammen? Schließlich war das meiste, das ich in ihren Mappen gefunden hatte, allgemein bekannt. Lag es daran, dass alle bereits in der Zeitung davon gelesen hatten?

Hinter mir hörte ich ein rhythmisches Klopfen. Ich drehte mich um und sah Lily das Kinn auf die Faust gestützt mit den Fingern trommeln. Als ich die Augenbrauen hochzog, hörte sie auf. „Frances, warum interessierst du dich für die Klatschspalte der Zeitung? Ich wusste nicht, dass du Freude am Klatsch hast, abgesehen davon, Lady Fionas Geschichten anzuhören.“

Ich reagierte mit einem Schnauben. „Du stellst mich viel zu gut dar. Auch wenn ich mich bemühe, keinen Klatsch zu verbreiten, bin ich trotzdem noch ein Mensch und genauso neugierig wie alle anderen.“

„Aber warum ist es dir so wichtig?“

„Ich bin nicht sicher, dass es das ist, aber ich würde es gerne herausfinden. Warum kümmerst du dich nicht weiter um die Einladungen?“

Sie zog ein finsteres Gesicht, machte sich aber wieder an die Arbeit, als Lottie hereinkam. Sie hatte die Hände voller Zeitungsausschnitte.

Himmel. „Wie hast du so viele davon gesammelt? Du bist erst seit drei Wochen hier.“

Vorsichtig legte ich meine Stapel auf den Teetisch, damit sie sich auf das Sofa setzen und die Zeitungsausschnitte zwischen uns ausbreiten konnte. „Die Kolumne erscheint täglich und ich habe angefangen, sie auszuschneiden, nachdem ich die erste gelesen hatte.“ Sie zuckte mit den Achseln. „Ich dachte, es würde mir helfen zu verstehen, wer wer ist.“

Ich betrachtete die Texte und las hier und da einen Satz. „Nun, ich bezweifle, dass es dir die besten Seiten der Leute präsentiert hat, und ich muss dich warnen, dass solcher Klatsch in der Zeitung oft ausgedacht ist. Selbst wenn ein Teil davon wahr ist, könnte es einem als Warnung dienen, wen man meiden sollte. Nun, wo stand etwas über ein gebrochenes Eheversprechen?"

Sie ging die Zeitungsschnipsel durch und reichte mir die besagte Geschichte. Ich überflog die Kolumne, dann suchte ich Marys entsprechende Notiz heraus. Sie waren Wort für Wort identisch. Leider bewies das nichts, solange ich nicht wusste, welche zuerst dagewesen war. Es wäre eigenartig, hätte Mary den Inhalt einer Kolumne abgeschrieben, wenn sie einfach den Zeitungsausschnitt hätte behalten können, wie Lottie es getan hatte. Doch ich konnte es nicht ausschließen.

Also gut. Was konnte ich dann ausschließen? Ich lehnte mich gegen das Sofa zurück und tippte mit den Fingerspitzen nachdenklich gegen den Lippen. Auf den Notizen stand kein Datum. Ich blickte zum Stapel mit den Mappen, die ich auf den Teetisch gelegt hatte. Ich hielt die dünnste Mappe in der Hand und war recht sicher, dass Charles diese Mappe überprüft hatte. Was wenn …

Ich schob die Zeitungsausschnitte zusammen und drückte sie Lottie in die Hand. „Lass uns sie einzeln durchgehen. Lies du mir die Hauptpunkte vor und ich versuche hier heraus die entsprechende Notiz zu finden."

Es dauerte fast zwei Stunden, die Paare zu finden. Hetty war nach einer Stunde hereingekommen, in der Hoffnung, sie würde Lottie zurückbekommen, doch beim Anblick unserer fieberhaften Suche, wich sie ohne ihre Assistentin in die Bibliothek zurück. Wir ordneten eine Notiz nach der anderen Lotties gesammelten Kolumnen zu. Es gab mindestens drei Notizen zu jeder Kolumne. Am Ende blieben etwa zwanzig Seiten mit Notizen übrig.

Ich ließ den Blick über die Papierstapel schweifen
und merkte dann, wie Lottie mich mit konzentriert zusammengekniffenen Augenbrauen anstarrte. „Hat das
etwas mit Mrs. Archer zu tun?"

„Ich bin noch nicht sicher." Ich starrte in die Ferne.
„Wenn all die Notizen dieser Mappe sich einer Kolumne zuordnen lassen, sollten wir dann annehmen,
dass die Kolumnen über die übrigen Notizen noch geschrieben werden sollten?"

Die Augen des Mädchens weiteten sich. „Wollen Sie
sagen, dass Mrs. Archer ‚Miss Information' war?" Sie
kaute nervös auf ihrer Unterlippe. „Hilft das in Mr.
Evingdons Fall?"

Oh je. „Es scheint mehr als ein Zufall zu sein, aber ich
weiß nicht, wie ihm das helfen könnte." Himmel, das
könnte Erpressung als Motiv komplett ausräumen.

„Ihr solltet die andere Mappe überprüfen." Ich drehte
mich um und sah, dass Lily den Vorwand, Einladungen
zu schreiben, aufgegeben hatte und uns aufmerksam
beobachtete. „Es können nicht alles Klatschkolumnen
sein. So lange gibt es die noch nicht. Wozu sind die anderen Mappen da?"

Gute Frage. Ich sah zu den drei zusammenge-
schnürten Mappen. „Zwei davon haben wir gesichtet.
Diese hier ist mit ziemlich heiklen Details gefüllt."

Ich schob die Mappe zur Seite und erinnerte mich daran, dass auch eine Notiz über mich darin war. Auch
wenn ich kaum jemand anders davon erfahren lassen
wollte, konnte ich sie schlecht verschwinden lassen, da
sie ein Beweismittel war. „Ich muss noch zwei weitere
Mappen überprüfen."

Als ich eine nahm und aufschlug, fragte ich mich, ob
ich sie in mein Schlafzimmer mit hinauf nehmen sollte
oder Lottie wieder zu Hetty schicken sollte. Delaney
hatte nicht zugeben wollen, dass die Mappen existierten, und George hatte gewollt, dass ich darüber

Schweigen bewahrte. Aber das war, als wir glaubten, dass die Mappen der Erpressung dienten. Wenn Mary bloß eine Klatschkolumne schrieb ...

„In dieser Mappe liegt ein Zettel auf dem steht: ‚Nicht verwenden‘.“

Ich sah zu Lottie hinüber und erkannte, dass sie die vierte Mappe aufgeschnürt hatte und die Innenseite der Mappe inspizierte. Ich legte die Notiz zur Seite, die ich gelesen hatte, und schaute mir die Innenseite meiner Mappe an. Dort stand *Dezember 1898 bis Mai 1899* mit Bleistift geschrieben. Konnte sich das auf die Kolumnen aus der Zeit beziehen? Ich griff nach der Mappe, in der die aktuellen Kolumnen waren, und schlug die Mappe auf. *Juni 1899 bis –*.

Lottie verrenkte sich den Kopf, um die Notiz zu lesen. Ihrer Miene zufolge kamen wir zum selben Schluss. Unsere Blicke wanderten zu der Mappe auf dem Tisch, die ich zur Seite geschoben hatte. Ich legte die zwei Mappen auf meinem Schoß neben mich und zog die Mappe, die ich gestern gelesen hatte, zu mir. Auch auf dieser Innenseite stand ‚Nicht verwenden‘.

„Vielleicht waren die Details nicht interessant genug für ihre Kolumne.“

„Ich habe einige davon gelesen und vermute eher das Gegenteil.“

Sie nahm den ersten Zettel.

„Es wäre mir lieber, wenn du das nicht lesen würdest, Liebes.“ Ich streckte den Arm aus, um die Mappe zuzuklappen, als Lottie sagte: „Sie hat die Pitman-Kurzschrift verwendet.“

Ich hielt inne. „Du kennst diesen Schreibstil?“

„Aber ja.“ Sie deutete auf die Mappe. „Ich habe die Kurzschrift beim Protokoll führen bei den Treffen des Aufsichtsgremiums als sehr nützlich empfunden.“ Sie zog die Augenbrauen hoch, als ich sie ausdruckslos ansah. „Als ich ehrenamtlich im Metropolitan Museum gearbeitet habe. Die Protokolle zu führen, fiel mir viel leichter, als ich diese Art von Kurzschrift lernte. Vielleicht könnte ich dir bei diesen Notizen helfen?"

Bevor ich antworten konnte, führte Mrs. Thompson George in den Salon. Ich lehnte mich zu Lottie hinüber. „Ich muss das mit Mr. Hazelton besprechen. Gibst du uns einen Moment?"

„Natürlich." Sie begrüßte George und verabschiedete sich dann, um zurück zu Hetty und Graham in die Bibliothek zu gehen. Lily tat so, als sei sie mit den Einladungen beschäftigt. Ich gab George ein Zeichen, sich neben mich zu setzen.

„Es scheint, wir haben eine Entdeckung gemacht", sagte ich.

Er ließ den Blick über die Unterlagen schweifen, die über meinen Schoß und den Teetisch verstreut lagen. „Wir? Sag nicht, eine der jungen Damen hat mit dir daran gearbeitet?"

„Nicht so, wie du denkst." Ich reichte ihm die Zeitungsausschnitte. „Lottie hatte sie aus der Zeitung ausgeschnitten und sie überschneiden sich genau zu Marys Notizen. Wir vermuten, dass sie die Kolumne von ‚Miss Information' geschrieben hat."

Er sah mich ausdruckslos an. „*Misinformation*? So wie Falschinformation?"

„Nein. *Miss* Information, wie Frau Information." Ich tippte auf die Überschrift des Zeitungsausschnitts, den er in der Hand hielt. „Ein Wortspiel und eine Kolumne im *Daily Observer.*"

„Interessant. Sprich weiter."

Ich berichtete von unserem Morgen. „Ich kann nicht sicher behaupten, dass sie niemanden erpresst hat, aber die Mappen, in denen die skandalösen Details standen, waren mit ‚Nicht verwenden' beschriftet. Was hältst du von alledem? Und hast du selbst etwas herausgefunden?"

„Was ich herausgefunden habe ergibt nun etwas mehr Sinn, nachdem ich deine neuen Erkenntnisse gehört habe." Er warf Lily einen raschen Blick zu, die nun uns mehr Aufmerksamkeit schenkte, als ihrer eigenen Arbeit.

Ich räusperte mich. „Lily, die Einladungen schreiben sich nicht von selbst. Und sie müssen heute verschickt werden."

George wartete, bis Lily sich wieder an die Arbeit machte, bevor er weitersprach. „Bei Mrs. Archers Bank habe ich sehr geringe regelmäßige Einkünfte gesehen. Entweder war sie eine schrecklich unfähige Erpresserin oder sie hatte eine andere Einkommensquelle. Bisher war ich davon ausgegangen, dass sie von ihrer Familie oder den Archers eine Art Zuschuss erhielt, aber nun frage ich mich, ob es von ihrer Anstellung kam."

„Ich frage mich allmählich, ob sie mit der Familie ihres verstorbenen Gatten im Zwist war. Die Archers sind ziemlich wohlhabend. Wenn sie sie finanziell unterstützten, hätte sie sich zumindest ein Mädchen für alles leisten können, was nicht der Fall war. Gestern erzählte mir Mr. Kendrick, dass er mit Gordon Archer seit einem Jahr bekannt ist, jedoch nichts von Marys Existenz wusste. Ich schätze, das bedeutet noch nicht, dass sie zerstritten waren, doch nun frage ich mich, wie ihre Beziehung zu der Familie war."

„Was ist mit ihrer eigenen Familie?"

Ich fuhr mit den Fingerspitzen über den Rand der Zettel auf meinem Schoß und versuchte, mich an Marys Familie zu erinnern. „Ihre Eltern sind verstorben, meine ich, und ihre einzige Schwester ist mit dem dritten Sohn von Viscount Spencer verheiratet. Eine berühmte, wenn auch nicht reiche Familie. Er ist Jurist mit Sitz in Oxford." Ich nagte an meiner Unterlippe und fragte mich, was ein Jurist verdiente. „Ich bezweifle, dass sie ihr finanzielle Unterstützung bieten konnten."

„Nun, ich schätze, es sollte leicht zu prüfen sein, ob sie bei der Zeitung angestellt war."

„Wenn sie das war, ist das nicht gut für Charles." Kaum hatte ich die Worte ausgesprochen, fiel mir auf, dass ich keine Ahnung hatte, was mit meinem Cousin geschehen war. „Gütiger Himmel, wie konnte ich nur vergessen, mich nach ihm zu erkundigen? Ist er noch in Polizeigewahrsam?"

Er gluckste. „Ich habe mich schon gefragt, ob du ihn im Eifer eurer Entdeckung vergessen hast. Der Viscount sorgt in eben diesem Augenblick für seine Freilassung. Ich habe ihn eingeladen, einige Tage zu Besuch zu bleiben."

„Warum sollte er bei dir bleiben?"

„Ironischerweise sorge ich mich wegen des Tratsches. Die Reporter umschwirren die Polizei wegen genau solcher Geschichten. Bisher waren sie diskret und der Viscount hat gedroht, die Karriere eines jeden Polizisten zu beenden, der auch nur ein Wort über Charles' Verhör flüstert." Er zuckte mit den Achseln. „Trotzdem könnte die Nachricht sich verbreiten. Ich dachte, es wäre besser, wenn er außer Sichtweite ist und nicht in Gesellschaft, bis die Polizei klarstellt, dass er nicht mehr unter Verdacht steht."

„Ich hoffe, das wird bald sein, aber wenn wir bestätigen, dass Mary ‚Miss Information' war, schließt das Erpressung aus und verschlimmert die Anschuldigung gegen Charles wieder. Dabei wäre ich froh, die Suche nach weiteren möglichen Verdächtigen einzustellen."

George legte die Hände auf die Oberschenkel und lehnte sich zu mir vor. „Es tut mir leid, dir widersprechen zu müssen, Frances, aber nur weil auf der Mappe ‚Nicht verwenden' steht, können wir keine Mutmaßungen anstellen. Sie könnte trotzdem jemanden erpresst haben."

„Aber du sagtest, dass sie keine großen Zahlungen erhielt."

„Ja, aber ich habe noch keinen Zugang zu ihrem Haus gehabt. Sie könnte das Geld dort verstecken. Noch können wir es nicht ausschließen."

Ich runzelte die Stirn. „Also wissen wir immer noch nichts."

„Leider nein. Aber du hast mit dieser Klatschkolumne einen nützlichen Hinweis gefunden. Wir sollten Delaney darüber informieren."

„Wir?"

„Ja." Er schenkte mir ein verlegenes Lächeln. „Ich bin ihm heute Morgen bei der Polizei zufällig begegnet und er fragte, auf seine schroffe Art, warum ich nicht Mrs. Archers Unterlagen untersuchte."

Ich zog die Augenbrauen hoch. „Du hast es ihm gesagt?"

„Nur seine Vermutungen bestätigt. Delaney weiß, dass Evingdon mein Freund ist und dass ich für ihn ermittle." Er hob die Hände in einer hilflosen Geste. „Ihm war klar, dass jemand die Mappen überprüft. Er ist ein schlauer Kerl. Ich bin sicher, dass er vermutete, dass dieser Jemand du bist."

„Und er hatte keine Einwände?"

„Die hätte er vielleicht gehabt, wenn es seinen Vorgesetzten bekannt wäre, aber solange wir diskret sind, vermute ich, ist er nur froh, dass er es nicht selbst machen muss."

Meine Hand zuckte zu meiner Brust und ich versuchte, mir ein Lächeln zu verkneifen. Dass Delaney nichts gegen meine Mitarbeit einzuwenden hatte, war ein wahrer Vertrauensbeweis. Meine Freude ebbte jedoch etwas ab, als ich an die Aussichten dachte, die Mappen noch einmal durchstöbern zu müssen. Ich fragte mich, wie weit ich sein Wohlwollen drängen konnte.

„Was meinst du, würde er dazu sagen, wenn ich jemanden zur Unterstützung hinzuziehen würde?“

Er zog eine Braue hoch. „Deine Tante Hetty?“

Ich warf einen Blick über die Schulter und war überrascht, dass Lily tatsächlich bei der Arbeit war. Offensichtlich hatte sie das Lauschen aufgegeben. Ich wandte mich wieder zu George um und senkte die Stimme. „Lottie.“

Er zog einen Mundwinkel runter. Er würde etwas einwenden, also drängte ich weiter.

„Ich würde normalerweise keine junge Dame bitten, solche Details zu lesen, aber sie hat die nötigen Fähigkeiten und da ich ihre Mutter getroffen habe, bezweifle ich, dass sie etwas davon schockieren würde.“

Er lehnte sich zurück und starrte mich mit zusammengekniffenen Augen an. „Jetzt schockierst du mich aber. Ihre Mutter?“

„Sie bandelt mit einem französischen Grafen an – einem verheirateten französischem Grafen.“ Ich hob eine Hand, damit er nicht antwortete. „Bitte versteh mich nicht falsch. Lottie ist eine Dame in jeder Hinsicht. Ich vermute, dass ihre ehrenamtliche Arbeit ein Weg war, um aus dem Haus zu flüchten. Das Wichtigste ist jedoch, dass sie die Kurzschrift lesen kann.“

Seine Miene erhellte sich. „Ich verstehe. Das wäre hilfreich.“

„Ja, das wäre es. Wenn du erlauben würdest, dass sie mir hilft, sorge ich dafür, ihr deutlich zu machen, wie vertraulich diese Notizen sind.“

Ich sah seinem Gesichtsausdruck an, dass er langsam meine Sicht verstand. „Mit ihrer Hilfe würden wir die Mappen viel schneller durchsuchen“, fügte ich hinzu.

George sah zur Decke hinauf und fuhr sich mit der Hand durchs Gesicht. „Also gut“, sagte er schließlich. „Sie wäre gewiss eine Bereicherung für die Ermittlung, aber sie darf kein Wort darüber verlieren, was sie tut.“

„Ich bürge für sie und da du gerade davon redest, Dinge für uns zu behalten, könnten wir damit warten, Delaney von der Klatschkolumne zu erzählen? Ich will ihm keine weiteren Gründe liefern, Charles zu verdächtigen."

Ein Lächeln breitete sich auf seinem Gesicht aus. „Darf ich annehmen, dass du keinen weiteren Grund hast, der Polizei Informationen vorzuenthalten, sobald er ein freier Mann ist?"

„Du meine Güte, ich fürchte, das tue ich gerade, nicht wahr? Nun, nur bis Charles frei ist. Und du hast selbst gesagt, nur weil sie eine Kolumne schrieb, heißt das noch nicht, dass sie nicht auch jemanden erpresste." Ein Schauer lief mir über den Rücken. „Ich hasse es, so etwas über eine Freundin zu sagen, besonders über eine verstorbene Freundin."

„Wo du davon sprichst. Wann ist die Beerdigung?"

„Morgen Vormittag."

„Verdammt." Er hob den Blick und sah mir in die Augen. „Entschuldige. Ich hatte gehofft, die Beerdigung zu besuchen, aber ich weiß nicht, wie ich es anstellen soll. Wirst du hingehen?"

„Ja, das hatte ich vor. Warum?"

Er rückte näher und senkte die Stimme. „Versuch darauf zu achten, wer alles da ist – Familie, Freunde – selbst flüchtige Bekannte. Nimm Kenntnis von allen, die fehl am Platz wirken. Jeder, der sie nicht gut kannte oder den du dort nicht erwarten würdest. Oder wer sich untypisch verhält."

„Gute Güte, das ist eine Menge zu beachten. Ich werde alle Hände voll zu tun haben." Ich musterte ihn und suchte nach dem, was er mir nicht erzählte. „Bittest du mich darum, nach dem Mörder Ausschau zu halten? Glaubst du, dass er zu ihrer Beerdigung kommen könnte?"

„Das passiert recht häufig." Er legte eine Hand auf meine. „Allerdings will ich nicht, dass du selbst etwas unternimmst. Behalte nur im Kopf, was dir merkwürdig erscheint. Wenn es irgendwie möglich ist, treffe ich dich dort. Ich wage zu sagen, dass Delaney anwesend sein wird. Wenn du Bedenken hinsichtlich eines Gasts hast, sag es ihm."

„Das kann ich tun." Aufregung breitete sich in mir aus. Wäre ich nicht so besorgt um Charles, könnte ich diese Ermittlungsarbeit vielleicht sogar genießen.

KAPITEL 9

Nachdem George gegangen war, organisierte ich meine Truppen. Lily war mit ihren Einladungen fertig und wir schickten Jenny los, die Einladungen zu den Kendricks zu bringen, damit die sie verschickten. Ich zog Lottie von ihrer Arbeit mit Graham und Hetty ab und holte sie zurück in den Salon.

Da wir drei uns um den Teetisch gesetzt hatten und es fast vier Uhr war, entschieden wir uns, unseren Schlachtplan bei einer Tasse Tee zu schmieden. Es gab keinen Grund zur Geheimniskrämerei mehr, da ich Lotties Hilfe benötigte. Ich hatte zwar keine Erlaubnis, Lily einzuweihen, aber um ehrlich zu sein, fühlte ich mich schlecht, sie außen vor zu lassen. Ich würde sie lediglich den bekannten Klatsch lesen lassen. Nachdem wir eine Tasse belebenden Tee genossen hatten, erklärte ich ihnen Delaneys Erpressungstheorie.

„Aber haben wir nicht entschieden, dass sie diese Notizen für ihre Klatschkolumne benutzte?" Lottie deutete auf die Mappen auf dem Sofa.

„Wir haben noch nicht nachgewiesen, dass sie die Kolumne geschrieben hat", korrigierte ich sie. „Aber selbst wenn, müssen wir die Mappen bedenken, in denen ,Nicht verwenden' steht. Sie könnte sich entschlossen haben, sie nicht für die Kolumne zu verwenden, aber das schließt die Möglichkeit nicht aus, dass sie sie zur Erpressung benutzt hat."

„Was glaubst du, wie viel verdient eine Erpresserin?", überlegte Lily laut. „Woher weiß man, wie viel man verlangt?"

„Auch das haben wir noch nicht bewiesen, Lily. Ob sie jemanden erpresst hat oder ob sie Zahlungen erhalten hat", antwortete ich, während ich es noch einmal überdachte, Lily einzuweihen. „Vielleicht war dies ihr erster Erpressungsversuch."

„Oh je", sagte Lottie. „Es scheint, sie hat die falsche Person bedroht."

Lily legte den Kopf schief. „Wenn jemand, den sie erpresst hat, sie ermordet hat, würde er die Notiz über sich selbst dann nicht mitnehmen?"

Ich fasste unsere bisherigen Erkenntnisse über den Fall für die Mädchen zusammen, auch dass die Notizen versteckt gewesen waren.

Lottie fiel die Kinnlade herunter. „Soll das heißen, das ist die gesamte schmutzige Wäsche der feinen Gesellschaft?"

„Herrje, nein. Ich bin sicher, dass es nur ein Bruchteil ist. Und ich glaube, wir sollten es pikanten Klatsch nennen. Nur weil wir es lesen, heißt noch nicht, dass wir uns dazu herablassen sollten, so vulgär zu sprechen."

Lily verschluckte sich fast an einem Keks, doch nach einem schnellen Schluck Tee fasste sie sich. „Wir dürfen das lesen?" Sie deutete auf die Mappen auf dem Tisch.

„Sind all deine Einladungen fertig?"

Sie rutschte auf die Stuhlkante vor und sah sich die Mappen an. „Es sind so wenige Leute in der Stadt geblieben, dass es nicht so lange dauerte, wie ich erwartet hatte."

„Ich erlaube Lottie bloß die scheußlicheren Notizen zu lesen, weil sie die Kurzschrift kennt, in der sie geschrieben sind." Ich biss mir auf die Lippen und sah sie an. „Ist es dir recht, Liebes? Ich ziehe dich nur ungern mit hinein, aber ich brauche deine Hilfe wirklich."

Sie winkte ab. „Wenn es Mr. Evingdon hilft, mache ich es gern."

Ich griff nach der ersten ‚Nicht verwenden'-Mappe und erstarrte, als sich meine Finger darum schlossen.

Ich setzte mich wieder auf und starrte Lily mit offenem Mund entgeistert an.

„Was ist?", murmelte sie und lehnte sich von mir weg.

„So wenige Leute sind in der Stadt." Langsam verarbeitete mein Verstand die Information. Ich klappte den Mund zu und starrte Lily an. „Wo ist die Liste dieser Leute? Diejenigen, die nicht in London sind?"

„Nun, sie standen auf der ersten Liste und nun sind ihre Namen durchgestrichen."

„Wo ist die Liste?"

Sie stellte ihre Teetasse ab und ging zum Kartentisch hinüber, an dem sie gearbeitet hatte. Ich hätte wissen müssen, dass sie ihre Sachen nicht aufgeräumt hatte. Nachdem sie das Chaos auf dem Tisch durchsucht hatte, kehrte sie mit der Liste zurück.

„Also gut. Während wir diese Notizen durchgehen, gleichen wir alle Namen der Beteiligen gegen diese Liste ab. Wenn sie länger als eine Woche fort sind, sollten die Notizen zurück auf den Stapel auf dem Tisch."

„Wenn jemand vorhatte, einen Mord zu begehen, bezweifle ich, dass er sich davor scheuen würde, dafür nach London zurückzureisen." Lily hob herausfordernd eine Braue.

„Ich stimme dir zu, daher sollten wir sie nicht ausschließen. Wir legen sie nur vorerst zur Seite. Aber wenn jemand schon aufs Land gefahren und dann kurz zurückgekehrt ist, wird es jemandem aufgefallen sein. Es ist beinahe unmöglich für jemanden Bekanntes, sich heimlich zurück in die Stadt zu schleichen. Die Bediensteten müssten im Haus Vorkehrungen treffen und das würde die Runde machen. Selbst wenn man im Hotel wohnt, zieht man die Aufmerksamkeit auf sich. Und ein Mörder würde das nicht wollen."

„Das bedeutet, dass unser Täter höchstwahrscheinlich jemand ist, der noch in der Stadt ist", folgerte Lottie.

„Aber jemand, der erst am Mittwoch abgereist ist, würde noch besser passen."

„Woher sollen wir wissen, wann sie abgereist sind?"

„Wenn wir nicht sicher sind, sollten wir davon ausgehen, dass sie fort sind. Wir können die Gruppe später nachprüfen."

Nun da die Aufgaben verteilt waren, zogen die Mädchen eifrig Notizen aus den Mappen. Ich rückte zu Lottie hinüber. Sie konnte zwar die Kurzschrift lesen, aber sie brauchte meine Hilfe bei den Initialen.

„Bevor wir anfangen, muss euch bewusst sein, dass ihr kein Wort darüber verlieren dürft, was ihr heute lest. Alle Details bleiben in diesem Raum."

Beide gaben mir ihr Versprechen und wir machten still weiter. Lottie transkribierte die Notizen, während ich die entsprechenden Namen einsetzte. Wir legten die Notizen dann auf verschiedene Stapel. Nach zwei Stunden hatten wir einen knapp sieben Zentimeter hohen Stapel über jene, die schon länger verreist waren. Der andere Stapel bestand aus etwa zehn Notizen. Es waren diejenigen, die irgendwann in der letzten Woche die Stadt verlassen hatten. Der letzte Stapel hatte etwa fünfzehn Notizen über die Leute, die in der Stadt waren.

Einige der Dinge, die ich gelesen hatte, fand ich höchst peinlich, aber es fiel mir trotzdem schwer, zu glauben, dass jemand morden würde, um seinen Ruf zu retten. Ich fragte mich außerdem, wie Mary es geschafft hatte, all diese Details über ihre Freunde und Bekannten zu sammeln. Auch wenn sie als ‚Nicht verwenden' markiert waren, hatte Mary sich die Mühe gemacht, sie aufzuschreiben. Hätte sie sie wenn nötig zum Erpressen benutzt? Und was hätte es nötig gemacht?

Es war nicht schwer, mich in Marys Situation zu versetzen. Allein auf der Welt und mittellos. Es war nicht lange her, dass ich mich selbst in ihrer Position befunden hätte, wären Lily und Hetty nicht angereist. Gleich nachdem ich die Familie Wynn verlassen hatte, hatte Graham eine Klage gegen mich eingereicht und das Geld auf meinem Konto verlangt, woraufhin die Bank mir den Zugang dazu verwehrte, bis der Prozess entschieden war. Hätte meine Mutter nicht Lily und Tante Hetty zu mir geschickt und dazu einen stattlichen Scheck, um ihre Ausgaben zu decken, wäre ich innerhalb weniger Wochen mittellos gewesen.

Doch was, wenn sie nicht gekommen wären? Hätte ich versucht, mich selbst zu finanzieren, oder wäre ich zur Familie meines verstorbenen Gatten zurückgekrochen? Wenn es ein Zerwürfnis zwischen Mary und ihrer angeheirateten Verwandtschaft gab, musste es um etwas sehr Wichtiges gegangen sein, dass sie sich entschied, lieber Klatsch zu verkaufen, als ihre Familie um finanzielle Hilfe zu bitten.

Oder projizierte ich lediglich meine persönliche Ablehnung gegenüber dieser Art und Weise, Geld zu verdienen, auf sie? Ich kannte Mary nicht besonders gut. Trotzdem besaß sie diese Notiz über mich. Wie hatte sie davon erfahren? Ich überlegte, wer von meinem Rechtsstreit mit Graham vor einigen Monaten wusste. Natürlich er und ich. Dann noch mein Anwalt Mr. Stone, Lily, Hetty und George. Oh, und natürlich Fiona und ihr Ehemann. Fiona war ein unverbesserliches Klatschmaul, aber sie war auch meine beste Freundin. Sie würde die Geschichte niemals jemandem weitererzählen.

Lily und Lottie sichteten den Stapel derer, die in der Stadt waren. Ich musste ganz in Gedanken vertieft gewesen sein, denn als ich aufblickte, sahen mich beide besorgt an.

„Ich habe mich nur gefragt", sagte ich, „wie Mary an all diese Informationen gelangt ist." Ich hielt eine Seite hoch und überflog den Text. „Details über Lord Frobishers finanzielle Lage erfährt man nicht in einem überfüllten Ballsaal."

„Da ist etwas dran." Lily lehnte sich zurück und wickelte eine Locke, die aus ihrer Frisur gerutscht war, um den Finger. „Man könnte Andeutungen auf eine finanzielle Notlage hören, aber man würde niemals Details erfahren."

„Erinnerst du dich an die Meinungsverschiedenheit, die ich mit Graham vor einiger Zeit hatte?" Ich zog die Brauen hoch und hoffte, dass Lily sich an die Geschichte um mein Konto erinnern würde, ohne dass ich vor Lily mehr in die Tiefe gehen musste.

Lily nickte, während Lottie versuchte, beschäftigt zu wirken.

„Mary wusste davon."

„Woher das?"

„Ich weiß es nicht. Von euch würde niemand etwas verraten."

„Die Bediensteten?", schlug Lily vor.

„Hast du den Bediensteten etwas gesagt?"

„Natürlich nicht."

„Ich auch nicht, aber ich schätze, dass sie alle davon wussten. Ich kann mir nicht vorstellen, dass Mrs. Thompson, Bridget oder Jenny Klatsch über uns verbreiten." Ich schüttelte den Kopf. „Dafür sind sie zu integer."

„Was ist mit den Bediensteten von Graham und Delia?"

Nun, das war möglich. Graham und seine verstorbene Frau hätten ihren Bediensteten nichts gesagt, aber sie könnten im alten ramponierten Herrenhaus, in dem sie gelebt hatten, etwas gehört haben. Ich hatte sie selbst nicht selten belauscht. Ich überlegte.

„Also gut. Nehmen wir an, Mary erhielt ihre Informationen durch die Bediensteten. In meinem Fall

bedeutete das, dass sie entweder mit einem Bediensteten im Harleigh Manor Kontakt pflegte, was ich unwahrscheinlich finde, oder aber sie kam über Grahams
Kammerdiener an den Klatsch. Wenn der Earl nach
London reiste, brachte er stets nur seinen Kammerdiener mit."

„Nun, das grenzt es doch ein, findest du nicht? Wir
müssen Grahams Kammerdiener sprechen."

Ich hielt eine Hand hoch. „Nicht wir, Liebes. Warum
um alles auf der Welt sollte er uns etwas gestehen?
Himmel, der Klatsch war schließlich über mich. Ich
glaube, wir haben mit Jenny bessere Chancen."

Auch wenn Jenny nicht mein Mädchen für alles war,
war sie definitiv mein Mädchen für allerlei Aufgaben.
Sie war hübsch genug, um sie im Salon zu empfangen,
und außerdem stark, kompetent und effizient. Obwohl
sie erst siebzehn war, hatte sie schon seit ihrem zwölften Lebensjahr für die Familie Wynn gearbeitet und
wusste, wie man einen Haushalt führte. Ich nahm sie
mit mir, als ich Harleigh Manor verließ, weil sie mich
dabei erwischt hatte, wie ich eine Unterhaltung zwischen Graham und seiner verstorbenen Frau belauscht
hatte. Sie verriet kein Wort über meine Taktlosigkeit.

„Jenny hat früher mit Grahams Kammerdiener zusammengearbeitet", sagte ich. „Nach der morgigen Beerdigung besuche ich Harleigh House und nehme
Jenny mit. Solange ich bei Graham bin, kann sie vielleicht etwas aus dem Kammerdiener herausholen."

Lily und Lottie wechselten einen Blick. „Das klingt
doch nach einem Plan", sagte Lily.

KAPITEL 10

Warum musste es zu Beerdigungen immer regnen? Ich beobachtete die anderen etwa zwei Dutzend Trauernden durch den Nieselregen, die unter ihren Regenschirmen beisammenstanden. Wenn George recht hatte, hatte einer vielleicht Mary das Leben genommen. Der Gedanke ließ mich erschaudern.

Mit Delaney hatte er recht behalten. Ich bemerkte ihn gleich, als wir am Friedhof ankamen, und stellte mich neben ihn hinter die restlichen Gäste. So konnten wir vermutlich alle am besten beobachten.

Dem Sarg am nächsten standen Marys Schwester Louise und ihr Ehemann, dessen Vorname mir entfallen war. Sie waren angemessen schwarz gekleidet, doch Louises altmodisches Kleid wurde nur dadurch noch betont, dass sie neben Caroline Archer, Marys Schwägerin, stand. Carolines Kleid, das vermutlich vor wenigen Tagen erst entworfen und geschneidert worden war, saß wie angegossen. Der Hut mit dem transparenten Schleier betonte ihre beneidenswert hohen Wangenknochen. Sie trug Trauerschmuck aus Gagat anstatt der Edelsteine, die sonst von ihren Ohren baumelten.

Eins weiter stand Marys Schwager Gordon Archer. Er war groß, blond und, nun ja, geschäftsmäßig. Er sah haargenau aus wie der Bankier, der er war. Links neben ihm standen zwei weitere Archer-Geschwister mit ihren Gatten, doch Gordon Archer und seine Frau Lady Caroline interessierten mich am meisten. So reich sie angeblich waren, hatten sie Mary in reduzierten Lebensverhältnissen leben lassen. Trotzdem waren sie nun vorgetreten und hatten ihre Beerdigung organisiert. Eigenartig.

Ich lehnte mich zu Delaney. „Wissen Sie von einem Zerwürfnis zwischen Gordon Archer und Mary Archer?"

Er beobachtete weiter die Menge. „Wovon haben Sie gehört, Mylady?"

Ich sah aus dem Augenwinkel zu ihm hinüber. „Nichts, aber es kommt mir seltsam vor. Archer ist ziemlich wohlhabend. Warum hat er die Witwe seines Bruders sich allein durchschlagen lassen?"

„Es wäre seltsam, wenn sie Beweise liefern wollten, warum Mrs. Archer Gordon Archer umbringen würde, aber nicht andersherum." Dieses Mal sah er mich an und hatte dabei ein leichtes Lächeln auf den Lippen. „Die Ermittlungen laufen noch und es gibt mehr als genügend Verdächtige. Sie brauchen mir nicht noch weitere vorzuschlagen."

„Gibt es jemanden, dem Sie besondere Aufmerksamkeit schenken?"

Er zuckte mit den Schultern. „Bisher niemanden außer Ihrem Cousin. Ich nehme an, Sie sind froh, dass er freigelassen wurde."

„Das bin ich allerdings. Es klingt jedoch nicht so, als hätten Sie Ihre Meinung bezüglich Mr. Evingdon geändert."

„Wir haben ihn nicht angeklagt, aber er sollte sich dessen bewusst sein, dass er noch immer ein Verdächtiger ist. Und zurzeit unser Haupttatverdächtiger." Er kniff die buschigen Augenbrauen zusammen. „Und Sie können ihm sagen, dass er sich nicht verstecken muss. Niemand dürfte davon wissen, dass er in Untersuchungshaft war."

Ich zog die Augenbrauen hoch. „Wo genau versteckt er sich denn?"

Delaney nickte nach links. Ich sah kurz an ihm vorbei und erblickte einen Mann, der einen riesigen Regenschirm hielt, welcher seinen Kopf und die Schultern verdeckte. Ich gluckste hinter vorgehaltener Hand, auch wenn ich zugeben musste, dass es eine clevere Tarnung war.

In die Menge kam Bewegung, was mich ablenkte. Die Beerdigung war vorüber und die Menge zerstreute sich zu den Kutschen, entweder um ihren Geschäften nachzukommen oder zum Haus der Archers zu fahren. Ich verabschiedete mich von Delaney und ging zu meinem Cousin hinüber.

Er kippte den Schirm so, dass ich sein Gesicht sehen konnte, als ich mich näherte, und er begrüßte mich mit einem Lächeln.

„Ich bin überrascht, dich hier anzutreffen, Charles. Mr. Hazelton sagte, dass du die nächsten Tage nicht unter Leute gehen würdest."

„Vielleicht sollte ich das tun, aber ich wollte zur Beerdigung kommen." Er zuckte mit den Schultern. „Es schien mir angemessen."

„Delaney glaubt, dass niemand weiß, dass du in Untersuchungshaft warst, daher brauchst du dich nicht verstecken. Ich bin froh, dass du diese Tortur unbeschadet überstanden hast."

Wir liefen im Gleichschritt zu den Kutschen zurück, die die Straße säumten. „Tortur? Ach ja. Dieser Kerl, der Inspektor, hatte jede Menge Fragen, aber es gab keine Prügel oder Folter. Ich glaube nicht, dass sie Gefangene heute noch foltern, aber ich war nur einen Tag dort, daher kann ich es nicht sicher sagen. Mein Bruder kam und bürgte für mich, musst du wissen. Hier bin ich also. Kerngesund."

„Ich bin froh, dass du wieder auf freiem Fuß bist. Fährst du zu den Archers?"

Inzwischen hatten wir die Kutsche erreicht. Wieder einmal lieh ich mir Georges Kutsche. Der Kutscher öffnete die Tür und nahm mir meinen Schirm ab. Charles half mir hinein, wo Jenny schon auf mich wartete.

„Ehrlich gesagt", antwortete er, „habe ich eine Droschke hierher genommen, weil ich hoffte, bei dir mitfahren zu können. Ich möchte ihnen meinen Respekt zollen, insbesondere Marys Schwester, doch ich weiß nicht, ob die Archers wussten, dass Mary und ich miteinander verkehrten. Und ich würde mich unwohl fühlen, dort allein hinzugehen."

Auf meine Einladung hin, stieg er zu uns in die Kutsche. Warum hatte ich nicht daran gedacht, ihn nach Marys Beziehung zu ihren angeheirateten Verwandten zu fragen? Ungeachtet, dass Jenny anwesend war, fragte ich ihn danach.

„Wir haben oft über ihre Schwester geredet, aber nicht über die Archers. Wir haben sie einmal im Theater gesehen, aber sie wollte ihnen aus dem Weg gehen. Sie sagte, sie würden sich nicht gut verstehen und sie wollte den Abend nicht durch eine Unterhaltung mit ihnen ruinieren." Er legte den Kopf schief. „Es kam mir merkwürdig vor, aber ich entschied, dass sie es am besten wissen musste, und daher drängte ich sie zu keiner Erklärung."

Interessant. Jenny tat so, als ignoriere sie uns, und starrte aus dem Fenster, als wir durch die Straßen fuhren. „Hast du eine Idee, warum sie sich nicht verstanden? Gab es einen Streit?"

„Leider habe ich nicht gefragt. Sie hat manchmal über ihren verstorbenen Mann geredet. Nun, eigentlich nicht manchmal, sondern eher einmal. Und sie hat ihn auch eigentlich nur erwähnt. Aber seine Familie hat sie nie erwähnt."

Die Kutsche hielt vor dem Haus der Archers am Belgrave Square. Ich stellte Jenny für die nächste halbe Stunde frei. Da der Regen aufgehört hatte, würde sie sich vielleicht die Beine vertreten wollen.

Charles half mir aus der Kutsche und wir gingen hinein. „Ich habe von allen, die die Beerdigung besucht haben, Notiz genommen", flüsterte ich. „Es wäre klug, hier dasselbe zu tun."

Als wir eintraten, konnte ich eine Gruppe sehen, die sich im Salon versammelt hatte. Es waren viel mehr Leute, als auf dem Friedhof und sie alle sprachen mit gedämpfter Stimme. Selbst wenn es kein trauriger Anlass gewesen wäre, war der Salon für sich eindrucksvoll genug, um einen ehrwürdigen Flüsterton zur Folge zu haben. Die schiere Größe des Raumes und die Höhe der Decken stellten uns mickrige Sterblichen so sehr in den Schatten, dass wir in kleinen Grüppchen beisammenstanden, um von diesem offenkundigen zur Schau gestellten Reichtum nicht überwältigt zu werden. Es erinnerte an etwas, das jemand aus der Familie Astor bauen würde, ja tatsächlich passte es eher auf die Fifth Avenue als nach London.

Da wir nur solange bleiben wollten, um der Familie unseren Respekt zu zollen, mussten wir mit unseren Beobachtungen schnell sein. Wir hielten uns hinten im Raum auf, nahe der Tür, damit wir alle Eintreffenden gut im Blick hatten. Als ich Marys Schwester hereinkommen sah, ging ich auf sie zu.

„Louise, meine Liebe."

Louise, Marys ältere Schwester, war eine kleine, stämmige Frau Mitte dreißig und hatte eine matronenhafte Art, was für ihr Alter etwas verfrüht war. Doch es war wohl die Folge daraus, fünf Kinder geboren zu haben und diese alle versorgen zu müssen. Verwirrung zeichnete sich auf ihrem Gesicht ab, bis sie sich an mich erinnerte. Ein trauriges Lächeln umspielte ihre Lippen, als sie nach meiner Hand griff. „Frances, wie schön, dass Sie gekommen sind. Wir haben uns seit einer Ewigkeit nicht gesehen."

„Nicht mehr seit Jaspers Beerdigung. Wie traurig, dass wir uns zu solchen Anlässen sehen." Ich drückte ihre Hand. „Mein herzliches Beileid."

„Ich danke Ihnen, meine Liebe." Sie seufzte und setzte ein tapferes Lächeln auf.

„Mary und ich haben den Kontakt verloren, als wir beide Witwen wurden, aber in den letzten Wochen lebte unsere Freundschaft wieder auf. Sie war eine so wunderbare Frau. Ihr Tod muss ein furchtbarer Schreck gewesen sein."

In ihren grauen Augen stiegen Tränen auf. „Ja, sie lebte das letzte Jahr sehr ruhig. Wir schrieben regelmäßig, aber ich habe überhaupt keine Idee, wer ihr schaden wollen könnte." Sie tupfte eine Träne mit ihrem Taschentuch, das einen schwarzen Rand hatte, weg.

„Hat der zuständige Inspektor Sie schon ge-sprochen?"

Sie steckte das Taschentuch in ihren Ärmel. „Wir sind gestern erst aus Oxford eingetroffen. Wir treffen Inspektor Delaney morgen."

„Ich habe etwas Erfahrung mit Inspektor Delaney, da letztes Frühjahr jemand in mein Haus einbrach. Er ist kompetent und ich bin sicher, dass er herausfinden wird, was in diesem Fall passiert ist."

Ich hatte gehofft, dass sie meine Worte beruhigen würden, doch sie sah bekümmert aus. „Jemand ist in Ihr Haus eingebrochen?" Sie schnalzte mit der Zunge. „Ich habe doch gesagt, dass Mary zu uns hätte ziehen sollen. Die Stadt ist für eine alleinstehende Frau viel zu gefährlich."

„Haben Sie sie gebeten, zu Ihnen nach Oxford zu ziehen?"

„Natürlich. Gleich nach Jaspers Beerdigung und viele Male danach. Sie und Jasper waren kurz vor seinem Tod aus dem Familienhaus ausgezogen, daher war ich nicht sicher, ob die Archers sie unterstützen würden." Ihr Kinn zitterte und sie holte tief Luft. „Mary beharrte darauf, ihren Lebensunterhalt selbst zu bestreiten, aber ich begreife nicht, wie sie es gemacht hat. Ich schätze,

die Archers müssen ihr ein geringes Einkommen er-
möglicht haben, denn sie brachte es fertig, allein zu leben." Wieder zog sie ihr Taschentuch hervor und tupfte
sich die Augen. „Sie hat uns nie um etwas gebeten."

„Ich bin sicher, sie wäre zu den Archers zurückgezogen, wenn es zu schwierig gewesen wäre, einen eigenen
Haushalt zu führen."

Louise schüttelte den Kopf. „Ich bin nicht sicher, ob
das möglich war. Sie hat sich nie gegen sie ausgesprochen, aber sie deutete an, dass ihre Beziehung er-
kaltet war. Ich weiß nicht, warum, aber sie hatte eine
eigenständige Ader."

„Ich kann bestätigen, dass es höchst unangenehm
sein kann, mit der angeheirateten Familie zusammen-
zuleben." Offensichtlich war Louise nicht die Quelle
von Marys Einkommen. Wenn sie nicht wusste, wie
Mary zu Geld gekommen war, wer konnte es dann wissen?

Louise warf einen Blick über meine Schulter und ich
sah, dass Charles hinter mir aufgetaucht war. Auf sein
Zeichen hin, stellte ich sie einander vor und Louises Gesicht hellte sich auf, als ich seinen Namen erwähnte.

„Du lieber Gott", sagte sie. „Mary hat mir von Ihnen
geschrieben und erzählt, was für ein wunderbarer Herr
Sie sind." Wieder kamen ihr die Tränen.

Er errötete und ich fühlte mit ihm. Er hatte die Beziehung zu Mary aufgrund eines Missverständnisses beendet, was Louise natürlich nicht wusste. In ihren Augen waren sie ein Liebespaar. Jetzt, da ich darüber
nachdachte, wagte ich zu behaupten, dass Mary das
auch gedacht hatte.

„Wunderbare Dame", murmelte er. „Ich hoffe sehr,
dass wir den Schurken finden, der sie umgebracht hat."

Wir? Himmel, vielleicht sollte er sich doch verstecken. „Ich bin sicher, dass du die Polizei meinst, Cousin
Charles. Du hoffst, dass die Polizei ihn findet."

„Was?“ Er zog die Stirn kraus. „Oh. Ja. Die Polizei auch.“

Louises Miene wurde sanfter, als sie ihn betrachtete. „Sie Armer. Und Sie hatten sie auch so gern.“

Entweder hatte Charles den Eindruck stärkerer Gefühle vermittelt oder Mary hatte dies ihrer Schwester gegenüber angedeutet. Da Louise nun um ihn herumscharwenzelte, fühlte ich mich sicher dabei, ihn allein zu lassen, und durchquerte den Salon, um mit Marys angeheirateter Verwandtschaft zu sprechen.

Die Archers entpuppten sich als genauso tadellos und sagenhaft wie ihr Haus. Beide Archer-Brüder waren durch die Heirat in den Adel aufgestiegen. Lady Caroline war die dritte Tochter eines Viscounts, der nur zu glücklich war, sie an jemanden zu verheiraten, der keine Mitgift verlangte. Die Familie Archer waren seit zwei Generationen Direktoren der Bates Merchant Bank. Lange genug, um ein Vermögen anzuhäufen, doch nicht ganz ausreichend, um in die höchsten Gesellschaftskreise aufgenommen zu werden. Lady Caroline und Mary, deren Familie dem niederen Landadel angehörte, ermöglichten dies.

Nun gehörte Mr. Archer jedem Club seiner Wahl an und hatte eine Ehefrau, die mit Herzoginnen verkehrte, und Kinder, die die besten Schulen besuchten.

Caroline quittierte meine Beileidsbekundung mit einem traurigen Lächeln. Mr. Archers Lippen zuckten nur kurz, dann richtete er sein Augenmerk auf den Gentleman neben sich. Ich drehte mich wieder zu seiner Gattin um.

„Ich war überrascht, Sie bei der Beerdigung zu sehen, Frances. Wie nett, dass Sie uns in dieser traurigen Zeit besuchen.“

„Aber natürlich komme ich. Mary und ich waren schließlich Freundinnen. Ich schätze, die Witwenschaft verband uns.“

Caroline zog eine Braue hoch. „Sie blieb viel für sich, aber ich bin froh zu hören, dass sie einige ihrer gewählteren Freundschaften aufrechterhielt." Sie lehnte sich zu mir und senkte die Stimme. „Es scheint, sie pflegte auch den Umgang ganz anderer Sorte."

Huch? „Was führt Sie zu solch einer Annahme?"

Sie riss vor Staunen den Mund auf, als sei ich dumm. „Sie wurde in ihrem eigenen Haus ermordet, Frances. Das wäre nicht passiert, hätte sie unter unserem Dach gelebt, die richtige Gesellschaft gepflegt und ein makelloses Leben geführt."

Ich versuchte, nicht zu erstaunt dreinzublicken, aber um Himmels willen, beschuldigte sie Mary etwa, an ihrem Tod selbst schuld zu sein?

Caroline trat einen Schritt zurück. „Das mag harsch klingen, aber Sie wissen, dass ich recht habe."

Offenbar hatte ich sie doch entgeistert angestarrt. „Ich bin sicher, sie wäre unter Ihrem Dach sicherer gewesen, Caroline", antwortete ich. „Gibt es schon Fortschritte auf der Suche nach dem Mörder?"

„Nicht, dass ich wüsste."

Ihr eisiger Tonfall verriet mir, dass sie sich gern von diesem unangenehmen Thema distanzieren wollte. Ich zog die Augenbrauen hoch. „Hat die Polizei Sie denn nicht um Rat gebeten? Ich würde erwarten, dass sie von Ihnen als ihrer Familie Details erfragen würde – über ihre Beziehungen oder wer ihr vielleicht schaden wollen könnte."

„Ja, nun, natürlich haben sie viele Fragen gestellt, als sie uns über ihren Tod informiert haben." Ihre Stimme wurde sanfter, wie auch ihre Miene. „Es ist schmerzhaft zugeben zu müssen, dass wir ihnen keine Erklärungen bieten konnten, da sie sich von der Familie distanziert hatte."

Carolines Verhalten verwirrte mich. In einem Atemzug hatte sie Marys Lebensstil verurteilt und im nächsten schien sie durch ihre Distanz verletzt. Ich vermutete, dass ein Mord an einer engen Verwandten einen Strudel aus Gefühlen auslöste, von denen viele gegensätzlich waren. Vielleicht wusste Caroline selbst nicht, wie sie sich fühlte.

„Sie sollten es sich nicht zu Herzen nehmen“, sagte ich. „Mary wirkte immer auf mich, als würde sie ihre Eigenständigkeit sehr schätzen.“

„Ihr Tod macht mich so traurig über die Distanz zwischen uns“, seufzte sie. „Wir standen uns nicht besonders nahe, als Jasper noch lebte, aber seit seinem Tod hatte sie sich komplett von uns abgesondert.“

„Es tut mir leid, das zu hören. Normalerweise sucht man in Zeiten der Trauer Trost bei der Familie.“

Sie presste die Lippen zu einer schmalen Linie zusammen. „Mary nicht. Sie nahm keine unserer Einladungen in unser Haus an.“ Sie senkte die Stimme. „Wir haben versucht, sie zu unterstützen, aber sie wollte nichts von uns haben.“

Natürlich konnte ich nicht nachfragen, aber ich ging davon aus, dass Caroline finanzielle Unterstützung meinte. Marys Situation wurde immer interessanter. Wenn man ihrer Schwester und ihrer Schwägerin Glauben schenkte, lehnte sie die Unterstützung beider Familien ab. Die Archers hatten sie nicht enterbt, im Gegenteil. Ich konnte ihren Wunsch nach Eigenständigkeit verstehen, allerdings hatte er zu so einem geschmacklosen Weg, ihr Geld zu verdienen, geführt. Ich bezweifelte, dass Louise und ihr Ehemann viel hätten entbehren können, aber warum hatte Mary die Unterstützung der Archers abgelehnt? Wenn sie sie nicht einmal besuchen wollte, deutete es auf mehr als nur den Wunsch nach Freiheit hin.

Caroline schüttelte den Kopf. „Ich frage mich oft, ob wir etwas getan haben, das sie verärgerte.“

„Vielleicht erinnerte Ihre Gesellschaft sie einfach nur an ihren Ehemann, vielleicht war sie dazu noch nicht bereit."

„Die traurige Wahrheit ist, dass die Frau sich für etwas Besseres als uns hielt, aber letztendlich umgab sie sich mit zwielichtigen Gestalten. Es ist wohl nur gut, dass sie von der Familie Abstand nahm."

Mr. Archer hatte sich umgedreht und sich in unser Gespräch eingeschaltet, doch seine Worte und sein kalter Tonfall machten deutlich, dass er die ganze Zeit zugehört hatte. Eigenartig und ziemlich nervenaufreibend. Warum hatte er uns belauscht? Sein Gesichtsausdruck war angespannt, was im Widerspruch zu seinen kalten Worten stand. Archer ging auf die fünfzig zu, doch bisher fand ich stets, dass er jünger wirkte. Das graue Haar an den Schläfen vermischte sich mit seinem blonden Haar, von dem er noch reichlich besaß, und er war körperlich in guter Form. Vielleicht war es bloß die Belastung der letzten Tage, die für die Schatten unter seinen Augen und die Sorgenfalte auf seiner Stirn gesorgt hatte.

Caroline legte ihm besänftigend eine Hand auf den Arm, als hätte sie gerade erst realisiert, dass sie private Familienangelegenheiten lüfteten. Und meiner Meinung nach waren sie eine sehr merkwürdige Familie. Himmel, und ich hatte gedacht, meine angeheiratete Verwandtschaft war schwierig.

„Bitte entschuldigen Sie, Frances. In unserer Trauer versuchen wir, Gründe für diese Tragödie zu finden, und fragen uns, ob wir es hätten verhindern können."

Ich brachte eine tröstende Antwort hervor und nachdem ich ihnen mein Beileid ausgesprochen hatte, entschuldigte ich mich. Ich sah mich im Salon nach meinem Cousin um und merkte mir die Gesichter der langsam schwindenden Gäste. Auch für uns war es Zeit, zu gehen. Man wollte der trauernden Familie nicht zur

Last fallen, wobei man ihre Trauer in Frage stellen konnte. Und ich musste noch Graham besuchen. Ich erhaschte einen Blick auf Charles auf der anderen Seite des Salons, doch bevor ich ihn erreichte, hielt mich Hugo Ridley auf.

„Lady Harleigh. So sehen wir uns also wieder." Er trat mir in den Weg und nahm meine Hand zur Begrüßung.

„Wahrhaftig, Ridley, Sie tauchen überall auf." Ich zog die Stirn kraus. „Dieses Mal zu so einem traurigen Anlass."

„Traurig?" Er kniff die Brauen zusammen. „Nun, ich würde es eher tragisch nennen. Und Sie sollten dem Beachtung schenken. Eine allein lebende Dame ist in der Stadt bei einer solchen Attacke vollkommen wehrlos. Ich bin überrascht, dass Mrs. Archers Schicksal Sie nicht zurück nach Harleigh House verschlagen hat."

Ich unterdrückte ein sarkastisches Schnauben. Zu einem gewissen Grad sprach er da die Wahrheit, so sehr es mich auch ärgerte. Gleichwohl hatten mir weder meine Heirat noch das Zusammenleben mit meiner angeheirateten Verwandtschaft irgendeinen Schutz geboten und da es so viele andere Probleme mit sich brachte, ging ich lieber das Risiko ein, allein zu leben.

„Glauben Sie also, dass ihr Tod eine zufällige Attacke war?"

Er zuckte mit den Schultern. „Was sonst? Mrs. Archer war eine Witwe mittleren Alters. Ich glaube kaum, dass sie Beziehungen zu jemandem mit kriminellem Hang hatte."

Mittleren Alters? Hinter meinem dünnen Lächeln knirschte ich mit den Zähnen. Sie war nur wenige Jahre älter als ich. Bei einem Mann hätte man gesagt, er sei im besten Alter. Mit Mitte vierzig hielt sich Hugo vermutlich immer noch dafür. Männer. Zumindest schrieb er Mary nicht die Schuld an ihrem Tod zu.

Ich schluckte meinen Ärger herunter und hakte weiter nach. „Waren Sie mit Mrs. Archer vertraut?“

„Etwas. Eher mit ihrem Ehemann. Und natürlich dem älteren Archer, ihrem Schwager.“ Er grinste breit. „Man muss mit seinem Bankier immer auf gutem Fuß stehen, wissen Sie. Ich will keine gute Anlageempfehlung verpassen und Archer erkennt immer den nächsten raffinierten Plan.“

Hm. War das also so? Vielleicht sollte Graham mit dem Mann sprechen. Vielleicht sollte ich das tun.

Ich sah mich demonstrativ im Salon um. „Scheint es Ihnen auch, dass die Gäste sich in zwei Lager geteilt haben?“ Er folgte meinem Blick. Nachdem es mir auffiel, war die Aufteilung offensichtlich. Marys Schwester und ihr Ehemann hielten auf der einen Seite des Raums Hof, die Archers auf der anderen Seite. Wie war es dazu gekommen? Vielleicht war etwas an Archers Theorie, dass Mary, und in diesem Fall ihre Familie, auf sie herabschauten.

Ridley sah wieder zu mir. „Nun, es ist das uralte Vorurteil: alte Adelsfamilie gegen Neureiche. Ich würde mein Geld auf die Neureichen setzen.“

„In dem Fall scheint Mr. Archer eine ganze Menge zu gewinnen. Ich sollte mit ihm darüber reden, mein Geld anzulegen.“

„Das könnten Sie tun. Doch bedenken Sie, je größer der Gewinn, desto größer das Risiko.“

KAPITEL 11

Da Charles ohne seine Kutsche da war, entschieden wir, ihn zuerst mit Georges Kutsche nach Hause oder eher gesagt zu Georges Haus zu schicken. Jenny und ich konnten mühelos die paar Häuser zu Fuß von den Archers zum Harleigh House laufen, wo ich Graham besuchen und meine Tochter abholen würde. Die Kutsche würde uns dann in einer halben Stunde abholen.

Ich hatte mit Jenny ihre Aufgabe bereits besprochen. Sie sollte auf irgendeine Weise herausfinden, ob der Kammerdiener je Mary Archer Informationen hatte zukommen lassen. Insbesondere über den Rechtsstreit zwischen Graham und mir um mein Bankkonto. Sollte das nicht funktionieren, würde sie vielleicht herausfinden können, ob er je mit jemandem aus Marys altem Haushalt zu tun hatte.

Ich schätzte mich glücklich, dass ich so vertrauenswürdige Bedienstete wie Jenny hatte. Ich konnte mich nicht nur auf ihre Diskretion verlassen, sie war auch eine bereitwillige Mitwirkende in Intrigen wie dieser. Ja, sie schien genau wie ich Freude daran zu haben.

Wir trennten uns vor Grahams Haus, wo Jenny die Stufen zum Bediensteteneingang hinunterlief, während ich an Grahams Haustür klingelte. Sein Butler Crabbe begleitete mich in den Salon, wo Rose mich erfreulicherweise schon erwartete. Nun, sie wartete nicht wirklich auf mich, aber sie war mit Graham und seinen Söhnen dort und sie tranken gerade Tee.

„Mir scheint, ich bin gerade rechtzeitig zum zweiten Frühstück eingetroffen."

Wie es sich gehörte, standen die Jungen, Eldon und Martin, die zwölf und zehn Jahre alt waren, auf und verbeugten sich. Die beiden sahen fast genau wie

Graham und mein verstorbener Ehemann aus, als diese Kinder waren. Eldon war das Abbild seines Vaters mit dem dunkelblonden Haar, heller Haut und grauen Augen, wohingegen Martin eine Miniaturversion von Reggie abgab. Er hatte sein strohblondes Haar, rosige Wangen und strahlend blaue Augen.

Rose lenkte meine Aufmerksamkeit von den Jungen weg, als sie auf mich zulief, meine Hand nahm und diese ganz verdrehte, als sie fröhlich umhertanzte. „Wir waren mit den Ponys im Park, Mummy. Ich durfte Pierre auf der Rotten Row reiten."

Graham hatte Harleigh Manor vor einigen Wochen verlassen und hoffte, den Teil des Anwesens zu verkaufen, der nicht an den Adelstitel gebunden war. Er und seine Söhne wohnten nun im Harleigh House in der Stadt und in einem seltenen Moment der Güte hatte er neben den Pferden der Jungen auch Roses Pony mitgebracht. Zum Glück stellte er sie nahe dem Hyde Park ein, sodass ich mir keine Sorgen machen musste, dass sie durch die vielbefahrenen Straßen ritt.

„Ihr seid im Regen ausgeritten?"

Sie kicherte. „Nein, da hatte es schon aufgehört. Wir sind gerade zurück."

Ich drückte ihre Hand und lächelte meinen Neffen zu. „Es ist sehr nett von euch, dass ihr eure Cousine zu euren Ausritten eingeladen habt."

Martin zuckte mit den Schultern und stopfte sich ein kleines Sandwich-Dreieck in den Mund, während Eldon mein Lächeln erwiderte. „Rose ist eine gute Reiterin, Tante Frances. Sie hält uns gar nicht auf."

Rose sonnte sich im Lob ihres Cousins. „Ich will Pierre das Springen beibringen, damit ich mit den Jungs über die Hindernisse springen kann."

Mein Magen krampfte sich zusammen. Ich war keine gute Reiterin und der Gedanke, dass meine Tochter über Hindernisse segelte, reichte beinahe, um ihr das

Reiten komplett zu verbieten. „Liebling, Pierre ist kein Springpferd. Abgesehen davon muss der Reiter erst ein paar Dinge über das Springreiten lernen. Ich fürchte, das muss warten, bis du ein neues Pferd hast." Ich sah sie streng an. „Und Unterricht."

„Ich würde wetten, dass Pierre springen kann", sagte Eldon und machte eine bogenförmige Armbewegung. „Er geht gut nach vorn, Tante Frances. Ich könnte Rose beibringen, wie man über eine Hecke springt."

Der junge Eldon war nicht gerade meine Vorstellung eines Reitlehrers oder Ausbilders für das Pony. Rose strahlte jedoch über die Schulter ihren Cousin an, von der Idee offensichtlich begeistert.

„Ich glaube, du solltest dich vorerst an ebenes Gelände halten, Rose. Versuch nicht, den kleinen Pierre zum Springen zu bringen."

Rose schob die Unterlippe vor und setzte sich neben ihre Cousins auf den Diwan.

Graham hatte während dieser Unterhaltung geduldig dagestanden. Als mir klar wurde, dass sein Tee kalt wurde, setzte ich mich auf einen Stuhl neben ihn. „Wie war die Beerdigung?", fragte er, als er sich wieder setzte.

Ich nahm meinen Pompadour vom Handgelenk, legte das Handtäschchen auf den Teetisch und nahm eine Tasse Tee entgegen, die Rose mir einschenkte. „Traurig", antwortete ich. „Aber höchst interessant. Bist du mit den Archers bekannt?"

Graham schlug ein Bein über. „Bekannt? So würde ich es nicht nennen. Archer ist wie ich Mitglied des Brooks, auch wenn ich wirklich nicht weiß, wer ihn als Kandidaten benannt hat, aber dort sehe ich ihn gelegentlich. Jedoch nicht in sozialer Hinsicht. Wie du weißt, verkehren wir in unterschiedlichen Kreisen."

Ich hätte wissen müssen, dass Graham ein zu großer Prinzipienreiter war, um mit jemandem wie Archer zu verkehren. Dabei ignorierte er gekonnt, dass sein

Bruder eine solche Neureiche geheiratet hatte. Vom Geld meiner Familie war einiges in dieses Haus und in Harleigh Manor geflossen. „Und geschäftlich? Hast du mit ihm oder seiner Bank zu tun gehabt?"

„Natürlich. Der Mann hat ein Gespür für gute Anlagen. Ich habe Hetty gedrängt, mit ihm zu reden, aber sie will alle Geschäfte erst prüfen, die wir bisher gemacht haben, um sicherzugehen, dass sie profitabel waren, bevor wir uns wieder hineinstürzen. Sie ist wirklich gut in all diesen kleinen Details."

Ja, kleine Details wie die Untersuchung, ob seine Investitionen überhaupt Gewinne einbrachten. Was für eine neuartige Idee. Graham hatte kein Verständnis dafür, wie man Geld verdiente, nur davon, wie man es ausgab. „Erinnerst du dich, was für Anlagen du mit ihm arrangiert hast?" Ich zermarterte mir das Hirn, wovon ich Hetty früher hatte reden hören. „Anleihen? Wertpapiere?"

Seinem Gesichtsausdruck zufolge musste Graham sich noch mehr anstrengen als ich. „Ich bin nicht sicher, wie man sie nennt. Aktien, vermute ich. Das letzte Vorhaben, von dem er mir erzählte, war ein Unternehmen, das eine Bahnlinie irgendwo baut."

„Aha. Die anderen Anleger und du stellt die Mittel zur Verfügung, damit das Unternehmen Geschäfte tätigen kann, und dadurch erhält jeder einen Anteil der Einnahmen. Trifft es das in etwa?"

„Ja, du hast es erfasst." Graham belohnte mich mit einem strahlenden Lächeln. „Ich würde sagen, das finanzielle Verständnis scheint in der Familie zu liegen."

„Nun, vielen Dank, Graham. Vielleicht sollte ich Hetty bitten, Archer auch in meinem Namen aufzusuchen."

Graham stimmte mir zu und als die Kinder mit dem Tee fertig waren, rief ich Jenny, damit wir mit Rose zusammen heimkehren konnten. Auf eine gewisse Weise erinnerte Archer mich an meinen Vater und daher auch an Hetty. Alles, was er anfasste, schien sich in Gold zu verwandeln. Ich fragte mich, was Mary veranlasst hatte, sich von einer solchen Familie abzuwenden. Nicht, dass mir Reichtum sonderlich wichtig war, doch die Archers hätten ihr ein angenehmeres Leben ermöglichen können. Mit ihrer Hilfe hätte sie keinen Klatsch verbreiten müssen, um ihren Lebensunterhalt zu verdienen.

Aber sie hätte mit ihnen zusammenleben müssen. Archers Worte bei der Beerdigung waren unbarmherzig gewesen, aber bevor ich ihn verurteilte, wäre es besser zu wissen, was zuerst kam. Hatte sie sich abgewendet, weil er unbarmherzig war? Oder war seine unbarmherzige Art eine Reaktion auf den Affront, dass sie sich abgewendet hatte?

Da Rose mit uns in der Kutsche saß, bremste ich mich, Jenny nach der Unterhaltung zu fragen, die sie vielleicht mit Grahams Kammerdiener geführt hatte. Sobald wir jedoch zu Hause ankamen, signalisierte ich ihr, zu mir in mein Schlafzimmer zu kommen, denn Hetty belegte vermutlich noch die Bibliothek.

„Nun?", fragte ich, als sich die Tür hinter uns schloss. Es fiel mir schwer, nicht allzu freudig zu klingen.

Jenny lächelte. „Ich vermute, Sie lagen richtig, Mylady."

Ich konnte meine Begeisterung kaum in Zaum halten, also nahm ich ihre Hand und führte sie zur Bank an meinem Bettende. Dort setzten wir uns hin und steckten die Köpfe wie zwei junge Mädchen, die Geheimnisse austauschten, zusammen.

„Der Koch und die Hausdame wollten gerade Tee trinken, als ich eintraf. Sie haben mich dazu eingeladen, aber ich sagte, ich würde draußen im Hauptbereich bei Mr. Fletcher bleiben und ihm Gesellschaft leisten." Sie verzog das Gesicht zu einer Grimasse. „Ich bin sicher, sie glaubten, dass ich dort bleiben und mit ihm flirten wollte, aber so konnten sie mir zumindest nicht vorwerfen, unhöflich zu sein."

Ich verkniff mir meine Ungeduld. Die Details erschienen mir irrelevant, aber ich war sicher, dass Jenny schon zur Sache kommen würde, wenn ich sie erzählen ließ.

„Er polierte die Schuhe des Earls, als nahm ich meinen Tee mit an den Tisch, an dem er arbeitete, und fing an, mich mit ihm zu unterhalten, ganz beiläufig."

„Das klingt nach einem guten Anfang."

„Nun, Mr. Fletcher war mit seiner Stellung nie sonderlich zufrieden und als wir ins Gespräch kamen, merkte ich, dass sich daran nichts geändert hatte. Er ist gern Kammerdiener, aber für den Earl zu arbeiten ist nicht so angenehm." Sie biss sich auf der Unterlippe herum und musterte mich.

„Ich verurteile niemanden, Jenny. Und ich verpetze niemanden."

Sie wirkte beruhigt. „Wissen Sie, wir erhielten nicht immer unseren vollen Lohn vom Earl und auch nicht immer pünktlich. Mr. Fletcher traf es manchmal noch härter. Als er vor kurzem ein Hemd des Earls versengte, fand er später heraus, dass die Kosten ihm vom Lohn abgezogen wurden. Er erzählte Seiner Lordschaft davon und der Earl meinte nur, es solle ihm eine Lehre sein, vorsichtiger zu arbeiten."

Auch wenn die Praxis nicht unüblich war, schnalzte ich empört mit der Zunge. Graham war so ein Pfennigfuchser. Bedienstete waren Menschen, Herrgott nochmal.

„Nun, in letzter Zeit ist es zur Gewohnheit geworden, dass der Earl die Gehälter hier und da kürzt. Ich habe Mr. Fletcher gesagt, dass ich es für falsch halte, und er lächelte nur und zwinkerte mir zu. Da erzählte er, dass er einen Weg gefunden hat, am Earl etwas Geld zu verdienen. Ich fragte ihn, was er damit meint, aber er wollte nicht richtig damit rausrücken.“

Das war vielversprechend. „Aber er muss etwas angedeutet haben.“ Ich hatte Mühe, ruhig zu klingen.

„Nur, dass der Earl immer viel zu sagen hat, wenn er bei ihm ist, und dass Mr. Fletcher glaubt, dass viele Leute davon hören wollen. Ich habe ihn etwas gescholten und gesagt, dass er niemandem außerhalb des Hauses Dinge erzählen sollte, die er gehört hat. Er zuckte mit den Schultern und sagte, er habe nur einer Person etwas erzählt und wenn sein Herr ihn angemessen bezahlen würde, hätte er es nicht getan.“

Ihr Blick war abwartend. „Ich fühle mich deshalb schlecht, Mylady, dass er Klatsch außerhalb des Hauses verraten hat, meine ich.“ Sie zog die Unterlippe zwischen die Zähne. „Aber ich kann es verstehen. Hier und da ein paar Schillinge weniger machen bei unserem Lohn einen großen Unterschied. Und wenn jemand es satt hat, nun ja, es ist nicht einfach, eine neue Anstellung zu finden. Und selbst wenn, wer sagt, dass diese besser bezahlt ist?“

„Ich verstehe es auch, Jenny. Ich werde einen Weg finden, den Earl darauf aufmerksam zu machen, wie unfair er sich verhält. Und ich achte darauf, Mr. Fletcher und dich nicht hineinzuziehen.“ Ich drückte ihre Hand. „Vielen Dank, dass du das heute für mich getan hast.“

„Jederzeit, Mylady. Ich helfe Ihnen gern.“ Sie stand auf, als sie das sagte, knickste leicht und verließ mein Schlafzimmer.

Kaum war die Tür zu, fiel mir ein, dass Bridget heute Nachmittag nicht da war. Anstatt Jenny zurückzurufen, damit sie mir half, behielt ich das Trauerkleid an. Es war ein ödes, zweckdienliches Kleid, aber ich erwartete keinen Besuch, also würde es genügen.

Ich ging hinunter in den Salon, um die heutigen Erkenntnisse zusammenzufassen, wobei ich noch immer etwas grollte, dass ich gefühlt nie Zugang zu meiner Bibliothek hatte. Die Tür stand offen und als ich eintrat, sah ich, dass Charles und Lottie sich am Kartentisch niedergelassen hatten. Himmel, waren sie hier allein gewesen, seitdem er nach Hause gekommen war? Ich drückte meinen Rücken durch. Cousin hin oder her, er drängte sich besser nicht der jungen Dame auf. Ganz gleich, wie sehr sie es vielleicht begrüßte.

Lotties Augen leuchteten, als sie mich sah. „War deine Mission erfolgreich?"

Charles stand auf. „Miss Deaver hat mir von deinem Fortschritt mit den Notizen berichtet und dass du hoffst, Mrs. Archers Informationsquelle bei deinem Besuch bei Graham ausfindig zu machen." Er sah zu seinen Schuhspitzen hinab. „Frances, ich kann gar nicht sagen, wie dankbar ich bin, dass du mir hilfst."

Ich errötete. Nun schien es kleinlich, sie für ihr Verhalten zu rügen. Ich würde in Zukunft vorsichtiger sein müssen, die Anstandsdame zu spielen. Zumindest hatten sie die Tür offengelassen.

Er zog mir einen Stuhl heran und ich erzählte ihnen, was Jenny mir gerade berichtet hatte. „Mr. Fletcher hat nicht verraten, wer die Informationen gekauft hat, aber wenn man bedenkt, dass die Details bei Mrs. Archer ankamen, können wir wohl schlussfolgern, dass sie die Käuferin war."

„Ich muss gestehen, ich bin etwas verwirrt", sagte Lottie. „Gestern sagtest du, dass der Kammerdiener niemals mit uns über Lord Harleigh sprechen würde. Warum sollte er mit Mrs. Archer reden?"

„Ich nehme an, weil sie ihn bezahlt hat."

Sie lehnte sich auf ihrem Stuhl vor. „Aber sie schrieb die Kolumne anonym. Woher wusste er davon?"

Oh je. Vielleicht war ich zu vorschnell. Aber Mary hatte die Informationen besessen und Mr. Fletcher hatte zugegeben, dass er jemandem etwas erzählt hatte.

„Ein gutes Argument. Wie könnte er davon erfahren haben?“

„Auf dem Markt, vermute ich.“

Wir sahen beide Charles an. „Dem Markt?“

„Dem Markt“, wiederholte er und klatschte mit den Händen auf den Tisch, als sei es damit besiegelt. „Dort, wo man Lebensmittel und Hausrat kauft.“

„Ich weiß, was ein Markt ist, Charles“, antwortete ich. „Was ich nicht verstehe, ist, wie das hier eine Rolle spielt.“

„Nun, ich kann nicht sicher sein. Ich habe den Markt nie selbst für meine Einkäufe besucht, weißt du. Aber ich glaube, wenn sich dort die Bediensteten fernab der wachsamen Augen ihrer Arbeitgeber versammeln, verbringen sie so Zeit miteinander. Vielleicht erzählen sie sich auch Geschichten.“

Ich konnte immer noch nicht folgen und mein verwirrter Gesichtsausdruck musste mich verraten haben. Er lehnte sich vor und erklärte weiter. „Mrs. Archer hatte keine Bediensteten, nur eine Frau, die die Wäsche holte und putzte. Sie muss den Markt selbst besucht haben. Genau wie die Bediensteten aller feinen Leute der Stadt.“ Er zuckte mit den Schultern. „Sie geht zum Markt. Sie gehen zum Markt. Sie sucht Klatsch. Sie haben Klatsch.“

„Aber dann wären es die Köchinnen und Haushälterinnen, nicht ein Kammerdiener.“

Er machte eine kreisförmige Bewegung mit dem Zeigefinger. „Es spricht sich herum. Als sie sich erstmal mit einigen angefreundet hatte, vielleicht hier und da etwas Klatsch gekauft hatte, sprach es sich herum.“ Er zog eine Augenbraue hoch. „Vielleicht hatte jemand Mitleid mit einem Kammerdiener, dessen Lohn gekürzt wurde, weil er das Hemd eines Gentleman ruiniert hatte, und erzählte ihm davon.“

Da dämmerte es Lottie und mir. Ich konnte es nicht glauben. „Charles, ich glaube, du hast das Rätsel gelöst!"

Er wurde ganz rot und grinste so breit, dass sich seine Grübchen zeigten. „Habe ich das? Nun, ich dachte, es ergibt irgendwie Sinn."

Es ergab wirklich Sinn. Tatsächlich war es der perfekte Plan. Einfach und doch genial. Indem sie sich mit den Bediensteten zusammentat, war Mary stets mit neuem Klatsch über die gesamte Gesellschaft versorgt. Und aus Sorge um seine Anstellung würde kein Bediensteter je zugeben, Informationen zu verkaufen. So konnte sie niemand verraten. Es half mir jedoch nicht weiter, ihre Beweggründe zu verstehen.

„Jetzt haben wir also eine Theorie, wie sie an die Details für ihre Kolumne gekommen ist", sagte Lottie. „Aber wie kam sie überhaupt zu der Anstellung und warum tat sie das?"

„Ich bin nicht sicher, aber sowohl ihre Schwester als auch ihre Schwägerin sagten, dass sie finanzielle Hilfe abgelehnt hat." Ich wandte mich an Charles. „War sie einfach wild entschlossen, unabhängig zu sein?"

Er starrte mich verwirrt an. „Unabhängig? Ich bin nicht sicher, ob wir einander so gut kannten." Er trommelte mit den Fingern auf der Tischkante und verzog konzentriert das Gesicht. „Ich will sagen, sie war immer mit allen Ausflügen, die ich vorschlug, einverstanden. Eigentlich war sie mit allem sehr einverstanden. Sie hatte keine starke Meinung und sie bestand nie darauf, ihren Willen durchzusetzen."

Ich atmete seufzend aus. Was hatte ich ihn da nur gefragt?

„Ich versuche nur all die Dinge, die ich heute über Mary gehört habe, zu entwirren. Du sagtest, dass sie die Archers im Theater nicht treffen wollte, weil sie mit ihnen nicht auskam."

„So hat sie es mir gesagt", antwortete er.

„Caroline Archer hat das heute sehr deutlich gemacht", sagte ich. „Es störte sie, dass Mary sich von der Familie nach dem Tod ihres Ehemanns abgewendet hatte. Gordon Archer hingegen wirkte eher ärgerlich als verletzt."

„Du musst sehr gut darin sein, sie dazu zu bringen, sich dir anzuvertrauen", meinte Lottie.

In Wahrheit hatte ich nichts getan, um ihr Lob zu verdienen. Ich schloss die Augen und rief mir Archers Worte und das Gefühl dahinter in Erinnerung.

„Zunächst könnte Caroline Archer versucht haben, ihre Familie von der Schande des Mords an Mary fernzuhalten." Ich sah zu Lottie. „Ich vermute, dies gilt genauso für die altehrwürdigen Familien New Yorks. Wenn der Name einer Dame aus einem anderen Grund als der Geburt, ihrer Heirat oder dem *natürlichen* Tod in der Zeitung auftaucht, bringt sie sich in Verruf und die Familie würde am liebsten nichts mit ihr zu tun haben."

Sie schnitt eine Grimasse. „Ich fürchte, das stimmt, obwohl es in diesem Fall kaum gerecht ist. Mrs. Archer wurde ermordet."

„Caroline deutete an, dass sie es sich selbst zuzuschreiben habe, weil sie allein lebte und sich mit Menschen der unteren sozialen Schicht abgab."

Charles gab ein verächtliches Grunzen von sich. „Ihr Leben war vollkommen umsichtig. Offensichtlich scherte sich ihre Verwandtschaft nicht um sie. Warum hätte sie bei ihnen leben sollen?"

So kamen wir nicht voran. Entweder war Mary so erbittert eigenständig, dass sie alle Unterstützung ablehnte, oder das Zerwürfnis zwischen ihr und den Archers war so ein wunder Punkt, dass sie sich lieber Arbeit suchte, als ihre Hilfe anzunehmen. Oder noch merkwürdiger, hatte sie vielleicht Freude daran, die Geheimnisse ihrer Freunde und Nachbarn zu lüften?

Und war es wirklich wichtig? Mussten wir wissen, warum sie die Klatschspalte schrieb, um herauszufinden, wer sie umgebracht hatte? Ich kritzelte eine Notiz auf ein Blatt Papier, das Lily hatte liegenlassen, und entschied, mit George darüber zu reden.

Als reichte der Gedanke, um den Mann heraufzubeschwören, brachte Mrs. Thompson George keine fünfzehn Minuten später in den Salon. Charles war gerade gegangen und hatte den Weg durch den Garten genommen, was auch gut war, denn George war in Begleitung von Delaney. Ich bezweifelte, dass mein Cousin darauf brannte, den Inspektor nach ihrem letzten Treffen wiederzusehen.

Lottie wünschte sich eindeutig, bleiben zu können, doch ihre guten Manieren zwangen sie, nach der Vorstellerei den Raum unter einem Vorwand zu verlassen. Danach setzten Delaney und ich uns auf zwei Sessel, während George sich entschied, hinter dem Sofa auf und ab zu laufen.

„Bitte entschuldige, dass wir dich so stören, Frances", setzte er an. „Aber ich traf zufällig den Inspektor und dachte, es wäre an der Zeit, dass wir einander von unserem Fortschritt berichten."

Delaney, der gerade sein Notizbuch aufgeschlagen hatte, zog eine Augenbraue hoch. „Ich bin erfreut, zu hören, dass Sie Informationen für mich haben, aber Sie verstehen sicherlich, dass es mir nicht gestattet ist, Beweise dieser Ermittlung preiszugeben."

George war gerade am Ende des Teppichs angekommen und drehte sich um. „Selbstverständlich, Inspektor. Doch vielleicht würden Sie uns ein oder zwei Dinge bestätigen, die wir herausgefunden haben. Zum Beispiel habe ich bei meinen Ermittlungen etwas über Mrs. Archers finanzielle Situation erfahren. Sie hatte ein kleines Einkommen, dessen Quelle unbekannt ist. Sind Sie zu demselben Schluss gekommen?"

Delaney legte sein Notizbuch auf den Schoß und warf George einen finsteren Blick zu. „Sie hat regelmäßig selbst kleine Summen eingezahlt. Und nein, wir wissen nicht, woher das Geld kam."

George neigte den Kopf in meine Richtung. „Lady Harleigh hat mit den Notizen Fortschritte gemacht, die Licht in die Sache bringen könnten."

„Ist das so?" Delaney blickte zu mir. „Irgendetwas, das auf Erpressung hindeutet, Lady Harleigh?"

„Natürlich habe ich nicht jede Notiz in Mrs. Archers Mappen sichten können, aber nach dem ersten Tag des Sortierens fand ich nur eine Handvoll Notizen, die etwas zur Erpressung taugen. Aber als ich mit den drei Personen sprach, hatten sie alle für Dienstagabend, die vermutliche Tatzeit, ein Alibi."

„Sie haben sie gesprochen?" Bei der Entrüstung in Delaneys Stimme blieb sogar George wie angewurzelt stehen.

„Natürlich. Wie hätte ich sonst etwas herausfinden sollen?"

Er kniff die Brauen zusammen. „Die Unterlagen zu sichten ist eine Sache, aber mögliche Tatverdächtige zu befragen ist keineswegs Ihre Aufgabe, Lady Harleigh. Sie hätten mir eine Liste geben sollen oder Hazelton, damit einer von uns sie befragen kann."

„Und dadurch wertvolle Zeit verschwenden?" Ich winkte ab. „Sie waren beide mit Ihren Aufgaben beschäftigt. Es war nichts, womit ich nicht zurechtkomme, und ich gebe Ihnen gern nun die Liste, da jemand die Alibis noch überprüfen muss."

Delaney fuhr sich mit einer Hand durch sein bereits zerzaustes Haar und wandte sich hilfesuchend an George. Doch der lächelte nur und hob die Hände. „Sie hat es gut hinbekommen."

„Sie wussten davon?"

Ich schnaubte ungeduldig. „Genug. Mr. Hazelton sagte, ich solle mich auf mein Urteilsvermögen verlassen, und das tat ich. Erlauben Sie mir, selbst zu entscheiden, wann ich mich in eine gefährliche Situation bringe. Alle Treffen fanden in der Öffentlichkeit statt und die fraglichen Gentlemen wussten nicht, dass ich sie verhöre." Ich hielt es für besser, nicht zu erwähnen, dass ich Lottie zu den Treffen mitgenommen hatte.

„Nun", sagte ich an Delaney gerichtet, „abgesehen von den Befragungen habe ich mehr über die Notizen herausgefunden und ich glaube, es hängt mit dem Einkommen zusammen, das Sie entdeckt haben."

Delaney gab ein Grummeln von sich, hörte aber zu. Ich erzählte von der Kolumne, wie sie mit den Mappen voller Klatsch zusammenhing und dass sie kurz nach Mary Archers Tod nicht mehr gedruckt wurde. Ich schloss meinen Bericht mit unserer Theorie, dass sie für den *Daily Observer* gearbeitet hatte.

Delaney hatte in sein Notizbuch geschrieben, während ich erzählte. Nun riss er den Kopf hoch. „Sagten Sie *Daily Observer*? Sind Sie sicher?"

Die Frage überraschte mich. „Natürlich sind wir sicher. Ich habe die Zeitungsausschnitte der Kolumne gestern gelesen. Es war definitiv der *Observer*. Warum?"

Delaney presste die Lippen aufeinander, dann atmete er seufzend aus. „Weil ein Mann, der bei der Zeitung als Redakteur arbeitet, auch ermordet wurde."

KAPITEL 12

Bei Delaneys Worten riss George den Kopf herum. „Ein Redakteur der Zeitung? Sagten Sie: ermordet? Wie?"

Der ältere Mann rieb sich mit der Hand über das Kinn, während er sein Notizbuch durchblätterte. Schließlich legte er es seufzend auf den Tisch. „Ich habe nur hier und da etwas darüber gehört. Der Fall fällt nicht einmal in meine Zuständigkeit. Wenn ich es richtig erinnere, hieß er Milton oder Morton. Nein, Norton. So hieß er. Er wurde nach Arbeitsschluss in seinem Büro ermordet."

Er rieb sich mit dem Stift über die Bartstoppeln am Kinn und starrte hinauf, als stünde der Polizeibericht an der Decke meines Salons. „Ziemlich sicher, dass er erschossen wurde. Mehr habe ich nicht gehört. Nicht einmal, wann das war. Kürzlich erst." Er schlug sein Notizbuch wieder auf und schob seinen Stift hinein. „Ich fahre zur Bow Street, um mehr zu erfahren. Es ist deren Fall."

„Erschossen, sagten Sie?" George zog die Brauen hoch.

Delaney verzog den Mund zu einem schiefen Lächeln. „Klingt nicht gerade wie ein Zufall, nicht wahr?"

„Zufall?" Mein Blick wanderte von einem Mann zum anderen. „Was für ein Zufall? Mary wurde erdrosselt, nicht erschossen."

„Das wurde sie", stimmte George mir zu. „Aber die Polizei glaubt, dass sie versuchte, sich zu verteidigen. Und zwar mit einem Revolver. In der Wand ihres Wohnzimmers wurde eine Kugel gefunden. Sie fanden die leere Schachtel in ihrer Schreibtischschublade."

Er drehte sich zu Delaney, der zustimmend nickte. „Die Schusswaffe könnte natürlich schon seit Jahren verschwunden sein, aber die Kugel in der Wand deutet darauf hin, dass sie auf ihren Angreifer geschossen hat. Vermutlich ist er nun im Besitz der Waffe."

„Und vielleicht hat er den Revolver nun benutzt", sagte ich.

„Das ist pure Spekulation, Lady Harleigh." Delaney machte weitere Notizen in seinem Buch. „Ich sollte diese Informationen zur Bow Street bringen. Mit etwas Glück ist der zuständige Inspektor schon weitergekommen. Er könnte einen Verdächtigen haben oder zumindest eine Idee, was das Mordmotiv anbelangt."

„Glauben Sie, dass sie zusammen jemanden erpresst haben?", fragte ich.

George hatte wieder angefangen, auf und ab zu laufen, doch er blieb abrupt stehen und drehte sich zu uns um. Er hatte den Gesichtsausdruck eines Menschen, der nicht sicher war, ob er gerade einen neuen Planeten entdeckt oder bloß einen Fleck auf der Linse seines Teleskops hatte.

„Was, wenn es nichts mit Erpressung zu tun hatte? Dieser Norton war schließlich ein Zeitungsjournalist. Was, wenn sie jemanden entlarven wollten?" Er stützte die Hände auf die Sofalehne und lehnte sich vor, als würde er jemanden im Zeugenstand verhören. „Wenn es keinen Grund gab, die Geschichte gegen ein Erpressergeld zurückzuhalten, könnten sie vorgehabt haben, die Missetaten zu entlarven. Vielleicht hielt die Person es für nötig, das um jeden Preis zu verhindern."

„Oder vielleicht hatten sie schon jemanden entlarvt", fügte Delaney hinzu, „und sie wurden aus Rache ermordet."

„Ich habe die letzten fünfzehn Kolumnen gelesen. Sie schrieb nichts, das jemanden dazu bringen würde, sie zu ermorden. Die Gefahr, dass etwas aufgedeckt wird, würde den Mord am Redakteur erklären, aber warum sollte jemand Mary ermorden? Woher sollte der Mörder wissen, dass sie die Kolumne schrieb?"

„Behalten Frauen denn Geheimnisse für sich?“
Delaney schien laut zu denken. „Sie muss sich jemandem anvertraut haben und dieser Person muss es herausgerutscht sein und so weiter und so fort. Wüsste dann nicht die ganze Gesellschaft davon?“

Mein Rücken versteifte sich bei diesen Worten. „Frauen können gewiss Geheimnisse behalten und Mary hätte dies niemals jemandem anvertraut. Sie hatte den Ruf einer feinen Dame. Sie hätte niemals preisgegeben, dass sie eine Anstellung hatte. Die Vorstellung, dass jemand sie bezahlte, damit sie Klatsch verbreitet, ist unfassbar.“ Ich schüttelte entschieden den Kopf. „Und wenn die ganze Gesellschaft davon wüsste, hätte man sie für völlig inakzeptabel gehalten. Ihre Freunde, ja sogar ihre Familie, hätten sie verstoßen.“

Delaney starrte mich entgeistert an, drehte sich weg und nuschelte etwas in den Bart.

„Jemand muss davon gewusst haben“, sagte George. „Andernfalls wäre es reiner Zufall.“

Ich hob beschwichtigend die Hände. „Ich sage nicht, dass keiner von ihrer Anstellung wusste. Nur, dass Mary niemandem davon erzählt hätte.“ Ein Gedanke kam mir. „Wenn Sie beide recht haben, dann ist Mr. Evingdon nicht der einzige Verdächtige. Ich habe nach seinem Namen in den Notizen Ausschau gehalten und nichts gefunden.“

Delaney stand auf. „Ich bin nicht ganz bereit, Ihnen zuzustimmen. Wenn sie ein Liebespaar waren, könnte sie ihn von Angesicht zu Angesicht mit etwas konfrontiert haben, das sie so sehr entrüstete, dass sie drohte, es zu veröffentlichen, wenn er nicht aufhört. Er war an jenem Abend mit seiner einspännigen Kutsche dort. Er könnte sie umgebracht haben und mit der Chaise zum Redakteur gefahren sein.“

Ich stand auf. „Wenn er sie davon hätte abhalten wollen, etwas zu veröffentlichen, hätte er ihr nur drohen müssen, der Welt zu verraten, was sie da tut."

„Ihr feinen Leute seid unglaublich", knurrte Delaney verbittert. „Sein Brot ehrlich verdienen zu wollen, ist keine Schande."

„Es würden Ihnen nicht alle zustimmen, dass Klatsch über seine Bekannten zu verbreiten, als ehrlich verdientes Brot zählt."

George hob eine Hand, bevor unsere Diskussion noch hitziger wurde. „Es besteht auch die Möglichkeit, dass der Redakteur zuerst ermordet wurde und der Mörder die Verbindung zu Mary in seinem Büro fand. Eine der handschriftlichen Notizen oder ein an sie ausgestellter Leistungsbeleg. Jede der Optionen ist denkbar."

„Nun, wenn ich es herausfinden will, fahre ich besser zur Bow Street."

„Werden Sie uns über den anderen Fall benachrichtigen?"

Er warf mir einen bösen Blick zu. „Mylady, dies ist eine Polizeiangelegenheit. Wenn wir erfahren, dass die Notizen nicht mehr relevant sind, wird sicherlich jemand Mr. Hazelton darüber informieren und herkommen, um die Unterlagen abzuholen. Ansonsten wäre es in Ihrem besten Interesse, sich rauszuhalten."

Mit einem Grummeln über Privatpersonen, die die Polizei ihre Arbeit machen lassen sollten, verabschiedete er sich und ging.

Ich schnaubte verächtlich und wandte mich an George. „Nun, so viel zu Dankbarkeit. Er freut sich über neue Informationen von mir, ist aber nicht gewillt, den Gefallen zu erwidern."

Er warf mir einen zügelnden Blick zu. „Er glaubt, du würdest seine Grenzen überschreiten. Vergiss nicht, dass du meine Aufgabe übernommen hast, die nur war, die Unterlagen zu sichten." Seine Lippen verzogen sich zu einem Grinsen. „Gut, dass du ihm nicht gesagt hast, dass Miss Deaver dir hilft. Hast du die Unterlagen eigentlich wirklich nach Evingdons Namen durchsucht?"

Ich biss mir auf die Unterlippe und trat einen Schritt zurück. „Ich fühle mich deshalb schlecht. Er ist dein Freund und mein Cousin, doch …"

Er hielt eine Hand hoch, um mich zu unterbrechen. „Das verstehe ich. Tatsächlich habe ich seinen Verbleib am Dienstagabend überprüft, weil mein Freund und dein Cousin auch mein Klient hätte werden können. Daher ließ ich Vorsicht walten."

Wir sahen einander missmutig an. „Ich wusste, dass Delaney den Freund, mit dem er zu Abend gegessen hatte, befragen würde und auch Charles' Butler. Ich musste herausfinden, was sie ausgesagt hatten."

„Halte mich nicht hin. Was haben sie gesagt?"

„Basierend auf der Uhrzeit, als er das Haus seines Freundes verlassen hat, und wann er nach Hause gekommen ist, muss er auf direktem Weg gefahren sein."

„Warum will Delaney ihn dann nicht entlasten?"

„Argwöhnisch zu sein, ist Delaneys Aufgabe. Schließlich könnten beide Männer lügen."

„Ich habe wegen meines Argwohns ein ziemlich schlechtes Gewissen."

Er nahm meine Hand. „Es macht dich nicht treulos, Frances. Es macht dich zu einer guten Ermittlerin. Argwohn ist Teil der Arbeit."

Er kniff die Augen zusammen. „Ich bin neugierig auf etwas, das du gesagt hast. Hättest du dich von Mrs. Archer abgewendet, wenn du erfahren hättest, dass sie die Klatschkolumne schreibt?"

Ich runzelte die Stirn und dachte darüber nach. „Ich bin nicht damit einverstanden, die privaten Angelegenheiten anderer zu veröffentlichen, aber ich bin beeindruckt, wie sie einen Weg gefunden hat, ihren

Lebensunterhalt selbst zu bestreiten. Nein, ich hätte mich nicht von ihr abgewendet, aber ich bezweifle, dass mein Rückhalt ihr Leben leichter gemacht hätte. Sie hätte viele Freunde verloren und ihre Anstellung auch, jetzt, da ich darüber nachdenke. Die Art der Kolumne verlangte ja, dass sie sie heimlich schrieb."

„Was, wenn jemand es erraten hat?"

Ich starrte ihn ungläubig an. „Wie das?"

Er hielt noch immer meine Hand und führte mich zum Sofa. „Was, wenn sich jemand ihr anvertraut und etwas erzählt hat, das nur er wusste, und genau das Gerücht in der Zeitung las?"

„Dafür war Mary zu schlau." Ich rieb mir die Schläfe mit der anderen Hand. „Es wäre leichter, wenn wir mehr Informationen hätten. Wie lange hat sie das schon getan? Wer war ihr Redakteur? Könnte er etwas ausgeplaudert haben oder wusste jemand anders bei der Zeitung von Mary? War er vielleicht sogar der Herr, der Mary eingestellt hatte? Wir ziehen vielleicht voreilige Schlüsse über den Zusammenhang."

Ich musterte ihn misstrauisch. „Hast du wirklich vor zu warten, bis die Informationen durch Delaney zu uns durchsickern?"

„Nicht, wenn du so gute Fragen stellst." Ein Lächeln breitete sich auf seinem Gesicht aus. „Würdest du mich begleiten?"

„Zum Büro der Zeitung? Du würdest mich mitnehmen?"

„Etwas sagt mir, dass du einfach selbst hingehen würdest, wenn ich dich nicht mitnehme." Plötzlich erhellte etwas sein Gesicht. „Tatsächlich ist mir gerade ein schrecklich guter Plan eingefallen." Er zog mich auf die Beine und betrachtete meine Trauerkleidung. „Du bist sogar angemessen gekleidet. Komm, ich erkläre dir alles in der Kutsche."

Georges Idee war genial, doch als wir vor dem Büro des *Daily Observer* standen, überkam mich die Nervosität. Ich war nicht sicher, ob ich die Rolle spielen konnte. Da machte George die Tür auf und legte mir eine Hand auf den Rücken. Zu spät, um einen Rückzieher zu machen. Und ich musste zugeben: Ich wollte sein Vertrauen in mich rechtfertigen. Ich konnte das.

Es war schon spät am Nachmittag, als wir in den Empfangsbereich traten, wo ein junger schlaksiger Mann an einem Schreibtisch saß. Er war spindeldürr und kaum erwachsen. Seine Finger klapperten auf der Schreibmaschine und ein Stift klemmte zwischen seinen Zähnen. Als wir uns näherten, sah er sich ruckartig um und der Stift fiel zu Boden, als hätte er ihn ganz vergessen. Ich starrte fasziniert die Schreibmaschine an, während George fragte, ob wir Mr. Norton sehen könnten. Der Bursche erbleichte.

„Mr. Norton arbeitet nicht mehr hier", sagte er. Das war untertrieben.

„Hat er einen Assistenten? Jemanden, der seine Arbeit jetzt übernimmt?"

„Ähm, nun. Mr. Mosley ist der Redaktionsassistent. Er könnte Ihnen vielleicht helfen. Darf ich fragen, worum es geht, Sir?"

George sah ihn kalt an, dann zog er eine Braue hoch. „Nein", antwortete er. „Wir sprechen nur mit Mr. Mosley, wenn ich bitten darf."

Der junge Mann schreckte zurück, was meinen Mutterinstinkt hervorlockte. „Kein Grund, unhöflich zu werden, George." Ich lehnte mich zu dem Burschen hinunter und senkte meine Stimme. „Wie heißen Sie, junger Mann?"

Er blinzelte mit seinen großen braunen Augen, als er zu mir aufsah. „Travis Ryan, Ma'am."

„Nun, Mr. Ryan. Wir sind wegen der Miss-Information-Kolumne hier. Sie verstehen daher sicherlich unseren Wunsch nach Diskretion.“

Er musterte uns misstrauisch, als er aufstand. „Ja, Ma'am. Wenn Sie sich setzen mögen“, sagte er und deutete zu einer Reihe von Stühlen mit geraden Rückenlehnen, die zwischen einem leeren Kleiderständer und der Tür standen. „Ich schaue nach, ob er da ist.“ Er wich zurück und lief den Flur hinter seinem Schreibtisch hinunter.

„Ich glaube, du hast den armen Burschen ziemlich eingeschüchtert“, flüsterte ich.

George bewegte die Lippen, doch seine Antwort wurde durch Geschrei vom Flur her übertönt. „Ein schöner Journalist wirst du, wenn du dir nicht einmal den Namen merken kannst! Du solltest eher die Zeitung auf der Straße verkaufen.“

Wir hatten kaum genug Zeit, einen Blick auszutauschen, bevor Mr. Ryan zurückkehrte und uns zu sich winkte. „Bitte folgen Sie mir. Ich bringe Sie in Mr. Mosleys Büro.“

Wir folgten ihm den kurzen Flur hinunter und traten durch die erste Tür links. Kaum nötig uns zu begleiten. Mr. Mosley, ein korpulenter Mann Ende dreißig mit Backenbart, stand hinter seinem Schreibtisch auf, als wir hereinkamen. George machte einen Schritt vor und schüttelte dem Mann die Hand, stellte sich vor und stellte mich dann als Mrs. Smith vor.

„Wie kann ich Ihnen behilflich sein?“, fragte Mr. Mosley und bot uns an, uns auf die Stühle vor seinem Schreibtisch zu setzen, während er wieder Platz nahm. „Und warum lungerst du noch hier herum?“

Mr. Ryan zuckte zusammen und verschwand auf den Flur.

„Nutzloser Trottel.“ Mosley schleppte seinen massigen Körper um den Schreibtisch und schloss die Tür.

„Wir sind wegen meiner Schwester Mrs. Archer hier.“
Ich hatte mich auf den Stuhl gesetzt, während George
stehenblieb. „Sie hat mit Ihrem Kollegen Mr. Norton
zusammengearbeitet.“

„So?“ Sein erwartungsvoller Blick wanderte zwischen
uns beiden hin und her, während er sich wieder zu seinem Stuhl schleppte.

„Sind Sie mit der Miss-Information-Kolumne vertraut?“, fragte George.

Der Mann zupfte an seinem Kragen. „Vertraut, ja.
Aber die Kolumne ist eingestellt.“

Seine Augen funkelten verdächtig und er fing an zu
grinsen. „Warten Sie! Ihre Schwester, sagten Sie? Kommen Sie, sind Sie es?“ Er griff meine Hand und drückte
sie begeistert.

George lehnte sich zwischen uns über den Schreibtisch. „Dies ist nicht Miss Information.“

Mr. Mosley ließ meine Hand los.

„Meine Schwester Mary Archer hielt die Stelle.“

Mosley schob die Daumen in die Taschen seiner
Weste und sein Grinsen verblasste. „Nun, wenn sie mit
mir zusammenarbeiten möchte, können wir die Kolumne gern fortführen.“

„Das ist nicht möglich“, sagte George. „Sie ist leider
verstorben.“

„Die Verfasserin? Sie ist auch tot?“

„Nicht nur tot“, antwortete ich. „Ermordet.“

„Davon hat die Polizei nichts gesagt.“ Mosley sackte
auf seinem Stuhl zusammen. „Sagten Sie ‚Archer‘? Wir
haben einen Artikel über ihren Mord gedruckt. Ich
wusste nicht, dass sie Miss Information war.“

„Sie hatten die Verbrechen noch nicht miteinander in
Verbindung gebracht. Meine Schwester schrieb die Kolumne schließlich heimlich.“

„Das ist wahr. Norton hielt alles streng geheim. Ich
hatte keine Idee, wie ich sie kontaktieren sollte, um die

Kolumnen abzuholen, und sie tauchte hier nicht auf. Also was nun? Die Polizei glaubt, wer immer ihn umgebracht hat, hat auch sie ermordet?"

„So scheint es", gab George ruhig zurück. „An welchem Tag wurde Norton ermordet?"

Mosley lehnte sich zurück und verschränkte die Arme über seinem Wanst.

„Am Dienstag, wobei ich mir nicht sicher bin, was Sie das angeht."

„Ich ermittle im Auftrag meiner Klientin." Er neigte den Kopf in meine Richtung. „Ich wüsste gern alles, was Sie mir über das Arrangement zwischen Mr. Norton und Mrs. Archer sagen können."

„Warum sollte ich Ihnen davon berichten? Die Polizei war schon hier. Ich habe ihre Fragen beantwortet."

George legte beide Hände auf den Tisch und lehnte sich drohend vor. „Sind Sie dumm? Ihnen war die Verbindung nicht klar. Es brauchte Mrs. Smith, um es aufzudecken. Die Polizei wird vermutlich mit weiteren Fragen wiederkommen, aber dies hier ist die Schwester der Ermordeten. Sie verdient es, zu erfahren, ob Mrs. Archer starb, weil sie für diese Zeitung arbeitete."

Auf Mosleys Stirn traten zwei Schweißtropfen. Er hob die Hände, die Handflächen gen Himmel. „Also gut, also gut. Wie gesagt, behielt Mr. Norton alles für sich. Er war der Redakteur und setzte seinen Kopf durch. Ich habe nur für ihn gearbeitet und er hat sich nicht die Mühe gemacht, mir etwas zu erklären. Er hat einfach Entscheidungen getroffen. So wie mit dem armseligen Exemplar von Sekretär dort vorn. Ein Dieb ist das. Hat versucht, Norton zu bestehlen. Doch anstatt ihn verhaften zu lassen, hat er ihn eingestellt. Hat ihn von der Straße geholt und an einen Schreibtisch gesetzt. Jetzt habe ich den nichtsnutzigen Trottel am Hals."

Das klang nach Mr. Mosleys Lieblingsworten.

George setzte sich und verschränkte die Arme. „Zur Kolumne?"

„Es war nur Klatsch, okay? Über feine Leute. Die meisten mögen es, wenn man über sie redet." Er zuckte mit den Schultern. „Machen keinen Ärger. Keiner kommt her und verlangt einen Widerruf. Keiner droht zu klagen. Ich kann mir nicht vorstellen, dass jemand sie für das, was sie schrieb, umbringen würde."

„Wie lange schrieb sie die Kolumne schon?"

Jetzt, wo George saß, wirkte Mosley entspannter. Er kratzte sich am Kopf und schien nachzurechnen.

„Etwa seit einem Jahr, wenn meine Berechnung stimmt."

„Gütiger Himmel, wie konnten Sie ihre Identität so lange geheim halten?", fragte ich.

„Nun, es scheint, das konnten wir nicht, oder? Ich meine, jemand muss es herausgefunden haben, nicht wahr?"

„Es scheint ganz so", antwortete George. „Wie hat Mrs. Archer die Kolumnen geliefert?"

„Norton hat sie zweimal die Woche abgeholt. Genauso hat er sie auch bezahlt – in bar, wohlbemerkt. Wie ich schon sagte, er war richtig geheimnistuerisch, wenn es um sie ging. Ich glaube nicht, dass sie je herkam, aber da ich nicht wusste, wer sie ist, kann ich es nicht genau sagen."

„Hat er etwas in seinem Büro hinterlassen? Hat die Polizei es durchsucht?"

„Das haben sie. Schätze, sie haben alles mitgenommen, was sie brauchen. Wollen Sie sich umsehen?"

Das wollten wir nur zu gern. Mr. Mosley brachte uns zu Mr. Nortons Büro, das gegenüber von seinem lag. Nachdem die Polizei hier gewesen war, hatte offensichtlich jemand aufgeräumt. Der Schreibtisch sah unberührt aus. In den Regalen standen die Bücher, und die Zeitungen lagen ordentlich gestapelt auf einem

Tisch. Nichts deutete darauf hin, dass jemand hier vor Kurzem gearbeitet hatte.

George ging um den Schreibtisch herum und zog die Schubladen auf. Sie waren leer bis auf einige Stifte und einen Stapel weißes Papier.

Mosley zuckte mit den Schultern. „Die Eigentümer kamen nach der Polizei her. Sie wollten das Büro wohl aufgeräumt. Wir müssen ja immer noch die Zeitung herausbringen."

„War Mr. Norton verheiratet?"

„Nee, er war eher der Karriere-Typ. Immer hinter der nächsten Geschichte her."

„Wo wohnte er?"

Mosley nahm einen Stift und Papier aus der Schublade und schrieb die Adresse des Redakteurs auf. George sah sich enttäuscht wirkend im Büro um, bis sein Blick auf einen Schrank fiel. Er machte die Tür auf und sah hinein. Er schnalzte mit der Zunge und drehte sich wieder zu Mosley, um die Adresse zu nehmen.

„Wie bereits gesagt, sie haben aufräumen lassen." Mosley zuckte mit den Schultern. „Wenn Sie beide hier fertig sind, ich habe zu arbeiten." Er war im Begriff zu gehen, drehte sich jedoch um und strich sich mit der Hand über den Bart. „Die Kolumne war richtig beliebt, wissen Sie. Hat viele Ausgaben verkauft." Er zog eine Braue hoch und sah mich an. „Sie wüssten nicht zufällig, wer sie übernehmen würde?"

Ich erstarrte bei der Andeutung. Nein, definitiv nicht. Bevor ich meine Empörung zum Ausdruck bringen konnte, berührte George mich am Arm.

„Das ist keine so schlechte Idee", sagte er.

„Das kann nicht dein Ernst sein. Wie soll es keine schlechte Idee sein, dass ich eine Klatschkolumne schreibe?"

„Wer immer Mrs. Archer und Mr. Norton ermordet hat, will vermutlich verhindern, dass etwas gedruckt wird. Wenn die Kolumne fortgeführt wird, könnte der Mörder glauben, dass sein Geheimnis doch gelüftet werden könnte." George zog die Augenbrauen hoch. „Es könnte ihn aufscheuchen."

Mir fiel die Kinnlade herunter und ich starrte ihn ungläubig an. „Aufscheuchen? Ich habe kein Interesse, einen Mörder in mein Haus zu locken."

Mr. Mosley hob eine Hand, um mich zu beruhigen. „Nur wir drei wüssten, wer die Kolumne schreibt, und ich würde Sie niemals verraten. Nicht einmal unter Androhung von Mord würde ich Sie verraten."

George winkte ab. „Ja, ja. Wir haben vollstes Vertrauen in Sie, Mosley."

Ich starrte George fassungslos an. Hatten wir das?

„Lassen Sie mich ausreden. Ich weiß nicht, was die Eigentümer mit Nortons Stelle vorhaben, aber ich muss gestehen, dass ich sie gern übernehmen würde. Die Kolumne verkaufte eine Menge Ausgaben und ich wäre stolz, wenn ich sie fortführen könnte. Ich verspreche, niemand wird Ihren Namen erfahren."

„Das ist sehr bewundernswürdig, Mr. Mosley", sagte ich. „Aber Morddrohungen sind gewiss denkbar. Jemand hat den letzten Redakteur und meine Schwester wegen der Kolumne ermordet. Eine Beförderung ist doch wohl kaum Ihr Leben wert."

„Ich habe mich zu dieser Stelle heraufgearbeitet", sagte er mit stolzgeschwellter Brust und einem Grinsen im Gesicht. „Was ich alles für eine Geschichte getan habe." Er gluckste. „Sagen wir einfach, ich weiß auf mich aufzupassen."

„Trotzdem hat Mrs. Smith recht. Haben Sie nach dem Mord an Mr. Norton etwas getan, um das Gebäude zu sichern?"

„Meine alte Schusswaffe ist in meiner Schreibtischschublade", sagte er.

„Mir wäre es lieber, wenn hier ein Polizist stationiert würde“, sagte George. „Ich rede mit Delaney.“

Mosley hatte ein gieriges Funkeln in den Augen. „Dann machen Sie es also? Ich könnte jeden Dienstag und Freitag vorbeikommen und die Kolumnen abholen, wie Norton es gemacht hat.“

„Das ist nicht nötig“, sagte ich immer noch zögerlich. „Ich werde sie bringen lassen.“

„Wann ist morgen Ihr Redaktionsschluss?“, fragte George.

„Für gewöhnlich um sechs Uhr, aber wenn Sie sicher sind, dass Sie sie herbringen, lasse ich Ihnen einen Platz bis zehn Uhr frei. Dann muss die Ausgabe in den Druck.“

George nickte. „Ich werde sie Ihnen bringen.“

Da damit unsere Abmachung beschlossen war, stand George auf. Ich legte ihm eine Hand auf den Arm und drehte mich zu Mosley um. „Sie sagten, dass Mr. Norton die Kolumnen bei Mrs. Archer dienstags und freitags abholte? Hat er die Kolumnen am letzten Dienstag auch abgeholt?“

„Natürlich. Wie immer. Fuhr zu ihr und brachte sie her, um die Kolumne zu bearbeiten. Es lagen jedoch nur zwei auf seinem Schreibtisch, daher konnten wir die Kolumne nur bis Donnerstag bringen.“

George und ich tauschten einen Blick. War Norton der Mann, den Charles an jenem Abend aus Marys Haus hatte kommen sehen? Ich wandte mich wieder an Mr. Mosley. „Könnten Sie Mr. Norton für mich beschreiben?“

KAPITEL 13

Mosley beschrieb Mr. Norton ausführlich. Wir fanden außerdem heraus, dass er einen Schirm bei sich trug, als er am Dienstagabend das Büro verließ, um die Kolumnen von Mary abzuholen, genau wie der Mann, den Charles gesehen hatte. Da es jedoch an jenem Abend immer wieder geregnet hatte, hatte vermutlich jeder, der draußen unterwegs war, einen zur Hand.

George benutzte das Telefon auf dem Schreibtisch des Redakteurs, um Inspektor Delaney anzurufen und ihm eine Nachricht über den Mann, der am Dienstagabend vermutlich aus Marys Haus kam, zu hinterlassen.

„Wenn Evingdon noch unter Verdacht steht, sollte es seinem Fall helfen, dass Norton auch bei Mary war", sagte er, als wir zur Kutsche zurückgingen. „Die Polizei kann keine weiteren Beweise haben, um ihn zu beschuldigen."

Er half mir in die Kutsche und setzte sich neben mich. „Ich bin von deiner Theorie nicht überzeugt", sagte ich. Die Kutsche schaukelte über die Straße. „Wenn der Mann, den Charles gesehen hat, ihr Redakteur war, der ihre Kolumnen abgeholt hat, dann hat niemand den Mörder gesehen. Würde das Delaney nicht noch argwöhnischer gegenüber Charles machen?"

„Aber wenn er die Kolumnen abgeholt hat, dann lebte Mrs. Archer noch, als dein Cousin vorbeifuhr. Und nun habe ich ein damit verbundenes Verbrechen zu untersuchen, das hoffentlich weitere Beweise bringt. Ich kann nicht glauben, dass die Polizei erlaubt hat, dass Nortons Büro aufgeräumt und ausgeräumt wird." Er seufzte. „Aber ich habe einen Kontakt in der Bow Street, der mir sagen kann, was sie über den Mord herausgefunden haben - ob es Beweismittel gab und wen sie befragt haben. Sehen wir, wohin uns das führt. Ich muss noch Mary Archers Haus durchsuchen." In seinen Augen blitzte das Jagdfieber auf. „Es ist also noch nicht alles verloren. Ich hätte jedoch gern von ihrer Verbindung zu der Kolumne gewusst, bevor die Zeitung aufhörte, diese zu drucken."

„Ich könnte vermutlich eine Andeutung einbauen, die die Pause der letzten vier Ausgaben erklärt. Wenn ich allerdings bis heute Abend keine Kolumne geschrieben kriege, muss ich fünf fehlende Kolumnen erklären."

„Lass uns kurz darüber nachdenken." Er kniff die Brauen zusammen. „Da Mary und ihr Redakteur umgebracht wurden, gehen wir davon aus, dass ihr Mörder wusste, dass sie die Kolumne schrieb und die Kolumne hatte etwas mit dem Mord zu tun."

„Du willst andeuten, dass er versucht hat, zu verhindern, dass etwas ans Licht kommt."

„Dennoch hast du nichts Aufrührerisches in den Unterlagen gefunden."

„Entschuldige bitte! Wir haben eine ganze Menge aufrührerischer Dinge gefunden, aber sie waren mit ‚Nicht verwenden' markiert. Außerdem habe ich noch einiges aus diesen Mappen zu sichten. Da Lottie sie in Klartext überträgt, muss ich ihr die Namen liefern, die Mary nur als Initialen geschrieben hat. Dann muss ich Lilys Einladungsliste durchgehen, wer in der Stadt ist und wer nicht, um die Verdächtigen herauszufinden." Ich zuckte mit den Schultern. „Es dauert seine Zeit. Aber ich würde sagen, wir sind mit der Hälfte der Notizen fertig. Aber wenn du glaubst, dass eine dieser Notizen mit dem Mörder zusammenhängt, dann haben wir eine Menge Arbeit vor uns, da es noch so viele Notizen zu sichten gibt."

Ich schüttelte den Kopf. Die Arbeit schien endlos. „Und nun muss ich eine Klatschkolumne schreiben." Ich hielt inne, denn mir kam ein Gedanke.

„Oh je. Ich habe vergessen, Mr. Mosley zu fragen, was er mir für meine Arbeit zahlt."

George sah mich ungläubig an.

Ich wich zurück und schob trotzig den Unterkiefer vor. „Nun, ich wüsste gern, was ich wert bin. Auch wenn es natürlich nur vorübergehend ist."

Er lächelte und ergriff meine Hand. Die Finger in meine verschränkt, drückte er mir einen Kuss auf meine behandschuhten Fingerspitzen. „Du bist mir alles wert", sagte er.

Ich blickte ihm in die Augen, sicher, dass mein Blick voller Sehnsucht war. Ich wollte mich nicht bewegen, nicht atmen oder irgendetwas tun, das den Zauber des Moments brechen würde. Noch nie war ich jemandem etwas wert gewesen.

Er lehnte sich vor, die Augenbrauen zusammengekniffen. „Geht es dir gut, Frances?"

„Nun?" Gütiger Himmel, wie lange hatte ich ihn angestarrt? Oder wohl eher mich nach ihm gesehnt. Verlegen sah ich aus dem Fenster. Wir standen schon vor meinem Haus.

Ich sah wieder zu George. „Kommst du mit rein?"

Er schenkte mir ein charmantes Lächeln. „Nein, ich habe leider zu viel zu tun."

„Du wirst mir also nicht helfen?"

„Ich? Nein, ich werde damit beschäftigt sein, Recherchen zum zweiten Verbrechen anzustellen."

Er griff an mir vorbei und öffnete die Tür der Kutsche, damit ich ging und ihn seine Arbeit machen ließ. „Ich kann dir nicht genug danken, Frances. Deine Mitarbeit ist für diesen Fall unschätzbar wertvoll."

Meine *Mitarbeit* also? Ich warf ihm einen finsteren Blick zu, bevor ich aus der Kutsche stieg, und sah noch seinen verwirrten Gesichtsausdruck, als ich die Tür zuschlug. Schuldgefühle stiegen in mir auf. Ich schätzte, es war nicht seine Schuld, dass meine Fantasie mit mir durchgegangen war.

Ich schloss meine Tür auf, zog die Nadeln aus meinem Hut und legte ihn auf einen Tisch im Eingangsbereich. Als ich zur offenstehenden Tür des Salons kam, fand ich dort alle meine Hausgäste und Charles versammelt.

„Himmel, ist es schon Abendessenszeit?" Ich hätte nicht gedacht, dass es schon so spät war, aber ein Blick auf die Uhr auf dem Kaminsims verriet mir, dass es erst halb acht war, und ich hatte noch mein Trauerkleid vom Morgen an. Nun ja, inzwischen würde Bridget zurück sein und ich konnte mich rechtzeitig zum Abendessen umziehen.

Bevor ich mich entschuldigen konnte, ertönte Lilys Stimme. „Wo bist du gewesen?"

Sie war aufgestanden und hatte die Hände in die Hüften gestemmt. Mit ihrem vorwurfsvollen Gesichtsausdruck ähnelte sie unserer Mutter, und der Anblick beschwor keine sonderlich guten Erinnerungen herauf.

„Ich war im Büro des *Daily Observer*", antwortete ich. „Ich wusste nicht, dass ich dich davon in Kenntnis zu setzen habe, wo ich mich aufhalte."

Sie war so klug, zumindest einen Moment lang beschämt zu gucken. „Als ich nach Hause kam, konnte ich dich nirgendwo finden. Lottie sagte, sie hätte dich zwei Stunden zuvor mit Mr. Hazelton und Inspektor Delaney im Salon verschanzt gesehen. Niemand wusste, wo du hin warst."

Die anderen drei Anwesenden wichen zurück. Charles zupfte an seinem Hemdkragen. Sie alle spürten die Spannung zwischen Lily und mir. Ich zwang mich, zu lächeln. „Mr. Hazelton und ich hatten etwas zu erledigen. Wenn du mir erlaubst, mich frisch zu machen, komme ich zurück und erkläre alles.“

„Du hast wieder an dieser Ermittlung gearbeitet, ist es das?“ Lily hatte sich wieder gesetzt und schien besänftigt, auch wenn ihre Stimme noch immer vorwurfsvoll klang. „Diese Arbeit beansprucht immer mehr von deiner Zeit.“

Ich runzelte die Stirn. „Gibt es etwas, das ich versäumt habe?“

„Nun, ich hatte gehofft, dass du mich heute zum Abendessen mit Mrs. Kendrick begleiten würdest. Wir wollen die Pläne für die Verlobungsfeier durchgehen.“

Einen Moment lang kam Panik in mir auf. Wie konnte ich eine Verabredung zum Abendessen vergessen? „Lily, es tut mir so leid. Ich muss vergessen haben, es in meinen Kalender einzutragen. Wann hast du mir davon erzählt?“

„Das hat sie nicht“, sagte Hetty und warf Lily einen eisigen Blick zu. „Mrs. Kendrick hat heute Morgen einen Brief geschickt und euch beide zum Abendessen eingeladen. Ich habe Lily gesagt, dass sie kaum von dir erwarten kann, dass du im Handumdrehen bereitstehst, also gehe ich an deiner Stelle.“

Ich starrte meine Schwester ungläubig an. „Du bist sauer auf mich, weil ich eine Verabredung vergessen habe, von der du mir nicht einmal erzählt hast?“

Lily zuckte mit den Schultern. „Ich hätte dir davon erzählt, wenn du nicht den ganzen Tag fort gewesen wärst, um Kriminelle zu jagen.“

„Ich war auf einer Beerdigung.“ Es war absurd, so mit ihr zu diskutieren. „Vielen Dank, dass du an meiner Stelle mitgehst, Hetty.“ Ich richtete das Wort an Charles und Lottie. „Ich hoffe, heute Abend eure Unterstützung zu gewinnen.“ Lily schnaubte verärgert. Ich ignorierte sie.

Nachdem ich Lotties und Charles' Zustimmung hatte, ging ich nach oben und wechselte das Kleid. Außerdem wollte ich Bridget ausfragen, die schon im Ankleidezimmer auf mich wartete.

„Ich habe bereits ein Kleid für Sie ausgesucht, Mylady." Sie deutete zu dem Kleid, das auf dem Bett drapiert lag. „Ich hoffe, es ist Ihnen recht, da Sie kaum Zeit haben, sich umzuziehen."

„Das ist wunderbar, Bridget." Wir machten uns daran, mich aus dem zweckdienlichen Kleid zu befreien, das ich den ganzen Tag getragen und das sich als eine gute Wahl für den Besuch als Marys Schwester im Büro der Zeitung entpuppt hatte.

„Wie war deine Verabredung?"

Sie blickte ganz verträumt drein. „Oh, Mylady, alles war perfekt."

„Das freut mich." Ich legte ihr eine Hand auf die Schulter, um aus dem schwarzen Kleid zu steigen.

„Das Restaurant war schrecklich elegant und voller kleiner Tische mit schneeweißen Tischdecken." Sie hielt inne und betrachtete meine Taille. „Ich glaube, wir müssen Ihr Korsett etwas enger schnüren." Sie drehte mich um und machte sich an die Arbeit. „Nun, als sie den Teewagen hereingerollt haben, wollte ich am liebsten von allem etwas kosten. Scones, Kümmelkuchen, die Tarte – alles so köstlich."

„Uff" war die einzige Antwort, die ich hervorbrachte, während sie das Korsett enger schnürte. Vorsichtig versuchte ich einzuatmen. Ja, ich bekam noch Luft – wenn auch nur gerade so. „Bridget, dir ist doch klar, dass ich zum Abendessen runtergehe, oder?"

Sie stülpte mir das Kleid über den Kopf. „Ich rate Ihnen, nicht zu viel zu essen, Mylady."

„Ich bezweifle, dass ich dazu in der Lage bin, auch nur einen Bissen anzurühren." Ich schob die Hände durch die Ärmel und sah sie über die Schulter böse an.

Sie lächelte. „Ich habe außerdem Neuigkeiten bezüglich der Angelegenheit, die Sie mich zu überprüfen baten." Sie rückte die Schultern meines Kleids zurecht und machte sich an die Knöpfe.

„Ach, erzähl schon."

„Nun, meine Freundin Sadie sagt, dass Miss Zimmerman eine der nettesten Damen ist, für die sie je gearbeitet hat, daher hat sie bereitwillig geredet. Sie hat richtig geschwärmt." Sie zog den Stoff an meinem Rücken zusammen und warf einen unmutigen Blick über meine Schulter. „Was den Duke anbelangt, scheinen die Leute Miss Zimmerman alle von seinen Eskapaden zu erzählen."

„Wirklich? Die Leute allgemein oder ihre Freunde?"

„Es klingt nicht danach, dass diese Leute ihre Freunde sind, Ma'am. Und ich glaube nicht, dass irgendetwas über ihn sie überraschen würde. Ihr ist durchaus bewusst, dass er nur hinter ihrem Geld her ist."

„Nun, zumindest ist es ihr bewusst." Ich drehte mich um, um mich im Spiegel zu betrachten. Ja, so war es gut. Bridget raffte mein Trauerkleid zusammen. „Vielen Dank für deine Hilfe, Bridget. Und ich bin froh, dass du Spaß hattest." Ich seufzte. Wieder jemand, den wir von der Liste streichen konnten. Nur noch knappe neunzig weitere Namen übrig.

Zum Glück waren zum Abendessen nur Lottie, Charles und ich da, sodass wir die neuesten Entwicklungen des Tages frei bereden konnten: Angefangen damit, wer die Beerdigung besucht hatte, meine neue Stelle als Kolumnistin, die Möglichkeit, dass Charles den Redakteur in jener Nacht aus Marys Haus kommen sah.

„Und da er auch ermordet wurde, bin ich wieder ihr Hauptverdächtiger." Er hob das Weinglas, als wolle er darauf anstoßen, und leerte es in einem Zug.

Ich zog die Stirn kraus. Das war nicht sein erstes Glas. „Aber wenn es der Redakteur war, den du gesehen hast, wie Mr. Hazelton schon sagte, lebte sie zu dem Zeitpunkt noch, als du vorbeifuhrst." Ich hatte gar nicht bemerkt, dass ich etwas gegessen hatte, aber da nur noch Käse und Obst auf dem Tisch standen, waren wir wohl mit dem Abendessen fertig. Ich war nicht sicher, ob es an den Ereignissen oder dem Wein lag, der Charles zunehmend sentimental machte, aber es erschien mir eine gute Idee, ihn vom Wein fernzuhalten. Ich schlug vor, dass wir uns in den Salon zurückzogen.

Lottie hatte sich an den Kartentisch gesetzt, der mit Marys Unterlagen bedeckt war, während ich die Vorhänge der Fenster zur Straße zuzog und Charles das Gas der Lampe aufdrehte. „Was machen wir jetzt?", fragte sie, als wir uns zu ihr setzten. „Glauben Mr. Hazelton und du immer noch, dass Mrs. Archer jemanden bedroht hat, Geheimnisse zu veröffentlichen, wenn er nicht bezahlt? Und da der Redakteur auch ermordet wurde, steckte er mit ihr unter einer Decke?"

„Das Einzige, was ich sicher weiß, ist, dass jemand davon wusste, dass sie zusammengearbeitet haben." Ich nahm den Stift, den Lily liegengelassen hatte, und trommelte damit auf den Tisch. „Aber wir wissen noch nicht, wie der Täter es herausgefunden hat."

„Sie hätte es niemals jemandem erzählt", sagte Charles. „Und du bist sicher, dass niemand beim *Observer* Mrs. Archers Identität kannte?"

Mein Blick schweifte zur Decke, während ich darüber nachdachte. „Wir haben nicht weiter gefragt, aber vom *Observer* versuchte niemand sie zu erreichen, als Mr. Norton starb. Und Mr. Mosley sagte, dass Norton ihre Identität für sich behalten hatte. Ich bin ziemlich sicher, dass sie mit Norton allein gearbeitet hat."

„Vielleicht hatte ein Bediensteter ein schlechtes Gewissen und hat es seinem Arbeitgeber gestanden."

„Der Bedienstete hätte nicht nur seine Anstellung verloren, er würde nie wieder eine Stelle bekommen. Mit solch einer Aussicht konfrontiert, würde ich erwarten, dass er lieber mit den Schuldgefühlen lebt. Aber da ist etwas dran, Charles. Was, wenn der Bedienstete den Klatsch nicht Mary direkt zutrug, aber davon wusste und auch von ihrem System? Könnte er es seinem Arbeitgeber verraten haben?“

Charles presste die Lippen aufeinander und dachte über den Vorschlag nach. „Wenn ich an Marys Stelle wäre, würde ich nicht unter meinem echten Namen den Klatsch zusammentragen. Aber ich schätze, der Bedienstete könnte sie vom Sehen kennen.“

„Nur einmal etwas ketzerisch gefragt“, setzte Lottie an, „selbst wenn jemand sie anhand der Beschreibung eines Bediensteten erkannt hätte, warum wurde sie dann nicht entlarvt? Das hätte der Klatschkolumne ein Ende bereitet und Schande über sie gebracht.“

Verdammt, sie hatte recht. „Ich fürchte, wir drehen uns im Kreis. Wir kommen immer dabei heraus, dass sie jemanden bedroht hat.“

Charles sackte auf seinem Stuhl in sich zusammen.

„Es ist nicht zwangsläufig Erpressung“, sagte ich und erklärte Georges Theorie, dass Mary die Missetaten einer Person enthüllen wollte. „Ehrlich gesagt, klingt das eher nach der Frau, die ich kannte“, fügte ich hinzu.

„Aber es muss eines von beidem sein. Wenn es Erpressung war, war das Druckmittel, das sie gegen jemanden in der Hand hatte, das Einzige, was sie davor schützte, selbst entlarvt zu werden. Wenn sie also aus Selbstjustiz handelte, war die Angelegenheit so ungeheuerlich, dass sie das Risiko einging.“

„So oder so suchen wir in diesen Notizen etwas wirklich Skandalöses, richtig?“, fragte Lottie. „Ist das, wie wir vorgehen sollen?“

„Vielleicht könntet ihr beide eine Liste mit allen anlegen, die bei der Beerdigung waren und über die es eine Notiz gibt." Ich nahm die zwei ‚Nicht verwenden'-Mappen und reichte jedem eine. „Ich werde solange versuchen, mit Hilfe der Klatschsammlung eine oder zwei Kolumnen zu schreiben. Mr. Hazelton bot an, dass er seinen Diener sie zum *Observer* bringen lässt und Mr. Mosley sagte, dass er dafür einen Platz frei lässt, also sollte ich mich daran machen."

„Ich verstehe immer noch nicht, warum du sie schreibst."

Bevor ich etwas erwidern konnte, ergriff Lottie das Wort. „Wenn jemand Mrs. Archer und Mr. Norton umgebracht hat, um sie davon abzuhalten, etwas zu drucken, könnte er jetzt Angst bekommen, dass die Geschichte doch noch gedruckt wird."

Sie stand auf und durchforstete die Unterlagen vor sich. „Ich habe eine bessere Idee."

Herrgott, sie war außer sich vor Aufregung. Ich musste wirklich eine andere Beschäftigung für das Mädchen finden.

„Neben dem gewöhnlichen Klatsch sollten wir auch die eine oder andere skandalösere Notiz erwähnen. Oder zumindest einen Teil der Notiz."

Sie sah von Charles zu mir und biss sich auf die Lippe, als sie merkte, dass wir ihr nicht folgen konnten. Sie zog eine Seite aus der Mappe. „Das hier ist ein gutes Beispiel. Wir haben entschieden, dass es um Lord Larkin und Mrs. Frazier geht, die zwei Tage in einem Hotel in Paris verbracht haben, als Mrs. Frazier ihre neue Garderobe hätte kaufen sollen. Warum drucken wir nicht nur eine Andeutung? *War Lord L. in Paris als Modist tätig? Wenn die Verfasserin erfährt, ob dies mehr als nur ein Gerücht ist, werte Leser, wird sie davon berichten.*"

Ja, ich musste eindeutig eine angemessenere Art Zeitvertreib für sie finden. Dies war nicht die Erfahrung, die Mrs. Deaver angedacht hatte, als sie ihre Tochter bei mir ließ. Trotzdem musste ich ihren Einfallsreichtum loben. „Dann machen wir also die Leserschaft mit einer Andeutung einer Geschichte neugierig. Das gefällt mir.“

Charles atmete seufzend aus. „Ich verstehe das nicht.“

„Mr. Hazelton glaubt, dass es den Mörder aus der Reserve lockt, wenn die Kolumne fortgesetzt wird. Aber wir sind uns alle einig, dass niemand morden würde, um unbedeutendem Klatsch ein Ende zu machen. Aber wenn wir nur eine Andeutung von etwas Skandalösem drucken, wird er nervös werden und versuchen herauszufinden, wer die Kolumne nun schreibt.“

„Wie wäre es hiermit?“ Lottie zog eine andere Notiz aus ihrer Mappe und legte sie mitten auf den Tisch. „Es ist die Notiz, die wir nicht entschlüsseln konnten.“
SSE, CTS, W-H & S, CACC. 6. März 1898. Mindestens LH, SH, LM, LR J.

„Ich weiß immer noch nicht, was es bedeutet oder um wen es geht“, sagte ich.

Sie runzelte die Stirn und starrte auf die Notiz. „Das Datum ist klar, aber alles andere sind nur Buchstaben oder Initialen.“

Charles lehnte sich vor und überflog die Notiz. „Oh Gott, mir verdrehen sich die Augen beim Versuch, es zu verstehen. Dem Datum zufolge ist das Schnee von gestern.“

Das war mir nicht aufgefallen, aber er hatte recht. „Mr. Mosley erzählte uns, dass Mary die Kolumne seit einem Jahr schrieb. Dies liegt noch einige Monate davor.“

„Wenn sie es behalten hat, muss es noch irgendwie relevant sein, meinst du nicht?“ Lottie ging um den Tisch, um die Notiz besser lesen zu können. Sie fuhr mit dem Stift über die Buchstaben. „Ich bin nur nicht sicher, wie wir es benutzen können.“

„Warum drucken wir nicht die ersten Initialen und dann nach einem Querstrich die nächsten? Und dann fragen wir: *Führt da jemand nichts Gutes im Schilde? Die Verfasserin wird es herausfinden.*"

Lottie lächelte. „Das finde ich gut." Sie suchte zwischen den Notizen auf dem Tisch nach Lilys Briefpapier und fing an, die Kolumne zu schreiben.

Ich drehte mich zu Charles um, der sich zurücklehnte und abwehrend die Hände hob. „Ich überlasse das euch Damen und schreibe die Liste mit den Gästen der Beerdigung. Soll ich die Archers mit aufschreiben? Hast du über sie etwas Skandalöses gefunden?"

„Wenn ja, dann war es noch unergründlicher als die letzte Notiz." Wir verlegten unsere Unterhaltung auf die andere Seite des Salons, damit Lottie in Ruhe die Kolumne schreiben konnte. Ich spürte kurz Schuldgefühle, dass ich sie meine Arbeit machen ließ, aber die verflogen schnell.

„Abgesehen davon bekam sie ihre Informationen über die Bediensteten, und die Angestellten der Archers kannten Mary. Sie hätte es nicht gewagt, sie anzusprechen."

„Nein, ich schätze, das wäre ziemlich leichtsinnig gewesen, nicht wahr? Aber selbst wenn sie niemanden von ihnen angesprochen hat, bedeutet das nicht, dass von den Bediensteten der Archers keiner etwas mitbekommen hat."

Charles lehnte sich gegen die Rückenlehne des Sofas und verschränkte die Arme. „Was die Familienmitglieder anbelangt, bist du dir sicher, dass niemand wusste, dass Mary die Kolumne schrieb?"

Ich kaute auf meiner Unterlippe herum und sinnierte darüber nach. „Louise dachte eindeutig, dass die Archers Mary finanziell unterstützten. Ich bin sicher, dass sie nicht von der Kolumne wusste."

Er bemerkte mein Zögern. „Und Lady Caroline?"

„Sie war schwerer zu durchschauen. Sie erwähnte, dass Mary mit Leuten zu tun hatte, die nicht der feinen Gesellschaft angehören." Ich schloss die Augen und versuchte, mir ihre Worte in Erinnerung zu rufen. „In dem Moment dachte ich, es ist nur eine Stichelei, aber vielleicht wusste sie, dass Mary mit Bediensteten und Journalisten zusammenarbeitete."

„Können wir es irgendwie herausfinden?"

Ich lächelte meinem Cousin zu. Manchmal war er ein wirklich cleverer Mann. „Möglicherweise, aber dafür brauche ich deine Hilfe."

KAPITEL 14

Am nächsten Tag machten Charles und ich uns auf den Weg, Lady Caroline zu besuchen. Es war etwas unangebracht, eine trauernde Familie so kurz nach der Beerdigung zu besuchen, aber mein Cousin war für seine leicht exzentrische Art bekannt und solange er sich wie gewöhnlich verhielt, würden wir damit davonkommen.

Meine Mutter hatte mir die Regeln der Etikette jedoch so sehr eingebläut, dass mir die Beine zitterten, als wir die Stufen zur Tür hinaufgingen. Zu meiner Überraschung war die Klingel nicht bedeckt. Es hing kein schwarzer Krepp darüber. Genauso wenig über dem Türklopfer.

Ich drehte mich zu Charles um und zog eine Augenbraue hoch. Wenn die Archers ihr Haus nicht als in Trauer kennzeichneten, waren meine Bedenken, sie zu besuchen, vielleicht unbegründet. Merkwürdig.

Nachdem er uns in eine kleine Wohnstube gebracht hatte, überbrachte der Butler meine Visitenkarte seiner Herrin, um zu erfahren, ob sie uns empfangen würde. Innerhalb von zehn Minuten kam sie selbst zu uns. Sie trug schwarz und um ihre braunen Augen zeigten sich Lachfältchen. Hmm. Sie trug zwar Trauer, schien jedoch keine zu fühlen.

„Frances, wie nett, dass Sie uns besuchen."

Wir standen beide auf, als sie hereinkam. „Ich bin erleichtert, das zu hören, Caroline. Ich war in Sorge, ich würde Sie zu früh stören."

„Himmel. Wir sind doch alte Freundinnen, oder etwa nicht? Ein ruhiger Besuch wird doch keine Gefühle verletzen."

Eigentlich würde es das sicherlich, aber ich überließ ihr das Urteil. Ich stellte ihr stattdessen Charles vor und Caroline setzte sich zu uns. Wir sprachen über das Wetter, die gestrigen Gäste und andere Nichtigkeiten. Schließlich kam ich auf meinen vorgeschobenen Grund für den Besuch zu sprechen.

„Mein Cousin glaubt, gestern seine Taschenuhr hier verloren zu haben, und sie liegt ihm sehr am Herzen. Würde es nicht zu viele Umstände machen, zu fragen, ob jemand sie im Salon gefunden hat?"

„Aber natürlich. Lasst uns doch jetzt hingehen und ich lasse Erfrischungen reichen."

Als wir in den Salon kamen, stupste Charles mich jedoch von dem Sofa weg in Richtung der Sessel, während Lady Caroline die Glocke läuten ging. „Was denn?", flüsterte ich und sah ihn irritiert an.

Als Antwort machte er eine Reihe komischer Verrenkungen mit dem Gesicht und nickte mit dem Kopf zum Sessel. Als ich hinsah, bemerkte ich die Zeitung, die auf dem Tisch lag. Der *Daily Observer* – perfekt. Himmel, wir waren doch weit genug von Caroline entfernt, dass er auch einfach hätte flüstern können.

Ich nahm auf dem Sessel Platz, griff mir die Zeitung und blätterte rasch bis zur Klatschkolumne, während Charles so tat, als würde er seine verlorene Taschenuhr suchen. Als Caroline sich wieder zu uns gesellte, hatte ich die Zeitung zurückgelegt, die Seite mit der Kolumne aufgeschlagen.

„Mr. Evingdon, es ist nicht nötig, dass Sie selbst suchen. Das Hausmädchen ist gleich hier. Ich werde sie einfach fragen, ob etwas gefunden wurde." Sie wollte sich auf das Sofa setzen, doch mit einer Scheuchbewegung trieb Charles sie zum Sessel neben mir. Ich ignorierte den verwirrten Blick, den sie mir zuwarf, und tat so, als hätte ich gerade die Zeitung entdeckt.

„Dort saß ich gestern eine Weile“, sagte er und zeigte auf das Sofa. „Ich sollte hinter die Kissen gucken.“ Er fing an, die Zierkissen auf den Boden zu werfen.

„Das muss ein ziemlich wertvolles Stück sein“, murmelte Caroline.

Ich lehnte mich über den Tisch und lächelte. „Er ist etwas exzentrisch, aber sehr nett“, flüsterte ich.

Caroline erwiderte mein Lächeln und sprach dann das Hausmädchen an, das hereingekommen war. „Wir hätten gern Tee, Bertha. Und kannst du nachfragen, ob in diesem Zimmer gestern beim Aufräumen eine Taschenuhr gefunden wurde?“

„Das sind gute Neuigkeiten“, sagte ich, als das Hausmädchen verschwunden war. „Die Kolumne von Miss Information ist wieder da. Haben Sie sie gelesen?“

Ich hob den Blick, um ihren Gesichtsausdruck zu beobachten, während Charles die Kissen vom Sofa schmiss.

Sie blickte auf die Kolumne, auf die ich mit dem Finger getippt hatte, dann nahm sie die Zeitung in die Hand. „Ja. Ich habe die Kolumne gelegentlich gelesen, aber nicht regelmäßig.“ Sie wandte sich wieder mir zu und sah überrascht aus. „Ich hätte nicht gedacht, dass Sie diese Dinge interessieren.“

Ich gab ein helles Lachen von mir, dass sogar mir falsch vorkam. Vielleicht sollte ich meine Begeisterung etwas herunterfahren. „Sie vergessen, dass ich zwei junge Damen als Hausgäste habe. Sie haben seit Tagen über das Ausbleiben der Kolumne gejammert, daher freue ich mich, dass sie fortgesetzt wird.“

Sie runzelte die Stirn. „Halten Sie das wirklich für eine angemessene Lektüre für junge Damen?“

Ich zuckte mit einer Schulter. „Meiner Erfahrung nach wollen Mädchen etwas nur noch mehr, wenn es ihnen verboten wird. Wenn Sie die Kolumne gelesen haben, wissen Sie, dass sie recht harmlos ist. Ich frage mich, wie die Verfasserin an die Informationen kommt."

Charles hatte seine Suche nun aufgegeben und stapelte die Kissen willkürlich zurück auf das Sofa. Caroline warf ihm einen Blick zu, als er sich auf das Polster fallen ließ. „Sie glauben wirklich, dass eine Frau die Kolumne schreibt?"

Mein Mut sank bei der Frage. „Ich war einfach wegen des Titels ,Miss Information' davon angegangen, dass es eine ist, aber ich habe nie groß darüber nachgedacht."

Caroline zog die Nase kraus. „Ich glaube nicht, dass eine Frau journalistisch tätig sein könnte. Es ist eine Männerdomäne, meinen Sie nicht?"

„So könnte man für jede Branche argumentieren. Stimmst du mir nicht zu, Charles?"

Er wand sich etwas unter unseren herausfordernden Blicken. „Ich würde niemals die Fähigkeiten des weiblichen Geschlechts unterschätzen, aber wenn die Kolumne eine Frau schreibt, hätte sie vermutlich hauptsächlich mit Männern zu tun."

Ich unterdrückte ein Glucksen, als er uns angrinste. Er hatte mit seiner Antwort genau die richtige Balance gefunden. Weder beleidigend noch herablassend.

„Aber wie Sie sagten, wo sollte sie die Informationen herbekommen?" Caroline faltete die Zeitung zusammen, legte sie auf den Tisch zwischen uns und starrte gedankenversunken in die Ferne. Dann zog sich ein Lächeln über ihre Lippen. „Außer natürlich, sie hat die Bediensteten bestochen."

Der Äußerung folgte ein kurzes Lachen. Ich versuchte einzustimmen, doch erfolglos. Es war schwer genug, die Frau nicht mit offenem Mund anzustarren. Erstaunlicherweise kam mir Charles zur Rettung.

„Wenn das wahr ist, hat Miss Information ihre Spione überall." Er wackelte mit den Augenbrauen. „Sie sollten vorsichtig sein, was Sie in Anwesenheit Ihrer Diener sagen, Mylady."

Caroline machte eine abwerfende Handbewegung. „Kein guter Diener würde je etwas über das, was sich im Haus abspielt, ausplaudern."

Das Hausmädchen war mit dem Tee zurückgekehrt und versicherte uns, dass im ganzen Haus keine Taschenuhr gefunden wurde. Ihre Anwesenheit unterbrach unsere Unterhaltung effektvoll.

Zu diesem Zeitpunkt war ich nicht sicher, ob Lady Caroline unwissentlich auf die Wahrheit gekommen war oder ob sie die ganze Zeit gewusst hatte, dass ihre Schwägerin Miss Information gewesen war, oder vielleicht zog sie mich auch nur auf. Wir blieben noch fünfzehn unangenehme weitere Minuten, tranken Tee und plauderten über gesellschaftliche Verabredungen. Da ich mir kein neuer Plan einfiel, um das Thema noch einmal anzusprechen, ohne sie argwöhnisch zu machen, gingen wir.

Wir stritten den gesamten Rückweg.

„Ich bin sicher, sie weiß von der Kolumne. Warum hätte sie sonst so etwas sagen sollen?"

„Auch wenn ich dir zustimmen möchte, können wir eine Randbemerkung nicht als einen Beweis erachten."

Charles verschränkte die Arme und rutschte auf dem Ledersitz der Kutsche etwas hinunter. „Es würde erklären, warum die Archers so wütend auf Mary waren. Statt zur Familie zurückzukehren, entschied sie sich, ihren Lebensunterhalt selbst zu verdienen."

Ja, das erklärte es. „Aber selbst wenn Caroline wusste, dass Mary die Kolumne schrieb, kann sie sie nicht ermordet haben."

Er zog eine Augenbraue hoch. „Was ist mit ihrem Ehemann? Vielleicht hat sie ihn die Drecksarbeit erledigen lassen."

„Jetzt ziehst du voreilige Schlüsse. Ich nehme an, du wärst bereit, jeden des Mordes zu beschuldigen, nur um die Mappen nicht weiter durchsuchen zu müssen."

„Diese Mappen." Er stöhnte auf. „Das ist wie eine Nadel in einem Haufen Nadeln zu suchen."

„Ja, aber welche ist die Richtige?"

Die Tatsache, dass mir seine Aussage logisch erschien, beunruhigte mich. Vielleicht verbrachte ich zu viel Zeit mit Cousin Charles. Zum Glück waren wir zu Hause angekommen. Er half mir aus der Kutsche und begleitete mich zur Tür, die zu meiner Überraschung von Mr. Hazelton geöffnet wurde.

„Wo wart ihr beide?" Die Frage war eher ein Knurren.

Würde ich jetzt immer nach meinem Verbleib befragt werden, wenn ich nach Hause kam? Ein Blick in sein wutentbranntes Gesicht hielt mich davon ab, etwas Unbedachtes zu antworten. Gütiger Himmel, was war hier los?

Ich reichte Jenny meinen Hut und führte die Gentlemen in den Salon, wo uns Lottie schon erwartete. Sie sah nervös aus. Ich lächelte ihr zu und wandte mich an den Mann, der mir nicht von der Seite wich. „Was führt dich hierher? Ist etwas vorgefallen?"

„Vorgefallen? Meine Güte, Frances, nein."

Ich hatte es nicht für möglich gehalten, aber seine Miene wurde noch finsterer. „Nur, als ich vor einer halben Stunde hier eintraf, erwartete ich, dich sicher in deinem Haus versteckt vorzufinden. Als ich dann Miss Deaver sprach, erfuhr ich, dass du Verdächtige befragst. Und dass Evingdon vielleicht bei dir sei oder auch nicht. Sie war nicht sicher."

Oh je. Nun wurde mir alles klar. „Deine Informationen sind nicht ganz richtig. Und wie du sehen kannst, war er tatsächlich bei mir."

„Ich hatte keine Idee, wo du bist", fuhr er fort, als hätte ich nichts gesagt. „Oder in wie viel Gefahr du bist.

Ich wusste nur, dass es etwas mit den Archers zu tun hat."

Ich blickte kurz zu Lottie, die abwehrend die Hände hob. „Ich habe gestern Abend an der Kolumne gearbeitet und nur mit halbem Ohr mitbekommen, was du mit Mr. Evingdon für heute geplant hast."

„Vollkommen verständlich, Liebes. Ich bin sicher, du hast nicht damit gerechnet, dass Mr. Hazelton herkommt und dich ausfragt." Ich wandte mich wieder George zu, der die Hände hinter dem Rücken verschränkt hielt und unruhig von den Fersen auf die Zehen und zurück wippte. Himmel, worüber war der Mann denn nur so wütend?

Ich erwiderte seinen finsteren Blick. „Du benimmst dich, als hätte ich etwas falsch gemacht. Wir haben nur versucht, von Lady Caroline einige Informationen zu gewinnen, die ich nicht für eine Verdächtige in diesem Fall halte."

Er atmete seufzend aus. „Zumindest war Evingdon bei dir."

„Ja, ich meine, das erwähnte ich bereits." Ich nahm ihn am Ellenbogen und zog ihn zu einem Sessel. „Du hast mir gesagt, dass ich auf mein Urteilsvermögen vertrauen soll. Ich würde nichts Törichtes tun. Vielleicht können wir uns nun alle setzen und besprechen, wie wir in diesem Fall weiter vorgehen."

Lottie kam vom Tisch herüber und setzte sich neben Charles auf das Sofa, während ich George auf den neuesten Stand brachte und berichtete, wie wir mit der Kolumne fortfahren wollten. Je mehr ich erzählte, desto mehr schien er sich zu beruhigen. Vielleicht hatte ich sein Vertrauen wiedererlangt. „Wir haben gerade genug gedruckt, dass der Mörder die Geschichte erkennen sollte, wenn diese der Auslöser war. Ich schätze, wir sollten Mr. Mosley davon berichten, damit er sich schützen kann, falls der Mörder es auf ihn abgesehen hat."

Er nickte zustimmend. „Dann nehme ich an, ihr habt nichts gelesen, das euch auf eine bestimmte Notiz oder Person gebracht hat."

Ich sah zu Lottie und Charles, die beide den Kopf schüttelten. „Wir haben eigentlich viele Geschichten gefunden, die skandalös genug sind, aber ich frage mich allmählich, wer nicht morden würde, um die Veröffentlichung solcher Details zu verhindern. Ich habe nichts gesehen, das helfen würde, die Verdächtigen einzugrenzen, aber wir haben mit denen angefangen, die auf der Beerdigung waren."

„Habt ihr etwas gefunden, das die Archers betrifft?"

„Nein, und wir haben danach Ausschau gehalten." Ich zog eine Augenbraue hoch. „Warum fragst du? Verdächtigst du Mr. Archer?"

„Nicht des Mordes, aber Archer hat etwas zu verstecken, weshalb ich so besorgt war, als ich dachte, du würdest ihn verhören. Er hat gestern versucht, in Marys Haus einzubrechen."

„Hah!" Wir sahen alle zu Charles, der aufgesprungen war. „Ich wusste, dass an dem Mann etwas verdächtig war. Hast du ihn verhaftet? Hat Delaney ihn dazu gebracht, zu gestehen?"

George starrte seinen Freund überrascht an. „Nicht wirklich."

Ich scheuchte Charles wieder auf seinen Platz und sah zu George. „Was genau ist passiert und woher weißt du davon?"

„Ich hatte auf eine Gelegenheit gewartet, in Mrs. Archers Haus zu gelangen, und als ich letzte Nacht wieder dort war, hatte ich gehofft, der Polizist würde lange genug fort sein, damit ich mir Zutritt verschaffen kann. Ich habe Archer selbst gesehen, als er durch die Hintertür einbrach. Zu seinem Pech sah es der Polizist auch und brachte ihn auf das Polizeirevier in Chelsea, wohin ich ihnen folgte. Delaney war leider nicht im Dienst, also konnte ich keine Details erfahren, aber Archer wurde binnen einer Stunde entlassen, also muss er eine Erklärung parat gehabt haben."

„Sind Sie zu Mrs. Archers Haus zurückgekehrt?", fragte Lottie.

„Das bin ich, aber es war ein neuer Polizist im Dienst, der frisch und ausgeruht war. Damit war meine Chance vertan."

„Was glauben Sie, auf was hatte Archer es abgesehen?"

Er hob hilflos die Hände. „Keine Idee. Aber ich wünschte, der Polizist hätte seine Arbeit nicht so gut gemacht. Ich hätte Archer lieber mit vernichtendem Beweismaterial in den Händen erwischt."

Ich dachte darüber nach. „Weißt du, wer der Vollstrecker von Marys Testament ist? Archer ist Bankier und damit eine passende Wahl. Könnte er einfach nur versucht haben, ihren Nachlass zu verwalten?"

„Mitten in der Nacht?" Lottie verschränkte die Arme und lehnte sich zurück.

„Und er ist nicht der Vollstrecker ihres Testaments", fügte George hinzu. „Louises Ehemann hat die Verantwortung. Soweit ich weiß, hat er die Schlüssel zum Haus, und Archer hat somit keinen rechtmäßigen Grund, dort zu sein." Er nickte Lottie zu. „Besonders mitten in der Nacht."

„Das überzeugt mich nur noch mehr davon, dass Lady Caroline von der Miss-Information-Kolumne wusste", sagte Charles.

Ich erzählte George im Detail von unserem Besuch bei Caroline.

„Es bedeutet nicht zwangsläufig, dass sie wusste, dass Mary die Kolumne schrieb, aber ihr Kommentar über die Bediensteten und Archers Verhalten wirken auf mich sehr verdächtig." Ich sah zu den Mappen. „Vielleicht hat Mary eine Notiz über einen Skandal, der mit ihnen zu tun hat, und wir haben es übersehen."

Charles gab ein Grunzen von sich. „Eine Nadel in einem Haufen Nadeln."

Lottie drehte sich mit einem fragenden Blick zu ihm um, doch ich drängte weiter.

„Das könnte sein, wonach Archer gesucht hat, als er versucht hat, in ihr Haus einzubrechen. Vielleicht sollte ich ihm einen Besuch abstatten."

George sprang auf die Beine. „Evingdon, Miss Deaver, wenn ihr uns entschuldigen würdet, ich muss Frances allein sprechen."

„Allein?" In diesem Haus war Privatsphäre heiß begehrt und schwer zu haben. Bevor ich darüber nachdenken konnte, wohin ich ihn führen sollte, griff er mein Handgelenk und zog mich aus dem Salon.

„Nur einen Augenblick!", rief er Charles und Lottie über die Schulter zu.

„Hetty und Graham sind in der Bibliothek", sagte ich und versuchte, mit ihm Schritt zu halten, während er das Foyer mit langen Schritten durchquerte.

Er machte einen Umweg und bog nach rechts in das Esszimmer ab. Am Esstisch blieb er stehen, ließ mein Handgelenk los und drehte sich zu mir um.

Ich machte einen Schritt zurück. „Was ist denn los?"

Er hielt mich an den Schultern fest und sah mir mit angespanntem Gesichtsausdruck in die Augen. „Wir müssen einige Regeln festlegen, bevor wir weiter in diese Ermittlung eintauchen."

„George ..."

„Frances. Jeder, mit dem du sprichst, könnte gefährlich sein." Er ließ meine Schultern los, drehte sich von mir weg und fuhr sich mit der Hand durch das Haar. „Vielleicht sollten wir die Regeln vergessen und deine Mitarbeit noch einmal überdenken."

„Aber ich habe nichts Gefährliches getan. Wir haben bloß mit Lady Caroline gesprochen."

Er drehte sich ruckartig um und warf mir einen finsteren Blick zu. „Wenn ich das gewusst hätte, hatte ich mir nicht solche Sorgen gemacht."

„Sag nicht, dass du mich aus der Ermittlung ausschließt, weil ich dir Sorgen bereitet habe. Ist das meine Strafe?"

„Strafe? Frances, wir arbeiten an diesem Fall zusammen, aber du musst mir zugestehen, dass ich der erfahrenere Partner bin und du eine Anfängerin."

„Eine Anfängerin?"

„Ja, mit erheblichem Talent, das muss ich dir lassen, aber dennoch eine Anfängerin. Deine Instinkte müssen noch auf die Probe gestellt werden."

Ich starrte ihn verwirrt an. „Meine Instinkte."

„Noch wissen wir nicht, ob sie dich in Gefahr bringen oder dich schützen." Er sah mich durchdringend an. „Muss ich dich daran erinnern, dass zwei Menschen ermordet wurden?"

Ich stemmte die Hände in die Hüften und sah ihn böse an. „Nein, nicht nötig. Himmel, George, sind deine Partner immer solchen Standpauken ausgesetzt?"

Er zuckte überrascht zurück, dann lächelte er. „Nein. Ich habe immer allein gearbeitet."

Ich wollte gerade einen bissigen Kommentar darüber von mir geben, wie toll er doch zusammenarbeiten konnte, hielt jedoch den Mund, als er wieder meine Schultern ergriff.

„Bis ich dich traf. Du bist meine erste Partnerin und ich könnte es nicht ertragen, wenn dir etwas zustieße."

Oh je. Warum überkam mich immer diese Freude, wenn er so etwas sagte? „Ich verstehe dich und verspreche, vorsichtiger zu sein." Ich lächelte ihm hoffnungsvoll zu.

„Aber nach dem, was ich euch gerade über Archer erzählt habe, wolltest du hingehen und allein mit ihm sprechen.“

„Du sagtest, dass du ihn nicht des Mordes verdächtigst.“

„Aber er verheimlicht etwas.“

„Ich wäre in bester Sicherheit, wenn du mich begleitest.“

Er schüttelte den Kopf. „Archer sprach mich an, ob ich für ihn ermitteln würde, und ich habe bereits abgelehnt. Er würde mir nicht glauben, wenn ich es mir so kurz darauf anders überlege.“

„Dann Charles?“

Er sah mich ungläubig an. „Du bist fest entschlossen, das zu tun, oder?“

Ich hielt seinem Blick stand, entschlossen nicht nachzugeben, bis er verzweifelt schnaubte. „Das könnte klappen. Er wird Archer verwirren und gleichzeitig einschüchtern.“ Seine Miene wurde ruhiger, als er mich ansah. „So gern ich auch deine Hilfe möchte, ich will nicht, dass du Risiken eingehst. Sorge dafür, dass Evingdon dich begleitet, und ab jetzt sollte dich immer jemand begleiten, idealerweise ich. Wenn du dem nicht zustimmst, dann werde ich dich von der Ermittlung ausschließen, ja.“

Meine Antwort kam prompt und instinktiv. „Einverstanden. Aber ich will, dass du mir dasselbe versprichst.“ Ich blinzelte eine verräterische Träne aus dem Augenwinkel. „Ich will dich auch nicht verlieren.“

Seine Finger glitten zu meinem Nacken hinauf und seine Lippen fanden meine. Himmel, das war ein richtiger Kuss. Oder eher ein ganz ungehöriger Kuss. Ich wusste es nicht recht und es war mir auch egal. Endlich tat sich etwas. Ich schmiegte mich an ihn.

Dann schob er mich von sich. Sanft, aber bestimmt, und zupfte an seiner Weste und strich seine Ärmel glatt.

Ich starrte ihn mit hängender Kinnlade an. Was? Warum?

„Ich weiß, dass dies nicht der richtige Moment oder Ort ist", sagte er. „Aber irgendwann wirst du entscheiden müssen, was du von mir willst, Frances. Du weißt bereits, was ich will."

Ich blinzelte. Was war gerade passiert? Wäre da nicht die Röte auf seinem Gesicht, hätte ich geglaubt, mir den Kuss eingebildet zu haben. Ich strich meinen Rock glatt.

„Ich fürchte, du traust mir zu viel zu", antwortete ich. „Ich weiß überhaupt nicht, was du willst. Als du um meine Hand anhieltst, war es ein geschäftsmäßiges Angebot, das für beide Seiten annehmbar sein sollte. Du sagst, du sorgst dich um meine Sicherheit, aber ist das nur deine beschützerische Art?"

Meine Worte wurden immer hitziger, meine Gesten immer lebhafter. „Du ziehst mich mit deinen gelegentlichen Zeichen der Zuneigung auf, dann nennst du mich deine Partnerin. Nun dieser leidenschaftliche Moment, der zu nichts führt. Nein, George. Ich muss gestehen, dass ich gänzlich im Ungewissen darüber bin, was du von mir willst. Eine Freundin? Eine Partnerin? Eine Geliebte?"

Einer seiner Mundwinkel zuckte und er lächelte schief. „Ja. Zu allem. Willst du das nicht auch?"

Mir fehlten die Worte. Natürlich war das, was ich wollte. Aber war das überhaupt möglich?

Meine Verwirrtheit musste sich auf meinem Gesicht gespiegelt haben, denn er seufzte und lächelte matt. „Ich weiß, dass du noch nicht bereit bist, diese Entscheidung zu treffen, Frances. Aber wenn du sie jemals triffst, bleib zumindest aufgeschlossen."

Er nahm meine Hand und führte sie zu seinen Lippen. „Ich lasse dich mit Evingdon Pläne schmieden. Jetzt, da ich darüber nachdenke, würde Archer sich sehr wundern, uns beide in seinem Büro anzutreffen. Evingdon ist zumindest dein Verwandter und uns verbindet offiziell nichts." Er lächelte. „Ich bin nur der Mann, zu dem du durch den Garten schleichst, um ihn zu besuchen."

Ich seufzte. Wenn es das doch bloß wäre.

KAPITEL 15

Ich hatte bis zum nächsten Morgen gewartet, um Gordon Archer einen Brief an sein Büro zu schicken und darum zu bitten, Anlagemöglichkeiten mit ihm zu bereden. Jenny kam mit seiner Antwort herein, als ich gerade mein Frühstück bei Rose in der Schulstube aß. Wie es das Glück wollte, hatte er an diesem Vormittag Zeit, mich zu treffen. Ich gab Rose ein Küsschen und ging hinunter, um mich anzukleiden, und hoffte, dass Bridget in meinem Kleiderschrank etwas Geschäftsmäßiges finden würde. Wir entschieden uns für ein hellgraues Voile-Kleid mit langen Ärmeln, die bis über meine Hände reichten. Der Rock war gerade geschnitten und dunkler abgesetzt, was das Kleid sehr ernst aussehen ließ. Perfekt.

Charles kam mit der angemieteten Droschke an, als ich aus dem Haus trat.

„Mr. Hazelton muss seine Kutsche heute selbst benötigen", bemerkte ich, als Charles mir hineinhalf. Ich war verwöhnt, in privaten Kutschen zu fahren. Diese war sauber, wie ich erkannte, als ich mich setzte, aber hinter dem Rückenpolster war etwas lose und stach mir in den Rücken.

Charles setzte sich neben mich. „Ja, gelegentlich braucht Hazelton seine Kutsche selbst. Ich hatte überlegt, meine Kutsche herzuholen, aber ich bin nicht sicher, ob ich noch länger bei ihm wohnen muss. Ich habe in den Zeitungen nichts über meine Verhaftung gelesen. Hast du etwas davon gehört?"

„Du wurdest nicht verhaftet. Delaney hat dich nur einschüchtern wollen. Aber nein, es scheint, dass nichts durchgesickert ist."

Ich beobachtete ihn aus dem Augenwinkel. „Wo du deinen Verbleib bei Mr. Hazelton erwähnst, darf ich fragen, was du für Miss Deaver empfindest? Seitdem du nebenan wohnst, hast du viel Zeit bei mir verbracht und ich habe das Gefühl, mich deutlich ausdrücken zu müssen. Wenn du keine ehrenwerten Absichten hast, muss ich darauf bestehen, dass du es vermeidest, mit ihr allein zu sein."

Er drehte sich von mir weg und guckte aus dem Fenster. „Ich finde Miss Deaver bezaubernd, aber ich habe kein Anrecht auf solche Absichten, Frances. Ich bin ein Verdächtiger in einer Mordermittlung."

In seiner Stimme schwang eine Niedergeschlagenheit mit, die mir bisher nicht aufgefallen war. Nicht, dass ich vergessen hatte, dass Charles ein Verdächtiger war. Ich hatte nur nicht bemerkt, dass er sich deshalb sorgte. Ich schämte mich, geglaubt zu haben, dass er sich um nichts sorgte. Ich legte eine Hand auf seine.

„Dieses Hindernis wird bald aus dem Weg geräumt, Charles. Und zwar sehr bald, wenn es nach Mr. Hazelton geht. Doch bis du dir deiner Absichten sicher bist, gib bitte Acht auf ihren Ruf und ihre Gefühle."

Er wandte sich zu mir um und ein Grinsen breitete sich auf seinem Gesicht aus. „Du glaubst, sie hat Gefühle für mich?"

War das sein Ernst? Merkte er das denn nicht? Sein hoffnungsvoller Blick brachte mich von meinem sarkastischen Spruch ab. „Ich kann nicht für Miss Deaver sprechen, aber meine Beobachtungen sagen mir, dass sie deinen Aufmerksamkeiten überaus wohlgesonnen ist."

Er ließ sich gegen die Rücklehne fallen und lehnte den Kopf an, sodass ihm der Hut über die Augen rutschte. „Teufel auch!", murmelte er.

Die Droschke wurde langsamer, je weiter wir in die Stadt fuhren und uns der Bank auf der Princess Street näherten. Wenige Querstraßen entfernt gaben wir es auf, stiegen aus und schlängelten uns durch den dichten Verkehr und die Menge von Geschäftsleuten auf den Gehwegen. Meine Güte, das war ganz anders als in Mayfair, wo man gemächlichen Schrittes ging.

Schließlich traten wir in die Empfangshalle, von wo aus man uns in Gordon Archers luxuriöses Büro brachte. Er stand hinter seinem riesigen Schreibtisch auf, begrüßte uns und führte uns zu zwei gemütlichen Sesseln, die vor seinem Schreibtisch standen. Die Wände waren dunkel getäfelt und die dicken Teppiche und Ledersessel waren so schön wie sonst nur in den elegantesten Häusern.

Wenn Archer über Charles' Anwesenheit überrascht war, so zeigte er es nicht.

„Ich fühle mich geehrt, dass Sie auf mich kamen, als Sie an Anlagen dachten, Lady Harleigh", sagte er und setzte sich wieder an seinen Schreibtisch, nachdem wir die angebotenen Getränke abgelehnt hatten. „Es wundert mich, dass Ihr Vater nicht Ihre erste Wahl ist."

Mist. Ich hatte vergessen, dass der Ruf meines Vaters mir vorauseilen würde. Es war kein Geheimnis, dass das Vermögen unserer Familie auf seinem finanziellen Geschäftssinn beruhte. Ich lächelte. „Ich würde mich gern einmal selbst daran versuchen. Mein Schwager sagte mir, dass ich mit Ihnen sprechen sollte, wenn ich eine gute, verlässliche Geldanlage suche."

„Und natürlich empfahl auch Ihre Schwägerin Sie", fügte Charles hinzu. „Lady Harleigh war eine gute Freundin." Er lehnte sich über den Schreibtisch. „Mrs. Archer konnte Ihr Können gar nicht genug loben. Tatsächlich sagte sie mir, dass wenn ich je etwas investieren wolle, ich Ihren Rat suchen sollte – aua!"

Das letzte Wort war dem erheblichen Druck meines Absatzes auf seinen Zehenspitzen geschuldet. Hatte er vergessen, dass die beiden nicht miteinander auskamen? Ich lächelte unbeirrt weiter und sah ihm fest in die Augen. „Sie hat in den höchsten Tönen von Ihnen gesprochen“, sagte ich.

„Ach ja?“

Archer hatte eindeutig das Zeug zu einem hervorragenden Kartenspieler. Seine Miene blieb unbeirrt, als er die Hände über der Schreibunterlage verschränkte und sich vorlehnte, um auf das Geschäft zu sprechen zu kommen.

„Sagen Sie, Lady Harleigh, wenn Sie eine sichere Anlage suchen, meinen Sie damit sicher oder gewinnbringend?“

„Unbedingt sicher“, antwortete Charles. „Riskante Anlagen machen mich nervös.“

Archer blickte zu Charles und zog die Augenbrauen hoch. „Beraten Sie Lady Harleigh?“

„Tut er nicht“, antwortete ich. „Dafür bin ich zu Ihnen gekommen und ich wüsste gern, warum ich nicht beides haben kann.“

„Wie Mr. Evingdon schon andeutete, birgt eine gewinnbringende Investition ein signifikant größeres Risiko. Sie könnten beispielsweise einen Teil Ihres Geldes verlieren.“ Er lehnte sich wieder zurück und zog eine Akte aus einer Schublade. Die Unterlagen breitete er auf dem Schreibtisch aus, dann erklärte er die Vorteile eines Kontos, das drei bis fünf Prozent pro Jahr einbrachte. Fünf Minuten später hatte ich aufgehört, zuzuhören, und wäre fast eingeschlafen. Diese Unterhaltung führte zu nichts.

„Wie wäre es mit Grundbesitz?“

Das rüttelte mich wach. Archer hatte mitten im Satz innegehalten und sah Charles an.

„Grundbesitz bedeutet Bankgeschäfte im großen Rahmen und diese sind nicht für private Anleger gedacht", sagte Archer schmunzelnd. „Außer natürlich Lady Harleigh gedenkt ein Anwesen in Amerika zu erwerben, was deutlich mehr Kapital erfordern würde."

Charles schüttelte den Kopf. „Nein, nichts dergleichen. Wie wäre es mit Mrs. Archers Haus?"

„Marys Haus?" Archer kniff die Augenbrauen zusammen. „Was ist damit?"

Ich war genauso verwirrt wie Archer, aber irgendetwas sagte mir, dass ich Charles dieses Mal besser nicht abhielt.

„Nun, ich mochte das Haus, und die Häuser in der Nachbarschaft sind keine Erbpachtgrundstücke, richtig? Sie besaß es voll und ganz, nicht wahr?"

„Das stimmt." Archer ließ die Hände sinken und lehnte sich zurück. „Verstehe ich Sie richtig, dass Sie Interesse hätten, es zu kaufen? Sie überlegen doch wohl nicht, selbst einzuziehen, oder?"

Charles reagierte gereizt auf seinen Tonfall. „Es ist kaum eine schlechte Nachbarschaft und außerdem ein nettes kleines Haus. Mrs. Archer war dort glücklich."

Da sein glänzender Einfall rasch verblasste, hielt ich es für besser, ihn zu unterstützen, bevor Archer unsere List durchschaute. „Aber du hattest nicht daran gedacht, dort selbst zu wohnen." Ich sah zu Archer. „Er hat nur so schöne Erinnerungen an Mary und ihr Haus, daher hatte er vor, es zu kaufen und an ein junges Paar zu vermieten, das er kennt und zu unterstützen wünscht." Ich legte eine Hand auf seinen Arm. „Welch wunderbare Idee, Cousin Charles. So viel netter, als wenn ein Anleger es kauft und mehrere Wohnungen daraus macht."

Ich wandte mich an Archer, bevor er etwas sagen konnte. „Wissen Sie vielleicht, wer Marys Nachlass verwaltet?"

Er stotterte ein wenig, bevor er eine Antwort fand. „Nein, ich habe nicht die Ehre. Mr. Carr, der Ehemann ihrer Schwester, ist der Vollstrecker. Aber ich würde Ihnen raten, gründlich zu überlegen, ob Sie das Haus wirklich kaufen wollen. Dort hat sich ein Mord ereignet. Sie könnten Schwierigkeiten haben, das Haus in Zukunft zu verkaufen.“

Charles winkte ab. „Ich würde mir das Haus gern trotzdem noch einmal ansehen.“ Er sah mich an. „Vielleicht könntest du dich an Mrs. Carr wenden.“

„Aber sicher. Es gibt keine Schäden, von denen Sie wüssten, oder Mr. Archer? Waren Sie in letzter Zeit in dem Haus?“

„Natürlich nicht. Was sollte ich denn dort tun?“ Er hatte die Augen vor Verwunderung über die Frage weit aufgerissen, setzte aber sein Pokerface gleich wieder auf. Er stand auf und machte deutlich, dass das Treffen nun vorbei war. „Wenn Sie sich entscheiden, ein Konto zu eröffnen, Lady Harleigh, helfe ich Ihnen gern weiter.“

Charles und ich standen auch auf. Ich streckte Archer die Hand hin, die er schüttelte. Er nickte mir kurz zu, wohingegen er Charles nur böse anstarrte.

Wir schwiegen, bis wir wieder in einer anderen Droschke saßen und auf dem Rückweg waren. „Zu schade, dass wir ihn nicht dazu bringen konnten, uns zu verraten, warum er in Marys Haus einbrechen wollte.“

„Ich glaube, er hätte kaum gestanden, worauf er aus war. Aber die Tatsache, dass er bestritten hat, dass er dort war, bedeutet, dass er keinen legitimen Grund hatte, dort einzubrechen.“

Er zog die Augenbrauen hoch. „Nun, das ist wohl wahr.“

„Und da er nun glaubt, dass du das Haus kaufen willst, könnte er es wieder versuchen. Wir sollten Mr. Hazelton vorwarnen."

„Eine ausgezeichnete Idee", sagte er. „Im Großen und Ganzen war es dann ein erfolgreicher Morgen."

Ich dachte an Gordon Archer zurück. Dass er versucht hatte, in Marys Haus einzubrechen, und die Verachtung seiner Schwägerin gegenüber, verrieten mir, dass etwas nicht stimmte. Irgendetwas hatte sich ereignet. Nicht zwangsläufig Mord, aber George hatte recht – Archer verheimlichte etwas.

Charles brachte mich zur Tür, dann ging er seinen eigenen Geschäften nach. Ich schlüpfte hinein und warf einen Blick in den Salon. Herrlich leer. Hetty, Lottie und Graham waren zweifellos in der Bibliothek, brauchten mich aber wohl kaum. Ich hüpfte die Stufen geradezu empor und setzte dabei meinen Hut ab. Nachdem ich ihn in meinem Schlafzimmer abgelegt hatte, würde ich in den Salon zurückkehren und dort ein wenig Mußezeit verbringen, die Zeitung oder vielleicht ein Buch lesen. Sicher, ich musste später noch ein bis zwei Kolumnen schreiben, aber erst einmal sollte ich mir Zeit für mich nehmen.

„Da bist du ja."

Bei den Worten zuckte ich zusammen, drehte mich um und sah Lily aus ihrem Schlafzimmer gucken. Die Aussicht auf eine ruhige Stunde für mich verpuffte.

„Himmel, Lily, du hast mich erschreckt. Hast du auf mich gewartet?"

Ich machte die Tür auf und sie folgte mir in mein Zimmer. *Verfolgte* mich, traf es wohl besser. Ich fühlte mich, als würde mich jemand jagen. Ich legte den Hut auf das Bett und drehte mich zu ihr um, überrascht, dass sie mit verschränkten Armen an den Türrahmen gelehnt stand.

„Du hast dich kaum in die Planung meiner Verlobungsfeier eingebracht, Frances. Langsam fange ich an, mich zu fragen, ob du überhaupt vorhast, zu kommen.“

Meine Laune sank, denn ich sah den Streit schon ausbrechen. Ehrlich gesagt hatte ich durch den Mord an Mary, Delaney, der Charles verdächtigte, und die daraus folgenden Ermittlungen, die Verlobungsfeier beinahe vergessen.

Ich ging an ihr vorbei zu meinem Frisiertisch und setzte mich. „Zu meiner Verteidigung war ich in den letzten Tagen sehr beschäftigt, Lily.“

„Aber das ist meine Verlobungsfeier.“ Lily kam weiter in den Raum herein, stemmte die Hände in die Hüften und sah finster drein. „Das ist sehr wichtig für mich.“

Ich zog eine Augenbraue hoch. „Muss ich dich daran erinnern, dass diese Feier erst in einigen Monaten hätte stattfinden sollen? Es ist kaum meine Schuld, dass ich mitten in einer Mordermittlung stecke.“

Sie ließ sich auf mein Bett plumpsen und warf mir einen giftigen Blick zu. „Warum ermittelst du überhaupt in diesem Fall? Du bist eine Gräfin, um Himmels willen! Dein Milieu ist die feine Gesellschaft, nicht die schäbige, kriminelle Unterwelt.“

„Eine meiner Freundinnen wurde ermordet. Sie war weder schäbig, noch hatte sie mit dieser Unterwelt zu tun, von der du sprichst. Was immer das sein soll. Mr. Hazelton hat mich um Hilfe gebeten. Wie könnte ich da Nein sagen?“

„Mr. Hazelton ist nur nachsichtig. Du kannst ihm doch nicht wirklich helfen, also solltest du dich wieder um das kümmern, worin du gut bist.“

Nun, der Stich saß. „Du glaubst nicht, dass es möglich ist, dass ich mehr als ein Talent besitze? Vielleicht finde ich es nicht mehr erfüllend, gesellschaftliche Veranstaltungen auszurichten. Außerdem scheint mir, dass du schon alles gut im Griff hast.“

Lilys bittere Miene wich plötzlich einer bebenden Unterlippe. „Mag sein, aber das heißt nicht, dass ich nicht deine Zustimmung oder deinen Rat möchte. Vielleicht möchte ich einfach nur, dass meine Schwester mich unterstützt."

Oh je. Ich ging zum Bett hinüber, setzte mich neben sie und schlang die Arme um sie. „Armes Ding", murmelte ich. „Natürlich suchst du meine Unterstützung. Die Ehe ist ein enormer Schritt. Ich glaube, es ist gar nicht die Feier, um die du dich sorgst."

„Nun, als Leos Ehefrau werde ich viele Veranstaltungen ausrichten und ich will ihm beweisen, dass ich weiß, was ich tue. Wenn die Feier ein Desaster wird, wird seine Mutter annehmen, dass ich ein Desaster bin. Und er wird das auch."

„Lily, du beginnst gerade erst dein neues Leben und da gibt es etwas, das du wissen solltest." Ich lehnte mich leicht zurück, um zu sehen, ob sie mir auch zuhörte. „Desaster wird es immer geben."

Sie schniefte. „Nicht, wenn ich gut plane."

Ich brachte sie zum Schweigen. „Egal wie gut du planst. Desaster sind eine Tatsache des Lebens. Nimm es einfach hin. Ja, du kannst und solltest alles genau planen, aber du hast es mit Menschen zu tun und sie haben alle ihr eigenes Leben, ihre Pläne und Bedürfnisse. Niemand kann vorhersagen, was passiert, wenn du sie versammelst. Wenn ein Desaster eintritt, ist das Wichtigste, sich dem souverän zu stellen. Du kannst nicht daran zerbrechen."

„Das ist nicht sonderlich beruhigend, Frances. Jetzt bin ich nur noch nervöser."

„Das ist nicht nötig. Ich werde bei dir sein und Leos Mutter auch. Leo wird auch an deiner Seite sein und zusammen könnt ihr euch jedem Desaster stellen. Bald darauf werdet ihr sie nur noch als kleine Zwischenfälle erinnern."

„Wirklich?"

„Versprochen. Ich muss zugeben, dass ich dich vernachlässigt habe, aber ich habe gerade etwas Zeit. Warum holst du nicht deinen Kalender und wir gehen deine Vorbereitungen durch?"

Sie sah mich mit feuchten Augen an. Ich hatte vergessen, wie wichtig es in ihrem Alter war, alles richtig zu machen. Und wie sicher ich damals gewesen war, alles falsch zu machen. „Danke, Frances. Ich möchte deine Hilfe wirklich."

Sie umarmte mich und wollte gerade hinauseilen, blieb jedoch im Türrahmen stehen und drehte sich um. „Und ich glaube nicht, dass Mr. Hazelton nur nachsichtig ist. Ich bin sicher, du hilfst ihm sehr."

Ich lächelte ihr hinterher und ging dann zum Spiegel, um mein Haar glattzustreichen. Lily hatte meiner freien Zeit wie auch meiner inneren Ruhe ein Ende bereitet. Ich glaubte schon, dass ich in dem Fall helfen konnte, aber es war definitiv möglich, dass George nur meiner Abenteuerlust und Neugierde nachgab. Ich wusste, dass er meine Zuneigung zu gewinnen versuchte. Nein, er musste wissen, dass er sie bereits hatte, und nun versuchte er, mich zur Heirat zu überreden. Und er tat dies auf dem bestmöglichen Weg: Er bezog mich in sein Leben und seine Arbeit ein. Aber war das der einzige Grund, warum er mich einbezog? Und wichtiger noch – war es von Bedeutung?

Lily und ich arbeiteten an ihren Plänen für die Verlobungsfeier, bis Mrs. Thompson leise an der Tür klopfte und mir Bescheid gab, dass Mr. Evingdon und Mr. Hazelton unten auf mich warteten. Ich hatte gewusst, dass sie zum Abendessen kommen wollten. War es denn schon so spät?

Wir legten Lilys Notizen beiseite, trafen die Gentlemen im Salon, und ich bediente mich an Hettys Vorrat Hochprozentigem. Ich würde Mrs. Thompson warnen müssen, dass der Brandy knapp wurde. Ich schenkte uns stattdessen einen Gläschen Whiskey ein. Hetty und Lottie kamen kurz nach uns herein und wenig später sagte man uns, dass das Abendessen fertig sei.

Da wir keinen Wert auf Förmlichkeit legten, saß George neben mir am Tisch. „Evingdon erzählte mir, dass es mit Archer heute recht gut lief", sagte er, als der Fisch serviert wurde. „Wie siehst du das?"

„Es war nicht so zielführend, wie ich gehofft hatte", antwortete ich und schob die Seezunge auf dem Teller herum. „Wir hatten keine Gelegenheit, Marys Kolumne anzusprechen, aber Archer log, als wir fragten, ob er in letzter Zeit in ihrem Haus war. Charles hat ihn über die Veräußerung des Hauses ausgefragt."

Er nickte Charles anerkennend zu. „So, so. Das ist spannend."

„Da frage ich mich, ob Mary eine skandalöse Geschichte über ihn besaß und er hoffte, sie zu finden."

„Aber wir haben alle Unterlagen", sagte Lottie.

„Sind wir da sicher?" Ich warf George einen Seitenblick zu. „Vielleicht solltest du dich dort umsehen."

„Das hatte ich vor, wenn der Polizist doch nur nicht so pflichtbewusst wäre."

„Er muss auf eine Beförderung hoffen", schlug Charles vor.

„Wie wäre es mit Charles' Idee? Ich könnte Louise treffen und ihr erzählen, dass er Interesse daran hat, das Haus zu kaufen oder zu mieten. Vielleicht könnte sie eine Besichtigung mit ihrem Ehemann ausmachen." Ich zog leichthin die Schultern hoch. „Sie würde es nicht für merkwürdig halten, wenn du und ich ihn begleiten."

Lily lehnte sich vor und strahlte mich an George vorbei an. „Gute Arbeit, Frances. Das ist eine wahrlich verschlagene Idee."

„In der Tat“, stimmte George ihr zu. „Es könnte der einzige Weg sein, wie wir hineinkommen.“

„Vielen Dank für eure Zuversicht. Es ist bloß eine Idee, aber ich kann gern Kontakt zu ihr aufnehmen, wenn du magst.“

Ich ließ meine Hände auf meinen Schoß sinken. George legte eine Hand auf meine und drückte sie sanft. „Bitte, tu das. Wenn wir drinnen sind, können wir uns sicherlich umsehen.“

Wir wechselten das Thema und sprachen über das Wetter, als Jenny hereinkam, um die Reste des Gangs abzuräumen und den Hauptgang zu bringen. Als sie ging, kamen wir wieder auf das eigentliche Thema zurück.

„Dann habt ihr sonst nichts von Archer erfahren?“

„Er schlägt Frances eine Jahreszahlung von fünf Prozent vor“, sagte Charles glucksend.

Bei den Worten zog Hetty die Augenbrauen hoch. „Soweit ich weiß, ist das eine noch viel konservativere Anlage, als er sonst empfiehlt.“

„Ich war etwas enttäuscht, dass seine Empfehlung für mich so öde war. Wie waren Grahams Geschäfte mit ihm denn, Tante Hetty?“

Sie sah sich am Tisch um. „Ich nehme an, ich muss mir keine Sorgen machen, dass jemand von euch darüber redet. Archer hat Graham davon überzeugt, in ein frischgebackenes Unternehmen zu investieren, eine Reederei, die Handel zwischen England und Südamerika betreibt.“

George legte den Kopf schief. „Ihn überzeugt?“

„Das mag etwas überspitzt sein, aber er deutete dem Earl an, dass er seine Anlage binnen eines Jahres verdreifachen könnte.“ Hetty atmete seufzend aus.

Es klang nicht so, als hätte die Geschichte ein gutes Ende genommen. „Hat Graham Geld verloren?“

„Er hat alles verloren. Schlimmer noch, er hat keine Prospekte über das Unternehmen. Ich habe Leos Vater gefragt, ob er von dem Unternehmen gehört hat." Sie schüttelte den Kopf. „Hat er nicht, aber er hat versprochen, dass er versucht, mehr herauszufinden. Ehrlich gesagt glaube ich, dass Archer wusste, dass das Unternehmen bestenfalls fragwürdig war, aber er war gewillt, das Risiko einzugehen."

„Hugo Ridley erzählte mir, dass Gordon Archer über all die neuesten Kapitalanlagen Bescheid weiß. Nachdem ich heute mit Archer gesprochen habe, weiß ich, dass man Risiken eingehen muss, wenn man einen großen Profit will. Es klingt, als sei das Risiko es nicht wert gewesen."

Hetty gab ein verbittertes Lachen von sich. „Nein, es war eine volle Pleite. Trotzdem hätte ich gern mehr Informationen über das Unternehmen. Wenn sie versichert waren, könnten die Anleger in der Lage sein, etwas zurückzuerhalten. Aber Graham will Archer nicht kontaktieren."

„Das ist sein aristokratischer Stolz", kommentierte Charles. „So wie wenn ein Gentleman ein Vermögen beim Kartenspiel verliert und so tun muss, als wäre es nicht mehr als ein kleines Ärgernis. Ganz egal, ob er das Familienhaus verpachten und in eine Hütte im Wald ziehen muss. Der Stolz siegt immer."

„Gentlemen können in solchen Dingen so irre sein", sagte ich. „Aber beim Kartenspiel weiß man zumindest, dass man zockt. Kannte Graham die Risiken der besagten Anlagen nicht?"

Hetty legte den Kopf schief und zog die Augenbrauen hoch. „Ach, komm schon, Frances. Du weißt genau, dass Graham kein Köpfchen für das Geschäft hat. Wenn ein so erfolgreicher Mann wie Archer ihm erzählt, dass er mit einer Anlage ein Vermögen verdienen kann, macht er sich um etwas so nebensächliches wie Risiken keine Gedanken."

Leider wusste ich aus Erfahrung, dass Hettys Behauptung der Wahrheit entsprach. Graham wusste viel über die Landwirtschaft und kaum etwas sonst, weshalb er auf Hetty angewiesen war, seine Angelegenheiten in Ordnung zu bringen.

Lottie lenkte das Gespräch auf Lilys Verlobungsfeier, was mir erlaubte, darüber nachzudenken, was ich über Gordon Archer erfahren hatte. Er hatte versucht, in Marys Haus einzubrechen. Was hatte er gesucht? War es möglich, dass Mary Klatsch über seine dubiosen Geschäfte besaß? Ich fragte mich, ob es schlauer wäre, zu erfahren, ob noch mehr Leute mit Archer eine Menge Geld verloren hatten.

Meine Gedanken wurden durch eine weitere Berührung unterbrochen. Georges Hand lag wieder auf meiner. Ich sah zu ihm hinüber und bemerkte, dass er zu mir herunter lächelte.

„Ich habe gestern deine Kolumnen abgegeben", sagte er leise, während die anderen sich unterhielten. „Man sagte mir, dass du dich nicht an deinen vereinbarten Zeitplan hältst."

Ich blinzelte. „Merkwürdig. Ich wusste nicht, dass ich einen Vertrag oder einen Zeitplan habe."

„Scheinbar hat Mrs. Archer am Dienstag drei Kolumnen für Mittwoch bis Freitag geliefert. Da du nur eine Kolumne für heute und morgen geschrieben hast, besteht Mr. Mosley darauf, dass du ihm noch eine Kolumne schuldest."

„Himmel, das hört sich ziemlich kleinlich an. Mir graute es schon davor, die nächsten zwei Kolumnen zu schreiben, und nun muss ich heute noch eine verfassen?"

Er zuckte mit einer Schulter. „Sie haben eine Frist einzuhalten und Mosley erzählte mir, dass die Druckerei deinetwegen in heller Aufregung ist. Wenn du meinst, dass du sie heute noch schreiben kannst, verspreche ich, die Kolumne morgen abzuliefern."

Ich runzelte die Stirn und ergab mich meinem Schicksal. „Also gut. Ich bin sicher, ich kann etwas Passendes schreiben, das du abliefern kannst, aber nur, wenn du mir verrätst, warum du flüsterst."

„Ich flüstere gern mit dir. So kann ich mir vorstellen, wir würden einander intime Geheimnisse anvertrauen."

Ich spürte Hitze in meine Wangen aufsteigen.

Er lehnte sich dichter zu mir. „Außerdem bringe ich dich gern zum Erröten."

Ich schnaubte. „Darin bist du ein ziemlicher Experte."

„Oh, vielen Dank, Frances. Ich gebe mir größte Mühe."

Ich spürte den Drang zu kichern und beschloss, dass ich seiner Neckerei ein Ende bereiten musste, bevor mein Verstand völlig verwirrt war. „Du übertreibst, George. Wir tauschen schließlich keine Geheimnisse aus. Jeder an diesem Tisch weiß, dass Lottie und ich die Kolumne schreiben. Deine Fantasie ist mit dir durchgegangen."

Sein Grinsen wurde breiter und er drückte meine Hand. „Ach, aber es ist meine Fantasie und wenn sie durchgehen will, warum solltest du sie aufhalten?" Er seufzte dramatisch. „Und das, nachdem ich so nett war, dir ein Geschenk von Mr. Mosley zu überbringen."

Das war eine Überraschung. „Nachdem er weitere Kolumnen verlangt, schickt er mir ein Geschenk?"

George griff in seine Tasche, zog einen dicken Umschlag heraus und legte ihn neben meinen Teller. Ich stupste mit meiner Gabel unsicher gegen das ‚Geschenk'.

„Es beißt nicht", sagte er. „Du kannst es ruhig öffnen."

Inzwischen war der Hauptgang abgeräumt und auf dem Tisch standen Obst und Käse. Mehrere Augenpaare blickten in meine Richtung.

„Ich weiß, was das ist", erklärte Lottie. „Das sind Briefe von Bewunderern deiner Kolumne."

Ich sah zu George, der mit den Schultern zuckte. „Es sind die Briefe der Leser."

„Himmel, nach nur einer Kolumne? Nun, dann sind es genauso deine, Lottie." Ich lächelte dem Mädchen zu und reichte ihr die Briefe über den Tisch. „Du bist schließlich auf die Idee mit den Anreißern gekommen."

Sie kicherte und öffnete den Umschlag. Darin waren drei Briefe. „Wir hatten recht", sagte sie und hielt die Seiten breit grinsend hoch. „Sie sind alle an ‚Miss Information' adressiert."

„Wie faszinierend es doch ist, ein Pseudonym zu haben", sagte George.

Lottie las den ersten Brief. „Dieser Leser macht Einwendungen gegen die Darstellung von Lord W. in der Kolumne vom letzten Donnerstag."

„Ach, keine unserer Kolumnen", sagte ich.

„War das nicht der Mann, der betrunken in die Serpentine gewatet ist?", fragte Charles. „Wie sollte man ihn denn sonst darstellen?"

Lottie öffnete den nächsten Brief, während wir noch lachten. Ihr Stirnrunzeln dämpfte unsere Heiterkeit jedoch. „Was ist denn, Liebes?"

Sie blickte von dem Schreiben auf und reichte es mir. Es war nicht unterschrieben und bestand aus wenigen Worten, die auf das Papier gekratzt waren. Die Spitze der Schreibfeder hatte das Papier an einigen Stellen sogar durchstochen. Dort stand geschrieben: *Ich weiß, wer Sie sind!*

KAPITEL 16

Louise zögerte auf der Veranda von Marys Haus, nachdem sie die Haustür aufgeschlossen und aufgestoßen hatte. Ich machte einen Schritt zur Seite und ließ George und Charles ohne uns hineingehen. Mr. Carr hatte uns nicht begleiten können, also musste Louise einspringen. Ich hoffte, dass es nicht allzu schlimm für sie war.

„Ich kann mit Ihnen in der Kutsche warten, wenn Sie nicht hineingehen möchten", sagte ich und legte ihr in einer hoffentlich trostspendenden Geste eine Hand auf den Arm.

Sie zögerte. Dann sah sie mir mit traurigem Blick in die Augen. „Nein, wenn Mr. Evingdon sich traut, hineinzugehen und möglicherweise sogar hier zu wohnen, wie kann ich weniger tun?"

Ich drückte ihren Arm. Charles war liebenswert, aber hatte Mary sich wirklich in so kurzer Zeit verliebt? Oder war es nur Louises Wunschdenken? Ich folgte ihr über die Türschwelle in ein kleines Foyer, von dem aus man nach links nach oben kam, geradeaus in den hinteren Teil des Hauses gelangte und nach rechts in einen gemütlichen Salon. Louise und ich waren nach rechts abgebogen. Die Gentlemen waren schon weiter durch das Haus gegangen, daher waren wir allein. Ich sah mich im Zimmer um und versuchte, durch die Einrichtung und Habseligkeiten ein Gefühl für Mary zu gewinnen.

Es war ein durchschnittlich großer Raum, nicht klein oder groß und weder sauber noch unaufgeräumt. Die Einrichtung war abgenutzt, aber nicht heruntergekommen. Ich setzte mich auf einen Ohrensessel und inspizierte den Raum weiter. Der Dekor - Kunst, Lampen und ein wenig Krimskrams - war interessant, aber nicht teuer. Wenn mein Vater nicht so klug gewesen wäre, mir zur Hochzeit ein Konto einzurichten, würde ich mich glücklich schätzen können, in einem solchen Haus zu wohnen.

Ich glaubte, Marys Entscheidungen jetzt etwas besser zu verstehen. Dies war ihr Haus, nicht das Familienhaus ihres verstorbenen Gatten und ebenso wenig das Haus ihres anderen Schwagers. Es gehörte ihr. Ich kannte das Gefühl. Mein Haus gehörte mir. Ich musste dort niemandem gefallen, um bleiben zu dürfen. Ich musste mich nicht sorgen, dass ich jemandem zur Last fiel und die Einladung eines Tages zurückgezogen werden könnte. Eine Frau würde eine Menge für dieses Gefühl der Unabhängigkeit tun.

Mary hatte einen Weg gewählt, ihren Lebensunterhalt selbst zu bestreiten, indem sie ihre Talente nutzte. Sie konnte pfiffig schreiben und hatte Zugang zu Klatsch. Ich konnte es zwar nicht gutheißen, aber ich verstand sie. Und ich war nicht in einer Position, sie zu verurteilen.

An der Wand stand ein großes Klavier. Louise setzte sich auf den Hocker und legte die Finger auf die Tasten. Vom Klavier erklang eine zarte Melodie.

„Ich wusste nicht, dass Mary spielte", sagte ich.

„Das Klavier war Teil des Hauses, als Jasper und sie es kauften." Sie streckte die Finger und spielte einige Akkorde. „Ich habe nie darüber nachgedacht, aber die beiden schienen ihre Unabhängigkeit sehr zu schätzen. Sie hatten es sehr angenehm im Haus seiner Familie. Sie hatten ihre eigene Zimmerflucht, aber sie entschieden sich, hierher zu ziehen." Sie drehte sich zu mir um und lächelte. „Mary schrieb mir, dass sie wieder Klavierstunden nehmen wollte, aber bis dahin wollte sie es sich selbst beibringen. Ich weiß nicht, wie weit sie gekommen ist."

Ich erinnerte mich an den täglichen Klavierunterricht als Kind. Ein Instrument als Erwachsene zu lernen, musste schwierig sein, wofür ich sie noch mehr bewunderte. Sie hatte keine Angst vor einer Herausforderung.

Das rief mir wieder das Schreiben, das Lottie beim Abendessen geöffnet hatte, in Erinnerung.

Ich weiß, wer Sie sind!

Was bedeutete das? Wurde es geschrieben, als Mary noch die Verfasserin der Kolumne war? War es von ihrem Mörder? Oder lag es an etwas, das wir in den letzten Kolumnen geschrieben hatten? Wenn ja, mussten wir das Schreiben Delaney zeigen, auch wenn ich nicht wusste, was er damit anfangen würde. Und wir sollten Mr. Mosley Bescheid geben. Wenn es eine Drohung war, könnte der Schreiber das Büro der Zeitung aufsuchen.

Wer immer es geschrieben hatte, war möglicherweise Marys Mörder. Und der des armen Mr. Norton. Ich vergaß den Redakteur immer wieder. Ich fragte mich, wie Delaney mit der Ermittlung vorankam. Vielleicht würde sein Fortschritt im anderen Fall Licht in Marys Fall bringen.

Es musste dringend etwas ans Licht kommen. Ein Hinweis oder eine Spur.

Rastlos stand ich auf. „Ich werde nachsehen, wie den Gentlemen das Haus gefällt."

Louise winkte gedankenversunken und ich trat in das Foyer. Wo waren George und Charles hin? Ich ging den Flur in den hinteren Teil des Hauses hinunter, wo als Nächstes eine Tür zu einer kleinen Bibliothek abging. Ich hörte ihr Stimmengemurmel, bevor ich hineintrat. Als ich durch die Tür schaute, war ich überaus erleichtert, dass Louise sich dagegen entschieden hatte, mich zu begleiten.

Marys Schreibtischschubladen waren alle leer und die Inhalte waren auf die Tischplatte gehäuft. Ein Berg Papier, Schnur und Schreibzeug. „Ihr solltet das Haus durchsuchen und nicht plündern", sagte ich leise.

Charles machte einen Schritt auf mich zu, wobei er auf einem heruntergefallenen Blatt ausrutschte. Er hielt sich am Schreibtisch fest, während George die Szene mit einem erschöpften Gesichtsausdruck beobachtete. „Wir sind an diesem Chaos nicht schuld", antwortete er mit leiser Stimme. „Ich weiß nicht, ob die Polizei das Haus so hinterlassen hat, oder ob Archer oder jemand anders es geschafft hat, vor den Augen des Polizisten hereinzuschleichen."

„Hast du das Haus letzte Nacht nicht für einen solchen Fall beobachtet?"

„Ich konnte nicht die ganze Nacht bleiben, Frances. Einen Teil des Abends war ich bei dir und obwohl ich mehrere Stunden hier war, bin ich auch nur ein Mensch, weißt du. Gelegentlich brauche auch ich Schlaf. Abgesehen davon schien der Polizist alles im Griff zu haben. Und wie schon gesagt, es könnte auch sein, dass die Polizei das Zimmer so hinterlassen hat."

„Ich schätze, wir könnten Delaney danach fragen. Wart ihr die ganze Zeit hier? Habt ihr etwas Interessantes gefunden?"

George fing an, die Zettel auf dem Schreibtisch zu sortieren. „Nein, wir sind erst wenige Minuten vor dir hereingekommen. Evingdon hat bereits oben gesucht und ich habe die Küche unten durchsucht."

„Was hast du gehofft, dort zu finden?"

„Mary war keine Närrin. Wenn sie etwas verstecken wollte, wo besser als in einem Sack Mehl oder zwischen den Zwiebeln?"

„Nun, ihr vorheriges Versteck war unter einer lockeren Holzdiele, nicht zwischen dem Gemüse."

„Wir haben keine weitere lockere Diele gefunden."

„Hast du etwas in der Küche gefunden?"

Er sah beschämt drein. „Nein."

„Oben war auch nichts", fügte Charles hinzu. „Aber hier", er fuhr über den Tisch, „scheinen die Chancen doch gut zu stehen."

George schüttelte den Kopf. „Ich enttäusche euch nur ungern, aber wenn die Chancen gut standen, würde das hier nicht so liegen. Die Polizei ist es schon durchgegangen und hat sich entschieden, es hier zu lassen. Selbiges gilt für Archer." Er tippte mit einem Stapel Papier auf den Schreibtisch, dann stopfte er ihn in eine Aktentasche.

Ich trat zu ihm und hielt ihm die Tasche auf. „Wenn sie unbedeutend sind, warum nimmst du sie dann mit?"

„Weil ich die Polizei nicht meine Arbeit machen lassen werde. Es ist unwahrscheinlich, dass sie etwas übersehen haben, aber man kann nie wissen. Leider kann ich das nicht alles sofort hier lesen, also müssen wir etwas mitnehmen. Wenn Mrs. Carr bemerkt, dass etwas fehlt, wird sie annehmen, dass die Polizei es mitgenommen hat."

„Und du hast heute zufällig eine leere Aktentasche dabei?"

Er lächelte mich über den Schreibtisch an. „Ich tue nichts zufällig, Frances. Das weißt du." Damit stopfte er die letzten Seiten in die Aktentasche und machte sie zu. „Wir sollten zu Mrs. Carr zurückgehen. Ihrer Meinung nach hat Charles sich das Haus sicherlich lange genug angesehen."

Wir kehrten in den Salon zurück, wo Louise noch immer Klavier spielte. George und ich blieben im Türrahmen stehen, aber Charles ging zu ihr hinüber und lehnte sich gegen das Instrument.

„Sie wurde mit jeder Unterrichtsstunde besser“, sagte er und lächelte. „Sie war entschlossen, sich zu verbessern, und übte jeden Tag.“

Als sie zu Charles aufsah, konnte ich sehen, dass ihr die Tränen kamen. „Vielen Dank“, sagte sie. „Wenn ich schon nicht bei ihr sein konnte, bin ich doch froh, dass sie jemanden wie Sie in ihrem Leben hatte.“

Er errötete und bot Louise eine Hand beim Aufstehen.

Ich war ganz gerührt. Louise hätte diesen Verlust nicht erleiden sollen. Sie sollte sich nicht an diesen Mann klammern müssen, der Mary nur wenige Wochen den Hof gemacht hatte, nur um sich ihrer Schwester näher zu fühlen. Mary sollte noch bei uns sein. Was konnte sie nur geschrieben haben, das so schlimm war, dass sie dafür mit ihrem Leben hatte bezahlen müssen? Ich war so wütend, dass ich den Mörder nicht nur zur Rechenschaft ziehen wollte, ich wollte ihn so verletzen, wie er diese zwei Schwestern verletzt hatte.

Wir setzten Louise an ihrem Hotel ab, Charles dann bei Georges Haus und fuhren zur Fleet Street, um dem *Daily Observer* meine nächsten zwei Kolumnen zu bringen.

„Sie haben ein großes Talent für diese Kolumnen, Lady Harleigh“, sagte George neckend.

Wir saßen nebeneinander in seiner Kutsche und ich war versucht, ihn dafür in den Arm zu kneifen. „Spotte du nur, aber sie haben sich als viel schwieriger zu schreiben entpuppt, und ich muss sagen, dass sie ohne Lotties Hilfe kaum lesenswert wären.“ Ich kniff die Lippen bei dem Gedanken an ihre Mitarbeit zusammen. „Ehrlich gesagt hat sie die meisten Kolumnen mit ein wenig Hilfe von mir geschrieben. Sehr wenig Hilfe.“

Er grinste so breit, dass er fast lachte.

„Wirklich, George. Du kannst dir nicht vorstellen, wie schwer es ist, all diese Details in den Händen zu halten und in der Kolumne nur Andeutungen zu machen. Und sie dann noch so auszudrücken, dass sie das Interesse der Leser wecken."

Er legte den Kopf schief. „Ich nehme an, die Zeitungen fürchten Anzeigen."

„Aber gewiss! So sehr sogar, dass Mr. Mosley unseren ersten Entwurf so weit bearbeitet hat, bis kaum etwas übrig blieb."

„Wenn wir das Schreiben von gestern bedenken, müssen wir davon ausgehen, dass du die Aufmerksamkeit von jemandem erregt hast. Es wäre mir lieber, wenn du dich von mir zu Hause absetzen lassen und mir diese Aufgabe überlassen würdest."

Er warf mir einen ernsten Blick zu, der mich wohl dazu bringen sollte, nachzugeben.

„Ich habe keine Absicht, nach Hause zu fahren. Wir haben in die Kolumne mehrere Anspielungen eingebaut, die Mosley nicht einfach streichen kann, wenn wir mit unserem Plan Erfolg haben wollen. Und ich verstehe nicht, wie ich in Gefahr sein könnte, wenn du an meiner Seite bist."

„Schmeichelei bringt dich in diesem Fall nicht weiter, Frances. Die Gefahr besteht darin, dass der Schreiber des Briefs das Gebäude beobachten könnte. Ich bin sicher, du willst nicht, dass dich jemand mit der Zeitung in Verbindung bringt. Und das wird man, wenn du dort gesehen wirst. Ich will nicht, dass der Mörder weiß, dass du auch nur irgendetwas damit zu tun hast."

„Ich genauso wenig, deshalb habe ich einen Schleier." Ich zog den schwarzen Schleier von der Hutkrempe. „Damit kann ich meine Anonymität wahren."

„Aber natürlich, ich erkenne dich kaum wieder", sagte er, widersprach aber nicht weiter, da wir vor dem Gebäude angekommen waren.

Als wir die Tür öffneten, hörten wir jemanden böse knurren und brauchten einen Moment, um zu verstehen, dass es nicht uns galt. Der junge Mr. Ryan saß an seinem Platz am Empfang, aber ein älterer Mann tippte energisch mit dem Zeigefinger auf das Blatt Papier in der Schreibmaschine. Er warf uns einen Blick zu und ging.

„Machen Sie es noch einmal", rief er über die Schulter, bevor er durch eine Tür verschwand.

Mr. Ryan brachte uns mit hochrotem Kopf zu Mr. Mosleys Büro. Dieses Mal gab es keine Fragen. George hatte recht. Vielleicht war ich ausreichend verschleiert, um nicht aufzufallen, aber die Mitarbeiter der Zeitung erkannten uns sicherlich. Er mochte sich um mich sorgen, aber ich wollte genauso wenig, dass der Mörder ihn mit der Zeitung in Verbindung brachte. Vielleicht sollten wir einen anderen Weg finden, um die Kolumnen auszuliefern, damit Mosley und die weiteren Mitarbeiter meine Identität nicht herausfanden.

Mr. Mosley stand von seinem Schreibtisch auf, als wir in sein Büro kamen. Seine Haltung war abwehrend, als er den jungen Mann anblaffte: „Ich dachte, wir hätten vereinbart, dass Sie mich vorher darüber informieren, wenn jemand mich zu sehen wünscht."

Der junge Mann drehte sich von Mosley zu uns um. „Aber Sie sagten, er würde Sie erwarten", stammelte er.

„Ja, ja. Natürlich." Mosley seufzte und schickte ihn mit einer Handbewegung fort. Ich griff seinen Arm, bevor er gehen konnte, und drückte ihm ein in Papier eingeschlagenes Päckchen in die Hand.

„Meine Haushälterin hat die Brötchen am Morgen gebacken und ich habe Ihnen einige aufgehoben", flüsterte ich.

Er grinste über beide Ohren und murmelte schnell „*Vielen Dank*" bevor er zu seinem Platz zurück hastete.

„Füttern Sie nun wahllos Burschen?" George zwinkerte mir zu, als Mosley mir einen Stuhl anbot. Auf dem zweiten Stuhl lag ein großer Stapel Zeitungen, daher war George gezwungen, stehenzubleiben.

„Er ist so spindeldürr. Ich bin geneigt, zu glauben, dass er nicht genug zu essen bekommt."

Mosley winkte ab. „Sorgen Sie sich nicht darum, Ma'am. Und entschuldigen Sie das Durcheinander. Wir hatten heute Morgen einen unerwünschten Besucher. Daher die neuen Regeln."

„Ich dachte, Sie hätten den neuen Sicherheitsregeln bei unserem letzten Besuch zugestimmt." George verschränkte die Arme vor der Brust. „Es brauchte einen Eindringling, damit Sie es einsehen?"

„Gehört alles zum Geschäft." Mosley zuckte gleichgültig mit den Schultern. „Gibt es etwas Neues über den Fall? Ich habe noch nichts von der Polizei gehört, seitdem sie die Leiche des armen Mr. Norton abgeholt und die Ermittlungen begonnen haben."

„Leider nicht", antwortete George. „Wir haben jedoch vor, heute Nachmittag mit Inspektor Delaney zu sprechen."

Der Mann zuckte wieder mit den Schultern und setzte sich an seinen Schreibtisch. „Habe Jahre damit verbracht, der Polizei für Artikel hinterherzujagen. Inzwischen sitze ich nur noch am Schreibtisch. Naja. Alte Gewohnheiten und so weiter. Ich nehme an, Sie bringen mir die Kolumnen?"

Gütiger Himmel. Brachte den Mann denn nichts aus dem Gleichgewicht? „Ja, aber was ist mit dem Eindringling? Hat es etwas mit der Kolumne zu tun?"

„Ach, der. Weiß nicht, wer er war, aber er war ziemlich wütend über etwas in der Miss-Information-Kolumne. Kam hier herein und palaverte etwas über die schmutzigen Geschichten, die das dreckige Schundblatt druckt. Dachte, wir wären mit dem ganzen Klatsch fertig, sagte er. Dann fängt es wieder an. Nun, fragte ich ihn, wenn es ihm nicht gefällt, warum liest er es dann, hmm?"

„Da ist etwas dran", sagte George. „Die fehlenden Kolumnen können ihm nur aufgefallen sein, wenn er ein regelmäßiger Leser ist. Ziemlich heuchlerisch."

„Ganz genau", stimmte Mosley zu. „Die Leute können sich so viel sie wollen beschweren, aber die Kolumne verkauft eine Menge Zeitungen, also muss sie jemand lesen."

„Hat er sich über etwas Bestimmtes beschwert?", fragte ich. „Vielleicht über die Andeutungen zukünf-tiger Enthüllungen? Hat er jemand Konkretes erwähnt?"

„Nein, er wollte nur, dass wir die Kolumne einstellen. Stampfte herum und drohte mit der Faust. Zum Schluss drohte er, die Zeitung aufzukaufen, wenn das nötig sei, um dem boshaften Klatsch Einhalt zu gebieten. Als hätte ich so etwas noch nie zuvor gehört."

„Wie sah er aus?", fragte George.

Mosley schüttelte ungläubig den Kopf. „Bitte? Wie er aussah?"

Zu unserer Verwunderung fing der Mann an zu lachen, bis ihm die Tränen kamen. „Wie ein feiner Pinkel, der sich als Straßenräuber verkleidet. Er kam hier mit einem vor das Gesicht gebundenen Tuch herein."

Wir starrten den Mann an, der sich auf seinem Stuhl zurücklehnte. „Sie machen Witze", sagte George schließlich.

„Nein. Ich schätze, der Kerl dachte, dass wir über seine Albernheit schreiben würden, wenn wir ihn erkennen. Das ist eigentlich keine schlechte Idee", sagte er und zeigte mit dem Finger auf mich.

„Können Sie ihn abgesehen von seinem Gesicht beschreiben?", fragte George.

„Etwa so groß wie Sie oder etwas größer. Mittleren Alters, helles Haar, das grau wird. Gut gekleidet."

George drehte sich zu mir. „Nun, zumindest hat Charles dieses Mal ein Alibi."

Ich runzelte die Stirn. Die Beschreibung passte auf eine Reihe von Gentlemen. Aber vielleicht war es Gordon Archer. „Ist das alles, was passiert ist? Er kam hier herein, schrie herum und ging wieder?"

„Nun, er ging, nachdem zwei andere Herren aus den Büros auf dem Flur hereinkamen, um zu erfahren, was das Geschrei soll. Ich dachte, er wäre sauer genug, um sich zu prügeln. Stattdessen verschwand er einfach. Das gab mir ein ungutes Gefühl."

„Haben Sie die Polizei schon informiert?"

„Was? Weil ein feiner Pinkel hier hereinspaziert und einen Wirbel macht? Pff!" Mosley winkte ab.

„Nun, ich bin froh, dass Sie neue Regeln aufgestellt haben", sagte George. „Aber verlassen Sie sich um Himmels willen nie wieder auf Mr. Ryan, Eindringlinge in der Empfangshalle aufzuhalten. Vielleicht sollte Delaney einen Polizisten hier postieren."

Mosley spottete nur. „Wir haben noch nie einen Wachmann gebraucht."

„Ich bin sicher, dass Mr. Norton Ihnen widersprechen würde. Außerdem hat Mrs., ähm, Smith gestern ein ziemlich wütendes Schreiben unter den Leserbriefen von Ihnen erhalten. Wir sind hergekommen, um Sie zu warnen."

„Tut mir leid, das zu hören, Ma'am." Mosley schien tatsächlich betrübt. „Das scheint leider mit dem Geschäft einherzugehen."

„Hat Mrs. Archer solche wütenden Schreiben oder Drohungen erhalten?"

„Ich wäre erstaunt, wenn nicht. Sie könnte sie Norton gegenüber erwähnt haben, aber ich habe nichts davon gehört." Er öffnete eine Schublade und zog einen großen Umschlag heraus. „Hier sind die heutigen Leserbriefe." Er reichte mir den Umschlag.

„Ich glaube, ich sollte sie hier lesen. Wenn Sie die Zeit haben", sagte ich zu Mosley. „Wir haben einige provokante Andeutungen in die Kolumnen eingebaut. Sie sollten wissen, wer vielleicht morgen in Ihr Büro stürmt."

Er machte eine Geste, die wohl ‚nur zu' bedeuten sollte. „Gegen eine Vorwarnung hätte ich nichts."

Es war jedoch deutlich, dass eine Vorwarnung ihn nicht zum Handeln anspornen würde.

Es waren drei Briefe. Nachdem ich sie gelesen hatte, reichte ich sie George weiter. Einer war voller Lob, dass die schrecklichen Taten der feinen Gesellschaft enthüllt würden. Die anderen beiden waren weiterer Klatsch. Ich erzählte Mr. Mosley, was in etwa darin stand, ohne auf die Details einzugehen.

„Mir war nie in den Sinn gekommen, dass Mrs. Archer auf diese Weise manche Ihrer Informationen erhielt. Glauben Sie, dass es schon einmal vorgekommen ist?"

„Vermutlich. Aber Norton würde sie dazu angehalten haben, die Geschichten zu bestätigen, bevor wir sie drucken."

„Ich würde sagen, die Andeutungen deiner ersten Kolumne sind der Grund für den wütenden Besucher", sagte George. „Wir sollten die Notizen überprüfen, um herauszufinden, über wen Mary geschrieben hat. Vielleicht hat ein großer Mann mittleren Alters sich selbst erkannt."

Vielleicht. Aber damit blieb immer noch die Frage offen, ob es nur ein wütender Leser der Kolumne war oder unser Mörder.

KAPITEL 17

Es war kurz nach zwölf, als George und ich das Büro des *Observer* verließen. Am Himmel brauten sich Regenwolken zusammen, aber noch blieb es trocken und die Wolken linderten die Hitze der letzten Tage. Es war sogar erfrischend.

„Da gibt es noch eine Sache, die ich gern erledigen würde, bevor wir Delaney treffen", sagte George, als er mir in die Kutsche half. „Natürlich nur, wenn du nichts dagegen hast, mich zu begleiten."

„Ganz und gar nicht." Ich setzte mich und machte mir an meinem Schleier zu schaffen. „Aber Lily und ich haben am Nachmittag einen Termin mit der Modistin, also kann ich nur eine oder zwei Stunden entbehren."

Er gab dem Kutscher die Adresse und setzte sich neben mich. „Das ist mehr als genug Zeit und ich bezweifle, dass du es verpassen willst."

„Wo fahren wir hin?"

„Du klingst ziemlich misstrauisch."

„Dein Grinsen ist auch besonders schelmisch. Also *bin* ich misstrauisch."

Aus dem Grinsen wurde ein Schmunzeln. „Ich glaube, es ist an der Zeit, unsere Ermittlungen in Mr. Nortons Zuhause fortzuführen, meinst du nicht auch?"

„Machst du Witze?" Ich deutete zum Fenster. „Es ist helllichter Tag."

„Ach, Frances." Er legte eine Hand auf die Brust über dem Herzen und seufzte theatralisch. „Du willst nicht mit mir gesehen werden."

„Ich möchte nicht dabei gesehen werden, wenn ich in ein Haus einbreche, egal ob mit dir oder ohne dich. Wie kannst du das überhaupt in Betracht ziehen?"

„Das spricht nicht für deinen Abenteuersinn, aber wie du meinst." Er griff in die Tasche seiner Weste und zog einen Hausschlüssel heraus.

„Nortons Schlüssel, nehme ich an?" Ich legte den Kopf so schief, dass ich ihn unter der Hutkrempe hervor böse ansehen konnte. „Vermutlich hältst du dich für besonders clever."

„Nun, ich weiß nicht, ob ich *besonders clever* sagen würde, aber schon cleverer als ein durchschnittlicher Flegel."

„Wie bist du daran gekommen?"

„Ich habe ihn gefunden, als wir Nortons Büro inspiziert haben."

„Aber das Büro war aufgeräumt worden. Es war nichts in seinem Schreibtisch."

„Ja, aber im Schrank hing ein Mantel." Er warf den Schlüssel in die Luft und fing ihn mit einer lässigen Bewegung auf. „Der Schlüssel war in der Manteltasche."

Ich keuchte. „Delaney hat ihn übersehen?"

„Delaney war nicht der zuständige Inspektor, weißt du noch? Außerdem braucht die Polizei keinen Schlüssel, um in Nortons Haus zu kommen. Sie können einfach einen vom Vermieter verlangen."

„Dann hat die Polizei die Wohnung vermutlich schon durchsucht."

Er nickte. „Aber wenn sie den Schlüssel übersehen haben, wäre es möglich, dass sie auch in der Wohnung etwas übersehen haben."

Ich sah ihn bewundernd an. „Allmählich halte ich dich doch für recht clever. Aber was ist mit dem Vermieter, den du erwähntest? Schlüssel hin oder her, wird er nicht argwöhnisch, wenn zwei Fremde Nortons Wohnung betreten?"

Er zuckte mit den Schultern. „Ich hoffe, dass er nicht dort wohnt, aber wir werden es eh gleich herausfinden."

Dann mussten wir also nahe am Ziel sein. Ich hatte nicht auf den Weg geachtet. Neugierig sah ich aus dem Fenster. Die Gegend kam mir bekannt vor. „Ist das nicht Portman Square?"

Er lehnte sich über mich, um aus dem Fenster zu sehen, und stützte sich mit den Händen am Fensterrahmen neben meinem Gesicht ab. „In der Tat."

„Aber fahren wir nicht zu Mr. Nortons Wohnung?" Ich versuchte erfolglos, ihn auf seinen Platz zurückzuschieben. Stattdessen drehte er sich zu mir um und lächelte wenige Zentimeter von meinem Gesicht wieder so schelmisch. Ich lachte und drückte ihn von mir.

„Um Himmels willen, setz dich wieder hin."

„Nicht, bis du mir sagst, was du denkst. Ich sehe doch, dass du es fast zusammengesetzt hast."

„Also gut. Wir sind auf der Baker Street, richtig?"
Er nickte.

„War Mr. Norton zufällig Mary Archers Nachbar?"

„Hervorragend erkannt, Lady Harleigh." Er gab mir einen Kuss auf die Nasenspitze und setzte sich wieder auf seinen Platz.

„Ich hatte mich schon gefragt, wie sie zu der Anstellung gekommen war. Wenn sie Nachbarn waren, könnten sie sich vom Sehen gekannt haben. Ich bin jedoch überrascht, dass er in Mayfair lebte."

„Hat er nicht. Er war einige Straßen nördlich von Mrs. Archers Haus daheim, daher wohnte er schon in Marylebone. Passt das deinem aristokratischen Feingefühl besser?"

Ich warf ihm einen bösen Blick zu. „Du weißt genau, dass ich kein Snob bin, George. Ich habe mich lediglich gefragt, wie er sich das leisten konnte. Da wir zuvor

Erpressung vermutet haben ..." Ich zuckte mit den Schultern und sprach den Satz nicht zu Ende.

Auf seinen Lippen breitete sich ganz langsam ein Lächeln aus. „Habe ich dir einmal gesagt, dass ich es liebe, wie dein Verstand arbeitet?"

Konnte er denn nie ernst bleiben? „Wie lange wusstest du schon, dass sie Nachbarn waren?"

Er zog einen Mundwinkel runter. „Ich muss zu meiner Schande gestehen, dass ich es erst seit heute Morgen weiß, als ich endlich die Adresse prüfte, die Mosley mir aufgeschrieben hatte."

Die Kutsche hielt vor einem Haus mit breiter Vorderfront, und wir stiegen aus. George sagte dem Kutscher, dass er mit den Pferden eine Runde drehen solle, dann begleitete er mich raschen Schrittes zur Haustür, schloss auf und zog mich hinein. Ich hatte kaum Zeit zu blinzeln.

Es war keineswegs die Wohnung eines Junggesellen, die ich erwartet hatte. Im Haus war alles etwas gedrungen, aber gemütlich. Der Eingang führte in eine Richtung in ein Wohnzimmer und in die andere Richtung zur Treppe. Wir gingen in das kleine Wohnzimmer. Ich sah mich um, während George das Gas der Deckenlampe aufdrehte. Vor dem Kamin standen zwei gemütliche Sessel und dazwischen ein kleiner Tisch. An der Wand standen zwei weitere dazugehörende Sessel, die man, wenn nötig, noch zum Kamin schieben konnte. Ein Tisch und ein Sekretär vor dem Fenster nahmen den restlichen Raum ein.

„Was ist dein Eindruck?" Er war neben mir stehengeblieben.

„Es ist unglaublich aufgeräumt, würdest du mir nicht zustimmen? Ich weiß, dass Mr. Norton nicht hier ermordet wurde, aber wird die Polizei nicht seine Wohnung durchsucht haben?"

Er presste die Lippen zusammen. „Wenn sie es haben, hat jemand danach aufgeräumt. Vielleicht ist es zwecklos, zu suchen, aber da wir schon hier sind, sollten wir es zumindest versuchen."

„Wonach suchen wir denn genau?", fragte ich.

„Papierkram, würde ich vermuten. Dokumente, vielleicht sogar Fotografien. Wenn sie jemanden entlarven wollten, müssen sie irgendwo Beweise versteckt haben."

„Wenn der Mörder sie nicht schon hat."

Er zuckte mit den Schultern. „Das ist immer möglich." Er winkte mich zum Schreibtisch. „Warum fängst du nicht hier an? Ich durchsuche das restliche Haus nach einem Tresor oder einem anderen Versteck."

Es schien unwahrscheinlich, dass ich etwas Nützliches im Schreibtisch finden würde. Ich hörte George durch das Esszimmer gehen, während ich mit behandschuhten Fingern über den Sekretär fuhr. Ich ließ die Klappe herunter, hinter der sich ein Haufen Papier und vollgestopfte Fächer versteckten. Aha, vielleicht hatte ich vorschnell geurteilt.

Ich zog einen Stuhl heran und fing an, das lose Papier zu durchsuchen. Ich überflog die Seiten und legte sie dann umgedreht auf einen Stapel. Nichts, nichts, nichts. Als Nächstes machte ich mich an die Fächer. Das aufgerollte Papier darin war von einer Staubschicht überzogen. Ich versuchte, daran zu denken, demnächst meinen eigenen Schreibtisch aufzuräumen. Wie lange hatte es gedauert, so zu verstauben? Ein Brief in dem aufgerollten Papier war über ein Jahr alt. Vermutlich nicht hilfreich.

Mein Blick wanderte zu einem Umschlag in einem der mittleren Fächer, der nicht vollgestaubt war. Ich zog ihn heraus und sah Mr. Nortons Namen darauf geschrieben. Mein Herz schlug schneller, als ich Marys Handschrift erkannte. Ich zog die Notiz darin hervor und stöhnte. Es war die verfluchte Notiz, die wir in Marys Mappe gefunden hatten. Die, die wir nicht entziffern konnten. Wenn sie Norton eine Abschrift davon geschickt hatte, musste sie wichtig sein.

Ein Schrei zerriss die Stille, dann folgte ein schmerzverzerrtes Stöhnen.

George! Ich sprang auf und eilte in Richtung des Lärms. Er war aus dem hinteren Teil des Hauses gekommen, vermutlich aus der Küche. Da ich durch das Esszimmer lief, griff ich mir einen großen Glaskrug, bevor ich die Schwingtür zur Küche aufstieß.

Oberfenster entlang der Wände ließen viel Sonnenlicht in die Küche fallen, aber es waren die Anwesenden, die mich verwirrt blinzeln ließen. George lehnte an einer Wand neben der Tür, hielt sich den Kopf und biss die Zähne zusammen.

„Verdammt nochmal! Das tat weh, Frau!"

Er redete nicht mit mir. Eine dickliche Frau mit grauem Haar stand mit dem Rücken am Arbeitstisch. Sie trug die dunkle Uniform eines Hausmädchens mit einer dreckigen Schürze und hielt einen Besen wie einen Säbel in der Hand.

Sie sprang auf mich zu und ich hielt den Krug hoch, als würde er mich beschützen. In einer geschickten Bewegung griff George das Ende des Besens und riss ihn ihr aus der Hand.

„Wir sind nicht hier, um Ihnen etwas zu tun", sagte ich. „Oder um etwas zu stehlen. Wir sind ganz harmlos."

Ohne ihre Waffe wirkte sie deutlich älter und wehrlos. Trotzdem fauchte sie mich geradezu an. „Was willste dann hier?"

„Wir ermitteln in einem Mordfall." Georges Stimme klang argwöhnisch. „Die Frage ist, was machen *Sie* hier?"

„Der Vermieter hat gefragt, ob ich kommen und hier mal Ordnung machen will." Sie richtete sich auf und streckte sich, sodass sie fast bis zu meiner Schulter reichte.

George, der immer noch den Besen in der Hand hielt, trat um den Arbeitstisch herum und stieß eine Tür auf, die den Blick auf einen winzigen Schlafraum freigab. Die Laken auf dem Bett waren zerwühlt. Er zog eine Augenbraue hoch und drehte sich wieder zu der Frau um. „Hat er Sie auch gebeten, einzuziehen?"

Sie schniefte. „Habe da gelebt, bevor Mr. Norton gestorben ist und der Vermieter mich rausgeschmissen hat. Jetzt bin ich wieder da."

„Sie waren seine Haushälterin?" Sie war die ungepflegteste Haushälterin, die ich je gesehen hatte.

„Hab für ihn gekocht. Hab seine Wohnung geputzt und andere in der Gegend." Sie musterte uns. „Sie untersuchen echt den Mord?"

George schloss die Schlafzimmertür und deutete in Richtung des Esszimmers. „Vielleicht sollten wir uns setzen und uns unterhalten."

Als wir am Tisch saßen, erklärte George unser Vorhaben, das die Frau, die, wie wir erfuhren, Mrs. Wiggins hieß, sehr interessierte. Sie erzählte uns von ihrer eigenen emsigen, wenn auch anstrengenden Arbeit. Gegen Kost und Logis kochte und putzte sie ein wenig für Mr. Norton, kümmerte sich um die Wäsche und für ein paar Schillinge putzte in fünf weiteren Häusern, darunter dem von Mary Archer.

„Ich habe sie einander vorgestellt", sagte sie und schüttelte traurig den Kopf. „Nicht lange nach dem Tod von ihrem Mann hörte ich, dass das Geld knapp war. Sie musste die Diener entlassen und ich konnte nur noch einmal pro Woche kommen. Ich erzählte Mr. Norton von ihrer Situation und er hatte die Idee, ihr Arbeit zu geben. Hätte nie gedacht, dass es so ein Ende nimmt. Glauben Sie, was sie geschrieben hat, hat sie umgebracht?"

„Wissen Sie, was sie geschrieben hat?", fragte ich.

„Nur Klatsch über feine Leute, soweit ich weiß. Am Anfang war sie nicht wild drauf. Habe sie zum Markt mitgenommen und wir haben mit meinen Freundinnen geschwatzt. Sie haben angefangen, ihr öfter Kleinigkeiten zu erzählen, von da an ließ ich sie allein machen. Weiß nicht, was sie geschrieben hat, das jemanden dazu bringt, sie umzubringen. Sie beide umzubringen."

In den Augen der Frau spiegelten sich Bedauern und Entsetzen. Ich langte über den Tisch und drückte ihre Hand. „Ich glaube nicht, dass es etwas war, das sie geschrieben hat, sondern etwas, das sie enthüllen wollte. Etwas viel Größeres. Und ich glaube, ich weiß, was es ist."

Ich musste beinahe lachen, als ich die Überraschung auf ihren beiden Gesichtern las.

„Lasst es mich holen." Ich schlüpfte in das Wohnzimmer und kehrte mit der unergründlichen Notiz zurück, die ich George reichte. „Mary hat genau die Gleiche, nur dass ihre älter ist. Sie muss sie für Norton abgeschrieben haben."

Er sah skeptisch aus, aber ich sprach weiter. „Es ist die einzige Notiz, die wir nicht entschlüsseln konnten, und die Einzige, die ich in Nortons Sekretär gefunden habe. Sonst ist dort nichts von Mary. Es muss etwas mit der Kolumne zu tun haben, die sie veröffentlichen wollten."

Er kniff die Augenbrauen zusammen und starrte auf die Notiz hinab. „Aber was bedeutet das?"

Ich seufzte. „Ich habe keinen Schimmer."

Die Unterhaltung mit Mrs. Wiggins dauerte länger als gedacht. Wir ließen sie in Mr. Nortons Wohnung bleiben, die arme Frau konnte schließlich nirgends sonst unterkommen, und fuhren eilig durch die belebten Straßen. Vor meinem Haus wartete trotz der Eile schon eine Droschke, als wir ankamen.

Als ich aus Georges Kutsche stieg, bat ich den Kutscher, einen Augenblick zu warten, und huschte ins Haus, wo Lily schon im Foyer auf mich wartete und nervös herumzappelte.

„Dem Himmel sei Dank, du hast es noch geschafft“, sagte sie. „Bist du soweit?“

Es war keine Zeit mehr, um mich umzuziehen, aber ich sah wohl noch vorzeigbar aus. Ich blickte zur Sicherheit kurz in den Spiegel, zupfte meinen Hut zurecht und drehte mich lächelnd zu Lily um. „Lass uns gehen.“

In der Droschke mit dem Halbverdeck war gerade genug Platz für uns beide. Lily schloss die halbhohe Tür vor uns und als wir gemütlich zusammensaßen, steckte sie mich mit ihrer Begeisterung an. „Hast du schon über die Farbe und den Stoff für dein Kleid nachgedacht? Es ist schließlich deine Verlobungsfeier und alle Augen werden auf dir ruhen.“

Einige Strähnen von Lilys Haar wehten im Wind. Sie strich sie aus dem Gesicht und sah mich schräg an.

„Stimmt etwas nicht, Liebes?“

„Warum trägst du einen Schleier an deinem Hut?“

Ich griff instinktiv nach meinem Hut. Der Schleier war noch hinter der Krempe versteckt. „Ach, das? Ich wollte nicht erkannt werden.“

„Warum nicht? Wo hat Mr. Hazelton dich denn hin mitgenommen?“ Ihre Stimme wurde vor Empörung eine Oktave höher.

„Zum Büro des *Daily Observer.*“ Ich sah keinen Grund, zu erwähnen, dass wir Mr. Nortons Haus durchsucht hatten. „Ich wollte nicht, dass mich jemand dort

sieht und vermutet, dass ich die neue Miss Information
bin.“

„Ah, die Ermittlung also.“ Sie legte mir eine Hand auf
den Arm und lehnte sich zu mir. „Einen Moment lang
habe ich mich gefragt, ob ihr zwei gerade von einem
heimlichen Rendezvous zurückgekehrt wart.“

Ich schmunzelte. „In unserer heutigen Besorgung war
keine Romantik involviert, das versichere ich dir.“

Lily legte den Kopf schief und musterte mich. „Vielleicht nicht heute, aber es gibt doch eine Art Einver-
ständnis zwischen euch.“

„Gibt es nicht.“ Ich beobachtete ihre Reaktion, um sicherzugehen, dass sie mich verstand. „Ich hoffe, du
hast mit niemandem über so etwas geredet.“

„Natürlich nicht.“ Sie biss sich auf die Unterlippe.
„Nun, nur mit Lottie und Tante Hetty.“ Sie sah kurz in
mein finsteres Gesicht. „Und Mr. Evingdon.“

„Ihr habt darüber geredet?“ Ich blickte aus der Kutsche, damit sie meine geröteten Wangen nicht sah.
„Habt ihr auch schon einen Hochzeitstermin festgelegt?“

„Ich dachte, eine Hochzeit im Frühjahr wäre schön.“

„Lily!“ Ich riss den Kopf herum.

Sie schnaubte. „Ich mache Witze, Frances. Aber ich
weiß wirklich nicht, worauf du wartest. Ihr werdet
beide nicht jünger.“

Jetzt war ich es, die aufgebracht schnaubte. „Wie
kommst du auf die Idee, er würde mich heiraten wollen? Ich bin eine alternde Witwe, wie du gerade betont
hast, mit einem Kind und ohne Vermögen. Ich habe einem Mann wie George nichts zu bieten. Mr. Hazelton
natürlich.“

Lily drehte sich mit einem übertrieben geduldigen Gesichtsausdruck zu mir. „Ich glaube, dass er dich heiraten will, weil er dich ganz offensichtlich verehrt. Ich
sehe doch, wie er dich ansieht und dass er so viel Zeit

wie möglich mit dir verbringt, das geht so weit, dass er sogar seine Arbeit mit dir teilt."

Ich wollte etwas erwidern, aber sie winkte ab.

„Mr. Hazelton muss keine Braut mit klangvollem Namen oder einem Haufen Geld heiraten. Er ist ein dritter Sohn. Er kann heiraten, wen er will, und es ist deutlich, dass du seine Wahl bist. Ich verstehe bloß nicht, warum er dich noch nicht gefragt hat."

Ich verschränkte die Finger und beobachtete den Verkehr, sah mich in der Kutsche um, nur nicht zu meiner Schwester hinüber. „Nun ja ..."

Lilys schnappte so laut nach Luft, dass ich vor Schreck fast aus der Droschke gesprungen wäre. Ich drehte mich um und sah, dass sie sich wie vor Schmerz die Brust hielt. „Er *hat* dich gefragt!"

„Ähm, also. Nun ja."

„Und du hattest Einwände." Sie schüttelte ungläubig den Kopf. „Was stimmt mit dir nicht, Frances? Denk nicht einmal daran, mir zu erzählen, dass du ihn nicht liebst."

Die Droschke blieb ruckartig stehen, bevor ich etwas antworten konnte.

„Ah, wir sind da." Lily gab ein leises freudiges Quietschen von sich und klammerte sich an meinen Arm. „Ich heirate, Frances. Ich hoffe nur, dass Leo und ich eine solche Beziehung führen werden, wie Mr. Hazelton und du."

Sie raffte ihren Rock mit einer Hand zusammen, stieß die Tür auf, kletterte hinaus und steckte dann den Kopf wieder in die Droschke. Ihre Augen waren weit aufgerissen und die blonden Locken sprangen ihr ums Gesicht.

„Kommst du?"

Ich sammelte mich und stieg aus. Meine Schwester war in mehr als einer Angelegenheit schneller als ich.

Madame Celeste war meine Lieblingsmodistin. Es machte keinen Unterschied, ob Lily ein halbes Dutzend neue Kleider kaufte oder ich ein altes Kleid zum Ändern brachte. Sie behandelte uns immer so, als seien wir ihre Lieblingskundinnen. Kaum hatte die Klingel an der Tür geläutet, kümmerte sie sich um Lily. Sie brachte uns in ein Ankleidezimmer, stellte Lily vor einen bodentiefen Spiegel und fing an, sie in helle Seidenstoffe zu hüllen, um zu sehen, welchen Effekt die Farben auf ihren Teint hatten.

Da ich Lilys Hut hielt, setzte ich mich an die Seite des Raums, von wo aus ich die Geschehnisse beobachten und ihrem Geplauder noch zuhören konnte, aber meinen eigenen Gedanken nachhängen konnte. Lily hatte mir eine gute Frage gestellt: Was stimmte nicht mit mir? Als ich Reggie heiratete, war ich ein Gut auf dem Heiratsmarkt. Er genoss die Einnahmen, aber ich hatte keinen Platz in seinem Leben. Er hatte sich mit seinem Titel mein Vermögen gekauft.

Lily hatte recht. Ich hatte keinen Grund, anzunehmen, dass George mich genauso sah. Ein Leben mit ihm würde ganz anders sein als meine erste Ehe. Oder nicht?

Die Glocke klingelte wieder, sodass Madame überrascht aufsah.

„Einen Augenblick, *ma petite*", sagte sie und huschte durch den Vorhang, der das Ankleidezimmer vom vorderen Teil des Geschäfts trennte.

„Wie gefällt dir die Farbe?", fragte Lily, als ich Madame Celeste Lady Caroline Archer im anderen Raum begrüßen hörte.

Lily zog ein Stück violette Seide über ihre Schultern. Ich sah mir den Effekt im Spiegel an und versuchte, die Unterhaltung hinter dem Vorhang zu verstehen. „Vielleicht das roséfarbene", sagte ich und wünschte, sie würden nur etwas lauter sprechen. Ich verstand nichts.

„Nein, in der Farbe habe ich schon so viel. Vielleicht etwas Blaues?“

„Ich bin sicher, das wäre hübsch, Liebes. Entschuldige mich einen Moment, ja?“

Immer diese verdammte Neugier. Ich schob den Vorhang beiseite und trat heraus. „Caroline, ich dachte doch, ich hätte Sie gehört.“ Mein höfliches Lächeln erstarb, als ich ihren eiskalten Blick sah.

Sie drehte sich wieder zu Madame Celeste. „Morgen Nachmittag dann?“

„Ja, Mylady. Bis dahin ist alles fertig.“

„Hervorragend.“ Sie nahm ihre Tasche vom Tresen und warf mir einen flüchtigen Blick zu. „Hätten Sie einen Augenblick, Lady Harleigh?“

Offensichtlich erleichtert, gehen zu können, verschwand Madame durch den Vorhang zurück zu Lily. Ich drehte mich verwirrt zu Caroline um.

„Stimmt etwas nicht?“

Sie hängte ihren Pompadour um das Handgelenk und zupfte ihre Handschuhe zurecht. „Nun, wenn man bedenkt, dass Sie einen Mörder in mein Haus mitgebracht haben, dann ja, es stimmt etwas nicht.“

Grundgütiger, was hatte es damit auf sich? „Sprechen Sie von meinem Cousin?“

„Selbstverständlich.“ Sie richtete die funkelnden haselnussbraunen Augen auf mich und blickte herausfordernd drein.

Die Herausforderung nahm ich nur zu gern an.

„Da sind Sie falsch informiert, Caroline. Ich weiß nicht, wer Ihnen eine so bösartige Lüge erzählt hat, aber ich wäre Ihnen sehr verbunden, wenn Sie das nicht verbreiten würden.“

Sie zog eine Augenbraue hoch. „Dann behaupten Sie, dass er nicht von der Polizei verhaftet wurde?“

Wir gingen aufeinander zu und unser Flüstern klang wie das Fauchen zweier Katzen.

„Genau das sage ich Ihnen. Nur, weil er Mary nahestand, hatte der zuständige Inspektor Fragen an Mr. Evingdon. Er wurde nie verhaftet.“

„Ich hörte, der einzige Grund, warum er entlassen wurde, war, dass sein Bruder seine Verbindungen hat spielen lassen. Das negiert nicht seine Schuld.“ Sie sah mich hasserfüllt an. „Ich wusste, dass Sie zwei etwas im Schilde führen. Sie versuchen, jemand anders zu finden, dem Sie den Tod der lieben Mary in die Schuhe schieben können. Deshalb haben Sie mich besucht, um herauszufinden, ob es zwischen uns Streit gab.“

Ich biss die Zähne zusammen, konnte meine Wut jedoch kaum zügeln. „Sie irren sich, Caroline. Und wenn Sie diese Gerüchte weiter verbreiten, wird das den Namen meines Cousins ungerechterweise beschmutzen und Sie werden sich lächerlich machen, wenn der Mörder gefasst wird.“

Sie richtete sich auf und hob das Kinn. „Die Wahrheit wird ans Licht kommen“, sagte sie, dann zog sie die Tür auf und stürmte hinaus.

Wenn es nach mir ging, konnte die Wahrheit gar nicht schnell genug ans Licht kommen. Und seit wann nannte sie ihre Schwägerin ‚liebe Mary‘?

Kapitel 18

Als ich nach Hause kam und versuchte, mich auf das Treffen mit Delaney vorzubereiten, drehte sich mir der Kopf vor neuen Informationen, doch ich war trotzdem gespannt, was er herausgefunden hatte. Als ich wieder mit Lilys Zeichenblock nach unten ging, traf ich Mrs. Thompson auf dem Weg nach oben, die mir sagte, dass die Gentlemen im Salon warteten. Perfekt. Ich bat sie, uns Tee zu bringen, und ging hinein, um sie zu begrüßen.

George hatte es sich auf dem Sofa gemütlich gemacht und den Arm auf der Lehne ausgestreckt. Delaney saß auf der Kante des Stuhls neben ihm und Charles, der sehr aufgewühlt aussah, lief auf und ab. Vielleicht war es keine gute Idee, ihn mit Delaney in einen Raum zu setzen, aber George hatte ihn mitgebracht und normalerweise wusste er, was er tat. Die zwei Männer standen auf, bis ich mich neben George auf das Sofa setzte und den Zeichenblock auf den Schoß legte. Ich hatte vor, unsere Erkenntnisse festzuhalten und aus dem Fall schlau zu werden.

„Eine hervorragende Idee, Frances", sagte George. „Vielleicht finden wir eine Verbindung." Er sah zu Delaney. „Da wir beide Informationen über den Mord an Mrs. Archer haben, würden Sie diesen lieber bereden, bevor wir über die Ermittlungen zum Hinscheiden von Mr. Norton sprechen?"

Delaney nickte. „Der Coroner hat die Todesuhrzeit auf Dienstagabend, aber vor acht Uhr eingegrenzt", sagte er. „Wir wissen also, dass der Mann, der vor ihrem Haus gesehen wurde, nicht Mr. Norton gewesen sein kann, da er mit den Kolumnen gegen sieben Uhr ins Büro zurückkehrte."

„Meine Güte, bitte sagen Sie, dass Sie mich nicht wieder verdächtigen." Charles verzog besorgt das Gesicht.

Delaney presste die Lippen aufeinander, als wolle er lieber nicht antworten. „Nein", sagte er schließlich und spuckte das Wort geradezu aus. „Wie sich herausgestellt hat, konnte gestern einer der Nachbarn Ihre Geschichte bezeugen."

George zog eine Augenbraue hoch. „Sie befragen immer noch die Nachbarn?"

„Der Gentleman gegenüber hat einen Verwandten besucht und war ab Mittwochmorgen fort. Der Polizist an Mrs. Archers Haus sah ihn gestern heimkehren und hat seine Aussage aufgenommen. Er erkannte Ihre einspännige Kutsche, als Sie vorbeifuhren, da er Sie in den letzten Wochen öfter vor Mrs. Archers Haus gesehen hatte. Er scheint Ihre Chaise zu bewundern."

„Ah, ein geübtes Auge also", sprudelte es aus Charles heraus.

„Nun ja. Er bestätigte, dass Sie an jenem Abend nicht angehalten haben und nur vorbeigefahren sind."

„Hat er den anderen Mann gesehen?", fragte ich.

Delaney verzog das Gesicht. „Nicht richtig, aber er hat jemanden aus dem Haus kommen, in eine Kutsche steigen sehen."

„Wenn der Mann weder der Redakteur noch Mr. Evingdon war, nehmen Sie an, dass es der Mörder war?" Bisher hatte ich nichts außer den Todeszeitpunkt auf dem Schreibblock notiert.

„Ja." Delaney nickte. „Insbesondere da Zeugen einen Mann, auf den die Beschreibung zutrifft, an jenem Abend gegen halb neun in der Nähe des *Daily Observer* gesehen haben. Er kam aus einer Gasse, die zur Rückseite des Gebäudes führt. Mr. Norton wurde zuletzt gegen sieben Uhr in seinem Büro gesehen. Da gingen zwei Angestellte nach Hause. Sie kamen an seinem Büro vorbei und wünschten ihm einen schönen Abend. Er sagte ihnen, dass sie die Eingangstür verriegeln sollten, weil er durch den Hintereingang gehen würde, der nicht verriegelt ist. Sie behaupten, dass Norton abgesehen von den Druckern die letzte Person im Gebäude war."

George lehnte sich vor. „Die Drucker waren im Gebäude, als Norton umgebracht wurde, und sie haben nichts gesehen oder gehört?"

„Leider ja. Das Druckverfahren ist ziemlich laut, daher ist der Maschinenraum abgeschottet und befindet sich in einem anderen Teil des Gebäudes über den Hof. Wenn die Druckpresse in Betrieb ist, bekommen die Mitarbeiter nicht mit, was sich im Gebäude ereignet. Aber einer von ihnen ging gegen halb neun raus, um Pfeife zu rauchen, und sah, dass alle Fenster dunkel waren. Wenn Norton noch gelebt und gearbei-tet hätte, hätte er eine Lampe angemacht."

Genau in diesem Moment klopfte Mrs. Thompson an und brachte den Tee. Die Unterbrechung gab mir die Chance, die wenigen Dinge, die wir erfahren hatten, aufzuschreiben. Als sie ging und wir uns alle bedient hatten, blätterte ich die Notizen durch.

„Wenn Mary nicht nach acht Uhr ermordet wurde und die Angestellten Norton um sieben gesehen haben, können wir dann feststellen, wer von ihnen zuerst umgebracht wurde?" Ich drehte mich zu Charles um. „Um wie viel Uhr bist du bei Mary vorbeigefahren?"

„Zwischen sieben und halb acht."

„Halb acht? Ich dachte, du sagtest, es war dunkel."

Er runzelte die Stirn. „Es war dunkel. Es hat geregnet. Der Himmel war wolkenverhangen und Nebel zog auf. Deshalb konnte ich den anderen Mann nicht richtig sehen. Wenn er der Mörder war, würde ich sagen, dass er zuerst bei ihr war."

„Hätte der Mörder dann genug Zeit gehabt, um vor acht Uhr zum Büro der Zeitung zu fahren?"

„Seine Kutsche wartete in der Nähe. Um die Uhrzeit ist nicht viel Verkehr in die Stadt hinein. Ich glaube, er könnte es leicht geschafft haben“, sagte George.

Ich schrieb weiter. „Also gut. Mary wurde gegen halb acht ermordet und Mr. Norton keine Stunde später. Ich nehme an, bis auf den Hinweis auf den unbekannten Mann haben Ihre Polizisten keine weiteren Spuren an den Tatorten gefunden?“

„Nichts bis auf die Mappen in Mrs. Archers Haus. Und wir wissen noch nicht, wie nützlich sie sind. Mr. Nortons Büro war voller Krimskrams.“ Er zog sein Notizbuch aus der Tasche und blätterte es durch. „Der Inspektor von dem Fall gab mir eine detaillierte Bestandsaufnahme.“

Er reichte George die Liste. Ich stellte mich hinter das Sofa und sah ihm über die Schulter. Die üblichen Dinge, die man in einem Büro erwartete.

George reichte Delaney die Liste zurück. „Es wäre leichter, wenn er eine Visitenkarte hinterlassen hätte.“

Delaney seufzte theatralisch. „Die Verbrecher von heute ...“ Er faltete das Blatt wieder zusammen und steckte es zurück in sein Notizbuch.

Ich nagte an meiner Unterlippe, als mir ein Gedanke kam. „Wissen Sie, ob sonst etwas fehlt?“

Alle drei Männer drehten sich zu mir um. „Die Kolumne. Nicht, dass ich sie auf der Liste des Inspektors erwartet hätte, aber wir wissen von Mr. Mosley, dass sie fehlt.“

„Mosley hat Ihnen erzählt, dass etwas im Büro fehlt, und das nicht der Polizei gesagt?“ Delaneys grimmiger Gesichtsausdruck bereitete mir Sorgen.

Ich hielt einen Finger hoch. „Er hat nicht direkt gesagt, dass sie fehlt.“ Ich versuchte, meine Gedanken zu sortieren, während zwei der Männer in diesem Zimmer sicherlich dachten, dass ich ihre Zeit verschwendete. Charles scherte sich vermutlich nicht darum.

„Ich habe für Mr. Mosley zwei Kolumnen geschrieben. Eine wurde am Mittwoch veröffentlicht und die Zweite am Donnerstag. Aber als Mr. Hazelton sie abgab, bestand Mr. Mosley darauf, dass ich eine Weitere schreibe. Er wollte den alten Terminplan einhalten und Mrs. Archer schrieb zu Dienstag immer drei Kolumnen für Mittwoch bis Freitag.“

Meine Worte brachten mir nur verständnislose Blicke ein.

„Mosley hatte nur eine Kolumne für Mittwoch und Donnerstag. Er hatte keine für Freitag, weil der Mörder sie mitgenommen haben muss.“

Delaney machte ein finsteres Gesicht. „Ist es nicht wahrscheinlicher, dass sie vom Plan abgewichen ist?“

„Nein“, sagte George. „Lady Harleigh hat recht. Mosley bestand darauf, dass ich eine weitere Kolumne liefere, da sie nie vom Zeitplan abwich.“

„Wenn der Mörder sie mitgenommen hat“, sprach ich weiter, „deutet das darauf hin, dass Mr. Hazeltons Theorie stimmt. Mary und Norton wollten jemanden entlarven. Er hat sie umgebracht und die Beweise gestohlen.“

George schüttelte den Kopf. „Er hat die Kolumne gestohlen. Wir haben die Mappen hier, also müssen wir die Beweise hier haben.“

„Wonach sind sie sortiert?“, fragte Delaney. „Hat sie die Notizen behalten, nachdem die Kolumnen geschrieben waren?“

„Ja, aber was sie in ihre normale Kolumne schrieb, würde kaum jemanden dazu aufstacheln, einen Mord zu begehen. Ich glaube, wir haben die Notiz gefunden, die für all den Ärger gesorgt hat. Aber wir haben noch nicht herausgefunden, was sie bedeutet.“

Ich eilte zum Kartentisch hinüber und holte beide Versionen der Notiz, wobei ich zu spät erinnerte, dass wir Delaney nun erklären mussten, woher wir die

Zweite hatten. Ich reichte sie ihm beide und er sah erwartungsvoll zu George, während ich mich wieder neben ihn setzte. Er presste die Lippen zusammen und lehnte sich vor.

„Ich schätze, nun sind wir an der Reihe unsere Erkenntnisse zu teilen", sagte er. „Eine dieser Notizen war in Mrs. Archers Mappen, die andere haben wir in Mr. Nortons Wohnung gefunden."

Delaney fuhr sich mit der Hand durchs Gesicht und rieb sich das Kinn. „Wie genau sind Sie dort hineingekommen?"

„Die Haushälterin hat uns hereingelassen." George schenkte ihm ein unschuldiges Lächeln und lehnte sich zurück.

„Haushälterin?"

„Mrs. Wiggins. Eine charmante Dame."

„Das Entscheidende ist", unterbrach ich sie, „dass Mary die Notiz abgeschrieben und Mr. Norton gegeben hat, was mich zu dem Schluss bringt, dass sie wichtig war. Es war außerdem eine der Andeutungen, die wir am Mittwoch gedruckt haben."

Ich erklärte Delaney, wie wir die Andeutungen auf skandalösere Geschichten in die Kolumne eingebaut hatten. „Nur zwei davon sind bisher gedruckt. Ich vermute, dass diese Andeutung die Aufmerksamkeit des Mannes erregt hat, der Mr. Mosley gestern beim *Observer* besucht hat."

Delaney blickte von seinem Notizbuch auf. „Was meinen Sie mit *besucht?*"

„Jemand hat dem Büro einen Überraschungsbesuch abgestattet und mit Mosley in drohendem Tonfall gesprochen", sagte George. „Der Mann schimpfte darüber, dass die Miss-Information-Kolumne fortgesetzt wird, und hat dabei einen ziemlichen Aufstand gemacht. Er ergriff die Flucht, als zwei andere Herren aus dem Büro an Mosleys Tür auftauchten." Er zuckte mit den

Schultern. „Er konnte uns keinen Namen geben, aber die vage Beschreibung des Mannes stimmt mit denen der Tatorte überein."

Delaney runzelte die Stirn. „Ein Name wäre hilfreich. Wann, sagten Sie, war das?"

„Gestern", antwortete ich. „Es wäre also möglich, dass die Veröffentlichung dieser Notiz ihn aufgebracht hat."

„Wessen Initialen sind das?"

„Wir konnten sie nicht entschlüsseln."

Er studierte die Notiz eindringlich. „Die ersten Initialen könnten ein Unternehmen sein. W-H & S, zum Beispiel. Das klingt nicht nach einer Person."

Ich lehnte mich vor, um die Notiz über seinen Arm hinweg zu lesen.

SSE, CTS, W-H & S, CACC. 6. März 1898. Mindestens LH, SH, LM, LR J.

„Sie haben recht. Die ersten Initialen beziehen sich wohl nicht auf einzelne Personen. Ich hatte nicht an Unternehmen gedacht." Außerdem hatte ich die Notizen nie nebeneinander gesehen. „Die Handschrift stimmt nicht überein. Die neuere Handschrift ist Marys, aber ich erkenne die Handschrift der älteren Notiz nicht."

„Ich werde sie mitnehmen und meinen Sergeant nach Namen von Unternehmen suchen lassen, die zu diesen Initialen passen." Ich hielt ihn auf, bevor er beide Zettel in sein Notizbuch stecken konnte.

„Dürfte ich die Ältere behalten? Ich würde gerne nachsehen, ob ich noch etwas in ihren Mappen finde, das zu dieser Handschrift passt."

Er reichte mir die Notiz. „Ich werde einen Polizisten vor dem Büro der Zeitung postieren."

„Wir haben Mosley gewarnt, dass die Kolumne unerwünschte Aufmerksamkeit erregen könnte. Er wollte irgendwie für Sicherheit sorgen", sagte George.

Delaney gab ein angewidertes Grummeln von sich. „Ob Ihre Kolumne für Aufmerksamkeit sorgt oder nicht, ist ganz gleich. Der Eindringling passt zu der Beschreibung unseres Mordverdächtigen. Beide Opfer haben eine Kolumne für den *Observer* geschrieben. Und dieser Mann taucht in ihrem Büro auf und tobt, weil die Kolumne wieder gedruckt wird. Er ist unser Mann. Ich spreche morgen mit Mosley und finde heraus, ob er mir eine bessere Beschreibung geben kann."

Delaney machte einige Notizen und sah auf. „Haben Sie sonst noch etwas?"

„Wir drei haben uns heute Mrs. Archers Haus angesehen." George hielt abwehrend eine Hand hoch, als Delaney ihn wutentbrannt anstarrte. „Mrs. Carr, Marys Schwester, hat uns begleitet, da Mr. Evingdon darüber nachdenkt, das Haus zu kaufen."

Delaney machte eine wegwerfende Handbewegung. „Ja, ja. Natürlich tut er das. Ich nehme an, Sie geben das nur zu, weil Sie etwas Interessantes gefunden haben?"

„Ich bin nicht sicher. Haben Ihre Männer das Arbeitszimmer nach der Durchsuchung unordentlich hinterlassen?"

„Das sollten sie nicht." Delaney rutschte auf seinem Sessel nach vorn.

„Das war der Zustand, in dem wir das Arbeitszimmer vorgefunden haben, als hätte jemand alle Schubladen herausgezogen und auf dem Schreibtisch ausgekippt."

„Ich habe dort seit dem Mord einen Polizisten stationiert."

„Den habe ich gesehen", sagte George. „Vor zwei Abenden, um genau zu sein. Er verwies Gordon Archer vom Grundstück."

„Ja, das stand in Constable Evans' Bericht. Archer sagte, er würde nur sichergehen wollen, dass das Haus abgeschlossen ist."

„Ich will nicht andeuten, dass Constable Evans seine Arbeit vernachlässigt hat, aber wäre es möglich, dass Archer schon im Haus war, bevor der Polizist ihn verwies?"

Delaney zog die Augenbrauen hoch. „Sie fragen, weil das Haus verwüstet war?"

„Nur das Arbeitszimmer. Wenn es nicht Ihre Männer waren, war jemand anders dort."

„Oder jemand hat sich gestern hineingeschlichen, während Ihr Polizist den Nachbarn befragt hat", schlug Charles vor.

„So gern ich auch für meine Männer bürgen möchte, habe ich das Zimmer nicht nach der Durchsuchung gesehen. Ich werde jedoch mit Constable Evans sprechen. Gibt es noch einen weiteren Grund, Archer zu verdächtigen, außer dass Sie ihn am Haus sahen?"

„Ich habe noch einen Grund", sagte ich. „Ich habe bei der Beerdigung kurz mit beiden Archers gesprochen und ihre Haltung Mary gegenüber war gelinde gesagt erschütternd. Sie wären fast so weit gegangen, Mary für ihren Tod selbst verantwortlich zu machen."

Delaney zog die Brauen zusammen. „Als ich mit ihnen gesprochen habe, schienen sie deshalb ziemlich bestürzt."

„Bei der Beerdigung behaupteten sie, dass sie mit Menschen einer niedrigeren Schicht verkehrte und Ärger anzog, weil sie allein lebte. Sie waren über ihren Tod bestürzt, aber trotzdem ziemlich kaltherzig, besonders Mr. Archer."

Ich hielt eine Hand hoch, bevor er antworten konnte. „Heute habe ich Caroline Archer bei der Schneiderin getroffen. Sie war äußerst erzürnt, dass ich Mr. Evingdon vor zwei Tagen zu ihr mitgebracht habe, weil sie erfahren hat, dass er ein Verdächtiger in dem Mordfall ihrer lieben Schwägerin ist."

„Wo hat sie so etwas gehört?" Charles schlug mit der Faust gegen die Rückenlehne des Sofas, woraufhin George vor Schreck zusammenzuckte. Er verhielt sich so still, dass ich um ein Haar vergessen hätte, dass er noch hier war.

„Ich dachte, wir hätten das erfolgreich geheim gehalten", sagte er.

„Sie hat nicht gesagt, wo sie es gehört hat, aber sie war der Ansicht, dass du tatsächlich verhaftet wurdest, und ich hatte den Eindruck, dass es ihr ganz gelegen gekommen wäre, wenn man dich angeklagt hätte." Ich drehte mich zu Delaney um. „Sie beschuldigte mich, sie in der Hoffnung, etwas über einen Streit zwischen den Archers und Mary erfahren zu wollen, besucht zu haben." Ich zuckte mit den Schultern. „Natürlich war das so, aber ihre wechselnde Haltung Mary gegenüber macht mich argwöhnisch, genauso wie Mr. Archers Versuch, in Marys Haus einzubrechen."

Ich hob die Hände in einer hilflosen Geste. „Könnten Sie ihn dazu befragen?"

Zu meiner Überraschung willigte Delaney ein. „Ich würde gern mit ihm über den Einbruch in das Haus seiner Schwägerin sprechen und ich wüsste auch gern, woher er wusste, dass Sie zur Befragung auf dem Revier waren." Er nickte Charles zu. „Wir haben das tatsächlich geheim gehalten."

Delaney sah uns der Reihe nach an. „Sonst noch etwas?"

George gluckste. „Nein, ich glaube, das ist alles, was wir haben."

Wir standen alle auf. „Ich werde an der Notiz weiterarbeiten", sagte ich zu Delaney, als ich ihn zur Tür begleitete. „Werden Sie uns berichten, was Sie von Mr. Archer erfahren? Mir ist klar, dass ich keine offizielle Funktion habe, aber ich wüsste gern, wenn Sie ihn verhaften."

Delaney blieb mit dem Türknauf in der Hand stehen. „Lady Harleigh, ich fange an, Gefallen an Ihrer inoffiziellen Mitarbeit zu finden. Aber Sie wissen nichts über die Polizeiarbeit.“

Ich wollte etwas erwidern, doch er hielt eine Hand hoch, bevor ich etwas hervorbrachte.

„Ich werde mit Archer über den Einbruch sprechen, aber wenn er eine Erklärung hat, und das nehme ich an, dann habe ich keinen Grund, ihn zu verhaften. Wir brauchen eine Menge mehr Beweise, als wir bisher haben. Also wenn ich ihn zu keinem Geständnis bringen kann, sollten Sie nicht damit rechnen, von seiner Verhaftung zu hören.“

Er öffnete die Tür und trat hinaus. Ich ging zurück in den Salon, wo George und Charles nun nebeneinander auf dem Sofa saßen.

„Delaney hat nicht vor, Gordon Archer zu verhaften“, sagte ich und ließ mich erschöpft in einen Sessel sinken.

„Was? Nicht einmal für dich?“

Ich blickte auf und sah George mich angrinsen. Ich warf ihm einen finsteren Blick zu. „Er hat nicht genug Beweise, Frances, und du solltest nicht all deinen Argwohn auf ein Pferd setzen, wenn du weißt, was ich meine. Warum bist du so entschlossen, dass Archer der Übeltäter ist? Es gab keine Notiz über ihn in der Mappe.“

„Wir haben den Schatz unserer Plünderung noch nicht gesichtet“, sagte Charles mit einem Seitenblick auf Georges Aktentasche.

„Das erscheint mir ein guter Anfang.“ George stand auf. „Wenn ihr etwas findet, das uns zu Archer führt, könnte Delaney dir vielleicht mit der Verhaftung entgegenkommen.“

„Warte, wirst du uns nicht helfen?“

Er lächelte mir verlegen zu. „Ich habe meine eigene Arbeit zu erledigen, aber ich habe vollstes Vertrauen in euch zwei. Wenn in dem Papierkram etwas zu finden ist, bin ich sicher, dass ihr es aufspürt." Er lächelte, als er zur Tür ging. „Ich habe jedoch noch einen Vorschlag. An der unergründlichen Notiz ist irgendetwas wichtig. Beide Opfer hatten eine Version und als sie in der Zeitung stand, muss es bei noch jemandem einen wunden Punkt getroffen haben. Ich würde versuchen herauszufinden, was da steht."

KAPITEL 19

Ohne George hatten Charles und ich keine andere Wahl, als uns – wenn auch widerwillig – an die Arbeit zu machen. Er leerte die Aktentasche mit dem Papierkram von Marys Schreibtisch auf dem Kartentisch aus. Ich kehrte mit der rätselhaften Notiz auf das Sofa zurück. Egal wie lange ich sie anstarrte, sie wollte sich einfach nicht lösen lassen. Ich war so weit, einen Stift zu nehmen und alle Namen aufzuschreiben, die mir zu den Initialen einfielen, als mich Lärm im Foyer ablenkte.

„Um Himmels willen, lass sie nicht fallen, Graham!"

Lass sie nicht fallen? Das genügte, um alle Konzentration zu vergessen. Ich legte die Notiz auf den Tisch und öffnete die Tür.

Graham war tatsächlich im Foyer, begleitet von Hetty und Lottie, hielt er meine Tochter in den Armen. Hunderte schreckliche Szenarien gingen mir durch den Kopf. Auf wackligen Beinen eilte ich zu Graham und berührte Roses warme Wange.

„Was ist passiert?"

Sie sprachen alle gleichzeitig und veranstalteten eine Menge Lärm, ohne eine verständliche Erklärung zu geben. Endlich übertönte Graham das wilde Geplapper.

„Es geht ihr gut, Frances. Sie ist vom Pony gefallen und hat sich den Knöchel verdreht. Der Doktor hat schon nach ihr gesehen und ihr Fuß ist weder gebrochen noch gezerrt. Dürfte ich sie in ihr Zimmer bringen, solange ich noch die Kraft dazu habe?"

Er ließ Rose in seinen Armen schwach herunterhängen, sodass sie kicherte und ich erleichtert seufzte. Die anderen blieben im Foyer, während Graham und ich Rose in ihr Zimmer brachten, sie umsorgten und ins

Bett steckten. Nach und nach erfuhr ich die ganze Geschichte.

„Du hast versucht, mit Pierre über eine Hecke zu springen? Was hast du dir dabei gedacht?“ Sie sah zerknirscht aus. Sie war sieben. Was hatte *ich* mir nur dabei gedacht? Falsche Entscheidungen gehörten dazu.

„Ich habe den Arzt sofort gerufen, als die Jungen und sie nach Hause kamen“, versicherte Graham mir. „Er ist überzeugt, dass es ihr in ein bis zwei Tagen besser geht, wenn sie den Knöchel schont.“

„Es tut mir leid, Mummy.“

Ich drückte ihre Hand. „Ich bin nur froh, dass es dir gut geht, Liebes. Aber wir werden später darüber reden.“

Ich veranlasste, dass Rose ihr Abendessen auf ihrem Zimmer bekam, und als ihre Augen zufielen, ging ich zu Graham nach unten.

„Dem Himmel sei Dank, dass du zu Hause warst, Graham.“

Er drückte meine Schulter, was die aristokratische Version einer Umarmung war und mich daran erinnerte, dass auch er eine menschliche Seite hatte. „Dorthin sollte ich wieder zurückkehren“, sagte er. „Aber darf ich dir vorher noch einen Rat geben?“

„Selbstverständlich.“

„Es könnte klug sein, wenn wir uns von Cousin Charles distanzieren oder du ihn zumindest nicht so oft hierher einlädst.“ Er verlangsamte seine Schritte, daher blieben wir vor dem Salon stehen. „Ich habe gehört, dass er ein Verdächtiger in Mrs. Archers Mordfall ist, und wir wollen nicht, dass die restliche Familie mit dem Skandal in Verbindung gebracht wird.“

Mist, die Geschichte verbreitete sich rasch. „Wie hast du davon gehört?“

„Caroline Archer.“

Was führte sie im Schilde? Ich nahm Graham am Arm und zog ihn möglichst weit vom Salon weg. „Caroline irrt sich. Inspektor Delaney hat ihn des Verdachts entlastet und tatsächlich wurde er nie festgenommen."

Graham zog die Brauen hoch. „Wirklich? Wie erleichternd. Ich mochte Cousin Charles immer gern. Ich will nichts Schlechtes von ihm denken müssen."

Ich atmete tief durch und erinnerte mich daran, wie freundlich er gerade zu meinem Kind gewesen war. Vielleicht war noch nicht alle Hoffnung verloren. „Wenn du dieses Gerücht noch einmal hörst, hoffe ich, dass du dem Einhalt gebietest."

„Aber mit Sicherheit." Er schob den Unterkiefer hin und her und ging zur Tür. „Niemand hat Gerüchte über die Familie zu streuen."

Ich schloss die Tür hinter ihm und gesellte mich zu den anderen in den Salon, wo Hetty gerade Tee einschenkte. „Ich muss dir leider sagen, dass Caroline Archer immer noch Geschichten über dich erzählt, Charles."

Er ließ den Kopf in die Hände sinken und stöhnte. Ich setzte mich neben Lottie auf das Sofa und erzählte ihnen, was Graham gehört hatte. Ich berichtete Lottie und Hetty, dass Delaney Charles nicht mehr für einen Verdächtigen hielt.

„Ja, dank Hazelton und Lady Harleigh bin ich kein gesuchter Mann mehr." Er lächelte Lottie zu, die errötete, nach ihrer Tasse griff und dabei die Zuckerschüssel umstieß. „Ich hoffe, eure Arbeit heute Nachmittag ist gut gelaufen."

„Wir versinken nicht so sehr in Papierkram wie ihr, scheint es", sagte sie.

„Ach, das?", fragte Charles und deutete auf die Papierstapel auf dem Kartentisch. „Kontobücher, Rechnungen und diverse Notizen aus Mrs. Archers Haus."

„Braucht ihr Hilfe dabei, sie zu sortieren?"

„Lottie, meine Liebe, du bist unermüdlich“, sagte Hetty und füllte einen Teller mit einigen Leckereien vom Teetablett.

Ich war nicht sicher, ob das das richtige Wort war. Sie war gewiss eine hilfsbereite Seele, aber ich wagte, zu sagen, dass es eher damit zusammenhing, dass sie mehr Zeit mit Charles verbringen wollte. Nun, sie hätte gewiss eine schlechtere Wahl treffen können.

„Ja, Liebes. Wenn du magst, hilf bitte Mr. Evingdon, während ich an dieser Notiz arbeite.“ Und mir eine Tasse Tee genehmigte, die ich dringend brauchte.

Charles stand auf und bedeutete Lottie, ihm zum Kartentisch zu folgen, wo unsere Beute aus Marys Haus lag. Sie zögerte erst, doch er insistierte. Ich verdrehte die Augen und sah lieber weg, denn es war nur eine Frage der Zeit, bis sie sich gleichzeitig bewegen und zusammenstoßen würden. Ich griff stattdessen nach Lilys Zeichenblock.

„Es ist gut, dass Lily in letzter Zeit nicht viel gezeichnet hat“, sagte Hetty. „Es scheint, du machst davon praktischeren Gebrauch.“

Ich lächelte ihr zu. Bei unserer letzten Ermittlung vor einigen Monaten war es ihre Idee gewesen, die Staffelei und den Zeichenblock zu benutzen. In den vergangenen Monaten hatte ich nie gedacht, dass wir den Block wieder für einen ähnlichen Zweck verwenden würden.

„Bist du mit diesem Fall schon vorangekommen?“

„Kein bisschen. Keine Zeugen, oder besser gesagt, nur Zeugen, die den Umriss eines Manns gesehen haben, was nur eine sehr ungenaue Beschreibung zulässt.“

Hetty runzelte die Stirn. „Wie ungenau?“

„So sehr, dass sie auf etwa ein Dutzend Verdächtige zutrifft. Der Mann wurde zum Zeitpunkt beider Morde gesehen. Das Einzige, was die beiden Opfer verbindet, ist die Kolumne. Also suchen wir dort weiter nach Verdächtigen.“

„Und in den Bergen von Notizen für mögliche Kolumnen", fügte Lottie hinzu. „Vielleicht sollten wir sie alle durchgehen, die darin erwähnten Personen identifizieren und alle sammeln, die auf die Beschreibung des gesuchten Mannes zutreffen."

Ich beobachtete, wie Charles und sie miteinander redeten, während ich über ihren Vorschlag nachdachte. Sie hielt den Kopf gesenkt und sah ihn durch die Wimpern an, schaute aber schnell weg, wenn er zu ihr sah. Er zog ihr einen Stuhl heran und stapelte die Zettel sorgfältig, bevor er sie ihr reichte. Sein Blick ruhte auf ihr.

Nun, zumindest eine gute Sache ging aus dieser Ermittlung hervor.

„Eigentlich sind wir schon einen Schritt weiter, Lottie. Wir glauben, eine unserer Andeutungen, die wir veröffentlicht haben, hat einen Eindringling zum *Daily Observer* gelockt."

„Ein Eindringling?"

Charles brachte sie auf den neusten Stand.

„Dann ist der Eindringling also der Mörder?", fragte sie.

„Frances glaubt, dass es Gordon Archer war."

Hetty sah mich durchdringend an. „Warum hältst du ihn für einen Verdächtigen?"

Ich massierte die Stelle zwischen meinen Augenbrauen, die anfing zu pochen. „Laut Mr. Hazelton und Inspektor Delaney gibt es keinen Grund, zu glauben, dass er Mrs. Archer oder dem Redakteur schaden würde." Ich zuckte mit den Schultern. „Sie haben recht. Aber ich kann ihn gedanklich einfach nicht ausschließen. Ganz besonders, wenn seine Frau hartnäckig Charles beschuldigt. Ich habe keine Beweise. Ich mag sein Verhalten Mary gegenüber nur einfach nicht und dass er versucht hat, in ihr Haus einzubrechen."

„Er neigt außerdem dazu, seine Kunden zu riskanten Anlagen zu bewegen“, sagte Hetty.

„Bewegen ist vielleicht etwas übertrieben“, sagte Charles. „Er berät sie, aber sie haben schließlich um seinen Rat gebeten.“

„Er hat mir empfohlen, ein Konto mit fünf Prozent zu eröffnen. Das ist nicht gerade riskant.“ Ich sah zu Hetty. „Was ist mit Grahams Anlagen, was ist mit der Reederei? Hast du herausfinden können, ob sie versichert waren?“

„Sie waren eindeutig nicht versichert.“ Hettys Stimme war wuterfüllt. „Ich habe erfahren, dass das Unternehmen nicht einmal existiert.“

„Was soll das heißen, es existiert nicht?“

„Es bedeutet, dass es kein solches Unternehmen gibt“, sagte Charles hilfsbereit.

„Ich weiß, was ‚nicht existieren‘ bedeutet, Charles. Ich verstehe nur nicht, wie es möglich ist, dass Graham in ein Unternehmen investieren konnte, das gar nicht existiert.“

Ich hielt die Hand hoch, als er den Mund öffnete, um zu antworten. „Vielleicht kann Tante Hetty es besser erklären.“

Wir drei blickten zu ihr. „In gewisser Hinsicht hat Mr. Evingdon recht. Ich habe mich heute Morgen vor meinem Treffen mit Graham mit Mr. Kendrick unterhalten. Er hat mir bei der Recherche geholfen, den Namen auf dem Aktien-Zertifikat zu überprüfen, das Archer Graham gegeben hat.“ Sie schüttelte den Kopf. „Weder in England noch in einem anderen Land, das Handel mit Brasilien betreibt, ist ein solches Unternehmen registriert.“

Ich konnte ihr nicht ganz folgen. „Soll das heißen, dass die Anlage ein Betrug ist?“

„Ganz genau. Ich nehme an, es wäre möglich, dass auch Archer betrogen wurde, aber die Tatsache, dass er die Aktien-Zertifikate weitergegeben hat, gibt mir zu denken. Vielleicht steckt er in dem Schwindel mit drin. Möglicherweise steckt er sogar dahinter."

Verblüfft ging ich zu Hetty und setzte mich auf einen Sessel, sodass ich sie ansehen konnte. „Wie genau läuft so etwas ab? Wie veranstaltet man so einen Schwindel, wie du es genannt hast?"

„Nun, ich hatte noch nie mit so etwas zu tun", sagte sie. „Aber ich verstehe den Grundgedanken. Um das Vertrauen von jemandem zu gewinnen, muss jemand wie Archer zuverlässigen Rat geben. Er ist der Direktor einer Bank und das verleiht ihm eine gewisse Bedeutung, aber da der Vorstand ihn entlassen könnte, muss er erfolgreich Geld anlegen. Währenddessen hat er immer ein Auge auf seine Kunden, die er betrügen kann. Jemand, der nicht sonderlich auf seine Finanzen Acht gibt. Früher oder später nimmt er Kontakt zu diesen Leuten auf und erzählt ihnen von einer grandiosen Chance, von etwas, das sie sich nicht entgehen lassen sollten. Einige gehen auf das Angebot ein und investieren. Zunächst legt er ihr Geld vielleicht wirklich irgendwo an und nach einer Weile erhalten sie Zinsen oder Ausschüttungen."

Hetty nahm einen Schluck Tee und Lottie nahm den Faden auf. „Wenn sie ihm vertrauen, lässt er nebenbei einfließen, dass er auf ein unglaubliches Geschäft gestoßen ist. Es handelt sich um eine exklusive private Anlage. Der Ertrag ist phänomenal. Ja, natürlich bestehen einige Risiken, aber er hält sie für nichtig, also steckt er möglichst viel eigenes Kapital hinein." Sie zuckte mit den Schultern, als würde sie den Schwindler imitieren.

„Hör nicht auf." Mit einer Handbewegung ermutigte Hetty ihre Assistentin, mit der Erklärung fortzufahren.

„Der potentielle Anleger ist begeistert und fleht, daran teilhaben zu dürfen. Der Schwindler macht einen

Rückzieher. Das hier ist eine langfristige Investition. Man kann keine schnellen Erträge erwarten, man muss langfristig denken, aber das ist es wert."

„Gütiger Himmel, Lottie! Du bist so überzeugend, dass ich dir mein Geld in die Hand drücken möchte." Ich war eindeutig nicht die Einzige, die von ihrer Geschichte gebannt war. Ich vermutete jedoch, dass Charles nicht an Finanzen dachte.

„Genauso funktioniert es", sagte Hetty. „Der Schwindler schildert es in rosigen Farben, dann zieht er sich zurück, damit der Anleger ihm nachläuft."

„Aber schlussendlich akzeptiert er das Geld, richtig?", fragte ich.

Hetty machte große Augen. „Natürlich. Aber er wartet, bis der Anleger fast aufgegeben hat. Dann kann er ihn später daran erinnern, dass der Anleger darum gebettelt hat, daran beteiligt zu sein. So manipuliert er sie."

Ich war immer noch etwas verwirrt. Glücklicherweise stellte Charles genau die Frage, die mir auch kam.

„Aber wenn es kein Unternehmen gibt, was tut er dann mit dem Geld?"

„Das meiste steckt er selbst ein", antwortete Hetty. „Hier und da mag er etwas davon an seine Kunden auszahlen und das als Ertrag bezeichnen. Auf diese Weise kann er sie etwas länger hinhalten. Gleichzeitig erzählt er ein oder zwei anderen Kunden, dass das Vorhaben Bankrott gegangen ist, die Schiffsladung verloren gegangen ist oder das Unternehmen pleite ist. Ihr ganzes Geld ist verschwunden."

Lottie klinkte sich ein. „Vergesst nicht, er hat sie vor den Risiken gewarnt."

Hetty schnaubte abschätzig. „Es ist ein hinterhältiger Trick. Sie sehen ihr Geld nie wieder."

„Willst du sagen, dass er einfach alle bestohlen hat? Das ist schrecklich."

„Es ist viel mehr als das. Ich glaube, dass Archer Graham betrogen hat, obwohl es schwer sein wird, ihn davon zu überzeugen."

„Er glaubt dir nicht?"

Hetty machte eine hilflose Geste. „Wer will schon glauben, dass er zum Narren gehalten wurde? Besonders in der Höhe von sechstausend Pfund."

„Du meine Güte!", keuchte Lottie. „Ich wusste nicht, dass es so viel war."

„Klingt ziemlich danach, dass Archer ein Krimineller ist", sagte Charles.

„Da habt ihr eigentlich recht." Hetty schien selbst über ihre Worte überrascht. „Es ist definitiv ein Verbrechen und sollte der Polizei gemeldet werden."

„Warte!", rief ich, als ob sie sofort zur Polizei gehen würde. „Es ist nicht nur ein Verbrechen, es ist auch ein Motiv."

Hetty runzelte verwirrt die Stirn. „Ein Motiv wofür, meine Liebe?"

„Ein Mordmotiv."

KAPITEL 20

Auf George zu warten stand außer Frage. Ich schlüpfte aus meinem Haus, durch seinen Garten und klopfte an sein Fenster. Er saß am Schreibtisch und sprang vor Schreck hoch, dann hielt er sich dramatisch die Brust, bevor er aufstand und sich mit mir an der Tür zum Salon traf. Also wirklich, langsam musste er sich doch daran gewöhnen.

„Hast du neue Erkenntnisse?", fragte er und führte mich zurück in die Bibliothek.

Ich setzte mich auf den Sessel vor seinem Schreibtisch und lächelte verschmitzt, während er seinen Platz wieder einnahm.

„Ach, du siehst ziemlich zufrieden über etwas aus." Auf seinen Lippen breitete sich ein Lächeln aus und er sah mich mit aneinandergelegten Fingerspitzen an.

Ich fing mich wieder. „Eigentlich sind es schreckliche Nachrichten und ich habe kein Recht, mich darüber zu freuen." Ich erklärte ihm kurz, was Archer getan hatte, zumindest was Graham anbelangte. Sein Lächeln wich einem verbitterten Gesichtsausdruck und seine Schultern verkrampften sich. Ich wusste, dass ich nicht weiterreden brauchte.

„Hetty kann dir den ganzen Schwindel erklären, wenn du willst. Ich bin sicher, sie kann das besser. Aber so wie ich es verstehe, bezweifle ich stark, dass Graham das einzige Opfer ist."

„Nein, das wird er kaum sein. Wenn das, was du sagst, stimmt, und ich will damit nicht deine Informationen in Frage stellen", fügte er hastig hinzu, als er meinen finsteren Blick sah, „hat Archer nicht nur eine Person betrogen." Er lehnte sich zurück und strich sich nachdenklich über das Kinn.

„Dir ist klar, was das bedeutet, oder? Archer hat nun ein Mordmotiv.“

Er hob eine Hand, um mich zu bremsen. „Jetzt ziehst du voreilige Schlüsse. Ich verstehe voll und ganz, dass Archer niemals wollte, dass davon etwas herauskommt, aber wir haben keinen Grund, anzunehmen, dass Mary sich seiner widerlichen Machenschaften bewusst war.“

Ich sackte auf meinem Sessel zusammen. Herrje. Er hatte recht. „Es gab keine einzige Notiz über etwas so Skandalöses in ihren Mappen. Wenn sie wusste, was Archer da tut, dann wäre er ein Verdächtiger. Aber ich habe keine Idee, ob sie davon wusste.“ Wie enttäuschend. „Was können wir nur tun?“

George war noch in Gedanken. „Mrs. Wiggins sagte, dass sie Mrs. Archer zum Markt in der Nähe ihres Hauses mitnahm und sie einigen Freundinnen vorstellte“, sinnierte er. „Das würde Hausmädchen und Haushälterinnen bedeuten.“

Ich nickte. „Wenn man darüber nachdenkt, sind sie die perfekte Quelle solcher Informationen. Bedienstete wissen alles, was in einem Haushalt vor sich geht, und wir vertrauen ihnen oft eine Menge privater Details an. Wenn ein Arbeitgeber sie betrügt, wie Graham es getan hat, sie entlässt oder sie schlecht behandelt, was hält sie davon ab, die Details zu verkaufen oder zu tratschen?“

Ich lehnte mich zum Schreibtisch vor und stützte das Kinn auf meine Faust. „Wenn sie von seinen Machenschaften gewusst hat, würde das erklären, warum sie ihren Lebensunterhalt selbst bestreiten wollte und alle Unterstützung von ihm abgelehnt hat. In ihren Augen war das Geld schmutzig.“

Er zog die Augenbrauen hoch. „Aber das bringt uns wieder zur gleichen Frage zurück. Woher wusste sie davon?“

„Nun, ihr Ehemann war sein Bruder." Ich zog die Stirn kraus. „Hatte Jasper mit der Bank zu tun?"

„Die Verbindung habe ich ganz vergessen. Er war dort angestellt, aber solche Geschäfte hätte die Bank niemals genehmigt. Archer hat allein gehandelt. Wenn sein Bruder nicht Teil des Schwindels war, bezweifle ich, dass er davon erfahren hat."

Wir dachten beide einen Moment lang darüber nach. „Da kann ich dir nicht zustimmen. Sie waren Brüder. Sie haben im selben Gebäude gearbeitet und im selben Haus gewohnt. Selbst wenn Jasper nichts damit zu hatte, könnte er es herausgefunden haben, wenn man bedenkt, wie viel Zeit sie zusammen verbracht haben. Gordon Archer könnte es sogar unabsichtlich erwähnt haben oder vielleicht haben sie über Geld gestritten." Ich breitete die Arme aus, während ich argumentierte. „Es wäre sogar möglich, dass jemand, der sein Geld verloren hat, sich bei Jasper darüber beschwert hat, und er hat die Gründe selbst erforscht und ist seinem Bruder auf die Schliche gekommen."

„Du glaubst, Jasper hat Mary davon erzählt?"

Ich schüttelte den Kopf darüber, wie aussichtslos es war, jemals die Wahrheit zu erfahren. „Wir werden es nie erfahren."

Er hob einen Finger. „Da bin ich mir nicht so sicher. Es würde sicherlich helfen, wenn wir wüssten, ob es noch weitere Opfer gibt. Ich kann in den Gentlemen's Clubs herumfragen, ob noch jemand mit Archer viel Geld verloren hat. Ein paar Unterhaltungen könnten helfen, zu erfahren, ob jemand Jasper davon erzählt hat."

Das klang nach einem guten Anfang. „Nun, wir haben bereits festgestellt, dass die Bediensteten alles wissen, was in einem Haushalt vor sich geht. Wenn wir wüssten, wer für Jasper gearbeitet hat, zum Beispiel als Kammerdiener, dann könnten wir ihn befragen."

„Was für Fragen würdest du stellen, ohne dich zu verraten?"

„Streit zwischen Mary und Jasper über die Mittel der Familie? Streit zwischen den Brüdern?" Ich zuckte mit den Schultern. „Suggestivfragen."

„Und wie willst du herausfinden, wer die Stelle hielt? Seit Jaspers Tod ist über ein Jahr vergangen."

„Das sollte einfach sein. Zwischen dem Papierkram aus Marys Haus war auch ein Kontobuch. Dort stehen auch die Zahlungen an die Bediensteten. Ich sollte den Namen also leicht herausfinden können. Herauszufinden, für wen er nun arbeitet", ich verzog die Lippen zu einem schiefen Grinsen, „wird die Herausforderung."

Als George ging, um die betrogenen Anleger ausfindig zu machen, kehrte ich nach Hause zurück und fand einen leeren Salon vor. Ich genoss gleichzeitig die Stille und fragte mich jedoch, wo alle hin waren, als ich zum Kartentisch ging und den Stapel mit Marys Papierkram durchsuchte. Ich brauchte einen Augenblick, um das alte Kontobuch zu finden, in dem die Zahlungen an die Bediensteten standen – darunter an einen John Milton. Durch ein leichtes Ausschlussverfahren, ich verglich die Gehälter, kam ich zu dem Schluss, dass er Jaspers Kammerdiener war. Auch wenn ich mit der Erkenntnis zufrieden war, hatte ich immer noch keine Idee, wie ich den Mann ausfindig machen sollte. Dann fiel mir ein, dass ich in Mr. Nortons Haus eine Quelle hatte.

Ich klingelte nach Mrs. Thompson, schrieb einen kurzen Brief und zögerte dann, bevor ich meine Unterschrift darunter setzte. Himmel, was, wenn Mrs. Wiggins nicht lesen konnte?

„Ja, Mylady?"

Mrs. Thompson stand im Türrahmen. Was nun? „Wissen Sie, ob unser junger Küchenjunge lesen kann, Mrs. Thompson?"

„Der kleine Jamie?“ Sie nickte. „Er kann ein wenig lesen. Übt, wann immer er Zeit hat.“

„Hervorragend.“ Ich reichte ihr den Brief. „Er soll den Brief morgen an die Haushälterin dieser Adresse bringen. Frühmorgens, bevor sie die Chance hat, zu verschwinden. Er muss ihr vielleicht beim Lesen und bei der Antwort helfen. Schafft er das?“

„Da bin ich mir sicher. Ich sorge dafür, dass er sich morgen sehr früh aufmacht.“ Mrs. Thompson nickte und wollte schon gehen.

„Warten Sie, Mrs. Thompson. Als ich ging, war mein Salon noch voller Leute. Wissen Sie, wo alle hin sind?“

„Sie sind alle hochgegangen, um Lady Rose zu besuchen.“

Ich zog die Augenbrauen hoch. „Ich denke, das werde ich auch tun.“

Ich dankte Mrs. Thompson und ging zum Kinderzimmer hinauf. Roses Zimmer war gegenüber ihrer Schulstube und neben ihrem war Nannys Zimmer. Unter beiden Türen hindurch konnte ich Licht sehen. Gelächter schlug mir entgegen, als ich die Tür zu Roses Zimmer öffnete, und verstummte sofort, als ich hineintrat. Hetty saß am Bettende und um sie herum standen Lottie, Charles und sogar Lily. Sie alle sahen mich schuldbewusst an. Rose sah schmerzerfüllt aus.

„Also gut, ich glaube, Rose hatte für heute Abend genug Unterhaltung.“ Ich scheuchte die Erwachsenen mit einer Handbewegung hinaus. „Wenn ihre Schmerzen nachlassen, verträgt sie eure ausgelassene Laune sicherlich besser. Fürs Erste hat der Arzt Ruhe verordnet.“

Rose zuckte zusammen, als Hetty sich zu ihr vorlehnte und ihr ein Küsschen gab. Zu meiner Überraschung gingen sie alle wortlos, bloß Hetty warf mir einen warnenden Blick zu. Ich konnte nicht anders, als zu lächeln, denn ich war froh, dass Hetty Rose so ins

Herz geschlossen hatte. Als die Tür hinter ihnen zufiel, zog ich einen Stuhl an Roses Bett, faltete die Hände auf dem Schoß und sah sie an.

„Es kann schwierig sein, Gäste zu haben, wenn man Schmerzen hat."

Sie sah mich müde an. „Es tut weh."

Ich wollte sie in den Arm nehmen und den Schmerz auf magische Weise verschwinden lassen, aber da ich diese Kraft nicht besaß, nahm ich ihre Hand. Wenn ich sie schon nicht vor Schmerzen beschützen konnte, konnte ich sie zumindest davor wappnen. Doch zuerst musste ich wissen, warum.

„Rose", setzte ich an.

„Es tut mir leid, Mummy." Sie verzog das Gesicht und Tränen quollen aus ihren kleinen Augen. „Ich weiß, dass du mir gesagt hast, dass Pierre kein Springpferd ist, aber Eldon dachte, er könnte es schaffen, und ich wollte wie die Jungs sein."

Ich beruhigte sie mit leisen Worten. „Das verstehe ich, Liebes."

Ihre Tränen versiegten, als hätte jemand den Hahn abgedreht. „Dann bist du nicht sauer? Ich bin nicht in Schwierigkeiten?"

„Nur, weil ich es verstehe, heißt das noch nicht, dass ich es so hinnehme. Du bist sieben Jahre alt und ich werde für absehbare Zeit die Entscheidungen treffen, wenn es um deine Sicherheit geht."

Sie schniefte und sah mich mit tränennassen Augen an. „Aber ich werde nächsten Monat acht", flüsterte sie.

„Das ist immer noch viel zu jung, um solch große Entscheidungen zu treffen, aber ..." Ich hielt inne und überlegte, wie ich es sagen sollte. Ich wollte nicht, dass sie glaubte, ich würde sie belohnen. „Ich glaube, mit acht bist du alt genug, um Reitstunden und vielleicht Springstunden zu nehmen."

Sie keuchte und ich musste ein Glucksen unterdrücken.

„Zu deinem Geburtstag engagiere ich einen professionellen Reitlehrer, damit du die richtige Springtechnik lernst."

„Wirklich?"

„Du bist eindeutig eine Reiterin, Rose. Ich will es dir nicht verbieten, aber ich bestehe darauf, dass du korrekt unterrichtet wirst, damit du weißt, was du tust. Und du wirst nie wieder etwas so Leichtsinniges tun. Möglicherweise nehme ich Reitstunden mit dir. Wie wäre das?"

Sie drückte meine Hand und wäre sie dazu in der Lage gewesen, wäre sie vermutlich aus dem Bett gesprungen und hätte einen Freudentanz aufgeführt. Stattdessen schlang sie die Arme um meinen Hals und quietschte. Der schmerzende Knöchel zwang sie jedoch schnell wieder zurück.

„Was deine Strafe anbelangt", sagte ich. „Ich würde sagen, die hast du dir mit der Verletzung selbst eingebracht. Du wirst im Bett bleiben, bis der Arzt sagt, dass du aufstehen darfst. Und du wirst nicht reiten, bis er es erlaubt. Das Einzige, was ich noch verlange, ist ein Brief an den Reitlehrer der Jungen. Du warst in seiner Obhut, als du gestürzt bist, und der arme junge Mann könnte sich um seine Anstellung sorgen. Wenn du Onkel Graham siehst, erwarte ich daher, dass du ihm die Situation auch erklärst. Einverstanden?"

Sie nickte eifrig. „Das mache ich, Mummy. Und danke für das Geburtstagsgeschenk."

Ich gab ihr einen Kuss und sagte ihr, dass ich Nanny schicken würde, damit sie ihr etwas vorlas. Vielleicht waren die Reitstunden gut für mich. Wäre ich eine bessere Reiterin, würde ich mir weniger Sorgen um Rose machen. Ich lachte leise in mich hinein. Eher fror die Hölle zu.

Am nächsten Morgen aß ich entspannt mit Rose zusammen Frühstück in ihrem Bett. Ihre gute Laune war vermutlich der Vorfreude auf die Reitstunden geschuldet und weniger darauf zurückzuführen, dass der Schmerz nachgelassen hatte. Jedes Mal, wenn ich mich bewegte, zuckte sie vor Schmerz zusammen, bis mir auffiel, dass ich gegen ihr Bein stieß, also holte ich mir einen Stuhl.

Auch ich war voller freudiger Erwartung auf das ganz normale Leben, besonders aber auf die Ermittlung, daher gab ich Rose einen Kuss und lief nach unten. George war gestern nicht mehr mit neuen Erkenntnissen vorbeigekommen, obwohl die Hoffnung natürlich absurd gewesen war. Er konnte kaum schon genug Informationen gesammelt haben, also nahm ich an, dass er heute noch an dem Teil des Falls arbeitete.

Mrs. Wiggins hatte sich als hilfsbereit entpuppt. Jamie war am Morgen mit dem Namen von John Miltons neuem Arbeitgeber von seinem Botengang zurückgekehrt. Es war kein anderer als ausgerechnet Sir Hugo Ridley. Ich plante, Lady Ridley am Nachmittag zu besuchen, und mit Jennys Hilfe würde ich heraus-finden, was Mr. Milton über die Geschäfte der Familie Archer wusste und was Mary darüber gewusst haben konnte.

Hetty, Lily und Lottie aßen gerade ihr Frühstück, als ich ins Esszimmer trat. „Was habt ihr heute vor?", fragte ich, ging zur Anrichte hinüber und goss mir eine Tasse Kaffee ein.

„Ich treffe Leos Mutter und wir besprechen die Dekoration für die Verlobungsfeier", sprudelte es aus Lily heraus. „Du bist sehr willkommen, wenn du dich uns anschließen magst."

Oh je. Ich ließ mich neben Lottie nieder. So froh ich war, dass Patricia Kendrick die Feier organisierte, wusste ich, dass Lily vielleicht nicht wagen würde, ihre

Vorstellungen zu äußern, weil sie der Frau so gern gefallen wollte. Was nun?

Ich musste mit Lady Ridley sprechen, oder eher gesagt, musste Jenny mit Milton sprechen, vorausgesetzt, ich konnte es einfädeln. „Um wie viel Uhr wirst du denn aufbrechen?", fragte ich.

„Gleich schon."

Es war noch zu früh für einen Anstandsbesuch, also konnte ich es zum Dekorationstreffen schaffen und mittags zum Verhör. Ich lächelte Lily zu. „Dann ja. Ich begleite dich gerne, aber ich muss am Nachmittag jemanden besuchen. Sollte die Zeit nicht reichen, dich vorher hier abzusetzen, müsstest du mitkommen. Und Jenny muss uns begleiten."

Sie zog eine Augenbraue hoch, aber bevor sie fragen konnte, warum ich Jenny von ihren Aufgaben im Haushalt abhielt, wandte ich mich an Hetty und Lottie. „Seid ihr beide heute Vormittag beschäftigt?"

„Leider sind wir das", sagte Hetty in Eile. Ich war sicher, dass sie sich bei der Vorstellung, stundenlang Dekorationen zu diskutieren, bereits einen Ausweg zurechtgelegt hatte. Sie sah zu ihrer Assistentin. „Ich könnte dich entbehren, wenn du mitgehen möchtest, Liebes, aber wir haben heute noch weitere Berechnungen vor uns."

„Ich bleibe gern hier und helfe", sagte Lottie. Dekorationen einer Verlobungsfeier lockten sie eindeutig nicht.

Hetty blickte zu mir. „Ich muss noch wissen, was wir hinsichtlich Grahams krummer Geschäfte machen wollen."

„Das verstehe ich, aber ich würde lieber nichts tun, bis wir von Mr. Hazelton hören. Er versucht, weitere Personen ausfindig zu machen, die in der gleichen Situation sind. Wenn er Details über ihre Anlagen erfährt, wird er sicherlich mit dir darüber sprechen wollen. Dann müssen wir es natürlich Delaney melden und herausfinden, wie er fortfahren wird.“

„Nun, ich hoffe, du hast nicht vor, das Mrs. Kendrick gegenüber zu erwähnen“, sagte Lily und fuchtelte mit ihrem Buttermesser spielerisch in meine Richtung. „Kannst du dir vorstellen, dass sonst jemand in Belgravia solche Dinge am Frühstückstisch beredet?“

„In New York habe ich solche Unterhaltungen auch nie gehört“, lachte Lottie. „Dort waren alle schrecklich langweilig und spießig.“

Nun, das war eine spannende Wendung: Lily erinnerte mich an mein schickliches Benehmen. „Ich nehme an, es ist eher unüblich als Tischgespräch.“

„Aber viel interessanter als das Wetter oder die Jagd“, sagte Lottie.

„Oder Dekoration“, fügte Lily hinzu. „Ich schätze, genau das sollten wir allerdings tun. Bist du so weit?“ Sie schob sich das letzte Stück ihres Toasts in den Mund.

Noch ein Schluck Kaffee und ich war so weit. Jenny hatte sich um unsere Schlafzimmer gekümmert und freute sich über den Ausflug. Mrs. Kendrick hatte uns ihre Kutsche geschickt und sie traf gerade ein, als wir bereit waren, das Haus zu verlassen. Mein Morgen schien perfekt aufzugehen.

Glücklicherweise war Mrs. Kendrick geschickt im Pläne schmieden und sehr wohlwollend, was Lilys Wünsche anbelangte. Mir wurde schmerzhaft bewusst, dass die Feier nur noch wenige Tage hin war und ich bei den Vorbereitungen überhaupt nicht geholfen hatte. Leos Mutter stieg gleich in die Planung ein und präsentierte uns eine Liste mit Optionen für die Dekoration, Musik und Getränke. Sie bat Lily, zu entscheiden, und machte nur Vorschläge, wenn Lily unsicher wirkte. Ich entschied, dass meine Schwester wirklich Glück mit einer solchen Frau als Schwieger-mutter hatte. Innerhalb von zwei Stunden war alles entschieden und Lily und ich fuhren wieder.

Als wir uns von Patricia verabschiedeten, fiel mir auf, dass ich die wenigen Straßen von der Park Lane zur Curzon Street, wo das Haus der Ridleys stand, einfach laufen konnte. Das bedeutete für Jenny und mich einen Spaziergang von weniger als einer halben Meile nach Hause und das bei bestem Wetter. Ich ließ Lily die Kutsche der Kendricks nehmen und machte mich mit Jenny auf zu unserem nächsten Besuch.

„Hast du dir schon überlegt, was du zu Mr. Milton sagst?", fragte ich sie. Wir schlenderten entspannt. Es war ein angenehm warmer Tag, aber es würde sich nicht schicken, mit geröteten Gesichtern einzutreffen.

„Ich weiß noch nicht recht, Mylady. Ich schätze, ich werde einfach nach seiner vorherigen Anstellung fragen und schauen, ob ich ihn dazu bringen kann, etwas aus dem Nähkästchen zu plaudern."

„Das klingt nach einem hervorragenden Plan. Dräng ihn nicht, wenn er nicht reden will. Ich will dich in keine unangenehme Situation bringen und lieber keine Aufmerksamkeit auf unsere Ermittlung ziehen."

Jenny kicherte. „Ich glaube nicht, dass ich je einen Mann getroffen habe, der nicht über sich selbst reden wollte, aber ich werde vorsichtig sein, Mylady. Machen Sie sich keine Sorgen."

Wir waren im Nu beim Stadthaus der Ridleys angekommen. Jenny ging zum Bedienstetenbereich hinunter und ein Butler führte mich in einen Salon im vorderen Teil des Hauses, wo ich wartete, während er seine Herrin darüber informierte, dass sie Besuch hatte. Ich sah mich solange im Raum um. Es fühlte sich wie ein vielgenutzter Salon der Familie an, aber mit einer Anspielung auf Hugos Wohlstand: seidene Polstermöbel und Vorhangstoffe aus Samt. Allein die vergoldeten Rahmen der Gemälde hätten mein Budget gesprengt.

Ich hatte gerade die Notenblätter, die noch auf dem Klavier lagen, in der Hand, als Miriam hereinschwebte.

„Frances." Sie streckte die Arme aus, als sie auf mich zu glitt. „Wie schön, Sie zu sehen."

„Und Sie, meine Liebe." Wir hauchten einander Luftküsschen zu und nahmen auf einem der Sofas Platz. „Ich war gerade bei den Kendricks, um die Details für Lilys und Leos Verlobungsfeier zu klären, und da fiel mir auf, dass ich nur wenige Schritte von Ihnen entfernt bin, also dachte ich, ein Besuch ist angebracht. Ich bin Hugo letztens begegnet und da habe ich gemerkt, dass ich Sie seit Ewigkeiten nicht gesehen habe."

„Es ist eine Weile her, nicht?" Miriam erwiderte mein Lächeln und auf ihrem Gesicht breitete sich ein verzücktes Strahlen aus. Sie war eine bezaubernde Frau mit blondem Haar und rosigen Wangen. Sie war einige Jahre älter als ich, aber sie würde auch mit fünfzig noch umwerfend aussehen, wann immer das sein würde. Wie Hugo, ein angenehmer, aber verantwortungsloser Tunichtgut, je ihr Herz gewonnen hatte, war mir ein Rätsel. Schon möglich, dass er mehr Charme besaß, als ich erkannte. Andererseits war es vielleicht auch offensichtlich. Dieser Salon zum Beispiel. Solch ein großes Haus in dieser Nachbarschaft hatte seinen Preis. Er musste mit seinen Finanzen umsichtiger sein als Graham.

„Hugo erwähnte, dass er Sie gesprochen hat. Ich glaube, er sagte, Sie hätten über Anlagen geredet." Ihr Lachen klang so hell wie das Klimpern eines Kronleuchters. „Ich war schrecklich beeindruckt, als er mir davon erzählte. Ich habe keinen Sinn für solche Dinge."

„Ich bin sicher, Hugo muss gemerkt haben, dass ich es selbst erst zu verstehen versuche."

„Er sagte, Sie hätten von Gordon Archer gesprochen."

„Ja, Graham hat mit ihm investiert." Ich hatte nicht erwartet, dass unsere Unterhaltung in diese Richtung gehen würde, und konnte mein Glück kaum fassen. Wie weit konnte ich die Lüge wohl treiben? „Einige davon profitabel, andere miserabel. Ich habe mich gefragt, wie Hugos Erfahrungen mit Archer waren. Ich würde gern einen guten Gewinn erzielen, aber ich muss vorsichtig sein."

„Dann rate ich Ihnen, bei den fünf Prozent zu bleiben, Mylady."

Wir drehten uns beide um, als Hugo hereinkam und uns beiden ein freundliches Lächeln schenkte. Er nahm die Hand seiner Frau und führte diese zu seinen Lippen, dann verbeugte er sich vor mir, bevor er sich gegenüber von uns entspannt in seinen Sessel setzte. „Wie ich Ihnen letztens sagte, birgt jede Anlage ein Risiko. Es ist wie beim Kartenspiel."

„Genau das sagte auch Archer." Ich täuschte Verwirrung vor. „Ich hätte gedacht, dass das Risiko geringer wäre, wenn ich mit einem Bankier investiere. Wenn ich gewillt wäre, für einen vernünftigen Gewinn ein gewisses Risiko einzugehen." Ich zog die Nase kraus. „Fünf Prozent sind ein so dürftiger Ertrag."

Ridley strich sich über das Kinn, als versuchte er, meine Situation zu verstehen. „Sie könnten ihn gewiss bitten, nach etwas Passendem für Sie Ausschau zu halten. Genau wie der Earl habe ich bessere und schlechtere Erfahrungen mit Archer gemacht. Er kann nicht jeden Ausgang vorhersagen, aber ich vertraue seinem Urteil. Sie könnten damit anfangen, eine kleine Summe in etwas Sicheres anzulegen. Wenn Sie dann etwas Gewinn gemacht haben, gehen Sie etwas mehr Risiko ein und fassen Ihren Grundbestand nicht an." Er legte den Kopf schief und versuchte zu sehen, ob ich ihm folgen konnte. „Archer geht nirgendwo hin und Sie sind jung. Ich vermute, Sie wollen, dass Ihr Auskommen Ihnen so lange wie möglich nützt."

Wenn ich meine Vermutungen gegenüber Archer bedachte, war ich mir nicht sicher, wie viel länger er noch hier sein würde, aber ich musste Hugo in einer Hinsicht zustimmen. „Sie verstehen meine Absichten genau. Ich will, dass mein Geld mir bis ins hohe Alter ausreicht.“

„Was noch sehr viele Jahre hin ist“, sagte Miriam. „Aber die Hochzeit Ihrer Schwester steht bevor. Davon würde ich viel lieber hören.“

„Ach, dann haben sie es verkündet?“, warf Hugo ein.

„Aber ja. Sie konnten mich überzeugen.“

Miriam lächelte. „Junge Leute haben es immer so eilig. Wir haben die Einladung zur Verlobungsfeier vor wenigen Tagen erhalten. Gibt es schon ein Datum für die Hochzeit?“

Wir vertieften uns in eine Unterhaltung über Hochzeiten und ob eine Stadthochzeit eine bessere Kulisse bot als eine auf dem Land. Nach weiteren fünfzehn Minuten entschied ich, dass Jenny genug Zeit hatte, um Details aus Mr. Milton herauszukitzeln, und es sicher war, mich zu verabschieden. Ich für meinen Teil hatte wenig erfahren. Ridleys Anlagen mit Archer schienen so zu sein, wie er sie von einem Bankier erwartete. Scheinbar hatte er keine besonderen Verluste erlitten. Ich hoffte, dass Jennys Fragen ergiebiger waren als meine.

KAPITEL 21

Nachdem ich den Ridleys einen schönen Nachmittag gewünscht hatte, sammelte ich Jenny an der Tür ein und konnte mich so weit zügeln, bis wir auf dem Gehweg angekommen waren. Endlich gab ich der Neugierde nach.

„Hattest du eine Gelegenheit, mit Mr. Milton zu sprechen? War er im Haus?"

„Ja, war er, Mylady, und ich hatte die Gelegenheit. Es war viel einfacher als erwartet, da er ein ziemlicher Schwätzer ist und nur zu gern über Mr. Jasper reden wollte. Er hatte ihn wirklich gern. Es klang nicht danach, dass er und seine Ehefrau über irgendwas gestritten haben, zumindest nicht mehr als andere Paare."

Ich dachte über ihre Worte nach. „Ich nehme an, wenn Jasper in diesen widerlichen finanziellen Schwindel verstrickt gewesen wäre und Mary davon erfahren hätte, hätte das einen ordentlichen Streit gegeben. Milton wusste vielleicht nicht, worum es ging, aber als Jaspers Kammerdiener wäre es ihm kaum entgangen."

Mir kam ein anderer Verdacht. Wir betraten den Hyde Park und nahmen die Ring Road in Richtung Belgravia. Aller Verzweiflung zum Trotz, klammerte ich mich an den letzten kläglichen Funken Hoffnung. „Wäre es möglich, dass er einfach nur nicht schlecht von seinem Herrn sprechen wollte?"

Jenny schüttelte den Kopf. „Mr. Jasper ist sein vorheriger Arbeitgeber. Mr. Milton würde sich nicht darum sorgen. Da er nicht mehr dort arbeitet, sind sein Ruf und seine Anstellung nicht in Gefahr." Sie zuckte mit den Schultern. „Er hatte auch keine Hemmungen über

Sir Hugo zu sprechen, also glaube ich nicht, dass er etwas Schlechtes über Mr. Jasper zu sagen hatte."

Wir kamen zur Hyde Park Corner und blieben stehen, bis der Verkehr sich lichtete. Ich sah Jenny neugierig an. „Hat er etwas Interessantes über Ridley gesagt?"

Sie lief beschwingt von der Geschichte, die sie zu erzählen hatte. „Nun, als ich ihn gefragt habe, ob der Hausherr und die Hausherrin gestritten haben, lachte er erst und erzählte dann, dass der größte Streit, den er dort erlebt hat, zwischen Mr. Jasper und Sir Hugo war. Meinte, es sei eine heftige Auseinandersetzung gewesen."

„Wie spannend. Sagte er, worüber sie gestritten haben?"

„Ich habe natürlich gefragt, Mylady, aber er sagte, er wüsste es nicht. Er hatte nur wenige Worte aufgeschnappt, aber er erinnerte sich nicht mehr. Er erinnerte sich aber, wann das war. Es war kurz bevor Mr. Jasper die Arbeit bei der Bank aufgab."

„Wirklich? Kurz bevor er kündigte?" Mein Herz machte einen Satz. Ich hatte gerade erst erfahren, dass Jasper mit seinem Bruder zusammengearbeitet hatte. Ich hatte nicht gewusst, dass er gekündigt hatte.

„Ja, Ma'am. Gleich nach dem Streit. Die darauffolgenden Tage überlegten er und seine Frau sogar, nach Edinburgh zu ziehen, da er glaubte, dort Arbeit zu finden. Er machte wenig später eine Reise dorthin und ich nehme an, Sie wissen, was dann passiert ist."

Das wusste ich allerdings. Der Zug war entgleist und in den Schnee gestürzt. Den meisten Passagieren ging es gut, aber einige wenige, so auch Jasper, erlitten tödliche Verletzungen. Armer Jasper. Arme Mary.

„Also haben sie über etwas gestritten, das Jasper dazu gebracht hat, seine Anstellung in der Bank aufzugeben und nach Edinburgh ziehen zu wollen." Möglicherweise zog ich voreilige Schlüsse, aber es klang, als hatte er nicht nur nicht mehr mit seinem Bruder zusammenarbeiten wollen, sondern auch mehrere hundert Meilen zwischen sie bringen wollen. Es war kein Beweis – eigentlich war es reine Spekulation – aber es klang, als hätte Jasper erfahren, was sein Bruder veranstaltete. Oder etwa nicht? Könnte Ridley es ihm gesagt haben?

„Ich habe das Gefühl, Mr. Milton hat Sir Hugo nicht besonders gern."

Ich sah Jenny scharf an. „Hat er gesagt, wie er dazu kam, für Ridley zu arbeiten? Mrs. Wiggins sagte, er wäre gleich nach Jasper Archers Tod dorthin gegangen."

„Er sagte, Sir Hugo hätte ihn bei der Beerdigung angesprochen. Sagte, Mr. Archer hätte ihn als guten Kammerdiener empfohlen und ob er eine Anstellung suche. Da er seine Anstellung gewiss verlieren würde, konnte er kaum Nein sagen."

„Du meine Güte, er muss ein himmlischer Kammerdiener gewesen sein, wenn sogar der Bruder seines Arbeitgebers um seine Fähigkeiten wusste." Es klang wirklich sehr komisch. Ich verstand, dass Hugo etwas Freundliches tat. Aber ich fragte mich, warum Archer sich um das Wohlergehen des Kammerdieners sorgte. „Wenn ich eine bessere Meinung von Archer hätte, würde ich sagen, dass er nur eine gute Tat vollbringen wollte. Und trotzdem ist Mr. Milton nicht zufrieden mit seiner Anstellung?"

Da zuckte Jenny nur mit den Schultern. „Man kann nicht immer wählerisch sein, Mylady. Er war kurz davor seine Arbeit zu verlieren und Sir Hugo ist ein angesehener Mann. Es könnte schlimmer sein."

„Ja, ich nehme an, das ist wahr." Inzwischen waren wir zu Hause angekommen. Bevor Jenny ins untere Stockwerk zurückkehrte, dankte ich ihr für ihre gute Arbeit. Ich wusste, dass sie es sich erlauben konnte, wählerisch zu sein. Ich wollte sie nicht verlieren.

Ich war überrascht, George zusammen mit Hetty und Lottie in meinem Salon anzutreffen. Noch überraschender war, dass mein Kartentisch nun mit Zetteln und Mappen, zusammengebundenen als auch offenen, überhäuft war. Ich sah sprachlos zu dem Chaos, als ich meinen Hut abnahm und ihn auf dem Tischchen bei der Tür ablegte.

„Tante Hetty, war meine Bibliothek nicht groß genug, um deine Unterlagen in Schach zu halten?"

Das Trio blickte auf, als ich zu ihnen trat. „Da bist du ja, Liebes." Hetty lächelte mir zu. „Entschuldige, dass ich in deinem Salon solche Unordnung verbreite. Mr. Hazelton kam zu mir und bat mich um Informationen und ich dachte, hier hätten wir mehr Platz."

„Den hatten wir einmal", sagte ich, setzte mich an den Tisch und sah mir die Unterlagen an. „Sind das Grahams Unterlagen?"

George kam zu mir herüber. „Einiges davon. Henry Kendrick schickte deiner Tante heute einige Dokumente. Zu den Unternehmen, in die Archers Bank investiert."

„Wirklich? Was macht ihr damit?"

„Wir vergleichen sie mit Mr. Hazeltons Liste", sagte Hetty.

Als ich die Augenbrauen hochzog, erklärte George mehr. „Es hat den ganzen gestrigen Abend und fast den ganzen heutigen Tag gedauert, all die Clubs zu be-suchen, aber ich habe mehrere Gentlemen ausfindig gemacht, die gewillt waren, mit mir über Verluste durch unglückliche Anlangen mit Archer zu reden." Er zuckte mit den Schultern. „Wenn man bedenkt, dass auch seriöse Unternehmen einen schlechten Ertrag oder Verluste erleiden können, hielt ich es für das Beste, herauszufinden, ob es sich bei den Anlagen tatsächlich um seriöse Unternehmen handelt. Hetty war so gütig, Kendrick um eine Liste zu bitten."

„Beeindruckende Arbeit“, sagte ich. „Und?“

„Nun, da ich gerade erst alles zusammengesammelt habe, weiß ich es noch nicht.“ Hetty überflog die Liste, die sie in der Hand hielt. „Ich kann euch sagen, dass ich die ersten beiden Unternehmen nicht auf der Liste finden kann.“

„Und wenn der Firmenname nicht auf der Liste der Bank steht, ist es keine seriöse Firma?“ Das erschien mir zu einfach. Irgendwie musste ich hinterherhinken.

„Nicht zwangsläufig“, sagte George, als Lottie und Hetty anfingen, den nächsten Namen auf der Liste zu suchen. „Das Dokument, das Kendrick Hetty gegeben hat, ist eine Liste aller Unternehmen, die die Bank für ihre Kunden genehmigt hat. Wenn einer von Archers Kunden ihm Mittel gegeben hat, um diese zu investieren, sollte er eines dieser Unternehmen gewählt haben. Sie sind geprüft und das Risiko eingestuft. Wenn das Unternehmen nicht auf der Liste der Bank steht, heißt das nicht zwangsläufig, dass es nicht existiert, aber es stellt in Frage, warum Archer sich entschieden hat, in es zu investieren.“

„Wie ist Mr. Kendrick an die Liste der Bank gelangt?“

Hetty drehte sich um und grinste. „Er ist im Vorstandsrat der Bank.“

„Ach, das ist natürlich praktisch.“ Ich sah, dass auf Georges Liste etwa acht Namen standen, was die Damen eine Weile beschäftigen würde, also nahm ich ihn zur Seite und berichtete ihm, was ich durch Jennys Unterhaltung mit Jasper Archers ehemaligen Kammerdiener erfahren hatte.

Sorgenfalten bildeten sich auf seiner Stirn. „Also hatte Jasper Streit mit Ridley und hat kurz darauf gekündigt. Ich wäre nie darauf gekommen, zu hinterfragen, warum er nach Edinburgh reisen wollte. Da fragt man sich, was Ridley zu ihm gesagt hat.“

„Wenn Ridley sauer war, dass er mit Archer Geld verloren hat, scheint er keinen Groll zu hegen. Er investiert immer noch mit dem Mann und scheint ihn für seinen Freund zu halten. Er hat sogar Mr. Milton auf Archers Empfehlung hin Arbeit gegeben.“

Wir hatten uns vom Kartentisch entfernt und uns auf das Sofa gesetzt. George rieb sich die Augen und ich bemerkte die Schatten darunter. Wie lange war er von Club zu Club gefahren, um acht Männer zu finden, die gewillt waren, über ihre Verluste zu reden?

Er lehnte sich zurück und sah zur Decke hinauf. „Wenn sie wegen eines Investments stritten, könnte Ridley eine Art Begleichung von Gordon Archer erhalten haben.“

„Vielleicht hat Jasper seinen Bruder zur Rede gestellt und Ridleys Verlust ausgeglichen“, schlug ich vor.

„Wie hätte er erklärt, wie er einen Verlust in einen Gewinn verwandelt hat?“

Ich zog ein Gesicht. „Eine Versicherung? Hetty hat versucht, zu erfahren, ob die Reederei, in die Graham investiert hat, versichert war. Wenn Ridley wütend genug war, um zu Jasper zu gehen, könnte er auch bereit gewesen sein, Gott und der Welt von seinem Verlust zu berichten. Selbst wenn das Unternehmen nicht existiert, könnte es sich für Archer trotzdem lohnen, Ridley zu erzählen, dass die Versicherung seinen Verlust deckt, nur um es geheim zu halten. Und um sein Vertrauen zurückzugewinnen, bietet er ihm ein lukratives Geschäft an.“

Er kniff die Lippen fest zusammen. „Ich nehme an, du weißt nicht auch wegen welchem Unternehmen Ridley so sauer war?“

„Ich weiß nicht einmal, ob das der Grund für ihren Streit war. Mr. Milton konnte nicht hören, worum es ging. Er wusste nur, dass Jasper nach Ridleys Besuch kündigte und vorhatte, die Stadt zu verlassen. Ein ziemlich drastischer Schritt für einen Mann, der seinen Lebensunterhalt selbst verdienen muss."

„Das bedeutet, wir wissen nicht, ob Mary Archer irgendetwas über den Betrug ihres Schwagers wusste."

„Meinst du nicht, dass ihr Ehemann ihr einen Grund genannt haben muss, warum er kündigt? Nach seinem Tod führte irgendetwas dazu, dass sie sich von ihrem Schwager abwendete und sein Geld verweigerte. Ich vermute, Jasper erfuhr von dem Betrug und da er seinen Bruder schlecht ruinieren konnte, er aber auch nicht Teil dessen sein wollte, kündigte er. Ich kann mir nicht vorstellen, dass er einen so drastischen Schritt gemacht hat, ohne Mary eine Erklärung zu liefern."

„Aber kannst du erklären, warum sie es über ein Jahr geheim gehalten hat und plötzlich", er zuckte mit den Schultern, „was, droht sie, ihn zu entlarven?"

„Vielleicht willigte er ein, aufzuhören, und sie erfuhr vor Kurzem, dass das nicht stimmt."

Ich seufzte, als er sich mit der Hand über den Nacken fuhr. „Ich weiß, das ist eine Menge Spekulation über einen Streit, aber es passt zur Situation, also bitte gib mir eine Chance. Mary muss es vorsichtig angegangen sein. Als Jasper starb, schrieb sie die Klatschkolumne noch nicht. Sie hatte keine Möglichkeit, Archers Verbrechen aufzudecken. Ihre einzige Option war es, zur Polizei zu gehen. Sie würde ihre Familie ruinieren, den Namen ihres Mannes und die Zukunft ihrer Nichten. Und das vorausgesetzt, dass die Polizei ihre Vorwürfe ernst nimmt. Wenn nicht, könnte Archer sie hysterisch nennen und wegsperren lassen." Ich sah ihn ruhig an. „Ich vermute, dass sie Gordon Archer konfrontiert hat und er ihr versprach, aufzuhören."

„Ich stimme dir zu, dass das eine gute Theorie ist, aber wir wissen nicht, ob irgendetwas davon stimmt."

George lehnte den Kopf zurück und atmete seufzend aus. „Wir mutmaßen viel zu viel. Wir müssen uns an die Fakten und Gewissheiten halten."

„Leider haben wir davon wenige. Ridley stritt wegen etwas mit Jasper. Was immer es war, es sorgte dafür, dass Jasper seinen Bruder zur Rede stellte und dann kündigte. Danach fuhr er nach Edinburgh und starb beim Zugunglück. Kurz darauf stellte Ridley Jaspers arbeitslosen Kammerdiener ein." Angewidert rümpfte ich die Nase. „Unsere Fakten und Gewissheiten sind erbärmlich dürftig."

„Vielleicht würde es helfen, mit Ridley zu sprechen."

„Du kannst ihn kaum fragen, worüber er mit Jasper gestritten hat. Ich habe ihn bereits nach seinen Anlagen mit Archer gefragt und er schien auf den Mann zu schwören. Ich glaube nicht, dass du ihn dazu bringen könntest, zuzugeben, auch nur sich selbst einzugestehen, dass seine Verluste mit Archer etwas mit Betrug zu tun hatten. Selbst Graham lehnt die Vorstellung ab. Und ich glaube, dass Ridley Archer für einen Freund hält."

„Daher könnte jede Nachfrage durch mich dazu führen, dass er Archer warnt. Es wäre wohl am besten, Ridley vorerst in Ruhe zu lassen."

Er atmete tief ein und atmete mit einem Ton zwischen einem Seufzen und Grummeln aus. „Was wir wirklich brauchen, ist etwas, das beweist, dass Mary Archer Kenntnis von Gordon Archers betrügerischen Machenschaften hatte, und dass er wusste, dass sie die Kolumne schrieb."

„Warum müssen wir das wissen?"

„Weil der Redakteur genau wie Mary umgebracht wurde. Er musste wissen, dass der Redakteur ihn genauso wie Mary hätte entlarven können. Daher war Archer entweder klar, dass Mary eine Kolumne schrieb, oder sie drohte ihm, damit zur Zeitung zu gehen, wobei sie angedeutet haben muss, dass der Redakteur bereits die Informationen hatte oder zumindest Zugang dazu."

Ich musste ihm zustimmen. „Er muss gewusst haben, dass er kurz davor stand, entlarvt zu werden, sodass er bereit war, jemanden umzubringen, ja, seine eigene Schwägerin umzubringen. Wenn Archer es war, muss Mary ihm gedroht haben."

Er legte den Kopf schief. „Also gut. Sie drohte, ihn zu entlarven, und er brachte sie um." Er zog eine Augenbraue hoch. „Was ist mit dem Redakteur?"

Ich lehnte mich zurück und versuchte, mir den Vorgang vorzustellen. „Mary und Gordon streiten. Sie sagt ihm, dass er mit dem Schwindel aufhören muss. Er weigert sich. Der Streit wird heftiger. Sie droht ihm, ihn zu entlarven, wenn er nicht aufhört. Wutentbrannt attackiert Archer sie und droht sie für immer zum Schweigen zu bringen. Um ihr Leben zu retten, sagt sie ihm, dass sie die Details dem Redakteur in Form ihrer Kolumne gegeben hat. Wenn sie stirbt, wird er die Geschichte trotzdem drucken. Seine Hände legen sich um ihren Hals und sie tut ihren letzten Atemzug."

Er starrte mich fasziniert an. Ich zuckte mit den Schultern. „Dann greift er den Redakteur an."

„Ah, aber da ist eine Schwachstelle in dem Bild, das du malst." Er drohte mir grinsend mit dem Zeigefinger. „Wenn sie ihm nicht den Namen der Zeitung oder der Kolumne gesagt hat, woher soll er wissen, auf wen er es abgesehen hat? Viele Zeitungen drucken Klatsch."

Ich verzog das Gesicht. „Das ist eine ziemlich große Schwachstelle."

Wir starrten einander einen Moment lang an und wägten die Möglichkeiten ab. Ich konnte Hetty und Lottie am Tisch in der Ecke des Salons murmeln hören. George brach schließlich das Schweigen. „Erinnerst du dich, ob Mr. Mosley alle Arbeit von Mr. Norton übernommen hat?"

„Er hat es nicht genau gesagt, aber es wirkte so.“

„Hast du ihn gefragt, ob er etwas von Mrs. Archer nach den Morden erhalten hat?“

„Ich habe den Mann nie ohne dich an meiner Seite getroffen, daher nein, ich erinnere mich nicht daran, das gefragt zu haben. Und wie soll das möglich sein? Mary kann nach ihrem Tod keinen Brief geschickt haben.“

„Nein, aber sie könnte vor ihrem Tod etwas mit der Post verschickt haben.“

Ich dachte über die Idee nach. Wenn Mary solch eine Maßnahme ergriffen hatte, musste sie gewusst haben, dass sie sich auf gefährlichem Terrain bewegte. Es wäre sicherer gewesen, zur Polizei zu gehen – doch dann hätte sie die Familie ruiniert.

„Das sollten wir überprüfen“, sagte ich. „Wir sollten zum *Observer* fahren und Mosley fragen. Aber wenn er etwas so Wichtiges erhalten hat, hätte er dann nicht Delaney informiert?“

Er verschränkte die Finger auf dem Schoß. „Er schien ziemlich in Arbeit zu versinken, findest du nicht? Wenn jemand etwas gebracht hat, ist er vielleicht noch nicht dazu gekommen, es sich anzusehen.“

„Vielleicht sollten wir erst Delaney fragen. Wenn er nichts gehört hat, können wir mit Mr. Mosley sprechen.“ Ich ließ den Kopf gegen die Sofalehne sinken und erinnerte mich daran, dass ich nun die Kolumnistin war. „Ich sollte ihm eh die nächste Fuhre Kolumnen bringen.“

„Wir sollten mit Delaney sprechen.“ Er sah mich warnend an. „Aber vergiss nicht, dass es nur eine Theorie ist. Ich verstehe, dass du eine entschiedene Meinung zu Archer als Verdächtigen hast, aber wir haben nichts, um das auch nur im Ansatz zu beweisen.“

Bevor ich etwas erwidern konnte, rief Hetty nach uns. „Also gut, ihr zwei. Ich glaube, ich kann mit Sicherheit sagen, dass keines der Unternehmen von der Bank für Anlangen freigegeben wurde."

Wir gingen zum Tisch hinüber, an dem Hetty und Lottie arbeiteten. „Außerdem ist keines davon zum Handel an der Börse zugelassen", fügte sie hinzu.

„Das könnte bedeuten, dass sie Privatunternehmen sind", sagte George. „Oder dass sie nicht existieren."

„Zwei davon existieren nicht." Hettys Stimme klang entschlossen. „South Equity und Central American Coffee Company waren beide Teil von Grahams Depot. Wir haben sie bereits als Betrug verifiziert."

Hetty deutete auf die Namen auf der Liste. Irgendetwas an ihnen kam mir merkwürdig bekannt vor.

„Es gibt noch drei weitere Namen auf der Liste, die den falschen Unternehmen ähneln. Sie sind von der Bank nicht freigegeben, nicht an der Börse zugelassen und Archer hat die Anteile erst kurz bevor die Unternehmen horrende Verluste erlitten haben verkauft." Hetty zählte die Punkte an den Fingern ab. „Es könnte gut sein, dass keines der fünf Unternehmen überhaupt außerhalb von Archers Fantasie existiert."

Ich sah zu George, der über die Neuigkeiten alles andere als erfreut wirkte. „Ich finde ihre Erörterung ziemlich einleuchtend, du nicht?"

Er atmete seufzend aus. „Ja, das muss ich zugeben. Während wir mit der gebührenden Sorgfalt die anderen drei Unternehmen überprüfen sollten, ist es an der Zeit, Delaney darüber zu informieren. Das sollte genügen, damit die Polizei Archer wegen Betrugs zur Verantwortung zieht." Er hob warnend die Hand. „Es ist jedoch nicht genug, um den Mord zu beweisen, wie du weißt. Aber es gibt Anlass zu Vermutungen. Delaney wird Archer vermutlich zu seiner Schwägerin befragen, aber ich fürchte, das ist alles, worauf wir hoffen können."

Die Enttäuschung lastete schwer auf mir, als er die Unterlagen stapelte.

„Wartet." Lottie hielt ihn auf. „Wenn ihr vorhabt, diese Unterlagen zur Polizei zu bringen, sollten wir eine Abschrift davon machen."

George sah sie fragend an. „Wozu das?"

„Was, wenn die Polizei findet, dass sie nicht genug Beweise haben, um Archer zu den Morden zu verhören? Es könnte an uns liegen, die Beweise weiter zu durchsuchen, bis wir den Mörder finden." Sie zuckte mit den Schultern. „Wenn wir die Originale weggeben müssen, sollten wir zumindest Abschriften haben."

„Sie hat recht", sagte ich. „Es könnte an uns hängen bleiben. Und die Kendricks sind morgen bei der Soiree der Ridleys. Hetty könnte uns mehr Informationen über die Unternehmen verschaffen, daher brauchen wir die Liste mit den Namen der Unternehmen."

Ich setzte mich neben Lottie und wir notierten alle Details in einem Heft. Innerhalb einer halben Stunde hatten wir eine Liste aller betrügerischen Unternehmen und der Gentlemen, die Geld angelegt und ver-loren hatten. Wir vermerkten, von welchen Unternehmen wir wussten, dass sie nicht existierten und welche weitere Nachforschungen erforderten. Als ich die Liste durchging, fiel mir auf, warum mir manche der Namen bekannt vorkamen.

„Gütiger Himmel", rief ich, was mir einige verwirrte Blicke einbrachte. „Wir haben die Informationen bereits. Wir haben sie sogar in der Kolumne veröffentlicht. Die Initialen der Unternehmen sind alle Teil der unergründlichen Notiz." Ich deutete zu Marys Mappen, die neben Lotties Ellenbogen aufgetürmt waren. „Ich glaube, wir haben sie endlich entschlüsselt."

Lottie durchsuchte die erste Mappe, bis sie die Notiz fand, und legte sie mittig auf den Tisch. Wir lehnten uns alle vor, um sie zu lesen.

SSE, CTS, W-H & S, CACC. 6. März 1898. Mindestens LH, SH, LM, LR J.

„Das erste steht für South Sea Equity“, sagte ich. „Und CACC für Central American Coffee Company.“

Nach und nach fanden wir die vier Unternehmen auf Hettys Liste wieder. Zwei davon hatten wir schon als Betrug festgelegt. Die anderen zwei standen in der Spalte ‚Verdächtig‘.

„Die darauffolgenden Initialen beziehen sich auf die Personen, die in die falschen Unternehmen investiert haben“, sagte Lottie. „Nun ergibt es Sinn. Am 6. März wurden diese vier Personen dazu verleitet, in diese vier Unternehmen zu investieren.“ Sie rümpfte die Nase. „Aber wofür steht das ‚J‘?“

Hetty sah über meine Schulter. „Vielleicht heißt es mindestens diese vier Personen. Bist du sicher, dass das ein ‚J‘ ist? Es ist ziemlich schnörkelig.“

Ich sah mir den Buchstaben genauer an. Er war anders geschwungen, und das aus gutem Grund. „Es ist eine Unterschrift“, sagte ich. „‚J‘ für Jasper. Er hat die Notiz unterschrieben.“

Ich ließ mich gegen die Stuhllehne fallen. Jetzt, da wir die Notiz verstanden, wunderte ich mich, dass wir so lange gebraucht hatten. „Jasper Archer hat das geschrieben. Deshalb ist das Papier anders und auch die Handschrift. Er hat es entweder bei Mary gelassen oder sie hat es zwischen seinen Unterlagen gefunden.“

George las die Notiz noch einmal und lächelte mir zu. „Gute Arbeit, Frances.“

„Ich glaube, das beweist, dass Mary wusste, dass ihr Schwager etwas im Schilde führte.“

Er legte den Kopf schief und zog eine Augenbraue hoch. „Es sieht ganz danach aus, aber eine Frage bleibt: Wusste *er*, was *sie* im Schilde führte?“

KAPITEL 22

Die Arbeit dauerte bis spät in die Nacht, was größtenteils daran lag, dass George darauf bestand, dass wir jedes einzelne Dokument und jedes Blatt Papier aus Marys gesammelten Werken durchgingen.

„Die Notiz reicht, damit Delaney eine Ermittlung gegen Archers Machenschaften einleitet, aber wenn er nicht gesteht, ist es bei weitem nicht genug, um ihn für schuldig zu erklären und ihn wegen Betrugs anzuklagen", sagte er. „Wenn Jasper, oder Mary, etwas in Archers Handschrift hätten oder einen handfesten Beweis, dass er seine Kunden mutwillig betrogen hat, würde ich mich sicherer fühlen."

Wir durchsuchten alles und fanden nichts. Wir stießen jedoch auf zwei Namen von der Liste der betrogenen Adligen, die zu den Initialen passten. Mit den Unterlagen zur Hand machten wir uns am nächsten Nachmittag auf den Weg zu Delaney.

Auf dem Revier in Chelsea hatten wir keinen Erfolg, daher fuhren wir weiter zum *Daily Observer*, um meine Kolumnen abzugeben. Zur Abwechslung war ich über die Trauerkleidung froh, denn sie ermöglichte es mir, einen Schleier zu tragen, ohne deshalb Aufmerksamkeit auf mich zu ziehen. Es wurde allmählich warm, als wir aus der Kutsche stiegen und in das Gebäude traten.

Mr. Ryan saß nicht auf seinem gewohnten Posten am Eingang. George und ich warteten einen Moment lang am Empfangstresen. Wir sahen einander an, zuckten dann mit den Schultern und gingen durch die Schwingtür, die die Eingangshalle von den Büros trennte.

„Es scheint, die ganze Bande ist heute da", sagte Mosley, als wir der Form halber anklopften und dann in das Büro des Redakteurs traten. Inspektor Delaney und ein Polizist waren bereits dort. Mosley winkte uns herein.

Während George Delaney begrüßte, ging ich zu Mosley hinüber. „Was ist aus Mr. Ryan geworden? Sagen Sie nicht, Sie haben ihn gefeuert."

„Nee." Mosley machte eine leichte Kopfbewegung in Richtung Delaney und dem Polizisten. „Der Junge macht sich immer von dannen, wenn gewisse Personen zu Besuch kommen."

Ach, natürlich. Ryans Vergangenheit machte ihn kaum zu einem Freund der Polizei. Mir fiel auf, dass Mosley gar nicht seine Lieblingsbezeichnung für den Jungen verwendet hatte. Vielleicht hatte der Mann doch ein gutes Herz.

„Was bringt Sie zwei hierher?" Delaney schien nicht erfreut, uns zu sehen.

„Wir bringen Mr. Mosley die nächsten Kolumnen", sagte ich und hielt meinen Umschlag hoch. „Es ist äußerst günstig, dass wir auch Sie hier antreffen, da wir gehofft hatten, mit Ihnen zu sprechen. Wir haben Informationen."

Delaney sah den Redakteur finster an, der schwer seufzte, sich aber von seinem Schreibtischstuhl hochrappelte und in Richtung Tür ging. „Ich habe heute noch zu arbeiten. Halten Sie es also bitte kurz." Er zog die Tür hinter sich zu und Delaney setzte sich auf den Stuhl des Redakteurs. George bot mir einen Besucherstuhl an und er und der Polizist blieben stehen.

„Ich fürchte, wir müssen etwas vom Thema abschweifen", setzte George an, „aber wenn Sie etwas Geduld mit uns haben, können wir erklären, wie es mit den Morden zusammenhängt."

Delaney zog die Augenbrauen zu einer buschigen Linie zusammen, blieb aber still. Zu zweit erklärten wir die betrügerischen Machenschaften Archers. Wir erzählten, wie wir gelernt hatten, dass mindestens zwei der Unternehmen nicht existierten und dass Archer sich das Geld einfach in die eigenen Taschen gesteckt hatte. Wir erwähnten den Streit zwischen Jasper Archer und Hugo Ridley, wegen dem er seine Anstellung kündigte und Arbeit in Edinburgh suchte.

„Die Notiz, die ich Ihnen gab, beinhaltet all das." Ich legte meine Abschrift davon neben die Übersetzung auf den Tisch. „Ich glaube, dass Mary wusste, was ihr Schwager da tat, und anstatt ihn zu erpressen hat sie gedroht, ihn zu entlarven, wenn er nicht aufhört."

Delaney schien das nicht zu gefallen. „Und Sie nehmen an, anstatt die illegalen Geschäfte einzustellen, hat Archer seine eigene Schwägerin umgebracht."

Ich atmete ruhig ein. „Mein Schwager hat durch eine von Archers Anlagen sechstausend Pfund verloren. Es wäre schwer, ein so lukratives Geschäft aufzugeben, ganz gleich ob legal oder nicht. Jemand hat sie ermordet. Archer hatte etwas zu verheimlichen, und ich glaube, dass Mary gedroht hat, es zu enthüllen. Er wurde gesehen, wie er wenige Tage später versucht hat, in ihr Haus einzubrechen, und die Beschreibung des Mannes, der am Tatabend aus ihrem Haus kam, trifft auf ihn zu. Ist das nicht genug, damit die Polizei ihn verhört?"

„Mehr als genug", antwortete Delaney. „Um ehrlich zu sein, konnte ich den Herrn überzeugen, heute Abend mit mir über seinen Einbruchsversuch bei Mrs. Archer zu sprechen. Ich würde die Informationen vorher gerne verifizieren, aber dafür wird die Zeit wohl kaum reichen."

Er nahm die Unterlagen, die wir auf den Tisch gelegt hatten, und sah George fragend an. „Diese Gentlemen haben alle zugegeben, dass sie von Archer reingelegt wurden?"

George schüttelte den Kopf. „Keineswegs. Sie ahnen noch nicht, dass sie reingelegt wurden. Sie glauben, es war eine Fehlinvestition. Ich habe ihnen nicht gesagt, dass die Unternehmen, in die sie investiert haben, nicht existieren. Bis gestern Abend war ich mir selbst nicht sicher."

Delaney starrte ihn entgeistert an. „Wollen Sie mir sagen, dass dieser Mann", er sah auf die Notiz, „dieser Peterson einfach zweitausend Pfund hergegeben hat, ohne etwas über die Anlage zu wissen?" Er lehnte sich über den Tisch zu uns. „Und der Earl of Harleigh sechstausend?"

„Sie haben ihrem Berater getraut." George zuckte mit den Schultern und lehnte sich gegen die Wand. „Viele finden es so einfacher."

Delaney spottete. „Der Tag, an dem ich jemandem so vertraue ..."

„Ist der Tag, an dem Sie aufhören, ein Inspektor zu sein." Ich lächelte ihm zu. „Es liegt Ihnen nicht nur in der Natur, es ist Teil Ihrer Arbeit als Inspektor, argwöhnisch zu sein. Der Rest von uns ist eher gewillt, der Meinung anderer Glauben zu schenken. Insbesondere, wenn ein Experte sagt, dass er das angelegte Geld in ein Vermögen verwandelt."

„Weiß Archer, dass Sie ihm auf der Spur sind?"

George verschränkte die Arme vor der Brust. „Ich hoffe, nicht. Das meiste haben wir durch unverfängliche Unterhaltungen erfahren. Keiner dieser Herren, oder vielleicht sollte man sie Opfer nennen, sollte dadurch argwöhnisch geworden sein, aber jeder von ihnen könnte etwas Archer gegenüber erwähnen und ihn so unabsichtlich warnen."

Delaney nickte. „Ich werde einen Mann in der Nähe des Hauses postieren, solange wir ermitteln. Wenn wir ihn wegen Betrugs verhaften können, können wir ihn auch zu den Morden verhören." Er warf dem Polizisten einen Blick zu, der alles in seinem Notizbuch vermerkte, dann sah er uns fest an. „Gut gemacht“, murmelte er.

Ich strahlte über sein Lob. Ich musste schon sagen, langsam fand ich Gefallen an der Rolle der Ermittlerin. Es war wie ein Rätsel zu lösen, nur dass die Risiken größer waren. Im Puzzeln war ich immer gut gewesen und hatte das Gefühl, auch hierbei gut zu sein.

„Eine Sache noch“, sagte George. „Wir hatten gehofft, zu erfahren, ob Mr. Mosley Post von Mrs. Archer nach ihrem Tod erhalten hat.“

Seine Worte holten mich zurück in die Realität. So viel dazu, eine gute Ermittlerin zu sein. Ich hatte ganz vergessen, warum wir eigentlich hier waren.

Delaney sah verwirrt aus, daher holte ich weiter aus. „Da wir glauben, dass Mrs. Archer ihren Schwager zur Rede stellen wollte, dachten wir, dass sie vielleicht eine Sicherheitsmaßnahme ergriffen hat. Vielleicht hat sie jemandem die Details zu Archers Betrug zukommen lassen. Nicht bloß Jaspers Notiz, sondern schriftliche Beweise. Wenn ja, nehmen wir an, dass diese Person Mr. Norton war. Und wenn sie es per Post geschickt hat oder jemanden es hat überbringen lassen, kam es nach ihrem Tod an. Wir hatten gehofft, in seinem Büro noch etwas in ihrer Handschrift zu finden.“

Genau in dem Moment steckte Mosley den Kopf durch die Tür. „Sind Sie drei fertig? Ich habe heute wirklich noch eine Menge Arbeit vor mir.“

Delaney stand auf. „Wir haben gerade entschieden, Mr. Nortons Unterlagen noch einmal durchzugehen. Ich fürchte, Ihre Arbeit muss warten, außer Sie können woanders arbeiten.“

Mosley fiel die Kinnlade herunter. Ein vernichtender Blick von Delaney genügte und er klappte den Mund zu. „Hören Sie, ich war überaus gastfreundlich, also warum sagen Sie mir nicht, wonach Sie suchen?“ Er deutete mit dem Stift auf Delaney. „Schließlich versuchen Sie, Mordbeweise in meinem Büro zu finden, da sollte ich die Geschichte als Erster bringen. Das ist nur fair."

Delaney presste die Lippen zusammen und starrte den Mann an. „Und was hält Sie davon ab, die Geschich-

te zu drucken, bevor wir jemanden verhaftet haben?"

Mosley knirschte ungeduldig mit den Zähnen.

„Vielleicht können wir ihm etwas sagen, nur nichts Entscheidendes", schlug George vor.

„Was soll mir das bringen?"

Da reichte es mir. „Himmel, Mr. Mosley. Wenn der Inspektor hier Beweise findet, schreibe ich Ihnen die Geschichte selbst. Sie werden mehr Details haben, als sonst irgendjemand. Reicht Ihnen das?"

Mosley grummelte. „Ich schätze schon. Also was brauchen Sie?"

„Post von Mrs. Archer."

„Die haben Sie." Er winkte ab. „Ihr Leute habt alles geholt, nachdem Mr. Norton ermordet wurde."

„Wir hatten gehofft, dass nach den Morden noch Post eintraf", sagte ich. „Vielleicht hat jemand etwas eigenhändig zugestellt?"

Mosley trampelte um den Schreibtisch und murmelte dabei leise. Er zog eine offene Kiste aus einem Regal und ließ sie auf den Tisch fallen. „Ich weiß nicht, wie Sie darauf kommen, dass die Dame ihrem Redakteur etwas vom Grab aus geschickt hat, aber sehen Sie gern nach. Das ist alles, was für Mr. Norton seit seinem Tod angekommen ist."

Zu dritt machten wir uns an den Stapel Unterlagen in der Kiste und sortierten die Post durch. Es war nichts von Mary dabei. „Die Morde sind über eine Woche her. Wenn sie arrangiert hat, dass etwas geliefert wird, muss es inzwischen eingetroffen sein."

„Wir wissen nicht, ob sie solch eine Vorkehrung getroffen hat", rief George mir in Erinnerung. „Wir haben es bloß gehofft."

„Mary war eine clevere Frau", sagte ich. „Ich kann mir nicht vorstellen, dass sie Archer ohne eine Sicherheitsmaßname zur Rede gestellt hat."

„Vielleicht hat sie dem Mann mehr vertraut, als Sie es tun", sagte Delaney. „Die Leute scheinen Vertrauen in Archer zu haben."

„Ich nehme an, das ist möglich, doch Mary wusste im Gegensatz zu den restlichen Leuten, dass er nicht vertrauenswürdig war."

„Sie kann kaum damit gerechnet haben, dass er sie ermorden würde."

„Nun, da hier nichts zu finden ist, mache ich mich besser auf den Weg."

Delaney sagte, er würde damit anfangen, die Informationen, die wir geliefert hatten, zu sichten. Wenn es sich bewahrheitete, würde die Polizei Archer zumindest wegen Betrugs verhaften. Vielleicht würde Archer unter dem Druck des Verhörs gestehen. Ich war erleichtert, dass all das nun in Delaneys Händen lag.

Er verließ vor uns das Gebäude und ich drehte mich aus Gewohnheit um, um Mr. Ryan einen schönen Nachmittag zu wünschen, aber sein Platz war noch immer verwaist.

„Warte kurz." Ich legte eine Hand auf Georges Arm. „Wir sollten noch jemand anders fragen."

Während ich Mr. Mosley fragte, wo Ryan stecken könnte, war er schon an seinen Platz zurückgekehrt und plauderte mit George. Ich lächelte ihm zu, als ich an den Empfangstresen vor seinem Schreibtisch trat.

„Mr. Ryan, ich frage mich, ob Sie mir helfen könnten."

„Gerne doch, Ma'am." Er lächelte unsicher.

George trat zur Seite, als ich mich gegen den Tresen lehnte. „Mr. Hazelton und ich versuchen herauszufinden, wer Mr. Norton und die Dame, die Miss Information war, umgebracht hat."

Ryan kniff die Augen kritisch zusammen und musterte mich. „Sie meinen Mrs. Archer?"

Ich seufzte. „Sie wissen davon. Mr. Norton hat Ihnen vertraut."

„Er wusste, dass er mir vertrauen kann, Ma'am. Ich weiß auch, dass Sie nicht Mrs. Archers Schwester sind. Sie sehen ihr nicht ähnlich."

„Nein, ich bin nicht ihre Schwester, aber ich war ihre Freundin und ich will ihren Mörder finden. Ich frage mich, ob hier ein Brief oder ein Päckchen für Mr. Norton nach seinem Tod eingetroffen ist. Gesendet von Mrs. Archer."

Der Junge nagte an der Unterlippe und schüttelte den Kopf. Ich verstand sein Zögern, aber ich drängte weiter. „Mr. Ryan, wir sind nicht die Polizei. Wenn Sie etwas haben, müssen sie nicht erfahren, dass es von Ihnen kam."

„Sie schickte nichts an Mr. Norton", sagte er. „Sie schickte es mir."

Mit diesen Worten griff er nach unten und zog einen großen, proppenvollen Umschlag aus einer Schreibtischschublade. Er zögerte, bevor er ihn mir reichte. „Die Polizei und ich vertragen uns nicht. Ich will nicht mit ihnen reden müssen."

George machte einen Schritt vor. „Ich versichere Ihnen, dass wir Sie komplett raushalten."

Ryan nickte und reichte mir den Umschlag. Ich sah sofort den Namen auf dem Adressaufkleber. Ich tauschte einen Blick mit George. „Es ist von Mary."

„Ja, Ma'am. Sie schickte nicht häufig etwas, aber wenn, brachte ich es Mr. Norton. Als er fort war, wusste ich nicht, was ich tun sollte."

„Vielen Dank, dass Sie mir vertraut haben, Mr. Ryan." Ich brach das Siegel und zog ein Buch heraus.

„Das ist ein Kontobuch.“ Ich legte es auf den abgenutzten Holztresen und schlug es auf. Mit George an meiner Seite blätterte ich es durch und wunderte mich über den Fund. „Warum sollte Mary das Norton schicken? Die Einträge sind über ein Jahr alt.“

Er blätterte bis zum letzten Eintrag. „Da!“ Er tippte mit dem Zeigefinger auf etwas. „South Sea Equity an Gerald Peterson. Zweitausend Pfund!“ Er klappte das Buch zu und schlug mit der Hand auf den Lederdeckel.

Ryan und ich beobachteten sein Verhalten verwirrt. Ganz besonders als George sich über den Tresen lehnte und Ryan die Hand schüttelte.

„Worüber bist du so erfreut?“, fragte ich.

„Darüber!“ Er schlug wieder mit der Handfläche auf das Buch, schlug es auf und schob es grinsend zu mir. „Sieh selbst.“

Ich starrte ratlos auf eine Seite voller Einträge, bis er den Finger auf das Ende einer Zeile legte. Die Initialen *GA* stachen hervor. Tatsächlich stand am Ende jeder Zeile *GA*. Ich sog die Luft ein und sah zu George auf. „Gordon Archer.“

Er grinste. „Das hier ist nicht Marys Kontobuch. Es gehört Archer. Darin hat er seine verachtenswerten Taten festgehalten. Und es kam von Mary Archer. Das hatte sie gegen ihn in der Hand. Sie hatte unbestreitbare Beweise für seinen Betrug.“

„Himmel!“ Ich schob George in Richtung Tür. „Wir müssen das Delaney bringen.“

Delaney und der Polizist waren noch draußen gewesen und wenn das möglich war, war er über diesen neuen Beweis noch erfreuter als George zuvor. Ich bezweifelte, dass er uns überhaupt hörte, als wir sagten, wir hätten es im Postkasten gefunden. Sein Grinsen wurde mit jedem Eintrag, den er las, breiter. „Das sollte den Prozess definitiv beschleunigen“, sagte er.

Sir Hugo und Lady Ridley besaßen keinen Landsitz. Nicht, dass sie es nicht erschwingen konnten, sie liebten bloß das Stadtleben. Hugo mied alle Sportarten und Miriam wusste sich mit mehreren Wohltätigkeitsvereinen in der Stadt und den ständigen Modernisierungen am Haus zu beschäftigen. Heute würde die Gesellschaft einen ersten Blick auf die neue Empfangshalle der Ridleys erhaschen. Sie hatten monatelang daran gearbeitet und nun war sie endlich zur größten Veranstaltung des Sommers, dem Empfang zum Glorious Twelfth, fertiggestellt.

Wir kamen am kleinen Salon, den ich gestern erst gesehen hatte, vorbei und traten durch den Bogen am Ende eines kurzen Flurs, hinter dem sich ein zweistöckiger Raum auftat. Eine Galerie zog sich um drei Viertel des zweiten Stocks. Sie ging bis zur hinteren Wand, die nur aus Fenstern bestand. Die Türen darunter standen offen und Rosenduft zog aus dem Garten herein. Während die Gäste in dem imposanten Raum beisammenstanden, boten die Musiker ein Ständchen dar, das aus einem angrenzenden Salon erklang.

Wir verloren Lily sogleich, da Leo ihre Aufmerksamkeit verlangte. George und Hetty machten sich auf die Suche nach Mr. Kendrick, um zu erfragen, was er über die drei möglicherweise betrügerischen Unternehmen wusste. Damit blieben Lottie und ich übrig, und da wir keine wichtigere Aufgabe hatten als uns zu unterhalten, mischten wir uns unter die Gäste.

Ich fühlte mich sorgenfrei. Wir hatten unsere Funde Delaney übergeben und er würde Archer sicherlich bald verhaften. Ich hielt die Arbeit für getan.

„Lady Harleigh. Miss Deaver.“

Wir drehten uns um und sahen Charles Evingdon auf uns zusteuern, der uns zwei Gläser Wein brachte. Lottie strahlte sogleich. Auch ich war froh, ihn zu sehen. Seit dem Zwischenfall mit Caroline Archer hatte er sich nach Hause zurückgezogen und vorgehabt, sich weiterhin zu verstecken.

Mit einer überschwänglichen Geste überreichte er uns beiden ein Glas. Lottie wurde rot und verschüttete die Hälfte des Weins auf Saum und Schuhen. Ich tat so, als hätte ich nichts bemerkt, und wandte mich Charles zu.

„Ich freue mich, zu sehen, dass du dich wieder in der Gesellschaft zeigst."

Er strahlte so sehr, dass sich die Grübchen zeigten. „Konnte mein Glück kaum fassen, als ich die Einladung erhielt. Dachte schon, dass ich nun eine Persona non und so weiter bin. Aber hier bin ich."

„Die feine Gesellschaft ist ziemlich launenhaft. Wir alle wussten, dass du so etwas niemals tun würdest." Meine Wangen wurden etwas warm, als ich mich erinnerte, dass auch ich mir die Frage gestellt hatte.

„Das sind hervorragende Neuigkeiten, Mr. Evingdon", sagte Lottie.

„Ja, ich bin froh, dass ich mein Gesicht wieder in der Stadt zeigen kann, ohne den Leuten Angst einzujagen." Er lächelte ihr charmant zu. „Vielleicht würden Sie gern der Musik im Salon lauschen, Miss Deaver?"

Das Mädchen wurde feuerrot und hakte sich bei ihm ein. Ich lehnte ab und behauptete, dass ich die Gastgeberin suchen wolle. Als sie fort waren, sah ich mich im Raum um und erblickte stattdessen George und Hetty, die sich mit Mr. Kendrick unterhielten. Ja, ich wusste, dass ich mit der Ermittlung fertig sein sollte, aber das schob meiner Neugier keinen Riegel vor.

Bevor ich mich zu ihnen gesellen konnte, tauchte Graham neben mir auf. Nach einer hastigen Begrüßung senkte er die Stimme.

„Du wirst erstaunt sein, was ich erfahren habe", sagte er. „Gordon Archer wurde heute Abend verhaftet."

Erstaunen reichte nicht im Ansatz, um meine Gefühle zu beschreiben. Delaney hatte rasch gehandelt. „Weißt du, warum?", fragte ich.

Graham schüttelte den Kopf. „Mein Kammerdiener sah die Polizei ihn vor weniger als einer Stunde abführen. Er erzählte mir davon, als ich mich ankleidete." Er zuckte mit den Schultern. „Hetty hat mir allerdings gesagt, dass Archer einen gewieften Schwindel betrieben hat. Vielleicht hat die Polizei ihn erwischt."

Ich setzte ein erstauntes Gesicht auf. „Du meine Güte. Wenn das stimmt, muss es dich doch zufriedenstellen, dass er angeklagt wird. Ich frage mich, ob du eine Chance hast, dein Geld zurückzubekommen."

Seine Miene hellte sich auf. „Daran hatte ich noch nicht gedacht. Obwohl ich nicht sicher bin, ob Hetty recht hat. Ich finde es schwer zu glauben, dass es Betrug war."

Ich zog eine Augenbraue hoch. „Tante Hetty ist für gewöhnlich ziemlich gut in diesen Dingen. Warum zweifelst du an ihr?"

„Sie behauptet, dass das Unternehmen nicht einmal existiert, aber ich weiß, dass andere auch investiert haben und Erfolg hatten. Ridley zum Beispiel." Er zuckte mit den Schultern. „Vielleicht habe ich einfach nur zum falschen Zeitpunkt gehandelt."

„Wirklich? Ridley hat auch in das Unternehmen investiert und damit Gewinn gemacht?"

„Sogar eine Menge. Ridley war es sogar, der mich dazu ermutigt hat."

So war das also? Das war ja spannend.

KAPITEL 23

Es dauerte knapp eine halbe Stunde, bis ich George wiederfand. Ich traf ihn schließlich, als ich im Musikzimmer nachsah. Eine der Argyle-Töchter gab dort für ein kleines Publikum eine beeindruckende Vorstellung von Chopins Walzer in e-Moll. Lottie und Charles hörten jedoch eindeutig nicht zu. Sie saßen etwas abseits und hatten die Köpfe zusammengesteckt und unterhielten sich leise, während George hinter ihnen saß und die Anstandsdame spielte.

Ich tippte ihm leicht auf die Schulter, als ich mich von hinten näherte, und nickte mit dem Kopf zu einer Tür auf der anderen Seite des Salons, bevor ich dorthin ging. Hinter der Tür verbarg sich ein dunkler Korridor, der vermutlich zu den Privaträumen der Familie führte. Wenige Momente später ging die Tür auf, Musik strömte herein und George trat durch die Tür.

„Hätte ich gewusst, dass du im Dunkeln mit mir allein sein willst, Frances, hätten wir die anderen allein zur Soiree schicken können und dein Haus für uns gehabt." Er wackelte mit den Augenbrauen.

„Ich bitte dich, George."

„Nur zu gerne." Er lehnte sich zu mir und küsste mich quälend sanft. Oh Gott! Einen Moment lang vergaß ich alles, bevor ich merkte, dass meine Finger durch sein Haar fuhren und ich ihn eindeutig zurück küsste. „George", flüsterte ich an seinen Lippen.

„Sagtest du mehr davon?"

„Ja. Nein." Ich drückte meine Hände gegen seine Brust, um etwas Abstand zu gewinnen. „Zumindest nicht jetzt."

Er machte einen Schritt zurück und trug ein ganz schlimmes Grinsen auf den Lippen. „Ach, ich wusste, dass das zu schön war, um wahr zu sein. Wenn das also nicht deine Absicht war, warum wünschst du mich hier in einem dunklen, abgelegenen Korridor zu treffen?"

Wenn ich mich doch nur daran erinnern könnte. Aber ja. Archer. „Graham ist hier. Er kam etwas zu spät, aber er hatte Neuigkeiten. Delaney hat Archer verhaftet."

Er machte große Augen. „Schon?"

„Vor weniger als einer Stunde."

Er atmete seufzend aus und lehnte sich gegen die Wand, schreckte aber sofort wieder hoch, als die Tür neben ihm aufging und Hetty sich durchschob.

„Da seid ihr ja. Was um alles auf der Welt tut ihr hier im Dunkeln?"

Ich zog sie zur Seite, damit die Tür wieder schloss. „Ich erzählte Mr. Hazelton gerade, dass Archer verhaftet wurde."

Ihre Hand zuckte zum Hals hoch. „So schnell? Aber nur wegen Betrugs, nehme ich an."

„Das wissen wir nicht", sagte ich. „Grahams Kammerdiener sah die Verhaftung und erzählte ihm davon. Er konnte schlecht hinausgehen und Delaney fragen. Da die Polizei so schnell gehandelt hat, bezweifle ich, dass sie genug Zeit hatten, um Beweismaterial zusammenzutragen, um ihn auch des Mordes anzuklagen. Ich nehme also an, dass sie ihn wegen Betrugs verhaftet haben."

„Das ergibt am meisten Sinn", stimmte George zu. „Ich würde es gern selbst erfahren. Wenn sie ihn vor einer Stunde verhaftet haben, könnte Delaney schon Zeit haben, um mit mir zu sprechen." Er blickte von Hetty zu mir. „Ich müsste allerdings die Kutsche dorthin nehmen."

Ich winkte ab. „Sorge dich nicht um uns. Ich frage Charles, ob er uns nach Hause bringen kann."

„Ich bringe euch gern nach Hause.“

Charles tauchte in der Dunkelheit mit Lottie an seinem Arm auf. Wo waren sie bloß gewesen? „Wart ihr nicht eben noch im Musikzimmer?“

„Das stimmt“, antwortete sie. „Wir entschieden uns, in den Salon zurückzukehren, aber als wir versuchten, unsere Stuhlreihe zu verlassen, stolperte ich über den Fuß eines Gentleman und riss meinen Saum auf.“ Sie sah bewundernd zu Charles auf. „Mr. Evingdon rettete mich gerade noch davor, der Länge nach hinzufallen.“

Ich dankte seinen schnellen Reflexen.

„Wir haben das Damenzimmer gesucht, wo hoffentlich ein Hausmädchen meinen Saum reparieren kann.“ Sie runzelte die Stirn. „Aber dann müssen wir falsch abgebogen sein.“

„Als wir eure Stimmen hörten, entschieden wir, dass wir auf dem richtigen Weg sein mussten.“ Er lächelte mir mutig zu, als wisse er genau, was ich gerade dachte: In wie vielen dunklen Winkeln hatten sie sich versteckt, bevor sie hierher zurückgekommen waren?

„Nun, da ihr hier seid und du zugestimmt hast, uns nach Hause zu bringen, könnte Mr. Hazelton sich nun aufmachen und wir schließen uns der Gesellschaft wieder an.“

„Ich hoffe doch sehr, dass Sie sich wieder der Gesellschaft anschließen.“

Wir drehten uns alle ruckartig um und sahen Sir Hugo am Ende des Korridors. Himmel, wer tauchte als Nächstes auf? „Dies scheint ein ziemlich beliebter Ort für junge Paare zu sein“, sagte er. „Aber ich hätte nie gedacht, eine solche Gruppe hier anzutreffen.“

Wir brachten unsere Entschuldigungen vor und gingen zurück in den Empfangssaal. Hetty riss sich von uns los, als sie Mr. Kendrick erblickte. Ich vermutete, dass sie ihn über Archers Verhaftung informieren wollte. Charles und Lottie gingen Getränke holen und

Hugo wurde in eine Unterhaltung gezogen, um einen Streit zu schlichten. Zum Glück kam Miriam Ridley auf mich zu.

„Wie schön", sagte sie, als sie zu mir trat. „Ich habe Sie eine Ewigkeit nicht gesehen und nun zweimal in einer Woche."

Während wir uns unterhielten, sah ich, wie Ridley der Gruppe, bei der er stand, zuhörte und dabei seiner Frau gutmütig zulächelte. Wie toll es sein musste, einen Ehemann zu haben, der seine Frau zufrieden beobachtete, wenn sie sich gut amüsierte. Sie sah mein wehmütiges Lächeln und errötete leicht. „Ich verrate Ihnen ein Geheimnis. Ridley und ich werden morgen auf eine kleine abenteuerliche Reise verschwinden." Ihr strahlendes Lächeln verriet mir, dass die Aussicht auf ein Abenteuer ihr sehr gefiel.

„Wirklich? Wohin werden Sie reisen?"

„Zunächst nach Paris und von da aus – wer weiß!" Ihr Lächeln verblasste etwas, als sie sich bei mir einhakte und mich näher zu sich zog. „Es tut mir leid, dass wir die Verlobungsfeier verpassen werden, aber ich dachte, Hugo braucht eine Luftveränderung. Er war seit Mary Archers Tod so niedergeschlagen."

Das kam überraschend. „Ich wusste nicht, dass er mit Mary befreundet war."

Miriam zog eine Schulter in einer eleganten Geste hoch. „Nein, ich glaube, Mary war eher eine Bekannte. Er war mit Jasper, ihrem Gatten, befreundet. Ich schätze, ihr Tod hat ihn an den Verlust seines Freundes erinnert. Er war abgelenkt und zog sich zurück, daher dachte ich, dass ihm eine Reise guttun würde. Da er so ungern reist, war ich überrascht, dass er eingewilligt hat, also entschied ich, so schnell wie möglich abzureisen, bevor er seine Meinung ändert." Sie gluckste, als Ridley zu uns trat. „Jetzt kannst du nicht mehr absagen."

Er sah ziemlich zufrieden mit sich aus. „Ich habe keine solche Absicht, meine Liebe. Das Leben ist kurz. Man sollte es genießen, solange man kann."

„Dagegen lässt sich nichts sagen", antwortete ich und merkte, dass Miriam sich umgedreht hatte, um mit jemand anderem zu sprechen. „Da Sie bald fort sind, bin ich besonders froh, Sie besucht zu haben. Es klingt, als würden Sie eine Weile fort sein."

Sein Lächeln verblasste. „Aber ja, wegen Ihres Besuchs. Können Sie mir verraten, warum Ihr Hausmädchen meinen Kammerdiener ausgefragt hat?"

Mein Magen verkrampfte sich, aber ich zog nur einen leichten Schmollmund. „Ausgefragt? Worüber sollte sie ihn denn ausfragen?"

„Merkwürdigerweise über die Zeit, als er für Jasper Archer arbeitete. Er fand sie ziemlich neugierig. Wissen Sie, warum?"

„Ich weiß es nicht. Jenny begleitete mich gelegentlich, wenn ich Mary besuchte, sowohl vor ihrem Tod als auch dem ihres Ehemanns. Vielleicht hielt sie es für eine Gemeinsamkeit, um eine Unterhaltung anzufangen." Ich lächelte. „Ist er vielleicht ein attraktiver junger Mann?"

Er verzog das Gesicht, zuckte aber dann nur mit den Schultern. „So hatte ich es noch nicht betrachtet. Als er es mir gegenüber erwähnte, hatte ich den Eindruck, dass Ihr Hausmädchen versuchte, brisante Details über Mrs. Archers Tod zu erfahren."

Ich setzte ein ernstes Gesicht auf. „Wenn das der Fall ist, können Sie sich versichert sein, dass ich sie zurechtweisen werde. Die Details eines Mordes sind als Klatsch geschmacklos."

Er lehnte sich zu mir. „Vielleicht war sie hinter mehr als nur Klatsch her. Ich bin sicher, Sie wussten von Mrs. Archers Beruf als Schriftstellerin, da Sie so gute Freundinnen waren, Lady Harleigh."

Dieses Mal musste ich nicht überrascht tun. Wie konnte er davon nur wissen? „Bis auf das Briefeschreiben wusste ich nicht, dass Mrs. Archer etwas schrieb. Gewiss nicht als Beruf."

„Nicht? Dann habe ich wohl zu viel gesagt."

„Möglich, aber nun da Sie es erwähnt haben, müssen Sie weitersprechen."

„Ich spreche von der Kolumne, die sie für den *Daily Observer* geschrieben hat, wie Sie sicherlich wissen. Frauen können selten etwas für sich behalten."

Unglaublich. Warum brannten Männer nur so sehr darauf, das gesamte weibliche Geschlecht als hoffnungslose Tratschtanten darzustellen, wenn er es ganz offensichtlich kaum erwarten konnte, mir diese Details zu verraten? Da der Mann von Marys Kolumne wusste, gab es keinen Grund, es abzustreiten. „Wie kommt es, dass Sie davon wissen?"

Er lächelte matt. „Der Kammerdiener ihres verstorbenen Gatten arbeitet für mich, haben Sie das vergessen? Er erwähnte, wie sie Klatsch von den anderen Bediensteten erhielt. Tatsächlich fragte ich mich, ob Ihr Hausmädchen versuchte herauszufinden, wer die Kolumne nun schreibt."

„Großer Gott, Frances. Ist das etwa der ganze Papierkram in deinem Salon? Recherchierst du für einen Text?" Ich drehte mich um und sah Graham hinter mir stehen. Solange ich Ridley den Rücken zugekehrt hatte, sah ich Graham scharf an und bedeutete ihm, zu schweigen.

Ich machte eine wegwerfende Handbewegung. „Ich sortiere nur alte Unterlagen aus, Graham. Da Hetty meine Bibliothek belegt, ist der Salon meine einzige Option."

Ridley lächelte. „Dann sind Sie also nicht die neue Miss Information?"

Meine Wagen glühten. Ich hoffte, dass ich es als Erröten aus Bescheidenheit überspielen konnte, aber Grahams lautstarker Protest ersparte mir die Lüge. „Das will ich nicht meinen. Frances ist zu integer, um auf solchem Wege Klatsch zu verbreiten. Ich muss doch bitten, dass Sie so etwas nie wieder behaupten.“

Ridley hob beschwichtigend eine Hand. „Verzeihen Sie. Ich wollte Sie nicht beleidigen. Es war töricht von mir, das zu erwägen.“

Graham nahm die Entschuldigung an, als ob sein Kommentar nichts mit mir zu tun hätte, und Ridley verschwand unter einem Vorwand. Ich beobachtete, wie sein Rücken in der Menschenmenge unterging.

„Er weiß es“, sagte ich, wie zu mir selbst.

„Das will ich hoffen“, antwortete Graham. „Niemand beleidigt ein Mitglied meiner Familie.“

Ich hatte fast vergessen, dass er neben mir stand. „Entschuldige, Graham, aber ich muss Hetty suchen.“

Es dauerte eine gute Viertelstunde, sie zu finden, und nebenbei sammelte ich noch Charles und Lottie ein. Als ich alle drei zur Seite genommen hatte, berichtete ich ihnen von meinen Sorgen wegen Hugo.

„Willst du sagen, dass er in Archers Betrug mit drinsteckt?“, fragte Hetty.

Ich zählte die Beweise an den Fingern ab. „Er weiß, dass Mary die Kolumne geschrieben hat. Er hat versucht, mir weiszumachen, dass Jaspers Kammerdiener ihm davon erzählt hat, aber Mary hat die Kolumne noch nicht geschrieben, als der Kammerdiener bei ihr angestellt war. Hugo steht als einer der Männer, die von Archer vor einem Jahr betrogen wurden, in der Notiz.“ Ich rief mir die Notiz, die ich so viele Male gelesen hatte, ins Gedächtnis. „Mary benutzte die Initialen für Vorname und Nachname, aber dies war Jaspers Notiz und er hat stattdessen die Titel der Männer gewählt. Daher steht *SH* für Sir Hugo."

Sie schienen mir alle zu folgen, darum sprach ich weiter. „Dies sind die Fakten. Der Rest ist Spekulation. Hugo hatte Streit mit Jasper. Ich vermute, dass es um die Machenschaften seines Bruders ging. Außerdem glaube ich, dass er, anstatt Archer zu entlarven, andere ermutigt hat, auch mit ihm Geld zu investieren."

„So wie Graham", sagte Hetty, auf deren Stirn sich Sorgenfalten bildeten.

„Genau", sagte ich. „Anstatt ihn zu entlarven, hat er sich ihm angeschlossen und vermutlich damit eine Menge Geld verdient."

„Das Geld hätte er verloren, wenn Mrs. Archer ihren Schwager entlarvt hätte", sagte Lottie.

„Damit hat er das gleiche Mordmotiv wie Archer."

Charles sah noch immer verwirrt aus. „Aber die Polizei hat Archer verhaftet. Wenn er die Morde nicht begangen hat, wird er dann nicht vermutlich behaup-ten, dass sein Partner es war? Dann werden sie herkommen und Ridley verhaften."

„Das bringt mich zu meinem dritten Beweis", sagte ich. „Ridley hat erfahren, dass Jenny seinen Kammerdiener ausgefragt hat, und nun ist er argwöhnisch. So sehr sogar, dass die Ridleys, die sonst nie die Stadt verlassen, morgen zu einer ausgedehnten Reise auf den Kontinent aufbrechen."

Das entsetzte Keuchen, das ich erwartet hatte, blieb aus. „Er flieht also und vermutlich taucht er unter."

„Das klingt nach einem Schuldigen", sagte Charles.

„Wir können natürlich nicht sicher sein, aber es macht ihn genauso verdächtig wie Archer. Wir müssen diese Informationen Delaney überbringen, damit die Polizei Ridley verhören kann, bevor er das Land verlässt."

„Ich kann sofort fahren und ihm von deinen Vermutungen berichten", sagte Charles.

Ich war sicher, dass ich genauso zweifelnd dreinblickte wie die anderen beiden Frauen.

Hetty hakte sich bei ihm ein. „Ich werde mitgehen und helfen, die wichtigsten Punkte zu erklären." Sie drehte sich noch einmal zu mir. „Es könnte schlau sein, Ridley im Auge zu behalten. Weiß er, dass Archer verhaftet wurde?"

„Ich glaube nicht. Graham sagte, dass es erst heute Abend war und ich weiß nicht, wie Ridley davon gehört haben könnte. Lottie und ich werden ihn trotzdem im Auge behalten."

Als Hetty und Charles fort waren, suchten Lottie und ich Ridley auf. Ich zögerte, eine Unterhaltung mit ihm anzufangen, aus Angst, ich könnte mich verplappern. Die nächste halbe Stunde beobachteten wir ihn aus der Entfernung. Wir schlängelten uns durch die Menge, nickten und lächelten anderen Gästen zu und vermieden alle Unterhaltungen, die über die oberflächlichsten Themen hinausgingen. Immer, wenn Ridley weiterzog, taten wir es ihm nach.

Dann tauchte Graham an Ridleys Seite auf.

Lotties Haltung entspannte sich. „Vielleicht wird er zumindest für ein paar Minuten an einem Ort bleiben."

Die beiden Männer sprachen leise miteinander. Ridleys Miene verfinsterte sich und er sah Graham scharf an. Ich griff ängstlich nach Lotties Arm.

„Was ist denn?"

„Graham erzählt ihm von Archer. Ich bin mir sicher." Ich richtete den Blick zur Decke und atmete seufzend aus. „Da behaupten alle Männer, dass Frauen so viel tratschen. Ich hätte wissen müssen, dass Graham es nicht für sich behalten würde. Ich hätte versuchen sollen, sie voneinander fernzuhalten."

Ein Diener unterbrach ihre Unterhaltung und reichte Ridley eine Notiz. Nach einem kurzen Blick darauf verabschiedete er sich von Graham. „Er verschwindet." Lottie schrie leise auf und stieß mich mit dem Ellenbogen an.

Ja, er verschwand, und das eiligen Schrittes. Er hatte schon den halben Raum durchquert, vorbei am Musikzimmer, und lief in Richtung der privaten Räume des Hauses. Ich zog an ihrem Arm. „Wir müssen ihn aufhalten."

Eine Lady durfte man nicht durch den Raum rennen sehen, daher bewegten wir uns so schnell es der Anstand erlaubte. Trotzdem war er nirgendwo zu entdecken, als wir um die Ecke in einen dunklen Flur kamen. Auf der einen Seite waren zwei Türen und am Ende des Flurs war eine mit grünem Stoff bespannte Tür, die zum Treppenhaus der Bediensteten führte. Vielleicht war er dort entlang geflohen, aber ich konnte mir nicht vorstellen, dass er ohne Geld verschwand. Hinter einer der Türen musste sich ein Arbeitszimmer oder ein Herrenzimmer verstecken.

Ich blieb unschlüssig stehen und Lottie stieß mit mir zusammen. Irgendwie mussten wir Ridley hier aufhalten, bis die Polizei eintraf, aber dazu mussten wir ihn zuerst finden. Ich zog sie zu mir.

„Geh dort entlang", sagte ich und deutete auf die Bediienstetentür am Ende des Flurs. „Wenn er dort entlang geflohen ist, solltest du seine Schritte auf der Treppe hören."

Als sie an mir vorbei eilte, drehte ich mich zur ersten Tür, öffnete sie einen Spalt breit und blickte in einen Raum, der eine Bibliothek zu sein schien. Ich hätte mich zurückgezogen, hätte ich nicht ein Rascheln hinter der Tür gehört.

„Was tun Sie da?"

Ich zuckte zusammen, als ich die weibliche Stimme im Raum erkannte. Caroline Archer.

„Ist das denn nicht offensichtlich? Ich fliehe. Und wenn Sie klug sind, tun Sie das auch."

„Haben Sie nicht davon gehört? Gordon wurde verhaftet. Sie müssen ihm helfen."

Ridley gab ein Grunzen von sich. „So, wie ich Ihren Ehemann kenne, hilft er sich selbst und verrät der Polizei alles, während Sie hier herumstehen und meine Zeit verschwenden."

Wieder hörte ich ein Rascheln im Zimmer, dann spürte ich, wie mir jemand auf die Schulter tippte. Ich unterdrückte ein Keuchen und erblickte Lottie hinter mir. Ich gab ihr ein Zeichen, still zu sein, und legte das Ohr wieder an die Lücke zwischen Tür und Rahmen.

„Verdammt, Ridley! Sie können uns damit nicht allein lassen."

„Das kann und werde ich, meine Teuerste. Ich fürchte, Archer erzählt der Polizei alles über mich, und diese Feier wird ein abruptes Ende nehmen. Ich wäre lieber fort, wenn das passiert. Aber ich habe eine weitere Aufgabe für Sie, bevor ich gehe."

„Ihre Aufgaben haben bisher nie funktioniert. Schreiben Sie einen Brief an die Kolumnistin. Bedrohen Sie den Redakteur. Schüren Sie Verdacht gegen Evingdon. Nichts davon hat geholfen, Hugo. Wir haben genug von Ihren Aufgaben."

„Also gut. Dann nennen Sie es einen Gefallen. Nehmen Sie die."

Caroline keuchte. „Wenn Sie mir sagen wollen, dass ich mich erschießen soll, zählt das kaum als Gefallen, Ridley."

Ridley schnalzte mit der Zunge. „Halten Sie mich für töricht genug, um Ihnen eine geladene Waffe zu geben? Es ist Marys. Ich habe Evingdon heute hierher eingeladen. Gehen Sie sie in seiner Kutsche verstecken und bezahlen Sie einen Stallburschen dafür, der Polizei einen Tipp zu geben. So wird Ihr Gatte zumindest nicht wegen Mordes gehängt."

„Er hat sie nicht umgebracht", sagte Caroline, als Schritte ertönten und sich der Tür näherten.

„Er kommt", flüsterte ich und trat einen Schritt von der Tür zurück. Zumindest versuchte ich das, doch mein Fuß landete auf Lotties aufgerissenem Saum. Ich geriet ins Wanken, sie taumelte nach vorn und wir purzelten ineinander verknotet durch die Tür.

Caroline kreischte. Ich versuchte, auf die Füße zu kommen, half Lottie dabei. Gleichzeitig beobachtete ich Ridley, der seine Aktentasche durchsuchte und etwas herauszog – oh je, eine Pistole.

So ungern ich es nur zugebe, kauerten Lottie und ich uns aneinander, als Ridley uns deutete, weiter in den Raum zu gehen. Wir bewegen uns wie aneinandergeschweißt zum Kamin.

Ridley gab ein kehliges Grollen von sich, bevor er lospolterte. „Mein Gott, Lady Harleigh, man könnte meinen, Sie versuchen, mir das Leben schwer zu machen. Erst schicken Sie Ihr Hausmädchen, um meinen Kammerdiener auszufragen, jetzt spionieren Sie mir nach. Hat Ihnen niemand je gesagt, dass Lauscherei einem nur Ärger einbringt?"

Er winkte in unsere Richtung und seufzte tief. „Nun muss ich mir überlegen, was ich mit Ihnen beiden mache."

Caroline sah ihn entgeistert an. Marys Revolver baumelte in ihrer Hand. „Mache? Sie machen nichts mit ihnen. Ihre einzige Wahl ist es, zur Polizei zu gehen und zu gestehen."

„Ha! Ich entscheide mich für die Flucht, wenn es Ihnen nichts ausmacht, und wenn Sie vernünftig sind, tun Sie das auch." Ridley richtete die Pistole immer noch auf uns, sah aber zu Caroline. „Bringen Sie mir den Schlüssel vom Schreibtisch. Wir werden sie hier einschließen. Das sollte Ihnen genug Zeit bescheren, um Evingdons Kutsche zu finden und die Waffe zu verstecken.“

„Und was dann?“ Caroline war seiner Anweisung gehorsam gefolgt, musterte ihn aber eindringlich, als sie die Schlüssel überreichte. „Was bringt es, Evingdon zu beschuldigen, wenn diese beiden die Wahrheit verraten können?“

Ridley gab einen verächtlichen Ton von sich und winkte ihre Frage ab. „Die Polizei wird ihnen nicht glauben. Evingdon ist ihr Cousin.“ Er nickte in Richtung Tür. „Gehen Sie jetzt. Ich werde die Tür abschließen.“

Caroline warf uns einen nervösen Blick zu und machte einen Schritt auf die Tür zu. In dem Augenblick verstand ich, dass Ridley log. „Er wird uns erschießen, Caroline!“, rief ich.

Sie erstarrte einen Schritt hinter Ridley, der mich mit zusammengekniffenen Augen ansah.

„Bring ihn nicht auf dumme Gedanken“, flüsterte Lottie.

„Es ist kein dummer Gedanke.“ Ich schob das Mädchen hinter mich und machte einen Schritt vor. „Du weißt, dass er uns nicht am Leben lassen kann. Er hat bereits zwei Menschen ermordet, welchen Unterschied machen da noch zwei weitere?“ Ich starrte Ridley bei diesen Worten direkt in die Augen, aber ich sah, dass Caroline sich hinter ihm langsam umdrehte. Wenn sie uns ansah, würde sie Ridley sicherlich nicht zwei weitere Morde begehen lassen.

„Schlimmer noch, Caroline, ist, dass Ridley seine Flucht bereits geplant hat, und dich und deinen Ehemann hier zurücklässt, um die Konsequenzen seiner Machenschaften zu tragen.“ Ich versuchte, ruhig zu klingen, aber selbst ich konnte die Verzweiflung in meiner Stimme hören. „All das ist Ridleys Schuld und er wird davonkommen. Wenn du es zulässt."

Caroline sah mich nun an, die Lippen fest aufeinandergepresst und die Augen verengt. Rasch verdrängte Wut ihre bisherige Angst. Ich hatte ihre Aufmerksamkeit, aber Ridley wurde ungeduldig.

„Was ist nur aus Ihnen geworden, Caroline? Selbst wenn Ihr Gatte nicht gehängt wird, kommt er ins Gefängnis. Ihr Vermögen wird beschlagnahmt werden. Wovon wollen Sie leben?"

„Es reicht." Ridley drehte sich zu Caroline um. „Das ist Ihre letzte Chance. Gehen Sie oder ich schwöre Ihnen, ich erschieße Sie auch noch."

„Sie haben eine Waffe", sagte Lottie mit zitternder Stimme. „Erschießen Sie ihn."

Carolines Gesicht war wutverzerrt, als Ridley den Kopf zu uns herumriss. „Um Himmels willen, der Revolver ist leer. Es bringt nichts …"

Ridleys Kopf drehte sich ruckartig zur Seite, als Caroline mit dem Revolver ausholte und ihn krachend auf seinen Schädel niederfahren ließ. Er fiel zu Boden.

Caroline starrte mit offenem Mund auf ihn hinab. Der Revolver rutschte ihr aus der Hand und fiel scheppernd zu Boden.

Ich machte mich von Lottie los und eilte zu Caroline. Ich legte einen Arm um sie, zog sie von Ridley fort und zu einem Sessel. „Gut gemacht, meine Liebe. Ich danke Ihnen."

Sie ließ sich auf dem Ohrensessel nieder, lehnte sich vor und vergrub das Gesicht in den Händen. „Dieser egoistische Schuft." Sie sah mit gefühllosem Blick zu mir auf. „Er verdient es nicht anders, oder?"

Da musste ich ihr zustimmen.

Kapitel 24

Es wurde der Skandal des Sommers. Der *Daily Observer* bekam seine exklusive Geschichte und als Kolumnistin des feinen Journals war es meine Ehre, ausführlich darüber zu berichten. Nun, natürlich nicht zu ausführlich. Ich konnte ja kaum aus erster Hand berichten, wie Ridley gestellt wurde, ohne mich selbst zu verraten. Alles danach konnte ich jedoch preisgeben.

Caroline hatte Ridley mit genug Schwung niedergeschlagen, dass er bewusstlos wurde. Lottie und ich hatten ihn gerade mit den seidenen Zugbändern der Vorhänge gefesselt, als wir den Aufruhr in den Empfangsräumen hörten. Ich schickte Lottie hinaus, um nachzusehen, was passiert war, und sie kehrte mit Delaney und zwei weiteren Polizisten zurück. Miriam Ridley war ihnen auf den Fersen und erstarrte im Türrahmen, als sie ihren Mann erblickte.

Die Polizisten schoben sich an ihr vorbei, um den gefesselten und vor Zorn geifernden Ridley auf die Füße zu hieven. Der Mann beteuerte lautstark seine Unschuld, als Delaney die Pistole und Aktentasche vom Boden aufhob. Miriam sah eher missmutig als überrascht aus, als Delaney Ridley erklärte, dass alles, was er sagte, als Beweise gegen ihn verwendet werden könnte.

„Ich begleite Sie", verkündete Caroline und stand auf. „Dieser Mann würde nicht einmal mit der Wahrheit rausrücken, wenn sein Leben davon abhinge."

Delaney hakte sie bei sich ein und führte sie durch die Tür, wo sie giftige Blicke mit Miriam wechselte.

„Um Himmels willen, führen Sie ihn durch die Hintertür ab", befahl Miriam, als die Polizisten Ridley fortbrachten. Sie folgte ihnen hinaus, als George und Charles sich hereindrängten.

„Was zum Teufel ist hier passiert?“ In zwei langen Schritten war George an meiner Seite, hielt meine Arme fest und musterte mich von Kopf bis Fuß. „Geht es dir gut? Hat er dich auch nicht verletzt?“

Ich nickte. „Es geht uns gut.“ Kaum war er hier, wollte ich ihm am liebsten in die Arme fallen.

Charles führte Lottie zu einem dick gepolsterten Sessel am Fenster und setzte sich selbst auf die Armlehne. „Ihr solltet den Schurken doch nur im Auge behalten und ihn nicht gefangen nehmen.“

Delaney kam allein zurück, sah sich kurz im Zimmer um und ging dann zum Schreibtisch, um Ridleys Unterlagen zu untersuchen, die überall herumlagen. „Um noch einmal auf die erste Frage zurückzukommen“, sagte er, „was ist hier passiert? Und wie haben Sie herausgefunden, dass Sir Hugo der Missetäter war?“

„Eigentlich erkannten wir bloß, dass er in Archers Betrug verwickelt ist.“ Ich berichtete Delaney von unserem Abend ab dem Zeitpunkt als Charles und Hetty losgefahren waren, um ihn zu holen. „Der Plan, das Land zu verlassen, machte mich stutzig, aber ich wusste nicht, dass er der Mörder ist, bis er die Pistole herauszog.“

„Er befahl Caroline Archer, sie in Mr. Evingdons Kutsche zu verstecken“, sagte Lottie. „Sie hatten vor, ihn damit zu belasten.“

„Ich hatte mich schon gefragt, warum man mich eingeladen hatte“, murmelte Charles.

„Verflucht, ich hätte hier sein sollen.“ George zog mich an sich und schmiegte die Wange an meinen Kopf. „Ich hasse es, dass du dich in Gefahr gebracht hast.“

„Wie haben Sie ihn davon abgebracht, zu fliehen?“, fragte Delaney.

„Eigentlich hat Caroline Archer ihn aufgehalten. Ridley glaubte, ein nicht geladener Revolver sei keine Waffe, und hat ihr törichterweise den Rücken zugedreht."

„Aber sie hätte ihn niemals damit geschlagen, wenn du ihr nicht die Augen geöffnet hättest", fügte Lottie hinzu.

„Wie sind Sie in dieses Zimmer gelangt?"

Lottie erklärte, wie sie und ich zur Tür hereingefallen waren, und ich spürte das polternde Lachen, das George versuchte, zu unterdrücken.

„Jetzt wünsche ich mir noch mehr, ich wäre dabei gewesen", sagte er.

„Ich bin nur froh, dass Sie so schnell herkamen, Inspektor."

„Archer hatte bereits versucht, alles Ridley in die Schuhe zu schieben, als ich Delaney erreichte", sagte George.

„Hat er seine Schuld zugegeben, was den Betrug anbelangt?" Ich genoss es, so an George geschmiegt zu stehen, doch meine Neugier verlangte trotzdem Antworten. Ich trat einen Schritt zurück und wandte meine Aufmerksamkeit Delaney zu.

„Er stritt alles ab, bis ich ihm das Kontobuch zeigte und den Mord an seiner Schwägerin erwähnte", sagte der Inspektor. „Da gab er sofort seine Schuld am Betrug zu, beschuldigte aber Ridley des Mordes. Laut Archer war Ridley an seinem Schwindel beteiligt, seitdem Archer versucht hatte, ihn zu betrügen."

„Ridley hat den Schwindel Jasper verraten", ergänzte George. „Doch anstatt Archer zu entlarven, wollte er eine Beteiligung an dem Gewinn."

„Das hatte ich vermutet", sagte ich. „Wissen Sie, ob Jasper Mary davon je erzählt hat?"

„Das hat er", sagte George. „Und er hat ihr das Kontobuch hinterlassen. Sie stellte Archer zur Rede und er willigte ein, damit aufzuhören."

„Doch das tat er nicht."

„Nein, und als Mary den Klatsch für ihre Kolumne sammelte, fand sie heraus, dass Archer seine Kunden wieder betrog, also drohte sie ihm erneut. Archer behauptete, er wolle aufhören, aber Ridley drohe ihm, ihn zu entlarven, wenn er aufhören sollte. Als er von ihrem Tod hörte, sagte Archer, wäre er kurz davor gewesen, selbst zur Polizei zu gehen."

George deutete zu Charles. „Das war in etwa als Evingdon und Hetty eintrafen und uns von Ridley berichteten, was Archers Geschichte noch glaubwürdiger erschienen ließ, sodass Delaney geradezu darauf brannte, ihn zu verhaften. Ich brannte mehr darauf, zur Feier zurückzukehren, nachdem ich erfuhr, dass ihr beide Ridley bewacht."

Er lächelte mir zu, doch ich sah die Anspannung noch auf seinem Gesicht. Ich bereute, ihm solche Sorgen bereitet zu haben, aber ich war gleichzeitig froh, dass ich ihm offensichtlich so wichtig war. „Ich wusste nicht die ganze Zeit, dass er ein Mörder ist", sagte ich. Er sah mich so ernst an, dass ich ihm ein reumütiges Lächeln schenkte. „Wobei ich zugeben muss, dass ich es vermutet habe."

„Warum versteckt ihr euch alle hier hinten?" Lily stand im Türrahmen und Leo hinter ihr. Ihre Augen funkelten schelmisch. „Es scheint, Sir Hugo wurde verhaftet." Ihr Blick blieb an Delaney hängen und sie lehnte sich gegen den Türrahmen, dann verschränkte sie die Arme. „Ich dachte, ihr verpasst die ganze Aufregung, aber mir scheint, ihr steckt mittendrin."

Ich für meinen Teil war froh, dass die Aufregung vorüber war.

Der Tag, den ich gefürchtet hatte, kam schließlich. Nun, zumindest die Veranstaltung, die ich gefürchtet hatte: Lilys und Leos Verlobungsfeier. Auch wenn ich verstanden hatte, dass sie schwer verliebt waren und die zwei zusammen vermutlich sehr glücklich werden würden, fiel es mir trotzdem schwer, meine Schwester ziehen zu lassen. Wir waren erst seit dem Frühjahr wieder vereinigt.

„Du wirst sie noch einige Monate bei dir haben", sagte Fiona, als hätte sie meine Gedanken gelesen.

Wir waren im Haus der Kendricks und standen etwas abseits im Ballsaal, um zuzusehen, wie Lily und Leo ihren ersten Tanz als verlobtes Paar vollführten. Als weitere Paare in den Tanz einstiegen, drehte ich mich wieder zu meiner Freundin um. Ich war froh, dass sie für die Feier die Fahrt nach London auf sich genommen hatte. Während wir an dem Fall gearbeitet hatten, hatte ich sie schrecklich vermisst. Niemand war geschickter, wenn es um Klatsch ging, als Fiona und sie hätte die Miss-Information-Kolumne ohne die Hilfe der Londoner Bediensteten schreiben können. Doch George hatte mich mehr als einmal daran erinnert, dass alles, was Mary aufgeschrieben hatte, streng vertraulich war. Daher war es wohl gut, dass Fiona abwesend war. Ich hätte es gehasst, Geheimnisse vor meiner lieben Freundin zu haben.

Jetzt, da der Fall abgeschlossen war und es bekannt war, kannte die feine Gesellschaft kein anderes Thema. Archer war wegen Betrugs festgenommen worden, Ridley wegen zwei Morden. Caroline hatte eindeutig von den Missetaten ihres Gatten gewusst und Ridley geholfen, die Schuld Charles in die Schuhe zu schieben, doch irgendwie hatte sie es geschafft, einer Verhaftung zu entkommen. Sie hatte Lotties und mein Leben gerettet, daher war ich mit dem Ergebnis zufrieden.

Ich wusste immer noch nicht, ob Miriam von Hugos Taten gewusst hatte. Er mochte ihr die Morde verschwiegen haben, aber ich vermutete, dass sie vom Betrug wusste. Merkwürdigerweise blieben Caroline und sie befreundet. Zusammen mit den Archer-Kindern verschwanden die zwei wenige Tage später aufs Festland und waren für einen Kommentar nicht zu erreichen.

Archer gestand, dass er Hugo hatte Milton, den Kammerdiener, anstellen lassen, um ihn im Auge zu behalten und sein Schweigen zu sichern, doch wie sich herausstellte, wusste Milton nichts über Archers Schwindel.

Doch selbst inmitten dieses Skandals drehte sich all der Klatsch um Mary Archer, die sich erdreistet hatte, die Miss-Information-Kolumne zu schreiben. Konnte man sich das vorstellen?

Fiona hatte diese Frage gerade gestellt und da die Musik wieder erklang, gingen wir zu einer Nische hinüber, von wo aus wir die Tänzer beobachten, uns aber auch unterhalten konnten. „Du kannst mich nicht überzeugen, dass du deshalb wirklich empört bist, Fi. Tatsächlich hätte ich gedacht, du würdest dir wünschen, selbst Miss Information zu sein."

Sie zuckte zurück und musterte mich, dann zog sie einen Schmollmund, als ihr klar wurde, dass ich sie bloß aufzog. „Die Stelle ist frei", sagte ich lächelnd.

„Ich wünschte, ich könnte mein Herz all des Wissens, das ich mit mir herumtrage, erleichtern – all die Geschichten und Skandale." Sie legte eine Hand auf die Brust und seufzte. „Aber du weißt doch, dass ich mein gesammeltes Wissen nur mit meinen engsten Freundinnen teile und nur, wenn ich sicher bin, dass sie verschwiegen sind."

„Welch eine schwere Last der Verantwortung", sagte ich.

„Allerdings. Ich habe keinerlei Interesse, über Klatsch zu schreiben, aber ich bin äußerst neidisch, dass du in Besitz von so viel Tratsch bist.“

Das konnte ich mir gut vorstellen. „Ich bin etwas überrascht, dass George dir davon erzählt hat. Alles in Marys Mappen war streng vertraulich.“

„Er hat mir nicht verraten, was darin steht. Nur, dass er sie dir übergeben hat.“ Ihre Lippen verzogen sich zu einem Lächeln. „Ich glaube, er ist ziemlich stolz darauf, wie du dich verhalten hast.“

Zum Glück richtete Fiona den Blick wieder auf die Tanzfläche und sah nicht, wie meine Wangen rot wurden.

„Es scheint, als wäre Mr. Evingdons Zuneigung nun auf deinen kleinen Schützling übergegangen. Er ist ihr den ganzen Abend nicht von der Seite gewichen.“

Ich folgte ihrem Blick und erblickte sie ausgerechnet in dem Moment, als Lottie ihm auf den Fuß trat. Ich bezweifelte, dass es das erste Mal am Abend war. Ich rechnete ihm seinen Mut, überhaupt mit ihr zu tanzen, hoch an, doch vermutlich waren ihm einige Tritte es wert, sie in den Armen halten zu dürfen. Und das war auch ganz recht so. Lottie mochte etwas Grazie mangeln, aber sie machte es durch ihre Scharfsinnigkeit, ihren Charme und ihre Entschlossenheit wett.

„Ich habe sie sehr ins Herz geschlossen“, sagte ich. „Er hätte Glück, ihre Zuneigung zu gewinnen.“ Inzwischen war ich jedoch sicher, dass er das bereits hatte.

Auf Fionas überraschten Blick hin, nickte ich entschieden. „Und ich glaube nicht, dass seine Zuneigung sich verändert hat. Er und Mrs. Archer passten schließlich nicht sonderlich gut zusammen.“

„Nicht? Trotzdem wurde der arme Mann als rachsüchtiger verschmähter Liebhaber festgenommen.“

„Er wurde nicht verhaftet, Fiona, aber ohne George und Lottie wäre es vielleicht dazu gekommen.“ Ich schüttelte fröhlich den Kopf. „Und ich schätze, ich habe auch einen Teil dazu beigetragen."

„Es scheint, er ist über die Erfahrung hinweg", sagte Fiona. „Hach, junge Liebe!" Sie warf mir einen Seitenblick zu. „Wo wir schon davon reden, ist da etwas zwischen George und dir?"

Wieder errötete ich. Himmel, wo kam die Frage nur her? „Zwischen George und mir? Sicherlich keine junge Liebe. Dafür sind wir viel zu alt."

Sie hatte ein verschlagenes Grinsen auf den Lippen. „Also gut, aber würde ich danebenliegen, wenn ich es neue Liebe nenne?"

Ich sah sie finster an. „Mir wäre es lieber, wenn du es gar nichts nennen würdest, dann bin ich sicher, dann du keine Gerüchte streust."

„Bei dir mache ich eine Ausnahme, Frances. Habe ich je ein Gerücht über dich verbreitet?"

„Nein, Fi. Natürlich nicht." Ich war sofort zerknirscht.

„Und das wäre ein Geheimnis, das ich hegen würde, weißt du. Ich würde mich sehr freuen, wenn ich hören würde, dass du und mein Bruder euch nahesteht."

„Habe ich da etwas über meine Schwester, die Gerüchte streut, gehört?" Ich drehte mich um und erblickte ausgerechnet die Person, über die wir gesprochen hatten. Himmel, wie lange hatte er dort gestanden?

Seine Augen funkelten schelmisch. „Wie können Sie so etwas behaupten, Lady Harleigh?"

Fiona platzte fast vor Freude. „Ich überlasse es dir, deine Anschuldigungen George zu erklären."

Mit diesen Worten schlenderte sie davon und ließ mich an einem ziemlich abgeschiedenen Ort mit George zurück. Ich sah ihm vorsichtig ins Gesicht, nur um dort ein breites Grinsen zu erblicken. „Hat sie nach der neu freigewordenen Stelle als Miss Information geangelt?"

Ich winkte in ihre Richtung. „Sie hat bloß Vermutungen über Lottie und Charles angestellt."

„Ah, ich glaube, deren Verhalten spricht für sich." Sein Grinsen wich einem ernsteren Ausdruck. „Was wirst du tun, Frances? Lily wird bald heiraten und ich bezweifle, dass Miss Deaver sonderlich hinterherhinkt."

Ich versuchte, lässig mit den Schultern zu zucken. „Lilys Hochzeit ist noch einige Monate hin und ich werde an einem nächsten Fall arbeiten." Ich lächelte ihm zu. „Mit meinem Partner."

„Es gibt mehr als eine Art der Partnerschaft, Frances. Wenn ich dich nicht allein lassen kann, aus Angst, jemand könnte dich erschießen, dann zögere ich, dich überhaupt allein zu lassen. Vielleicht ist es an der Zeit, dass wir unsere Partnerschaft überdenken."

Ich sah ihm in die Augen. „Der Revolver war nicht geladen, George. Und wenn das ein weiterer Antrag ist, glaube ich, ist er noch schlimmer als der Erste."

Er tat so, als würde er entsetzt den Kopf schütteln. „Das ist nicht möglich. Der Erste war miserabel. Aber du gibst mir genug Chancen, um zu üben."

Seine Miene wurde ernster. „Ich kenne die genaue Zahl nicht, Frances, aber ich glaube, dass es eine begrenzte Anzahl von Malen gibt, die ein Mann sich durchringen kann, dieselbe Frau zu fragen, ob sie ihn heiratet, bevor er endgültig ein Nein als Antwort akzeptiert."

Mein Herz raste und die Musik im Ballsaal schwoll an. Ich wollte nicht Nein sagen, aber genauso wenig ertrug ich eine weitere gesellschaftliche Hochzeit. Ich sah in seine schönen grünen Augen hinauf und lächelte. „Vielleicht sollte ich sicherstellen, dass wir die Zahl nicht überschreiten, indem ich dir einen Tipp gebe."

Er zog die Augenbrauen hoch. „Ich bin ganz Ohr."

„Wenn der Grund, warum du mich bittest, dich zu heiraten, ist, dass du einfach nicht ohne mich sein kannst, dann bin ich bereit, Ja zu sagen.“

Ein teuflisches Grinsen zog sich über seine Lippen, als er einen Schritt zurücktrat und meine Hand nahm. „Dann mach dich darauf gefasst, Ja zu sagen, Madame.“

DANKSAGUNG

Um ein Manuskript in ein Buch zu verwandeln, braucht es ein engagiertes und leidenschaftliches Team. Ich bedanke mich bei allen, die Teil des Countess-of-Harleigh-Teams waren. Melissa Edwards, meiner Agentin, danke ich, dass sie die perfekte Partie für das Manuskript gefunden hat. John Scognamiglio danke ich, diese perfekte Partie zu sein und für seinen Humor und seine Geduld, mit einer neuen Autorin zusammenzuarbeiten. Ich danke dem gesamten Team von Kensington Books, dieses Buch in die Welt getragen zu haben, insbesondere Robin Cook und Pearl Saban, deren Argusaugen jeden letzten Patzer und Tippfehler gefunden haben.

Vielen Dank an meine Authors-'18-Freunde, deren Rückhalt mir geholfen hat, dieses aufregende Debüt-Jahr zu meistern. Ich danke Mary Keliikoa, Emily Wheeler und Bea Conti für ihr Feedback und ihren Zuspruch. Meiner Familie und meinen Freunden danke ich für ihre Unterstützung und Lieb